JN306378

二見文庫

哀しみの果てにあなたと

ジュディス・マクノート／古草秀子－訳

Once and Always

by

Judith McNaught

いつも私を誇りに思ってくれた父と
いつも私を支えてくれた母に
ふたりはなんとすばらしい組み合わせでしょう！

哀しみの果てにあなたと

登　場　人　物　紹　介

ヴィクトリア（トーリー）・シートン	医師の娘。ラングストン女伯爵
ジェイソン・フィールディング	ウェイクフィールド侯爵
ドロシー	ヴィクトリアの妹
パトリック・シートン	ヴィクトリアの父
キャサリン・シートン	ヴィクトリアの母
アンドルー・ベインブリッジ	ヴィクトリアの幼なじみ
チャールズ・フィールディング	アサートン公爵。ヴィクトリアの従伯父。ジェイソンの伯父
クレアモント公爵夫人	ヴィクトリアの曾祖母
ロバート・コリングウッド	ジェイソンの友人
キャロライン・コリングウッド	ロバートの妻
マイク・ファレル	船長
メリッサ・フィールディング	ジェイソンの前妻
シビル	ジェイソンの愛人
ノースラップ	執事
オマリー	従僕頭

1

一八一五年、イングランド

「あら、ジェイソン、そこにいたのね」黒髪の美女が化粧台の鏡に映った夫に呼びかけた。近づいてくる夫の背の高いがっしりした姿を、彼女は警戒するようにじっと見つめた。それから、目の前に広げた宝石箱に視線を戻した。指先をそわそわと動かし、大げさな笑顔をつくりながら、みごとなダイヤモンドのチョーカーを宝石箱からつまみあげて、夫に差しだした。「後ろで留め金を留めてくださるかしら？」

胸もとを広く開けたドレスからこぼれんばかりの白い肌に、まばゆい輝きを放つルビーやエメラルドのネックレスがすでに飾られているのを見て、夫の表情が不快そうにゆがんだ。

「上品な貴婦人のふりをしたいのなら、肌の見せすぎや宝石のつけすぎはやめたほうがいい。悪趣味だから」

「悪趣味かどうか、あなたにわかるのかしら？　このドレスは最新の流行なのよ」メリッサ・フィールディングは軽蔑《けいべつ》を込めた口調で言い返し、「ラクロア男爵はとても気に入ってくれたわ。今晩の舞踏会にはぜひこれを着るようにとおっしゃって」といかにも高慢につけ加えた。

「ファスナーがたくさんついていると、脱がせるときに面倒だからな」夫が棘《とげ》のある言葉を返した。

「そうね。あのかたはフランス人だから、とても情熱的なの」

「残念ながら、一文無しだが」

「彼なら、きれいだと褒めてくれるわ」あざけるように言った。その声は、押し殺した憎悪で震えはじめていた。

「やつの言うとおりだ」ジェイソン・フィールディングは皮肉っぽい視線を、妻の美しい顔から胸もとへとたどらせた。なめらかな白い肌、目尻がかすかに上がったグリーンの瞳とふっくらした赤い唇、緋色《ひいろ》のベルベットのドレスの広く開いた襟《えり》もとから誘うようにせりだしている肉感的な胸のふくらみ。「おまえはきれいだが、道徳を知らない、貪欲《どんよく》な……あばずれだ」

ジェイソンはきびすを返して部屋から出ていこうとしたが、立ちどまった。ひどく傲慢《ごうまん》な冷たい口調で言う。「出かける前にジェイミーの部屋へ行って、お休みを言ってやれ。あの子はまだ幼いから、おまえがどんな女なのかわからないし、母親がいなければ寂しがる。ぼくはもうすぐスコットランドへ出発する」

「ジェイミーですって！　いつだって、あなたの頭には息子のことしか――」メリッサが怒りの声をもらした。それを否定するのも面倒だとばかりにまっすぐドアへ向かう夫に、その怒りがいっそう煽《あお》られた。「スコットランドから帰ってきても、わたしはここにはいないわよ！」と彼女は脅すように言った。

「結構だ」ジェイソンは立ちどまりもせずに応《こた》えた。

「私生児《バスタード》！」そう吐き捨てたメリッサの声は怒りでひどく震えていた。「あなたが本当はどんな人間か、世間に公表してやる。もう、お別れよ。二度と帰ってこない。絶対に！」

ドアの取っ手に手をかけて振り返ったジェイソンの表情は侮蔑に満ち、仮面のように硬かった。「おまえは帰ってくる」彼は冷笑した。「金がなくなれば、さっさと戻ってくるに決まっている」

閉まったドアの向こうに夫の姿が消えると、メリッサの美しい顔に勝ち誇ったような表情が浮かんだ。「二度と帰ってくるものですか。だって、お金がなくなることなんてないもの。あなたが送ってくる、いくらでも必要なだけ……」

「お帰りなさいませ、マイ・ロード」執事が妙に緊張した声でささやくように言った。

「メリー・クリスマス、ノースラップ」ジェイソンは足踏みしてブーツについた雪を落とし、外套《がいとう》を渡しながら、反射的に答えた。二週間前のメリッサとの修羅場をふと思い出したが、すぐさま心から追いやった。「ひどい天気のせいで、旅が一日長引いた。息子はもう眠ってしまったかな？」

執事が身をこわばらせた。

「ジェイソン――」いかにも熟練した船乗りらしく、風雨にさらされて日に焼けた肌をした、体格のいい中年の男が客間から廊下へ出てきて、大理石張りの玄関ホールにいるジェイソンに声をかけた。

「やあ、マイク、ここでなにをしてる？」男が客間のドアを注意深く閉めるのを不思議そうに眺めながら、ジェイソンは訊いた。

「ジェイソン」マイク・ファレルが張りつめた口調で話しだした。「メリッサが家を出た。きみがスコットランドへ発《た》ってまもなく、ラクロアと一緒に船でバルバドス島へ向かったんだ」そこで言葉を切ってジェイソンの反応を待ったが、彼はなにも言わなかった。マイクは大きく息を吸ってから続けた。「ふたりはジェイミーを連れていった」

荒々しい怒りの火がジェイソンの目に宿り、たちまち燃えあがった。「殺してやる！」そう言うなり、ドアへ向かった。「あいつを見つけだして、きっと殺してやる――」

「もう遅い」マイクの苦しげな声がジェイソンの動きを止めた。「メリッサは死んでしまった。イングランドを出てから三日後に嵐に遭《あ》って船が沈んだ」苦悶《くもん》にゆがんだジェイソンの表情から視線をそらして、マイクは淡々とつけ加えた「生存者はひとりもいなかった」

ジェイソンは言葉を失って壁際のサイドテーブルによろよろと近づき、ウィスキーが入ったクリスタルのデキャンタを持ちあげた。中身をグラスについでひと息で飲み干し、もう一杯ついでから、うつろな目で前方を見つめた。

「彼女がこれを置いていった」マイクは封をはがした二通の手紙を差しだした。ジェイソンが受けとろうとしないので、おだやかに説明しはじめた。「読ませてもらったよ。一通は、メリッサがきみに宛てた身代金の要求書だ。寝室に置いてあった。ジェイミーを盾にして金を取ろうとしていたんだ。もう一通はきみを告発する内容で、『タイムズ』紙に届けろと従僕《ぼく》にことづけたものだ。だが、ジェイミーがいないのに気づいたミス・フロッシー・ウィルソンが、使用人全員に前夜のメリッサの行動について問いただしたところ、手紙をことづかった従僕がそれを『タイムズ』ではなくフロッシーに渡した。彼女はメリッサがジェイミーを連れて出奔《しゅっぽん》したときみに伝えることができなかったから、わたしをここへ呼んで、手紙を見せたのだ」マイクはしわがれた声をやっとの思いで絞りだした。「きみがあの子をどれほど愛していたか、わかっている。残念だ。まったく残念でならない……」

苦悶に顔をゆがめたジェイソンの視線はゆっくり上へ向かい、暖炉《だんろ》の上の壁に飾られた金箔《ぱく》の額縁の肖像画にあてられた。苦しみに満ちた沈黙のなかで、彼は息子の肖像画をじっと見つめた。元気な幼い少年は、木製の兵士の人形をしっかり握って、天使のような笑顔を浮かべていた。

ジェイソンの手のなかでグラスが砕けた。だが、彼は泣かなかった。子供時代のつらい日々が、涙をすっかり奪い去っていたからだ。

一八一五年、ニューヨーク、ポーテッジ

ブーツで雪を踏みしめて一歩進むたびに、心地よい音が響いた。ヴィクトリア・シートンは通りからそれて、白い木製の門を押し開け、自分が生まれ育ったこじんまりした家の前庭に入った。頬をバラ色に染め、瞳を輝かせながら、ヴィクトリアはそこでふと立ちどまり、十五歳の無邪気な目で夜空の星をじっと眺めた。笑みを浮かべ、その晩ずっと聖歌隊の仲間たちと歌っていたクリスマスキャロルの最後の一節をそっと口ずさんでから、明かりが消えている家の玄関へと向かった。

両親や妹を起こさないように、静かに玄関ドアを開けて、なかへ身をすべりこませた。外套を脱いでドアの横にある掛け金にひっかけ、振り向いたとたん、驚いて立ちすくんだ。階段の上にある窓から差しこんでいる光が、母の寝室の前の踊り場にいる両親の姿をくっきり照らしだしていた。「やめて、パトリック！」父に抱きしめられた母が、それをふりほどこうとしていた。「だめなの！　できないのよ！」

「どうか拒絶しないでくれ、キャサリン」父が哀願した。「お願いだから、そんな――」「約束したはずよ！」母はわっと泣きだして、必死に身をよじらせた。父は下を向いてキスしようとしたが、母は顔をそむけ、しゃくりあげるようにとぎれとぎれに話した。「ドロシーが生まれた日に、あなたは約束してくださったわ。もう二度とわたしを求めないと。そう言ってくださったでしょ！」

驚きのあまり立ちすくんでいたヴィクトリアは、そういえば両親がふざけていちゃついたり、たがいの体に触れたりしている姿は見たことがないとぼんやり思ったものの、父が母に自分を拒絶しないでくれと哀願しているのがどういうことなのかは、よくわからなかった。

父は両手を放して、だらりと横にたらした。「悪かった」感情のない口調で言った。母は寝室へ駆けこんでドアを閉めたが、父は自分の部屋へ入らずに、狭い階段を下りてきて、暗闇で身を縮めているヴィクトリアの目の前を通りすぎた。

壁に張りつくようにしてやりすごしたヴィクトリアは、たったいま目撃した出来事のせいで、自分が住んでいる平和でおだやかな世界が脅《おびや》かされているように感じた。もし階段のほうへ動けば、自分がさっきの光景を目撃していたとわかってしまうだろうし、それは父にとって屈辱だろうと心配しながら、ソファに座って暖炉の熾火《おきび》を見つめる父の後ろ姿をそっとのぞいていた。何年もずっと台所の棚の上にあった酒のボトルが、半分ほど満たされたグラスと並んで、目の前のテーブルに置かれていた。父が前屈《まえかが》みになってグラスに手をのばしたのを見計らって、ヴィクトリアはそっと階段のほうへ歩きだそうとした。

「そこにいるのだろう、ヴィクトリア」父が振り返りもせず静かに声をかけてきた。「さっきのことを見なかったふりをしても仕方がない。こっちへ来て、暖炉のそばに座らないか？わたしのことを獣《けもの》のようだと思っているだろうが、そうではないのだよ」

父を思いやる気持ちがこみあげてきて、ヴィクトリアはさっとそばへ行き、腰をおろした。「獣だなんて、とんでもない。そんなことけっして思わないわ」

父はグラスの酒をぐっと飲んだ。「母さんのことも責めないでほしい」言葉はやや不明瞭《ふめいりょう》で、まるでもうずいぶん長く飲んでいたようだった。

酒の酔いで心をなだめたパトリック・シートンは、ヴィクトリアの打ちひしがれた表情から、娘がいまさっきその目で見た出来事以上のものを感じとったのだと思った。落ち着かせてやろうと娘の肩にやさしく腕をまわしたものの、口から出た言葉は彼女の悲しみをいっそう深くするばかりだった。「母さんは悪くないし、わたしが悪いのでもない。母さんはわたしを愛せないし、わたしは母さんを愛さずにはいられない。ただ、それだけのことだ」

ヴィクトリアは突如として、なんの不安もない天国のような子供の世界から、冷たくて恐ろしい大人の世界へ投げこまれた。呆然《ぼうぜん》として父を見つめる自分のまわりで、世界が粉々に砕け散ったかのようだった。彼女は父の口から出た恐ろしい言葉を振り払いたくて、思わずかぶりを振った。**ママはパパを愛しているはずだわ！**

「愛は無理強いできないものだ」苦しげな表情でグラスを見つめたまま、父が言った。「望んだからといって手に入るものではない。さもなければ、母さんはわたしを愛するはずだ。結婚したとき、彼女はいつかわたしを愛することができると信じていた。わたしも信じた。おたがいにそう信じたかったのだ。時間がたつうちに、彼女が愛してくれようがくれまいがどうでもいいと自分に言い聞かせるようにつとめた。たとえ愛がなくても、すばらしい結婚はあるのだと」

胸を引き裂くような父の悲痛な訴えは、ヴィクトリアの心に強く焼きついた。「わたしは愚かだった！　愛してくれない人を愛するのは地獄だ！　ヴィクトリア、おまえのことを愛してくれない人と連れ添って幸福でいられるなんて、絶対に信じてはいけないよ」

「ええ、絶対に」ヴィクトリアは涙で目をしばたたかせながらそっと誓った。

「いいかい、自分を心から愛してくれる人でなければ愛してはいけないよ、トーリー。きっとだよ」

「ええ、絶対に。約束するわ」ヴィクトリアはもう一度誓った。心のうちにあふれる愛と同情を抑えきれず、涙を流しながらハンサムな父の頬に片手でふれた。「わたしが結婚するときは」彼女は言葉を詰まらせた。「パパとそっくりな人を選ぶわ」

パトリック・シートンはやさしげに微笑《ほほえ》んだが、娘の言葉にはなにも答えなかった。そして、なだめるように言った。「悪いことばかりではなかったのだよ。おまえとドロシーという、愛する娘ふたりを授《さず》かった。それがわたしたちなりの愛の形なのだ」

眠れぬ夜をベッドに横たわって天井を見つめて過ごし、朝日がようやく顔をのぞかせた頃、ヴィクトリアはそっと家から出た。赤い外套と濃紺のウールのキュロットスカートを身につけ、納屋《なや》からインディアンポニーを連れだして、ひらりとまたがった。

一マイルほど進んで、村へと続く通りに沿って流れる小川まで来ると、ポニーから降りた。雪でおおわれたすべりやすい土手をそろそろと下って、平らな丸石に腰かけた。膝に肘《ひじ》をついて両手のひらであごを抱えるようにして、凍りついた川岸をゆっくり流れる灰色の水をじっと見つめた。

空が黄色からピンクへと変わるあいだ、いつもこうしてここで夜明けを眺めているときの楽しい気持ちに戻れるようにと願っていた。

横の木立《こだち》からウサギがあわてて飛びだしてきた。背後で、馬のやさしい息遣いが響き、急な土手をだれかが足音を忍ばせて下りてくる気配がした。ヴィクトリアの唇にかすかな笑みが浮かんだつぎの瞬間、肩のあたりに飛んできた雪玉を彼女は左にさっと避けた。「はずれたわよ、アンドルー」振り返りもせずに大きな声で言った。

すぐ横に、ぴかぴかの茶色い乗馬ブーツの青年が立った。「今朝はぼくの負けだ。ずいぶん早いな」アンドルーは丸石に腰かけているヴィクトリアに声をかけた。ヴィクトリアの黄金色に輝く赤っぽい髪は後ろでまとめられて鼈甲《べっこう》のくしで留められ、肩にはおくれ髪がかかっていた。スミレの花を思わせる深いブルーの瞳は、濃いまつげに縁どられ、目尻がかすかに上がっている。鼻はこじんまりした完璧《かんぺき》な形で、頬はいかにも健康そうに赤みが差し、かわいらしいあごにはかすかながら魅力的なくぼみがある。

彼女の顔立ちには、この先美女に成長するきざしがはっきり刻まれていた。その美しさは儚《はかな》げなものではなく生気にあふれている。可愛《かわい》らしいあごや輝く瞳に意志の強さが隠されているのは、だれの目にもあきらかだった。だが、この朝、彼女の瞳にはふだんの輝きがなかった。

ヴィクトリアはかがみこんで、手袋をした手で足もとの雪をすくいとった。アンドルーは反射的に身を縮めたが、雪玉はいつものように飛んではこなかった。彼女はそれを小川へ投げた。「どうしたんだ？　狙《ねら》いをはずすのが怖いのかい？」彼がからかった。

「そんなことないわ」彼女は答えてから、小さなため息をもらした。

「ちょっとずれて、となりに座らせてくれよ」

ヴィクトリアが言われたとおりにすると、アンドルーは彼女の悲しげな表情を不思議そうに眺めた。「なんで、そんなに暗い顔をしているんだい？」

ヴィクトリアは秘密をうちあけて相談したい気持ちに強くかられた。五歳年上のアンドルーは二十歳で、実際の年齢以上にしっかりしており、村一番の資産家のひとり息子だった。

未亡人の母親は病弱なためか、息子にべったりで、広大な屋敷やその周囲の千エイカーもの農場の管理はすっかり彼任せにしていた。

アンドルーは手袋をはめた指先を彼女のあごにあてがって上を向かせ、「話してごらん」とやさしく言った。

重ねてうながされると、悲しみで弱くなっていた彼女の心は逆らいきれなくなった。アンドルーは大切な友人だ。幼なじみの彼はなんでも教えてくれた。魚釣りも水泳も射撃も、カード遊びで相手をだますコツも――最後のひとつは、だまされているかどうかを見抜くために必要だからと言って、手ほどきしてくれたのだ。ヴィクトリアは彼の熱意に応え、水泳も射撃もカード遊びも彼に負けないほど上達した。ふたりはおたがいに、たいていのことはなんでもうちあけられた。けれど、両親の結婚生活の秘密を口にするのは、やはり無理だった。

そこで彼女は、もうひとつの心配事を持ちだした――父親が言っていた警告だ。

「ねえ、アンドルー」ヴィクトリアはおずおずと話しはじめた。「愛されているかどうかは、どうしたらわかるの？　その人が心から愛してくれているかどうか、という意味よ」

「だれのことを言っているんだい？」

「いつか結婚する相手のことよ」

もし彼女がもう少し大人で、もう少し世間を知っていたなら、アンドルーの金色がかった茶色の瞳にほんの一瞬揺らめいたやさしさを読みとることができたろう。「きみはきっと、夫になる人に愛されるよ。絶対にまちがいない」彼は約束した。

「でも、その人は、少なくともわたしが愛するのと同じくらい愛してくれなければならないのよ」

「きっとそうなるよ」

「そうかもしれない。でも、どうしたら、愛してくれているとわかるのかしら?」

アンドルーは彼女のこのうえなく美しい顔に、さっと探るような視線を投げた。「だれかに求婚されて、父上が困っておられるのかい?」その声には怒りが混じっていた。

「とんでもない!」彼女はあわてて打ち消した。「わたしはまだ十五歳だし、十八歳になって自分の気持ちがちゃんとわかるようになるまでは結婚してはいけないって、パパにきつく言われているの」

アンドルーは彼女の頑固そうなかわいらしいあごを見て、楽しげに笑った。「もし『自分の気持ちがちゃんとわかる』のが父上の唯一の条件なら、きっと明日にでも結婚できる。きみは十歳のときからずっと、自分の気持ちがしっかりわかっているじゃないか」

「たしかにそうだわ」ヴィクトリアは無邪気に元気よく認めた。居心地のいい沈黙の後、彼女はなにげなく尋ねた。「アンドルー、自分がどんな人と結婚するか、想像したことはある?」

「ない」彼はいささか不自然な笑みを浮かべてから、小川のかなたに視線を移した。

「どうして、ないの?」

「心に決めた人がいるからだ」

 その言葉に驚いたヴィクトリアは、はっと顔を上げた。「そうなの？　ほんとに？　ねえ、教えて！　わたしの知っている人かしら？」

　アンドルーが黙ったままでいると、ヴィクトリアはいたずらっぽい目で彼をちらっと見てから、固い雪玉をつくりはじめた。

「それをぼくの背中に思い切りぶつけるつもりかい？」そのようすを用心深く楽しむように眺めながら彼が訊いた。

「いいえ、ちがうわよ」彼女は目を輝かせて答えた。「それより、賭《か》けをしましょうよ。この雪玉を投げて、あそこの一番遠い石まで届いたら、あなたは相手がだれだか教えなくてはいけないの」

「じゃあ、ぼくのほうが遠くまで届いたら、どうするんだい？」

「そのときは、なにか考えればいいわ」

「きみに賭け事を教えたのは大きな間違いだったな」と彼は笑ったが、彼女の愛らしい笑顔に逆らうすべはなかった。

　アンドルーが投げた雪玉は遠い目標物にわずかに届かなかった。ヴィクトリアは狙いを定めて意識を集中した。彼女が投げた雪玉はみごとに命中した。

「雪玉の投げかたを教えたのも大きな間違いだった」

「ほら、みごとなものでしょ」彼女はいかにも自信たっぷりにほっそりした腰に両手を添えてそり返ってみせた。「さあ、教えて。だれと結婚するつもりなの？」

アンドルーは両手をポケットに入れ、笑顔で彼女の魅力的な顔を見下ろした。「ぼくがだれと結婚すると思う？　ブルーの瞳のお嬢さん」

「わからないわ」彼女は真剣だった。「でも、きっとすごく特別な人でしょうね。だって、あなたは特別な人だもの」

「ああ、彼女は特別だ」アンドルーはおだやかだが真剣な口調で言った。「冬のあいだ大学へ行って、ここにいないときでも彼女のことを考えてしまうほど。家へ戻ってくると頻繁に会えるからうれしいよ」

「とてもいい人のようね」ヴィクトリアは罪もない女性に対して急に理不尽な怒りを感じつつも、澄ました顔をした。

「『とてもいい』どころか『このうえない』女性さ。可愛らしく溌剌《はつらつ》として、美しいが気取らず、やさしいのに意志が強い。一度会ったら、みんな彼女を愛するようになる」

「それなら、いったいどうして、いますぐにでもその人と結婚しないの？」ヴィクトリアは少しけわしい口調になった。

アンドルーは口もとをきゅっと引き締めて、片手を差しのべ、いつになく親しげに彼女の絹のような豊かな髪にふれた。「なぜなら……」彼はやさしくささやいた。「その女性はまだ若すぎるからだよ。十八歳になって自分の本当の気持ちがちゃんとわかるまで待ちなさいと、父上に言われているそうだ」

ヴィクトリアは大きなブルーの瞳を見開いて、問いかけるように彼のハンサムな顔を見つめた。「わたしのこと、なの？」と小声で尋ねた。

「きみだ。他にはだれもいない」彼は微笑みながらも真剣な口調だった。

昨晩思いがけなく見聞きしたことで脅かされていた自分の世界が、たちまち安心に満ちた温かい場所に戻ったのが感じられた。「ありがとう、アンドルー」ヴィクトリアは恥ずかしげにあわてて言った。そして、少女から気品のある若い女性へとたちまち変身して、言葉を続けた。「一番の親友と結婚できるなんて、とてもうれしいわ」

「まず父上にお許しを得てからきみにうちあけるべきだったし、あと三年間は待たなければいけなかった」

「父はあなたのことをとても気に入っているわ。時期が来れば、反対など絶対にしないはずよ。わたしたちがこんなに好きあっているのに、反対なんかできる？」

馬に乗って帰り道をたどるヴィクトリアの心は明るく、喜びに満ちていたが、自分の家の裏口に着いて、台所と居間に使われている部屋へ足を踏み入れたとたんに、気分がすっと落ちこんだ。

きちんとアイロンをかけた清潔で質素な服を着て、髪の毛を束ねて結った母が、炉辺《ろへん》で焼き型を使ってワッフルを焼いていた。炉の上や横には、ふるいやひしゃくやおろし金、包丁やじょうごなどの調理器具がきちんと整頓《せいとん》されて、釘《くぎ》にひっかけてある。なにもかもが母自身と同じく、きれいで清潔で心地よかった。父はすでに席について、コーヒーを飲んでいた。両親を目の前にすると、昨晩見た光景がまた浮かんできて、ヴィクトリアの心は痛んだ。こんなに素敵な父が愛を求め、必要としているのに、それを冷たく拒んだ母に腹が立った。

ヴィクトリアが早朝の散歩に出るのはいつものことだったので、父も母も彼女が戻ったのに驚かなかった。ふたりは彼女を見て、微笑み、おはようと言った。ヴィクトリアは父に挨《あい》拶《さつ》を返し、妹のドロシーに微笑んだが、母のほうはちらりとも見ようとしなかった。さっさと棚に近づいて、朝食に使う食器類をずらりと並べはじめた。イングランド生まれの母は「礼節のある食事のために必要なこと」として、きちんと食卓を整えて食事をすることにこだわっていた。

ヴィクトリアはそう簡単には許せないという気持ちと胃の痛みを感じつつ、棚とテーブルとを行き来していたが、支度《したく》を終えて自分の席に座ると、母に感じていた怒りはゆっくりと哀れみに変わった。キャサリン・シートンは明るくおしゃべりをしながら、夫のカップに温かいコーヒーをついだり、ミルク入れを渡したり、焼きたてのロールパンを勧めたり、夫の好物のワッフルの焼け具合を確かめたりして、甲斐甲斐《かいがい》しく動きまわって夫の心を引き立てようと必死につとめていた。ヴィクトリアはいったいどうしたら愛のない結婚に苦しむ父を慰められるだろうかと思いをめぐらせながらも、なすすべもなく押し黙ったまま食事をした。

食事を終えた父が席を立って、先日腕を折った少女の往診にジャクソン農場へ行くと言ったとき、ヴィクトリアは名案を思いついた。自分もさっと立ちあがって、「一緒に行くわ、パパ。もしできれば、どうやったら手伝いができるか教えてほしいの——仕事のお手伝いがしたいの」と申し出た。それまで一度も医者の仕事に関心を示したことがなかったので、父と母がびっくりして彼女を見た。じつのところ、そのときまで、ヴィクトリアは毎日楽しく遊んだり時々いたずらをしたりすることにしか関心がない、無邪気でのんきな子供だったのだ。両親は驚いたものの、反対はしなかった。

ヴィクトリアは小さい頃からずっと父と仲が良かった。そして、その日から、まるで片時も離れないようになった。父が行くところへはどこへでもついていった。父は男性患者の治療をするとき以外は、いつも彼女の手助けを喜んだ。

あのクリスマスの晩に話したことは、父も娘もひと言も口に出さなかった。ふたりはいつもなごやかな会話を楽しみ、明るい冗談を言いあった。心の奥に悲しみを抱えていても、パトリック・シートンは笑いを大切にする人間だった。

ヴィクトリアは母からは輝くばかりの美貌《びぼう》を、父からはユーモアと勇気を受け継いでいた。そして、思いやりと理想を追求することを父から学んだ。彼女はまだ年端《としは》もゆかぬ少女だったが、美しさと聡明《そうめい》さと可愛らしい笑顔で、村人たちの心を簡単につかんだ。彼らは魅力的で楽しい少女である彼女を好きになった。そして、自分たちの病気を心配し、憂鬱《ゆううつ》な気持ちを吹き飛ばしてくれる、溌剌とした若い女性へと成長する彼女を心から慈《いつく》しんだ。

2

「ヴィクトリア、アサートン公爵やクレアモント公爵夫人の名前をお母さんから聞いたことは、本当に一度もないのだね？」

ヴィクトリアは両親の葬式を思い出して心を引き裂かれながら、台所のテーブルの向こう側に座っている白髪の老医師を見た。父パトリックのもっとも年長の友人であるモリソン医師は、両親を失ったふたりの娘の落ち着き先を決め、新しい医師が赴任してくるまでのあいだ父の患者の面倒を見ることになったのだ。「妹のドロシーもわたしも、母がイングランドの親戚《しんせき》とは疎遠だったことしか知りません。母はなにも話そうとしませんでしたから」

「お父さんの親戚がアイルランドにいるのでは？」

「父はあちらの孤児院で育ったんです。身寄りはだれもいません」ヴィクトリアはすっと席を立った。「コーヒーでもいかがですか、モリソン先生？」

「わたしのことはいいから、ドロシーと一緒に庭へ出て、少しは太陽を浴びなさい。まるで幽霊みたいに青白い顔をしている」モリソン医師がやさしくうながした。

「その前に、なにか必要なものがありますか?」ヴィクトリアはなおも尋ねた。

「必要なのは若さだな」モリソン医師は鵞《が》ペンを指先で整えながら苦笑いを浮かべた。「きみのお父さんの患者を全員引き受けるには歳をとりすぎた。フィラデルフィアの家へ戻って、足もとを温めながら本を読んでいたいよ。新任の医者が来るまで、四カ月間もどうやって乗り切ろうか。想像もできんな」

「すみません。さぞかし大変でしょう。お察しします」ヴィクトリアは心から言った。

「大変なのはきみとドロシーのほうじゃないか」老医師は気遣わしげに言った。「さあ、冬の太陽が隠れてしまわないうちに、少し散歩にでも出かけてきなさい。一月にはこんな暖かい日はめったにないからね。そのあいだに、わたしはきみたちの親戚に手紙を書いてしまおう」

パトリック・シートン夫妻の乗った馬車が川岸の土手を転げ落ちて大事故を起こし、モリソン医師が呼ばれてから、一週間が過ぎていた。パトリックは即死だった。妻のキャサリンは意識を取り戻したものの、ほんのつかのまで、モリソン医師の必死の問いかけに、イングランドの親戚の名前を言い残すのがやっとだった。キャサリンは途切れがちなかぼそい声で、「……お祖母《ばあ》様は……クレアモント公爵夫人」と言った。

そして、死に際に、チャールズという名前をささやくように言った。モリソン医師が懸命に訊き返すと、キャサリンの目が一瞬だけ生気を取り戻した。「フィールディング……アサートン……公爵」切れ切れにやっとのことで答えた。

「彼は親戚ですか？」モリソン医師があわてて訊いた。

長い間があって、キャサリンは弱々しくうなずいた。「従兄《いとこ》で――」

そういうわけで、モリソン医師は、まったく面識のないキャサリンの親族をさがしだして、ヴィクトリアとドロシーの面倒を見てくれるかどうか確かめるという大変な仕事を背負うことになった。おそらく先方のアサートン公爵もクレアモント公爵夫人も、ヴィクトリアとドロシーの存在さえも知らないだろうから、それはいっそう難題に思えた。

心を決めてペンをインクつぼに浸し、一通目の手紙の最初の行に日付を書いたものの、モリソン医師は困りきって眉をひそめた。「相手は公爵夫人なのだ。宛名はなんと書けばいいのだろう？」だれもいない部屋に彼の言葉が響いた。しばらく考えたすえに、彼は書きはじめた。

親愛なる公爵夫人
突然にお手紙を差しあげるご無礼をお許しください。このような残念なお知らせをしなければならないことに胸が痛みますが、お孫さんのキャサリン・シートン夫人が突然の事故でこの世を去られ、遺《のこ》されたふたりのお嬢さん、ヴィクトリアとドロシーを一時的にお預かりしております。ですが、わたしはすでに老齢なうえひとり身です。したがって、若い女性をこのままお世話するには適任ではありません。

シートン夫人は亡くなられる前にご親族おふたりの名前を口になさいました――あなたとチャールズ・フィールディング氏です。そこで、おふたりのいずれか、あるいは両方が、お嬢さんたちを温かく受け入れてくださることを切に願い、こうして手紙をお送りするしだいです。お嬢さんたちは他にはどこも行くあてがございません。悲しいことに、遺された遺産は十分なものではなく、受け入れてくださる家庭がどうしても必要なのです。

そこまで書いてから、モリソン医師は椅子の背にもたれて手紙を読み返し、不安げな表情になった。もし、公爵夫人が曾孫の存在をこれまで知らなかったとしたら、彼女たちがどんな娘なのかわからなければ、当然ながら迎え入れる気にはならないだろうと思われた。彼女たちをどんな表現で紹介すれば一番いいかと考えながら、モリソン医師は窓の外の少女たちに目をやった。

ドロシーのほうが書きやすいと思ったので、まず彼女のことを説明することにした。

ドロシーはとてもかわいらしく、明るいブロンドの髪にブルーの目をしています。気立てがよく、上品で、魅力的です。十七歳で、そろそろ結婚を考えてもいい年頃でしょうが、まだ特定の若い紳士に心を惹《ひ》かれているようすはありません……。

モリソン医師はそこでペンを止めて、あごをなでた。じつを言えば、この周辺の若い紳士たちの多くはドロシーに夢中だった。だが、どうしてそれを責められようか？　彼女は美人で明るく淑《しと》やかだ。まるで天使のように。その表現がまさにぴったりだったのでモリソン医師はうれしくなった。

だが、ヴィクトリアのほうに目を向けると、彼は言葉に詰まって顔をしかめた。個人的にはヴィクトリアのほうがお気に入りだったが、彼女をうまく表現するのはとても難しいと感じたからだ。髪はドロシーのような黄金色ではなく、かといって完全な赤毛でもない。むしろ二種類を生き生きと混ぜあわせた感じだった。ドロシーは可愛らしく魅力的で控えめで、地元の若者たち全員が振り返って眺める美人だ。淑やかでやさしく、おだやかで従順で、妻にするにはうってつけの女性だった。つまり、夫にはけっして反論したり逆らったりしないだろうと思われた。

そんな妹とは対照的に、十八歳のヴィクトリアはいつも父親と一緒に過ごしていたせいで、溌剌としていて機知に富み、行動的で、自分の考えを持っている。

ドロシーは夫に言われたとおりに考えたり行動したりするだろうが、ヴィクトリアは自分で考え、自分で一番いいと判断した行動をとるだろう。

ドロシーは天使という言葉がまさにぴったりだが、ヴィクトリアは……なんと表現するべきかとモリソン医師は思った。

硬い表情でツタのからまった塀をスケッチしている、彼女のいかにも貴族的な横顔をめがねのレンズを通して見つめながら、モリソン医師はヴィクトリアを表現する言葉をさがした。熱心にスケッチをすることで悲しみをまぎらそうとしているのがわかったので、「凛《りん》とした」という言葉がまず浮かんだ。父の患者たちを慰め元気づけていた姿からは、「情の厚い」という言葉がぴったりだ。

そこまで考えてモリソン医師は首を横に振った。ヴィクトリアの知性やユーモアのセンスは個人的にはとても好ましかった。勇気も気高い心も思いやりも、じつにすばらしい。だが、そうした美点を強調すれば、イングランドの親戚たちはきっと、自立心が強く学問好きなせいで結婚相手に恵まれず、一生面倒を見なければならない女性を想像するにちがいない。数カ月後にアンドルー・ベインブリッジが欧州大陸から戻ってきたら、ヴィクトリアに正式に結婚を申しこむかもしれないが、絶対にそうなるかどうか確信は持てなかった。ヴィクトリアの父親とアンドルーの母親は、ふたりの婚約にいちおうは同意していたが、その前に、アンドルーを六カ月間の欧州大陸旅行《グランドツアー》に出して冷却期間を置いてから話を進めようということになっていた。

ヴィクトリアがアンドルーを心から愛しているのは疑いようもないが、アンドルーの心は揺れているようにモリソン医師には思えた。昨日ベインブリッジ夫人から聞いた話では、アンドルーはスイスの親戚を訪ねて、又従妹《またいとこ》の女性に強く心惹かれたようだという。

モリソン医師は困惑のため息をついて、質素な黒いドレスに身を包んだふたりの少女を眺めた。ひとりは輝く黄金色の髪、もうひとりは赤みがかった艶《つや》やかな髪。地味な装いをしていてもまるで魅力的な絵のようだと、彼は見とれた。そうだ、絵だ！　イングランドの親族にふたりの少女の姿かたちや性格を手紙で表現するという難題の解決法に、彼ははたと気づいた。二通の手紙それぞれに、彼女たちの小さな肖像画を同封すればいいのだ。

そう決めたモリソン医師は、クレアモント公爵夫人への手紙に、アサートン公爵へ同じ内容の手紙を送るので、おふたりで相談してヴィクトリアとドロシーの身の振りかたを決めて知らせていただきたいと書いた。さらにアサートン公爵にも手紙を書くと、ニューヨークにいる顧問弁護士に宛てて、ロンドン在住の信用の置けるしかるべき人物を選んで、公爵と公爵夫人のところへこの手紙を届けるようにと依頼する簡単なメモを書いた。そのためにかかる一連の費用を公爵か公爵夫人が負担してくれるよう、彼は祈った。そして、立ちあがって体をのばした。

庭では、ドロシーが上靴の爪先で地面を軽く押しながら、うわの空でブランコを揺らしていた。「まだ信じられないわ」彼女のやさしい声は絶望と期待とに満ちていた。「ママが公爵夫人の孫娘だったなんて！　わたしたちはどうなるの、トーリー？　貴族の称号をもらうのかしら？」

ヴィクトリアは妹に皮肉な視線を送った。「ええ。わたしたちは『貧乏な親戚』になるのよ」

それは本当だった。なぜなら、長年にわたってこの土地の人々の病気を治療してきた父は尊敬され愛されていたが、患者たちが治療代を金銭で払うことはめったになかったし、父が金銭を請求することはけっしてなかったからだ。患者たちは治療代の代わりに品物を持ってきたり、労力を提供したりしていた——家畜の肉や魚、馬車の修理、焼きたてのパン、摘みたてのベリーなどだ。その結果、シートン家は食べるものに困ることこそなかったが、現金にはいつも不自由していた。ドロシーとヴィクトリアが着ている何度も繕《つくろ》った手染めのドレスからも、それはあきらかだった。住んでいる家さえも村の所有物で、マイルビー牧師の住まいと同じく貸家だった。医療や宗教活動に対する見返りとして住まわせてもらっているのだ。

ヴィクトリアが自分たちの境遇をみごとに要約したのを気にも留めず、ドロシーは夢想を続けた。「ママの従兄は公爵で、祖母は公爵夫人だなんて！　信じられないわ。どう思う？」「ママにはなにか謎があると、いつも思っていたわ」ヴィクトリアはあふれそうになった涙をこらえて答えた。「その謎がわかったわね」

「謎って、どんな？」

ヴィクトリアは答えるのを躊躇《ちゅうちょ》した。スケッチしていた鉛筆の動きが止まる。「これまでに会ったどんな女の人ともちがっていた、ただそれだけよ」

「わたしもそう思うわ」ドロシーはうなずいて静かになった。

ヴィクトリアは膝の上の描きかけのスケッチを見つめたが、去年の夏の記憶を頼りに描いたバラの絵は、涙でぼやけて見えなくなった。謎は解けた。不思議に思い、頭を悩ませていたたくさんのことがわかった。なぜ母が、村の女性たちと心からうちとけることができなかったのか、イングランドの上流婦人特有の洗練された口調で話していたのか、そして、少なくとも自分の面前では、ドロシーとヴィクトリアに同じようにしゃべりなさいと厳しく言っていたか。英語以外にフランス語の読み書きも勉強しなさいと言ったのも、母の出自《しゅつじ》からすればもっともな話だった。好みがうるさかったのも当然だ。そして、めったにないことだったが、母がイングランドについて口にするときに、妙に悩ましげな表情をちらりとのぞかせていたのも、これで少しは説明がついた。

もしかしたら、母が父をやさしく世話しながらも、なんとなく距離を置いていたことも説明がつくのかもしれなかった。それでも母は、表面上は完璧な妻だった。夫に声を荒らげたことなどなく、貧しい暮らしに文句をつけることもなく、夫婦げんかは一度もしたことがなかった。もうずっと前に、ヴィクトリアは母が父を愛していないことを許していた。いまになって、きっと母はこのうえなく贅沢《ぜいたく》に育てられたのだろうとわかってみると、不平ひとつもらさずに耐えていた母を賞賛したい気持ちになった。

モリソン医師は庭に出て、姉妹を元気づけるように笑顔を向けた。「手紙を書き終えたから、明日送ることにしよう。運がよければ、三カ月もすれば返事が来るだろう。いや、もっと早いかもしれない」彼は姉妹を高貴なイングランドの親族と再会させる手助けができることを喜んでいた。

「先生の手紙を受けとったら、あちらはどう思うかしら?」とドロシーが尋ねた。

モリソン医師は彼女の頭をなでて、太陽の光に目を細め、想像力をふくらませた。「驚くだろうな、きっと。だが、それをそのまま表現はしないだろう――イングランドの上流階級の人間は感情を表に出すのを嫌うそうだし、体面を重んじるから。あの手紙を読んだら、公爵夫人と公爵はまずは手紙をやりとりしてから、会ってきみたちの将来について相談しようということになるだろう。執事が紅茶を運んできて――」

モリソン医師は笑顔を浮かべながら、楽しい想像をくわしく語った。頭のなかでは、ふたりのイギリス貴族が――金持ちで親切な人たちが――優雅な客間で銀のトレイにのせた紅茶を飲みながら、それまでは存在さえ知らなかったが慈しむべき若い姉妹の将来について語りあうようすを思い描いていた。アサートン公爵とクレアモント公爵夫人はキャサリンを通じて遠縁の関係にあるのだから、もちろん親しい間柄にちがいないだろう……。

3

「クレアモント公爵夫人がいらっしゃいました」アサートン公爵チャールズ・フィールディングが席についていると、客間の入口から執事がおごそかな口調で伝えた。執事が一歩横へ退くと、堂々たる老婦人が疲れきった表情の事務弁護士を従えて入ってきた。チャールズ・フィールディングが彼女に向けたハシバミ色の目には、強い憎悪が込もっていた。

「ご丁寧に席を立つ必要はなくてよ、アサートン」わざと尊大に座ったままでいた彼を一瞥《いちべつ》して、公爵夫人は皮肉っぽくぴしゃりと言った。

アサートン公爵は微動だにせず、冷ややかな沈黙を保ったまま、彼女を見つめていた。銀色の筋が混じる髪とハシバミ色の目を持つチャールズ・フィールディングは五十代なかばになったいまでも魅力的な男だが、病魔による衰えは隠せなかった。背は高いものの体は痩《や》せ、顔には疲れと悩みによるしわが深く刻まれていた。

彼からなんの反応も得られなかったので、公爵夫人は執事のほうを振り向いた。「なんて暑い部屋なの！」彼女は柄《え》に宝石を埋めこんだステッキで床を打ちつけた。「カーテンを開けて、少し風を通しなさい」

「そのままでいい！」チャールズがどなった。彼女を目にして湧《わ》きあがってきた怒りで煮えくり返ったような声だった。

公爵夫人は彼のほうへ威圧的な視線を向けた。「窒息するためにここまで来たのではありません」意地悪く言った。

「ならば、お帰りください」

公爵夫人の痩せた体が憤慨のあまりぴんとこわばった。「窒息するためにここへ来たのではありません」嚙みしめた歯のすきまから声をもらすようにしてくりかえした。「キャサリンの娘たちについて、わたくしの決定を伝えるために来たのです」

「では、さっさとすませてお帰りください！」

怒りで目を細めた公爵夫人は、その場の空気がいまにもひび割れそうに感じられるなか、ゆっくりと椅子に腰をおろした。老齢にもかかわらず、そうして座っている姿はまるで女王のように端然として、髪に巻いた紫色のターバンは王冠、手にしたステッキは王笏《おうしやく》のように見えた。

公爵夫人がわざわざ会いにやってきたのは、キャサリンの娘たちの身の振りかたは自分が決めるから一切口出ししないようにと、直接釘を刺すためだけだと思っていたので、チャールズは驚きつつ真意を探るように彼女を見つめた。まだ話があるとばかりに椅子に座るとは思ってもみなかったのだ。

「あの娘《こ》たちの肖像画を見ましたね」公爵夫人が口を開いた。

チャールズは手のなかの肖像画に視線を落とし、それを守るようにぎゅっと握りしめた。ヴィクトリアの肖像画を見る彼の目に生々しい痛みが影を落とした。彼女は母親のキャサリンに瓜ふたつだった——あの美しい、いとしいキャサリンに。

「ヴィクトリアは母親によく似ています」公爵夫人が唐突に言った。

チャールズはさっと視線を上げ、たちまち表情を硬くした。「そのようですな」

「では、わたくしがその娘をわが家に置きたくない理由もおわかりでしょう。わたくしは妹のほうを引き取ります」公爵夫人はもう用事はすんだとばかりに立ちあがり、事務弁護士に顔を向けた。「モリソン医師に銀行の為替《かわせ》手形で諸経費を支払い、ドロシーの旅行費用の為替手形も送りなさい」

「はい、かしこまりました」事務弁護士は頭を下げた。「他になにかお申し付けはございますか?」

「やることは山ほどあります」公爵夫人は声に力を込めた。「その娘を社交界にデビューさせ、結婚の持参金を持たせなければ。ふさわしい結婚相手を見つけて——」

「ヴィクトリアは？　姉のほうをどうなさるつもりですか?」チャールズが激しい口調でさえぎった。

公爵夫人は彼をにらみつけた。「先ほど話したように、母親のキャサリンにそっくりな娘ですから、わが家に置くつもりはありません。差し支えなければ、あなたが世話をしてやりなさい。あなたは昔、キャサリンを強く望んでいましたね。そして、キャサリンも同じ気持ちだったはず。死の寸前にあなたの名前を口にしたのですから。キャサリンの忘れ形見を世話することができるのですよ。まさにあなたが適役でしょう」

喜びのあまり信じられず動揺しているチャールズに対して、公爵夫人は尊大な口調で続けた。「結婚相手は好きに決めなさい——ただし、あなたの甥《おい》だけは絶対にだめです。二十二年前、わたくしはわが一族とあなたの一族との結びつきを許しませんでしたが、それはいまも変わりません。わたくしは——」なにかを思いついたかのように公爵夫人はふと言葉を切り、勝ち誇ったように目を輝かせた。「キャサリンをウィンストン家に嫁がせようとしたのに、あの子はあなたのせいでそれを拒んだ。ですから、ドロシーはその息子と結婚させます——ドロシーをウィンストンの息子と結婚させます！」彼女は上機嫌で宣言した。「ドロシーをウィンストン家に嫁がせようとしたのに、あの子はあなたのせいでそれを拒んだ。ですから、ドロシーはその息子と結婚させます——というウィンストン家との絆ができるのです！」しわが寄った顔に意地の悪い笑みがゆっくり広がったかと思うと、彼女は顔をひきつらせているチャールズに笑い声を浴びせた。「長い時間がかかったけれど、このうえない良縁をまとめることができるのだわ！」そう言うなり、公爵夫人は事務弁護士を従えてしずしずと部屋を出ていった。

その後ろ姿を見送るチャールズの心は、苦痛と憎悪と喜びに大きく揺れていた。あの意地の悪い老女はうかつにも、彼にとっては命に代えても欲しいものを与えてくれた――キャサリンの娘であるヴィクトリアを。キャサリンに瓜ふたつの忘れ形見を。全身を駆け抜けようとした喜びをかろうじて抑えた瞬間、チャールズは怒りが湧きあがるのを感じた。あの狡猾《こうかつ》で冷酷で陰湿な老婆は、ウィンストン家と縁を結ぼうとしている。それこそが、かねてからの念願なのだ。その目的を達成するためには、喜んでキャサリンを犠牲にしようとした。ついにそれを実現しようとしている。

彼女もまた望みのものを手に入れようとしているのだと思うと、ヴィクトリアを得られるという喜びが輝きを失うように感じられ、チャールズは怒りをたぎらせた。と、ある考えが浮かんだ。彼は目を細めながら、その考えについてじっくり思案した。そして、ゆっくりと笑みを浮かべた。「ドブソン」彼は意気揚々として執事に呼びかけた。「ペンと羊皮紙を持ってきてくれないか。婚約発表を書きたいのだ。書いたらすぐに『タイムズ』へ届けてくれ」

「はい、かしこまりました」

チャールズは老執事を見上げた。その目は喜びで熱っぽく輝いていた。「公爵夫人はまちがっているな、ドブソン。あの老婆はまちがっている！」

「まちがっている、とおっしゃるのですか？」

「そうだ、まちがっている。このうえない良縁をまとめるのは彼女ではない。このわたしだ！」

それは毎日の儀式だった。毎朝九時頃、執事のノースラップは郊外にあるウェイクフィールド侯爵の豪壮な屋敷の大きな玄関扉を開けて、お仕着せ姿の従僕がロンドンから運んできた『タイムズ』紙を受けとる。

ドアを閉めると、ノースラップは大理石の玄関ホールを横切り、大階段の下に詰めている他の従僕に『タイムズ』を手渡した。「ご主人様がお読みになる『タイムズ』だ」

新聞を手にした従僕は廊下を進んでダイニングルームへ入り、いつものように朝食をとりながら手紙に目を通しているウェイクフィールド侯爵ジェイソン・フィールディングのもとへ運んでいった。「『タイムズ』でございます」従僕は口ごもりながら侯爵のコーヒーカップの横におずおずと新聞を置いてから、彼が食べ終えた皿を片づけた。侯爵は無言のまま新聞を取りあげ、紙面を開いた。

なにもかもが寸分の狂いもない舞踏《メヌエット》のようになめらかに進んだ。フィールディング卿は厳格な主人であり、ロンドンの屋敷でもこの郊外の屋敷でも、すべてが油をしっかり差した機械のように動くことを求めていたからだ。

使用人たちは彼のことを冷酷で驚くほど人間を寄せつけない神のようだと恐れ、なんとか意にかなうようにと必死に仕えていた。

フィールディング卿は舞踏会やオペラや社交場に――そしてベッドに――同伴する美女た

ちにも、召使いたちに対するのと同じく、よぶんな温かみを示すことはめったになかったので、女性たちもまた同じような印象を抱いていた。だが、どんなに冷たい態度をとられても、女性たちは彼を憧れの視線で見つめた。彼には男らしさを感じさせる紛れもないオーラがあって、それが女性たちの心をときめかせるのだ。

漆黒の豊かな髪、相手を射抜くような、インド産の翡翠《ひすい》を思わせるグリーンの目。固く結んだ唇は魅力的な輪郭を描いている。顔はよく日に焼けて、まっすぐな濃い眉にも、傲慢さを感じさせるあごの線にも、力強さがみなぎっている。六フィート二インチの大柄な体には贅肉ひとつなく、肩幅は広く、腕も脚も筋肉がはりつめている。乗馬を楽しむときも舞踏会で踊るときも、ジェイソン・フィールディングは周囲の男性たちのなかで、子猫に囲まれた精悍《せいかん》なジャングルキャットのように目立った。

あるとき、レディ・ウィルソン＝スミスが笑いながら言ったように、ジェイソン・フィールディングは罪深く危険なほど魅力的——そして、まちがいなく邪悪だった。

その意見に賛成する人は多かった。辛辣《しんらつ》さを秘めたグリーンの目をのぞいた者はだれもみな、彼のしなやかな筋肉質の体のなかには、無垢で無邪気な心は残っていないとわかったからだ。それにもかかわらず——あるいは、もっと正確には、だからこそ——女性たちはまるで炎に近づいて身を焦がす美しい蛾《が》のように彼に惹かれ、彼の情熱を求め、たまに見せるけだるい微笑みを浴びて温まりたいと願うのだった。世慣れた浮気な人妻は彼のベッドに忍びこもうとたくらんだ。適齢期の若い女性たちは彼の凍った心をとかして、目の前にひざまずかせたいと夢見た。

社交界のなかでも分別のある人々は、フィールディング卿が女性に対してひどく辛辣になるのはもっともな話だと噂《うわさ》していた。四年前に彼の妻がロンドンにやってきてスキャンダルを起こしたのは、周知の事実だったからだ。ロンドンで暮らしはじめてまもなく、美貌のウェイクフィールド侯爵夫人はつぎつぎと大っぴらな情事に耽《ふけ》るようになった。彼女はくりかえし夫を裏切った。社交界でそれを知らない者はいないほどで、フィールディング卿自身さえも妻の火遊びを知りながら、無視しているように見えた。

みごとな飾りを施した純銀のコーヒーポットを手にした従僕が、フィールディング卿の椅子の横で足を止めた。「コーヒーをもう少しいかがでしょうか?」

フィールディング卿は首を横に振っただけで、『タイムズ』のページをめくった。従僕はお辞儀をして去った。フィールディング卿が使用人に気安く声をかけることは絶対にないので、従僕はご主人様が返事をしてくれるのを期待していなかった。それどころか、ご主人様は使用人の大半について名前もなにも知らず、知ろうともしなかった。だが、少なくとも、たいていの高貴な人々のように叱《しか》りつけたりどなったりすることはなかった。気分を害したときには、グリーンの目でじっと見つめるだけで、相手はたちまち凍りつくのだ。たとえ怒り心頭に発したときでも、けっして声を荒らげなかった。

だからこそ、フィールディング卿が食器が振動して音を立てるほど勢いよくテーブルに手を叩《たた》きつけたとき、従僕は驚きのあまりコーヒーポットを落としそうになった。「ろくでなしめ！」新聞を見つめたまま椅子からさっと立ちあがった彼の顔には、驚きと怒りがありありと浮かんでいた。「腹黒い、狡猾なやつめ――いったい、なんのつもりでこんなことを！」

雷に打たれたように呆然としている従僕を、恐ろしい形相でちらりと見てから、大股で部屋を出て、執事の手から外套を奪うように取り、さっさと厩舎《きゅうしゃ》へ向かった。

執事のノースラップは背後で玄関扉を閉め、上着のすそをなびかせながら廊下を走った。ダイニングルームに飛びこむなり、「ご主人様はどうしたのだ？」と尋ねた。

さっきまでフィールディング卿が座っていた椅子の横に従僕が立ち、コーヒーポットを手にして、開いたままの新聞をぼうっと見つめていた。「たぶん、この記事をお読みになっていたのでしょう」と指差した先には、ウェイクフィールド侯爵ジェイソン・フィールディングとヴィクトリア・シートン嬢との婚約発表が報じられていた。「結婚なさるとは知らなかった」と従僕は続けた。

「ご自身が知っていたかどうかも疑問だな」ノースラップも呆然として記事を見つめた。驚きのあまり目下の使用人に主人の噂話をしてしまったと気づいたノースラップは、テーブルからさっと新聞を取って、手際よく折りたたんだ。「フィールディング卿の私生活についてあれこれ口にしてはならん、オマリー。この屋敷で働きたければ、それを忘れるな」

二時間後、アサートン公爵のロンドンの邸宅の前で、ジェイソンの馬車が車輪をきしらせて停《と》まった。走りでてきた馬丁に手綱を投げ渡すと、ジェイソンは馬車から飛び降りて決然たる足取りで正面の階段をのぼった。

「いらっしゃいませ。閣下がお待ちでございます」執事のドブソンが玄関扉を開けて挨拶し、脇《わき》へどいた。

「そうだろうとも！」ジェイソンは厳しい声を出した。「どこにいる？」

「客間でございます」

ジェイソンは執事を押しのけ、腹立ちもあらわにずかずか廊下を進んだ。勢いよく客間のドアを開くと、暖炉の前に座っている灰色の髪の威厳に満ちた男性に近づいた。そして、挨拶抜きでいきなりするどい声を発した。「『タイムズ』に勝手に婚約発表をのせたのは、あなたですね？」

チャールズは彼の凝視を堂々と受けとめた。「そうだ」

「では、撤回記事をのせてください」

「断わる」チャールズはにべもなかった。「相手の女性はまもなくイングランドへやってきて、おまえは彼女と結婚する。おまえにはなにがなんでも父親になってもらわねば。わたしはこの世を去る前に孫息子をこの腕に抱きたいのだ」

「孫息子が欲しいのなら、ぼく以外の庶子をさがせばいい。きっといまでは孫息子の数は十人以上にもなっていることでしょうよ」

　チャールズは罵《のの》しられて一瞬たじろいだが、いっそう凄《すご》みを増した低い声で言った。「後継者として世間に発表できる、嫡出《ちゃくしゅつ》の孫息子が必要なのだ」

「嫡出の孫息子」ジェイソンはぞっとするほど皮肉な口調でくりかえした。「あなたの庶子であるこのぼくに嫡出の孫息子を求める、というのですか。ひとつ教えてほしい。世の中の人々はみな、ぼくがあなたの甥だと信じているのに、いったいどうやって、ぼくの息子をあなたの孫息子だと認めさせるつもりですか？」

「たとえ表向きは甥の息子だろうが、わたし自身は孫息子だとわかっているのだから、それでよい」息子の激しい怒りにも臆《おく》せず、チャールズはきっぱり断言した。「ジェイソン、おまえの息子を後継者としたいのだ」

　ジェイソンはこめかみで血が脈打つのを感じながら、怒りを抑えようとつとめた。前屈みになって、チャールズの椅子の肘掛けを両手で握りしめると、ふたりの顔はほんの数インチの距離にあった。はっきりした口調で、ジェイソンは宣言した。「以前にも申しあげたし、もうこれっきりくりかえしませんが、二度と結婚はしません。いいですか？　ぼくは二度と結婚しない！」

「なぜだ？」チャールズはするどく切り返した。「おまえは女嫌いではない。複数の愛人がいて、十分に面倒を見てやっているのは周知の事実だ。それどころか、彼女たちに愛されているらしい。どうやら、みんなおまえのベッドに招かれるのを喜んでいるようだし、おまえだって彼女たちを招くのにやぶさかではない――」

「黙れ！」ジェイソンが怒りを爆発させた。

その瞬間、チャールズは痛みの発作に襲われて顔をひきつらせ、片手を胸にあてて、長い指でシャツをぐいとつかんだ。しばらくして、彼は手をゆっくりと膝へ戻した。

ジェイソンは目を細めて、発作が起きたふりをしているのかもしれないと疑いつつも、父親が言葉を続けるのを黙ったままこらえた。「おまえの妻になるヴィクトリアは、三カ月すればロンドンへやってくる。港に馬車を待機させて、到着したらすぐにウェイクフィールドのおまえのもとへ送り届ける。礼儀作法にのっとって、婚礼がすむまではわたしもそちらで一緒に生活するつもりだ。ずっと昔、わたしは彼女の母親と知り合いだった。ヴィクトリアは母親とよく似ている。会ってがっかりすることはないだろう」チャールズは肖像画を取りだした。「どうだ、ジェイソン。この美女にまったく心が動かないのか？」彼は低い声でなだめるように言った。

息子をなんとか丸めこもうとするチャールズの試みは、かえってジェイソンの表情をこわばらせた。「こんなことをしても時間の無駄です。ぼくの心は動きません」

「動くさ」チャールズは断言して、最後の手段である脅迫に出た。「なにしろ、そうでなければ、わたしはおまえを勘当するからだ。おまえはわたしのあちこちの屋敷を修復するためにすでに五十万ポンド以上を使った。もしヴィクトリア・シートンと結婚しなければ、大金をかけた屋敷を相続できなくなるんだぞ」

ジェイソンはその脅しを軽蔑しきった表情で受け流した。「あなたの大事な屋敷など全部燃えてしまってもいいくらいだ。ぼくの息子は死んだ――もはや遺産なんぞなんの使い道もない」

失った幼い息子の話を口にしたときジェイソンの目に苦悩がよぎったのを見て、チャールズも悲しみを感じて口調をやわらげた。「無断で婚約を発表したのはたしかに早計だったが、それには事情があるのだよ。ヴィクトリアと結婚しろと無理強いすることはできんが、少なくとも頭ごなしに拒絶しないでくれ。誓って言うが、すばらしい女性だ。さあ、この肖像画を見れば、どれほど美人かわかるだろう……」ジェイソンがくるりと振り向いて大股《おおまた》で部屋から出て、ドアをひどく乱暴に閉めたので、チャールズの声は耳をつんざくような音にかき消された。

チャールズは閉まったドアを苦い表情で見つめた。「おまえは彼女と結婚するのだ、ジェイソン。たとえ頭に銃口を突きつけてでも、きっと結婚させてみせる」彼は目の前にいない息子に警告した。

まもなく、ドブソンが銀のトレイにシャンパンのボトルとグラスをふたつのせて運んできた。「僭越《せんえつ》ながら、このような場にふさわしい飲み物を選ばせていただきました」老執事はチャールズの目の前のテーブルにトレイを置いて、うれしそうにうちあけた。

「ならば、毒草《ヘムロック》を選ぶべきだったたな」チャールズがしかめ面を見せた。「ジェイソンはもう帰った」

執事は見るからに落胆した。「もうお帰りに？　ですが、まだ結婚のお祝いも申し述べておりませんのに」

「それは幸運だったたな」チャールズは暗い笑みを浮かべた。「そんなことをしたら、きっと殴られて歯が折れただろう」

執事が去ると、チャールズはシャンパンのボトルを手にして栓を抜き、グラスにそそいだ。決然たる笑顔で、彼はグラスをかかげてひとりで乾杯をした。「ジェイソン、おまえの来《きた》るべき結婚を祝して」


「すぐに戻りますから、ちょっと待っていてください、ミスター・ボロウスキー」ヴィクトリアはそう言って、ドロシーと自分の荷物をのせた農夫の荷馬車から飛び降りた。

「ごゆっくり」農夫はパイプをふかして笑顔で言った。「お嬢さんが戻るまでは出発しませんから」

「急いでね、トーリー。遅れたら船は待ってくれないわ」ドロシーが声をかけた。

「時間はたっぷりありますよ。この荷馬車で町までちゃんと送りますし、船が出るのは夕方の予定ですから」

ヴィクトリアは丘の上から村を見渡している堂々たる構えのアンドルーの屋敷の階段を駆けのぼり、重いオークのドアをノックした。「おはようございます、ミセス・ティルデン」彼女はふくよかな家政婦に挨拶した。「ミセス・ベインブリッジにお目にかかれるかしら？出発のご挨拶がしたいんです。イングランドの連絡先を書いたアンドルーへの手紙をあずかっていただきたいし」

「用件をお伝えしてみますね」家政婦は親切に答えたが、申し訳なさそうな表情で続けた。「でも、たぶんお会いにはならないでしょう。病気の発作が起きると奥様がどんな具合になるかはご存じですよね」

ヴィクトリアはおとなしくうなずいた。ミセス・ベインブリッジの〝発作〟のことは十分に承知していた。ヴィクトリアの父パトリック・シートン医師によれば、アンドルーの母であるミセス・ベインブリッジは気の進まない行動を回避したり、アンドルーに言うことを聞かせたりしたいために病気をつくりだす、慢性的な嘘《うそ》つき病なのだった。数年前に父がヴィクトリアの目の前で、ミセス・ベインブリッジに直接その診断をくだしたので、それ以来ミセス・ベインブリッジはけっしてふたりを許そうとしなかった。

ヴィクトリアはミセス・ベインブリッジが仮病を使うのを知っていたし、アンドルーもそれを承知していた。だから、動悸《どうき》やめまいがするとか手足が痛いとか訴えても、ふたりにはあまり効果がなかった——じつは、息子が結婚相手を選んだことに抵抗しているのだとわかっていた。

屋敷のなかから戻ってきた家政婦は厳しい顔をしていた。「ごめんなさいね、ヴィクトリア。奥様は体調がすぐれないのでお目にかかれないそうです。アンドルー様への手紙はわたしから奥様へお渡しして、送ってもらうようにいたします。奥様はモリソン先生をお呼びするようにと仰せです」彼女はうんざりした顔でつけ加えた。「耳鳴りがするとかで」

「きっとモリソン先生は、ベッドから出てなにか前向きなことをしなさいなどとは言わずに、耳鳴りを気遣ってくださると思いますわ」ヴィクトリアは笑顔で答え、手紙を渡した。もしヨーロッパへの郵送料がこれほど高くなければ、こんなふうに手紙をことづけずに自分で送れるのにと思った。「ミセス・ベインブリッジはわたしの父よりもモリソン先生の方針を気に入られるはずです」

「じつを言えば」ミセス・ティルドンは気まずい表情だった。「奥様はあなたのお父様のことがお好きだったのです。夜中に具合が悪くなって往診に来てもらうときには、ドレスにとても気を使っていらっしゃいました。だけど——」彼女はそこで言葉を切ってから、ふたたび続けた。「お父様は、本当にいいかたでしたわね。そんな手には絶対にのりませんでした」

ヴィクトリアが去ると、ミセス・ティルドンは手紙を二階へ持っていった。「奥様、ミス・ヴィクトリアからアンドルー様への手紙です」

「渡しなさい」ミセス・ベインブリッジの声は病人とは思えないほど力強かった。「それから、すぐにモリソン先生を呼んでちょうだい。ひどいめまいがするの。いつになったら新しいお医者様が来るのかしら?」

「一週間ほどかかるそうですが」ミセス・ティルドンが手紙を渡しながら答えた。

家政婦がいなくなると、ミセス・ベインブリッジは灰色の髪の毛をレースキャップのなかへ押しこんで、サテンのベッドカバーの上に置かれた手紙を汚いもののように一瞥した。「アンドルーはあんな田舎娘と結婚したりしないわ」彼女は心のなかで軽蔑を込めてつぶやいた。「財産もなにもない娘なんて! アンドルーはスイスにいる従妹のマデリンがすばらしい女性だと、二度も手紙に書いてきた。その話もしたというのに、あの小生意気な娘はまだあきらめようとしていない」

「若旦那様はミス・マデリンと結婚して、こちらへ連れてこられるのですか?」侍女がミセス・ベインブリッジの背中にあてた枕を叩いてふくらませながら尋ねた。

ミセス・ベインブリッジのほっそりした顔が怒りで紅潮した。「冗談じゃないわ! アンドルーは結婚などしている暇はないわ。それはちゃんと念を押してあるの。この家を管理し、守っていくのがあの子の仕事よ。そして、母親のわたしを大切にすることも」彼女はヴィクトリアの手紙を汚いもののように二本の指でつまんで侍女に渡し、「これは始末しておいてちょうだい」と冷たく命じた。

「こんなに人がたくさんいて、騒々しい場所があるなんて、想像したこともなかったわ」ニューヨーク港の雑踏に立ったドロシーが感嘆した。

ずらりと並んだ船と陸地とを結ぶ道板を、トランクをいくつも担《かつ》いだ荷役人足《にやくにんそく》たちがあわただしく行き来している。荷を満載した網が機械でつりあげられて、木製の桟橋から船上へと運ばれる。上級船員たちが命令する声と、船乗りたちの荒々しい笑いと、桟橋の上で彼らの上陸を待ちかねている華やかに飾りたてた女性たちの呼び声とが混じりあっていた。

「なんだかわくわくするわ」ふたりのがっしりした荷役人足が姉妹の全財産を詰めこんだ二個の大きなトランクを担いで船に積みこむのを眺めながら、ヴィクトリアが言った。

ドロシーはうなずいて同意を示したものの、その表情はくもっていた。「そうね。でも、この航海が終われば、曾《ひい》お祖母様のせいでわたしたちは離れ離れになるのよ。お姉様を拒絶するなんて、いったいどういうことなのかしら？」

「わからないわ。でも、くよくよ考えてはだめよ」ヴィクトリアは励ますような笑顔を見せた。「いいことだけ考えましょう。ほら、イーストリバーを見て。目を閉じて潮の香りを味わいましょうよ」

ドロシーは両目を閉じて息を深く吸いこんだが、たちまち鼻にしわを寄せた。「死んだ魚の匂いしかしないわ。ねえトーリー、もし曾お祖母様がお姉様のことをもっと知ったら、きっと呼び寄せてくれるわ。姉妹を離れ離れにしたままでいるほど冷酷じゃないはずよ。わたしがいろいろ話して、きっと考えを変えてもらうわ」

「だめよ。たてつくようなことをしてはいけないわ。当分のあいだ、わたしたちは親戚にすっかりやっかいになるのだから」ヴィクトリアはおだやかに諭した。

「たてついたりはしないわ。でも、すぐにお姉様を呼び寄せたほうがいいって納得してくれるように、いろいろ努力するつもり」ドロシーは約束した。ヴィクトリアは微笑んだもののなにも言わなかったので、ドロシーはため息をついた。「はるばるイングランドまで行くのにもささやかな慰めがひとつだけあるわ――もっと練習して経験を積めばプロのピアニストになれるかもしれないって、ミスター・ウィルヘルムが言っていたの。ロンドンにはすばらしいピアノ教師がいるそうよ。ピアニストになるのを許してくださるように曾お祖母様にお願いする――いいえ、そう主張するつもりよ」ドロシーは愛らしく従順な外見からは意外なほどきっぱりと宣言した。

ドロシーがそれを実現するにはきっといろいろな障害があるだろうと、ヴィクトリアは感じた。ほんの一歳半とはいえ年上の知恵で、彼女は淡々と言った。「あまり強くは『主張』しないでね」

「ええ、慎重にするわ」ドロシーはうなずいた。

4

「ミス・ドロシー・シートンでしょうか？」麻袋をかついだ船乗りがあわただしく行き来する船着場で、紳士が礼儀正しく声をかけてきた。

「わたしです」ドロシーが恐れと興奮で声を震わせながら答えて、非の打ちどころのない身なりをした白髪の男性をじっと見た。

「クレアモント公爵夫人のご指示でお迎えに参じました。トランク類はどちらですか？」

「ここにあります。荷物はこのトランクひとつだけです」

彼が振り返ると、ドアに金の紋章がついた馬車の後ろからお仕着せ姿の男がふたり、さっと降りてきた。「では、参りましょう」と白髪の男性がうながし、トランクは馬車の上にくくりつけられた。

「でも、姉はどうなるのですか？」ドロシーは恐怖にかられてヴィクトリアの手をしっかり握りしめた。

「お迎えが直接こちらへ来るはずです。船が予定より四日も早く着いたので、少しまごついているのかもしれませんが」

「わたしのことは心配しないで」ヴィクトリアは本心を隠して明るくきっぱりと言った。「すぐにお迎えが来るわ。それまでは、ガーディナー船長が船に泊まらせてくれる。さあ、先に行っててちょうだい」

ドロシーは姉を強く抱きしめた。「きっと一緒に暮らせるようにするわ。きっとよ。怖くてたまらないの。忘れないで手紙を書いてね。毎日書くのよ！」

ヴィクトリアはそこに立ったまま、ドロシーがドアに紋章が描かれた贅沢な馬車に乗りこむのを見つめていた。階段が折りたたまれ、御者《ぎょしゃ》が鞭《むち》を鳴らすと四頭の馬が走りだし、ドロシーが窓から手を振った。

〝うまいビールと食い物〟を求めて船から出ていく船員たちに押されながら、ヴィクトリアはデッキに立ったまま、去っていく馬車から目が離せないでいた。これほどひとりぼっちだと感じたのは、生まれてはじめてだった。

それから二日間は、ほとんどの時間を自分のキャビンで過ごし、退屈しのぎといえば、時おりデッキを散歩することと、ガーディナー船長と食事をすることだけだった。船長は魅力的な人物で、父親のように接してくれ、彼女との時間を楽しんでくれていた。数週間の船旅のあいだ、ヴィクトリアはかなりの時間を船長と一緒に過ごし、何十回も食事を共にしていた。船長は彼女がイングランドへやってきた理由を承知していたし、ヴィクトリアは船長を新しい友人として見ていた。

ウェイクフィールドからの迎えを待ちあぐねて三日目、ガーディナー船長は馬車を雇ってヴィクトリアを送り届けることにした。「この船は予定より早く港に入りましたが、それはめったにないことなのです。ですから、迎えの馬車はまだ来ないかもしれない。あいにくわたしはロンドンに用事があるのですが、あなたをひとりで残しては出かけられません。ご親戚に到着を知らせて迎えを待つよりも、ご自分から向こうへ行かれるほうがいいでしょう」

馬車で目的地へ向かう道すがら、ヴィクトリアはイングランドの田園のうららかな春の景色を楽しんだ。なだらかに隆起する丘には低い生け垣がいくつも並び、ピンクや黄色の花々が咲いている。車輪が轍《わだち》や溝を通るたびに馬車は大きく揺れたが、一マイル進むたびに彼女の胸は高鳴った。御者がドアをトントンと叩いて、血色のいい顔を見せた。「あと二マイルほどですが、もしよろしければ――」

突然の出来事だった。車輪が深い轍にひっかかって馬車が大きく揺れたとたん、御者の顔が視界から消えて、ヴィクトリアは馬車の床にどさりと投げだされた。つぎの瞬間、ドアがぐいっと開いて、御者が手を差しのべて外へ出してくれた。「大丈夫ですか?」

ヴィクトリアは首を横に振ったが、彼女が言葉を口にするよりも早く、御者はくるりと振り返って、脱いだ帽子をおどおどしたようすで握りしめているふたりの農夫のほうを向いた。

「この大ばか者め! 道の真ん中にこんなに深い轍をつけるなんて、どういうつもりだ?

見てみろ、車輪の心棒が折れて――」御者はふたりを口汚く罵った。

道端で罵声《ばせい》を浴びせている姿を見かねて背を向けたヴィクトリアは、馬車の床に倒れたせいで汚れてしまったスカートをはたいてきれいにしようとした。そのうちに、御者が心棒を調べようと馬車の下に入りこむと、農夫のひとりがくしゃくしゃの帽子を手で揉みしだきながら近づいてきた。「ジャックもおれも、本当に申し訳ないことをしてしまって――もしよければ、ウェイクフィールドまでお送りします。とはいっても、子豚どもを乗せてる荷馬車なんですが。どうでしょうか？」

二マイルも歩かずにすむのだからと、ヴィクトリアは喜んで申し出を受け入れた。チャールズ・フィールディングが送ってくれた旅費から御者に支払いをして、がっしりしたふたりの農夫に挟まれて荷馬車の御者席に乗った。荷馬車は四輪馬車とちがって高級ではないものの、揺れはずっと少なく、乗り心地ははるかによかった。さわやかな微風が頬を冷やし、周囲に広がる田園風景をさえぎるものはなにもなかった。

いつもの気取らない親しげな態度で接するうちに、ヴィクトリアは農夫たちとうちとけ、畑仕事の話を聞きはじめた。知らないことばかりで、話を聞くのは楽しかった。どうやら、イングランドの農夫は畑仕事に機械を使うのに反対らしかった。「おれたちが一生懸命に手をかけてやらなきゃ、とんでもないことになっちまう」と農夫のひとりが最後に熱心に力説した。

でも、ヴィクトリアはそこのところはうわの空だった。なぜなら、荷馬車が石を敷きつめた道に折れて、立派な鉄製の門を抜け、ところどころに背の高い木立がある手入れの行き届いた広大な庭園に入ったからだ。庭園は右も左も見渡すかぎり続いていて、あちらこちらに小川が流れ、川岸はピンクやブルーや白の花でおおわれている。「まるで妖精《ようせい》の国だわ」ヴィクトリアは大きなため息をついて、絵のような小川の念入りに手入れされた川岸や広大な風景をうっとりと見つめた。「これほどの庭園を手入れするには、庭師が何十人も必要でしょうね」

「そうですとも。ご主人様は庭師を四十人も雇っていらっしゃる。本物の庭——このお屋敷の庭だけのためにです」ジャックが答えた。さらに石を敷きつめた道を十五分ほど進んだところで、ジャックが誇らしげに指差した。「あれがウェイクフィールドです。部屋の数は百六十もあるんだとか」

息が止まり、目がくらみ、からっぽの胃がきりきりした。目の前には、想像さえしたこともないほど豪勢な三階建ての大邸宅が広がっていた。上等なレンガ造りで、立派な正面玄関があり、傾斜のついた屋根から煙突が何本ものびている。堂々とした構えはまるで宮殿のようで、広いテラスから階段が正面扉へと続き、太陽の光が薔薇《ばら》窓のガラスに反射して輝いていた。

荷馬車が大邸宅の前で停まり、うっとりと眺めていたヴィクトリアは農夫の手を借りて座席から降りた。「ありがとう。親切にしてくださって」お礼を言ってから、階段をのぼりはじめた。不安で足は鉛のように重く、膝の動きがぎくしゃくした。後ろのほうで、農夫たちが彼女のトランクを下ろそうとしていたが、荷台のドアを開けた瞬間に二頭の子豚がキーキー泣きながら飛びだして、どさりと地面に落ち、ものすごい勢いで芝生を走って逃げた。

農夫たちの叫び声で振り向いたヴィクトリアは、顔を真っ赤にした農夫たちがすばしこい子豚を追いかけているのを見て、ふと緊張の糸が切れてくすくす笑いだした。

と、前方の正面扉がぱっと開いて、グリーンと金色のお仕着せ姿のいかめしい表情の男が現われ、農夫と子豚と、近づいてくる埃《ほこり》だらけで乱れた身なりの女を見て、冷ややかな視線を送った。「配達なら、裏へまわりなさい」男はヴィクトリアに険悪な口調で声をかけた。片手で屋敷の横へまわりこむ道を横柄《おうへい》に示した。

配達ではないと説明するために口を開こうとしたとき、ヴィクトリアは農夫に追われて自分に向かってまっすぐ走ってくる子豚に注意を奪われた。

「荷馬車も豚も使用人も、さっさと片づけなさい！」お仕着せの男が大声を出した。

ヴィクトリアはかがみこんで子豚を抱きあげたが、思わず激しい笑いがこみあげてきて涙が浮かんだ。彼女は笑いながら説明しようとした。「あの、おわかりではないようですが――」

執事のノースラップは彼女を無視して肩越しに振り返り、従僕に指示した。「この連中を片づけろ！　放りだせ――」

「いったい何事だ？」漆黒の髪をした三十歳ほどの男性が、正面階段の上にゆっくりと現われた。

執事は怒りで眉をつりあげて、ヴィクトリアの顔を指差した。「この女性が――」

「ヴィクトリア・シートンです」彼女はすばやくさえぎって、緊張と疲れと空腹のせいでヒステリックに笑いだしてしまいそうな自分を抑えようとした。だが、名前を聞いて黒髪の男性の顔にあからさまなショックが浮かぶのを見ると、警戒心が解けて思わず笑いがあふれでた。

抑えきれなくなった笑いで全身を揺さぶりながらも、キーキー鳴いている子豚を赤面している農夫に手渡した。そして埃まみれのスカートをつまみあげて会釈しようとした。「なにか間違いが起きたようです」彼女はなんとか笑いを押し殺しながら言った。「わたしがこちらに来たのは――」

背の高い男性が冷たい口調で彼女の挨拶をさえぎった。「そもそもの間違いは、きみがここへやってきたことだ、ミス・シートン。だが、もうすぐ日が暮れるので、お戻りいただくには遅すぎる」彼はヴィクトリアの腕をつかんで、乱暴にひっぱった。

ヴィクトリアはたちまち我に返った。気づいてみれば、おもしろいどころか、背筋が凍るほどぞっとする状況だった。三階まで吹き抜けになっている大理石の玄関ホールへ、おずおずと足を踏み入れると、そこだけでもニューヨークの彼女の家全体よりも広かった。上階へと曲線を描いて続く大きな階段は枝分かれして、ホールの両側からのぼれるようになっており、最上階の天窓からは柔らかい太陽光がそそいでいる。彼女は頭をそらして、はるか上の天窓を仰ぎ見た。両目に涙があふれ、めまいを感じ、急にひどい疲れが襲ってきた。荒海やでこぼこ道を越えて、はるばる何千マイルも旅してきたのは、親切な紳士に迎えられると期待してのことだった。ところが、ドロシーと引き離されたあげく、送り返されようとしている——天窓からそそぐ光が、万華鏡の輝きのようにぼやけて見えた。

「気絶しますよ」執事があわてて言った。

「おお、なんてことだ！」黒髪の男性があわてて彼女を腕に抱きとめた。彼に抱えられたまま大理石の広い階段をのぼりはじめたときには、すでに意識が戻ってきていた。

「下ろして」彼女は恥ずかしさのあまり必死で頼んだ。「もう大丈夫ですから——」

「おとなしくしていろ！」命令口調だった。踊り場まで来ると、彼は右へ折れて大股で部屋へ入った。曲線を描く木の枠からブルーとシルバーの絹のドレープがたれて、四隅がシルバーのベルベットの留め具でまとめられている大きなベッドへ一直線に向かう。そして黙ったまま、ブルーの絹のベッドカバーの上に彼女を乱暴に置いて、起きあがりかけた彼女の肩を押さえて制止した。

執事が上着のすそをなびかせて部屋へ走りこんできた。「さあ、気付け薬をお持ちしました」息を切らせて言った。

男性は薬瓶《やくびん》をさっと取ると、ヴィクトリアの鼻先に押しつけた。

「やめて!」と叫んで、顔をそむけてアンモニアのきつい匂いを避けようとしたが、しっかり押さえられていてなかなか逃れられなかった。必死になるあまり、鼻先に薬瓶を押しつけようとする彼の手をぎゅっとつかんだ。「なにをするつもり? わたしにそれを食べさせたいの?」ヴィクトリアは大声で訊いた。

「それはすばらしい考えだ」彼は意地悪く答えたが、腕の力を抜いて、薬瓶を彼女の顔から少し離した。疲れたのと恥ずかしい思いとで、ヴィクトリアは顔をそむけると、両目を閉じ、ぐっと唾《つば》を飲みこんで、こみあげてくる涙をこらえようとした。さらに、もう一度飲みこんだ。

「願わくば」彼は皮肉っぽくゆっくりしゃべった。「このベッドの上で吐いたりしないでほしいものだ。注意しておくが、そうなったら自分で片づけてくれ」

ヴィクトリア・エリザベス・シートンは――十八年間大切に育てられた気立てのいい魅力的な若い淑女は――枕の上でゆっくりと顔の向きを変え、強い憎しみの日で彼を見た。「あなたはチャールズ・フィールディング卿ですか?」

「いいや」

「ならば、このベッドから下りるか、わたしが下りるのを許すか、どちらかにしてください！」

彼はさっと眉をひそめて、輝くブルーの瞳に不快感を込めて反抗的に自分を見つめる相手を、あらためて見下ろした。枕に広がった髪の毛は黄金の炎を思わせ、こめかみのあたりでもつれながら、名工の手になる陶器の人形のような顔をおおっている。まつげは驚くほど長く、唇はほんのり赤く柔らかで、まるで——。

彼は突然立ちあがり、大股で部屋を出ていき、執事が後を追った。ドアが閉まると、ヴィクトリアは完全な静寂のなかに残された。

そろそろと起きあがって、両足をベッドから下ろし、めまいが戻ってくるのを恐れながら、そっと体重をかけて立ってみた。気が遠くなるほどの絶望感で寒気がしたが、とにかくちゃんと立てた。左側には壁一面の薔薇窓があって、銀糸でぎっしり縫い取りをしたライトブルーのドレープがかかっていた。部屋の隅には、ブルーとシルバーのストライプの長椅子が、暖炉に直角に並んで置かれていた。〝退廃的な豪華さ〟という言葉がふっと浮かんで、彼女はスカートの汚れを払いのけてから、もう一度部屋のなかを見まわし、おずおずとブルーの絹のベッドカバーに腰をかけた。

膝の上で両手を組んで、これからどうしようかと考えると、みじめさが喉の奥でふくれあがった。きっと、不要な荷物のようにニューヨークへ送り返されるにちがいない。それならば、いったいどうして、母の従兄の公爵はわたしをここへ呼んだのだろう？　公爵はどこにいるのだろう？　さっきの男はだれだろう？

ドロシーと曾祖母のところへは行けない。なぜなら、曾祖母はドロシーだけを歓迎するとはっきり手紙で知らせてきた。ヴィクトリアは顔をしかめた。なだらかな額に困惑でしわが寄る。黒髪の男が二階へ運び入れたことからして、おそらく彼は召使いで、最初にドアを開けたがっしりした白髪の男が公爵なのだろう。最初に見たときは、彼は上級使用人《ランキング・サーバント》なのだと思った――アンドルーの家でいつも客の応対をする家政婦のミセス・ティルデンのように。と、ノックの音がしたので、ヴィクトリアはいたずらを見つかった子供のようにベッドからさっと立ちあがり、ベッドカバーを注意深く手でなでてから「どうぞ」と答えた。

ぱりっとした黒いドレスに白いエプロンと白い帽子のメイドが、銀のトレイを手にして入ってきた。同じ制服を着たメイドがさらに六人も、湯気の上がっているバケツを持って、まるで人形劇の人形のように続いた。その後ろから、金糸で縁取りをしたグリーンの制服姿の従僕がふたり、彼女のトランクを運んできた。

先頭のメイドが長椅子のあいだのテーブルにトレイを置き、他のメイドたちは続き部屋に姿を消し、従僕たちはベッドの端にトランクを置いた。しばらくして、彼らはみな、また一列になって部屋を出ていったが、そのようすはまるでおもちゃの兵隊が動いているようだった。ひとりだけ残ったメイドが、所在なげにベッドの横に立っているヴィクトリアのほうを向いた。「こちらに食べ物がございます」化粧気のない彼女の顔は、注意深く表情を消していたが、声はひかえめで感じがよかった。

　ヴィクトリアは長椅子に座った。バタートーストとホットチョコレートを見ると口のなかに唾がわいてきた。

「湯浴《ゆあ》みをなさるようにと、ご主人様がおっしゃいました」メイドはそう言って続き部屋へ向かった。ヴィクトリアはホットチョコレートを飲もうとして手を止め、「ご主人様？」とくりかえした。「それは……玄関にいらした紳士かしら？　白髪でがっしりした体格の？」

「とんでもない、ちがいます！　それは執事のミスター・ノースラップでございましょう」

メイドはヴィクトリアを不思議そうに見た。

　ヴィクトリアがほっとしたのもつかのま、メイドは言葉を続けた。「ご主人様は背が高く、カールした黒い髪をしていらっしゃいます」

「それで、そのかたが、わたしに湯浴みをするようにとおっしゃったの？」ヴィクトリアはいらだちつつ訊いた。

　メイドは顔を赤くしてうなずいた。

「そうね。たしかにその必要があるでしょう」ヴィクトリアはしかたなく認めた。トーストを食べホットチョコレートを飲んでから、続き部屋でメイドが香水入りのバスソルトをそそいでくれたお湯に入ることにした。長旅で汚れたドレスを脱ぎながら、チャールズ・フィールディングが送ってくれた短い手紙を思い返していた。彼はイングランドに来てほしいと熱心に訴えていた。「すぐにこちらへおいでなさい。歓迎するどころではない――心から待ちわびています」と書いていた。結局のところ、ニューヨークへ送り返されずにすみそうだ。たぶん「ご主人様」にはなにか手違いがあったのだろう。

メイドはヴィクトリアの髪を洗ってくれ、柔らかい布を広げて、湯船から出るときも手助けしてくれた。「身につけていらしたものを片づけて、ベッドの支度をいたしました。もしかしたらお昼寝をなさるかと存じまして」

ヴィクトリアは微笑んでメイドに名前を尋ねた。

「名前ですか？」メイドはびっくりして思わず言葉を返した。「ル、ルースといいます」

「どうもありがとう、ルース。服を片づけてくれて」

メイドはそばかすが散った顔を喜びで真っ赤に染め、さっとお辞儀をするとドアへ向かった。「夕食は八時でございます。こちらのお屋敷ではいつも同じ時間です」

「ねえ、ルース」去ろうとしたメイドをヴィクトリアはぎこちなく呼びとめた。「こちらには、ご主人様がふたりいらっしゃるの？　つまり、チャールズ・フィールディングというのは――」

「閣下のことですね！」ルースはだれかに聞かれるのを恐れるかのように肩越しに振り返ってから、言った。「閣下はまだ到着なさっていません。でも、今晩おいでになるのはたしかです。ご主人様がノースラップに閣下がいらっしゃると伝えておられましたから」

「その、『閣下』はどんなかたなの？」ヴィクトリアはそんな肩書きで呼ぶのはおかしいと思いながら尋ねた。

ルースはその質問に答えようとしたようだったが、思いとどまった。「申し訳ありませんが、ご主人様は使用人が噂話をするのをお許しになりません。お客様と親しく口をきくことも許されません」彼女は膝を曲げてお辞儀すると、糊のきいた黒いスカートがこすれてたてるサラサラいう音とともにあわてて去っていった。

この家では、使用人と客という立場の違いだけで会話さえもできないのかと、ヴィクトリアは驚いたが、先ほど出会った「ご主人様」のようすからすれば、そんな非人間的な命令に従わせようというのも無理からぬ話だと思えた。

ヴィクトリアは寝間着《ナイトドレス》に着替えてベッドにのぼり、シーツのあいだにすべりこんだ。贅沢な絹の感触がむきだしの腕や顔に心地よく感じられるなか、チャールズ・フィールディングが先ほどの「ご主人様」とはちがって心の温かい親切な人でありますようにと心から祈った。長いまつげが扇のように閉じられ、ヴィクトリアは眠りに落ちた。

5

開いた窓から太陽の光が差し、微風が室内を通り抜けて、ヴィクトリアの頬をやさしくなでた。どこか下のほうで、馬の蹄《ひづめ》が道路の敷石を打つ音が響き、窓台には小鳥が二羽飛んできて、にぎやかに縄張り争いをはじめた。小鳥たちの怒ったようなさえずりが、ゆっくりとまどろみを覚まし、ヴィクトリアを楽しいわが家の夢から引き離そうとしていた。

なかば眠ったまま、彼女は寝返りをうって腹ばいになり、枕に顔をあずけた。太陽光と石けんの匂いがした我が家の枕カバーのごわごわした感触とはちがって、頬にふれたのはなめらかな絹だった。ここは自分のベッドではなく、階下では母が食事の支度をしているのでもないのをぼうっと感じて、彼女は目をぎゅっとつぶって、もう一度平穏な夢の世界へ戻ろうとしたが、もう遅すぎた。ヴィクトリアはいやいやながら頭を横へ向けて、目を開いた。

午前なかばの陽光に照らされて、シルバーとブルーのドレープがまるで絹の繭《まゆ》のようにベッドを囲んでいるのを見て、急に頭がはっきりした。ここはウェイクフィールドだ。あのまずっとひと晩眠ってしまったのだ。

乱れた髪を払いのけて、体を起こし、上半身を枕にもたせかけた。

「おはようございます」ベッドの横に立っていたルースが声をかけた。

びっくりして叫ぼうとしたヴィクトリアは、思わず口を押さえた。

「驚かせるつもりはなかったのですが」小柄なメイドはあわてて謝った。「閣下が下の部屋でご一緒に朝食はいかがかとおっしゃっています」

公爵が自分に会いたがっていると聞いて、うれしくなった彼女はベッドカバーを勢いよくはねのけた。

「ドレスにはすべてアイロンをかけておきました」ルースが大きな衣装ダンスを開けてみせた。「どれをお召しになりますか？」

ヴィクトリアは五着のうち一番いいものを選んだ。柔らかなモスリン生地のスクエアネックの黒いドレスで、長い袖《そで》とすその部分には白バラが刺繍《ししゅう》してある。長い航海のあいだに自分で丁寧に刺繍をしたのだ。ルースが着替えを手伝うというのを断わって、ヴィクトリアはペチコートの上からドレスを着て、ほっそりしたウエストに幅広の黒いサッシュを結んだ。

ルースがベッドメイクをして、染みひとつない部屋を片づけるあいだに、ヴィクトリアは鏡台の前に座って髪の毛にブラシをかけた。「準備ができたわ」と言って立ちあがった彼女の目は期待できらきら輝き、頬は健康そうな色に染まっていた。「どこにいらっしゃるの……その……閣下は？」

ヴィクトリアはぶあつい赤い絨毯《じゅうたん》に足を踏みだした。ルースの後について優雅な曲線を描く大理石の階段を下りてホールを横切ると、美しい彫刻が施されたマホガニー材の両開きのドアの脇に、ふたりの従僕が立っていた。ヴィクトリアが呼吸を整える暇もなく、従僕がしずしずとドアを開いた。足を踏み入れた部屋は奥行きが九十フィート近くもあり、中央に長いマホガニー材のテーブルが堂々と置かれ、天井には巨大なシャンデリアが三つ、クリスタルのきらめきを放っている。背もたれが高い金色のベルベット張りの椅子がテーブルの両側にずらりと並んでいたので、最初はだれもいないように見えた。だが、テーブルの一番端に近い椅子から、紙がこすれる音が聞こえてきた。座っている人物は見えなかったが、彼女はゆっくり近づいていった。「おはようございます」そっと呼びかけた。

チャールズはさっと顔を上げて、彼女をじっと見つめた。彼の顔から血の気が引いた。「おお、これは！」ささやくようにそう言うと、ゆっくり立ちあがったが、視線は目の前に立っている魅惑的な若い美女に釘付けだった。彼の目に映ったのは、昔のままのキャサリンだった。忘れもしない端正な顔立ち、優雅な眉、長く濃いまつげに縁どられたサファイアを思わせる瞳。やさしげな笑みを浮かべた口もと、形のいい鼻、頑固さを感じさせるあごの先にある魅力的な小さなくぼみ。そして、奔放に流れて肩をおおっている赤みがかった黄金色のみごとな髪。

左手で椅子の背をつかんで体を支えながら、彼は震える右手を差しだして、「キャサリン

──」とつぶやくように言った。

差しだされた彼の手のなかにヴィクトリアが素直に自分の手をあずけると、彼は長い指で強く握って、「キャサリン」とふたたびかすれ声で言った。その目に涙が光るのが見えた。

「キャサリンは母の名前ですわ」彼女はやさしく言った。

彼がいっそう力を入れて、痛いほど手を握りしめた。「そうだ」と小さく言った。咳払いをすると、声が普通に戻った。「そうだったな」と言って、頭をはっきりさせるかのように首を振った。彼は驚くほど背が高く、とても痩せていて、ハシバミ色の目で彼女の顔をしげしげと眺めていた。「だから、きみはキャサリンの娘だ」今度は元気よく言った。

ヴィクトリアはどう対応していいかわからないまま、うなずいて「名前はヴィクトリアです」と言った。

彼の目に、口にできない痛みのようなものが宿っているのが見えた。「わたしはチャールズ・ヴィクター・フィールディングだ」

「わ、わかりました」彼女は詰まりながら言った。

「いや、わかってはいない」彼は言った。笑顔になると、彼はずっと若く見えた。「きみはなにもわかってはいないのだ」とくりかえしてから、突然、彼女を両腕で包んで強く抱きしめた。「わが家へようこそ。よく来てくれた」感激のあまり声を詰まらせながら彼女の背中をやさしく叩き、いっそう強く抱きしめた。するとヴィクトリアは不思議なことに、本当に自分の家にいるような気がした。

チャールズは柔和な笑みを浮かべて腕をゆるめ、彼女のために椅子を引いた。「さあ座りなさい。さぞ空腹だろう。オマリー！」彼はおおいをかけた銀食器が並んでいる食器台の脇で待機していた従僕に声をかけた。「わたしたちはふたりとも飢え死にしそうだ」

「はい、さっそくお食事を」従僕は二枚の皿に料理を取り分けはじめた。

「港へ到着したときに迎えの馬車を待たせていなかったのは、本当に申し訳なかった。すまないことをしたね。予定よりあんなに早く到着するとは思ってもみなかった――アメリカからの船はいつも遅れると聞いていたのだよ。さて、航海は快適だったかな？」彼が尋ねているあいだに、従僕が卵やポテト、豆にハム、そしてこんがり焼けたフレンチロールが盛られた皿を、彼女の目の前に置いた。

皿の両側にずらりと並んだ金のナイフやフォークにちょっと目をやったヴィクトリアは、母がドロシーと自分にテーブルマナーをきちんと教えこんでくれたことに心から感謝した。

「ええ、とても快適でした……閣下」笑顔で答えて、恥ずかしげに言葉を足した。

「おやおや」チャールズはおもしろがっていた。「そんな堅苦しい儀礼が必要とは思わなかった。もしどうしても必要というのなら、こちらもラングストン女伯爵、あるいはレディ・ヴィクトリアと呼ばねばならん。それはあまり楽しいとは言えんだろう。たがいに『チャールズ』『ヴィクトリア』と呼ぶほうがずっといい。どうだい？」

チャールズの温かい態度に、ヴィクトリアは心の奥底からうれしいと感じていた。「それがいいです。ラングストン女伯爵と呼ばれたら答えようがないですし、レディ・ヴィクトリアにしても、自分のこととは思えませんもの」

チャールズはナプキンを膝の上に広げて、けげんな表情でヴィクトリアを見た。「だが、どちらもれっきとしたきみの肩書きだ。母上はラングストン伯爵夫妻の唯一の子供だった。両親ともに早くに亡くなったが、スコットランド由来の爵位は彼女が受け継いだ。きみは彼女の長子だから、当然ながら、いまではその爵位の持ち主だ」

ヴィクトリアはブルーの瞳を楽しそうに輝かせた。「では、わたしはその爵位をどうしたらいいのでしょう？」

「われわれ全員がしているようにすればいい。見せびらかすのだよ」チャールズはおもしろそうに笑った。そこで一瞬言葉を切ると、オマリーがすばやく彼の目の前に皿をすべりこませた。「じつのところ、スコットランドにはささやかながら爵位に伴う領地があるはずだ。たしかなことは知らないが。母上はなにか話さなかったのかい？」

「いいえ、なにも。イングランドのこともこちらでの暮らしのことも、けっして話してくれませんでした。ドロシーもわたしも母は……普通の人だと思っていました」

「母上は、『普通』の人などではない」彼はやさしく言った。その口調に特別な感情が秘められているように思え、それはなんなのだろうと関心を持ったヴィクトリアが、母のイングランドでの暮らしについて尋ねようとすると、彼は首を横に振って明るく言った。「いつかきっと、すべてを話す……なにもかも。だが、いまはまだそのときではない。ますは、おたがいによく知りあうことにしよう」

チャールズのおだやかな口調の質問にヴィクトリアが答えていくうちに、またたくまに一時間が過ぎた。朝食が終わって気づいてみれば、ヴィクトリアはキーキー鳴いている子豚を抱えてこの屋敷に到着するまでの人生をすべて語っていた。故郷の村人たちのことも、父のことも、アンドルーのことも。どういうわけか、父とアンドルーの話は彼の心を沈ませるようだったが、それでいてもっとも興味があるらしかった。彼は母についての話を、注意深く避けた。

「正直なところ、ミスター・ベインブリッジとの婚約については、どうもよくわからんのだが」ヴィクトリアが話し終わると、チャールズは額に深いしわを寄せて訊いた。「ドクター・モリソンからの手紙には、それについてはなにも書かれていなかった。それどころか、きみと妹のドロシーは天涯孤独の身の上と聞いている。父上はこの婚約を承認されたのだろうか?」

「どちらとも言えます」ヴィクトリアはなぜ彼が婚約のことをそれほど心配するのか不思議に思った。「アンドルーとわたしは幼なじみですが、正式な婚約はわたしが十八歳になるまで待ちなさいと、父はずっと言っていました。あまり若いうちに婚約するのは荷が重すぎると思っていたのです」

「じつに賢明な判断だ」チャールズは同意した。「だが、父上が亡くなる前にすでに十八歳になったのに、まだ正式に婚約してはいない。そうだね？」

「はい、そうです」

「それは父上がまだ許可を与えなかったからか？」

「そうではありません。十八歳の誕生日の少し前に、ミセス・ベインブリッジが――アンドルーのお母様で未亡人です――アンドルーをグランドツアーに出して、本人どうしの気持ちをあらためて確認させてみたいと提案なさったのです。『最後の試練』だと言っていました。アンドルーは意味のないことだと考えましたが、父はミセス・ベインブリッジに大賛成しました」

「となると、父上はその青年との結婚にまるで乗り気ではなかったように思えるな。当人どうしは幼い頃からの長い付き合いなのだから、本当なら、いまさらたがいの気持ちを確かめる必要などないはずだ。それは理由ではなく言い訳のように聞こえる。察するところ、アンドルーの母親もこの結婚に反対だったのでは？」

公爵がアンドルーをよく思っていないのが感じられたので、ヴィクトリアは恥を忍んで内輪の事情を話すことにした。「父はアンドルー本人にはなんの不安も持っていませんでした。ですが、義母になる人との折り合いに深刻な不安を感じていたのです。ミセス・ベインブリッジは未亡人で、アンドルーに強く執着しています。そのうえ、いつも病気がちで不機嫌なのです」

「なるほど」公爵は納得してうなずいた。「彼女は重い病気なのかい？」

ヴィクトリアは頬をはてらせて説明した。「あるとき、わたしも同席していたのですが、父はミセス・ベインブリッジにあなたの病気は仮病だと言っていました。ずっと若い頃に心臓にちょっとした問題があったのは本当ですが、ベッドにばかりいて自分を哀れんでいるよりも起きて体を動かすべきだと、父は話していました。ふたりは——意見が食い違っていました」

「なるほど。その理由は納得がいく！」公爵は小さく笑った。「父上がこの結婚話をすんなり進めなかったのはまったく正しい判断だった。さもなければ、ひどく不幸なことになっただろう」

「不幸だなんてとんでもない」ヴィクトリアは公爵の許可があろうとなかろうと絶対にアンドルーと結婚すると決心していた。「アンドルーはお母様が病気を口実にして自分を操ろうとするのを知っていたし、言いなりになって自分の意思を曲げるつもりはありませんでした。彼がヨーロッパ大陸への旅行を承知したのは、うちの父がぜひにと勧めたせいです」

「で、彼からは手紙がたくさん届いたかい？」

「一通だけですけれど、彼が出発したのは、三カ月前に両親が事故に遭うほんの二週間前のことで、ヨーロッパとの手紙のやりとりにはとても時間がかかりますから、一通が精一杯だったのです。その後、彼に手紙を送って事情を説明し、イングランドへ発《た》つ前にもう一度手紙を書いて、こちらの連絡先を伝えました。きっといま頃は、わたしを助けようとして帰国する途中でしょう。ひとりでニューヨークに残って彼の帰りを待ちたかったし、そのほうがみなさんにご迷惑をかけずにすむと思ったのですが、ドクター・モリソンがだめだとおっしゃるので。ドクター・モリソンはどういうわけか、アンドルーが冷却期間のあいだに心変わりするかもしれないと考えていらして。たぶん、ミセス・ベインブリッジがそんな話をしたせいなのでしょう」

ヴィクトリアはため息をついて窓の外へ視線を投げた。「アンドルーの結婚相手には、わたしのような貧乏な医者の娘ではなく、もっと有力者のお嬢さんをと思っていらっしゃるから」

「それよりも、だれとも結婚させず、自分の枕もとに縛りつけておきたいのではないかな?」公爵はずばりと言って、眉を上げた。「仮病を使う未亡人とは、かなり独占欲が強いやっかいな人物なのだろう」

ヴィクトリアはそれを否定できなかったが、未来の義母の悪口を言うのを避けて、沈黙でやりすごした。「村の人たちのなかには、アンドルーが戻るまで一緒に暮らしてもいいと言ってくれる人たちもいたのですけれど、それはあまりいい考えとは思えませんでした。なによりも、アンドルーが帰ってきて、わたしが他人のやっかいになっていると知ったら、すごく怒るでしょうから」

「きみに対して?」公爵は哀れなアンドルーへの怒りから顔をしかめて尋ねた。

「いいえ、お母様に対してです。わたしの世話をしなかったからと」

「なるほど」彼女の説明はアンドルーの立場を正当化するものだったが、公爵はそれを聞いていくぶんがっかりしたように思えた。「その青年は野暮ったい高潔の手本のようだな」彼はつぶやいた。

「会えばきっと彼を気に入りますわ。さっとここへ迎えに来てくれるはずです」ヴィクトリアは笑顔で言った。

公爵は彼女の手をやさしく叩いた。「アンドルーのことはさておき、イングランドは気に入ったかな。さあ、どんな感想を持ったか話しておくれ……」

ヴィクトリアはこれまで見聞きしたものはとても気に入ったと答え、公爵はここでの彼女の暮らしについての計画を語った。まず最初に、彼はヴィクトリアのために新しい衣装をそろえ、経験を積んだ侍女をつけようと考えていた。ヴィクトリアがその提案を固辞しようとしたとき、全身から危険な雰囲気を漂わせる黒髪の男性が大股でテーブルに近づいてくるのが目に入った。鹿革の膝丈ズボンが筋骨たくましい太腿や脚を際立たせ、白いシャツの胸もとからは日に焼けた肌がのぞいていた。今朝の彼は昨日よりもさらに背が高く見え、贅肉がまったくない体つきはとても魅力的だった。漆黒の髪はややカールして、鼻はすっと高く、口もとは引き締まっている。じつのところ、もし男らしいあごの線に傲慢さが感じられず、冷たいグリーンの目に皮肉な色合いがちらちらしていなかったなら、はっと息をのむほどハンサムだと思えるにちがいない。

「ジェイソン！」公爵が元気よく呼びかけた。「おまえをヴィクトリアにきちんと紹介させてくれ。このジェイソンはわたしの甥だ」公爵はヴィクトリアに向かって言った。

甥ですって！　ヴィクトリアは彼がたまたま逗留《とうりゅう》しているだけの客かもしれないと期待していたが、実際には公爵の親族であり、この屋敷に一緒に暮らしているのかもしれないとわかった。そのとたん、少しいやな気分になったが、それでも彼女のプライドは、彼の容赦ない視線を、あごを上げておだやかに受けとめた。ジェイソンは手短な紹介にそっけない会釈を返し、彼女の前に座って、オマリーのほうを向いた。「まだ食べる物が残っていると思ったのは期待しすぎだったかな？」

従僕は見るからにおびえた。「それがその――ご主人様、ございません。つまり、料理はもちろんございますが、すっかり冷めてしまいまして。すぐにキッチンへ行って、温かい料理をつくらせます」そう言うなり、あわてて出ていった。

「ジェイソン、ちょうどいまヴィクトリアに、ちゃんとした侍女とドレスが必要だと話していたところ――」

「その必要はないかと」ジェイソンはにべもなかった。

ヴィクトリアはこの場から消え去りたくてたまらなくなった。「失礼してもよろしいでしょうか、チャールズ従伯父《おじ》様。やることがありますので」

公爵はやさしく思いやる表情を見せて、彼女が席を立つのと一緒に立ちあがって見送ったが、不敵な態度の甥は自分の椅子を動かそうともせず、うんざりした表情で彼女の後ろ姿を眺めていた。

「ヴィクトリアにはなんの落ち度もない」従僕がドアを閉めたとたん、公爵が口を開いた。

「それは理解するべきだ」

「そうでしょうか?」ジェイソンが皮肉っぽく返した。「では、あの哀れっぽい物乞《ものご》いは、ぼくがこの屋敷の主人で、彼女の滞在を望んでいないことを理解しているのですか?」

背後でドアが閉まったものの、その声はヴィクトリアの耳に届いた。物乞い! 哀れっぽい物乞い! 恥ずかしさが大波のように押し寄せてきて、彼女は必死に廊下を駆け抜けた。あきらかに、公爵は甥の同意を得ずに彼女をこの屋敷へ招いたのだ。

ヴィクトリアの顔は青ざめていたが、部屋へ戻って自分のトランクを開ける頃にはもう落ち着いていた。

ダイニングルームでは、公爵が目の前の頑固な皮肉屋に懇願していた。「ジェイソン、おまえはわかっていない——」

「あなたが、あの娘をイングランドへ呼び寄せたのだ。それほど彼女が欲しいのなら、ロンドンで一緒に暮らせばよいでしょう」

「それはできん！　あの娘はまだ社交界へ出る準備が整っていない。ロンドンでお披露目をする前にやらねばならんことが山ほどもある。なによりもまずは、外出するときの介添役《シャペロン》をつとめる年長の女性が必要だ」

すぐ脇で銀のコーヒーポットを抱えて指示を待っていた従僕に、ジェイソンはいらいらした表情でうなずきかけ、コーヒーをカップにつがせるとすぐに下がらせた。そして、公爵に向き直って厳しい口調で言った。「彼女には明日ここから立ち去っていただきたい――わかりますか？　ロンドンへ連れていくなり、故郷へ返すなり、とにかくここから出ていかせてくれ！　たとえ一セントたりとも彼女のために使う気はありません。もしロンドンの社交界にデビューさせたいのなら、ぼくをあてにせず、他の方法をさがしてください」

公爵は物憂げにこめかみを揉んだ。「いいかジェイソン、おまえはそんなことを口にするほど薄情でも冷酷でもないはずだ。とにかく、あの娘の身の上を聞いてくれ」

ジェイソンが椅子の背に寄りかかって冷たい目で見つめるなか、公爵は根気強く話を進めた。「数カ月前、両親が事故で亡くなった。たった一日にして、あの娘は母親も父親も家も安定した生活も、なにもかも失ったのだ」恐ろしい悲劇を耳にしてもジェイソンがなんの反応も示さないのを見て、公爵の忍耐力はついに限界に達した。「ろくでなしめ！　おまえはジェイミーを失ったときの気持ちを忘れたのか？　ヴィクトリアは一度に愛する者を三人も失ったのだぞ、婚約しかけていた青年も含めて。彼女はしばらく待てばその青年が迎えに来てくれると信じているが、彼の母親は結婚に反対している。母親の差し金で海を隔てたヨーロッパ大陸へ旅行に出された彼は、きっと母親の言うなりになるだろう。ヴィクトリアの妹はクレアモント公爵夫人に引き取られたので、唯一の肉親である妹とも離れ離れた。それがどんな気持ちか考えてみろ！　死も喪失も縁がないというわけではないはず——それとも心の痛みはすっかり忘れてしまったのか？」

公爵の言葉は急所を突き、ジェイソンをたじろがせた。それを見てとった公爵は、さらにかさにかかって責めた。「彼女は子供のように無垢で、なにも持っていない。この世で頼れるのはわたしと——おまえだけだ。たとえおまえがどう思っていようと。ジェイミーがあの娘と同じような境遇に陥ったと想像してみろ。だが、ヴィクトリアは勇気があり、誇り高い。だから、表面的には笑っていても、昨日ここに到着したときの扱いは、かなり屈辱的に感じたはずだ。自分が望まれない存在だと思えば、なんとかして出ていこうとするだろう。そして、もしそんなことになれば、わたしはおまえを絶対に許さない。絶対に、だぞ！」

ジェイソンは急に反動をつけて椅子から立ちあがった。硬く厳しい表情だった。「ひょっとして、彼女もあなたの庶子なのでは？」

公爵の顔から血の気が引いた。「とんでもない。ちがう！」それでもまだジェイソンが疑わしげなので、必死に続けた。「考えてみるがいい！　もしわたしの娘なら、おまえとの婚約を発表するか？」

　その言葉はジェイソンをなだめるどころか、勝手に婚約を発表された事実を思い出させて、怒りの炎に油をそそいでしまった。「あなたのかわいい天使がそれほど無垢で勇気があるのなら、いったいなぜ、結婚してぼくに身を捧げることに同意したんですか？」

「おお、そのことは――」公爵は手を振って否定した。「婚約発表は彼女の知らぬ話だ。あの子はなにも知らない。わたしの独断なのだから。本人はおまえと結婚するつもりはさらさらない」公爵はおだやかに言った。ジェイソンの氷のような表情がゆるみはじめたので、公爵はすかさずつけ加えた。「たとえおまえが望んだとしても、ヴィクトリアはうんとは言わんだろう。あのように手をかけて育てられたまっすぐな娘には、おまえはあまりに皮肉屋で強情で鬱屈しておる。あの娘は自分の父親を尊敬していて、父親のような男と結婚したいと言っていた――思いやりがあり、やさしく、理想を追い求める男と。おまえとは大違いではないか」公爵はジェイソンを言い負かそうとするあまり、自分の言葉が彼を侮辱することになりかねないとは気づかずに言い募《つの》った。「もしおまえと婚約させられると知ったなら、ヴィクトリアはきっと気絶するだろう！　そうなるくらいなら命を絶ってしまおうと思うかも――」

「もう十分です」ジェイソンが静かにさえぎった。

「よろしい」公爵はさっと笑みを浮かべた。「では、例の婚約発表についてには彼女には内緒にしておこうか？　おまえたちふたりともが恥をかかずに婚約を無効にする方法を考えてやるが、それはすぐには無理だ」自分の笑みを見てジェイソンが目を細めたのに気づいて、公爵はたちまち口もとを引き締めた。「彼女はまだ子供だ――勇敢で誇り高く、冷たい世間に立ち向かおうとしているが、そのために必要な武器はなにも持っていない。あまりに早く婚約破棄を発表すれば、ロンドン社交界の笑いものにされてしまう。おまえがひと目見るなり彼女を拒絶したと、だれもが思うだろう」

濃いまつげに縁取られた輝くブルーの瞳と、この世のものとは思えないほど美しい顔が、ジェイソンの心をよぎった。ダイニングルームで彼の存在に気づく前に、彼女が口もとに浮かべていたうっとりするような笑みが思い出された。考えてみれば、彼女は傷つきやすい子供そのものだった。

「あの娘と話をしてきてほしい」公爵が懇願した。

「話をしてみます」ジェイソンは短く答えた。

「歓迎されていると彼女に思わせることができるかな？」

「それは彼女の出かたしだいですね」

ヴィクトリアは与えられた部屋で大きな衣装ダンスから衣類を取りだしていたが、頭のなかではジェイソン・フィールディングの言葉が渦を巻いていた。哀れっぽい物乞い……滞在を望んでいない……哀れっぽい物乞い……。結局のところ、ここは新しいわが家ではなかったのだと、彼女は絶望を嚙みしめていた。運命にもてあそばれているだけなのだと。取りだした衣類をトランクに詰めた。かがめていた上半身を起こして、衣装ダンスのほうを向こうとした瞬間、驚いて声をあげた。「まあ、あなたは！」戸口に寄りかかって自分を眺めているジェイソンをにらんで、ヴィクトリアは声を詰まらせた。怖がっているところを見られてしまった自分に腹を立てながら、彼女はもうけっしてひるむまいと気丈にあごを上げた。

「部屋へ入るときにはノックするものよ」

「ノック？」ジェイソンはそしらぬ顔でくりかえした。「ドアが開いているときも、必要かな？」彼は開いたトランクに視線を移して眉を上げた。「出ていくのかな？」

「見てのとおりです」

「なぜ？」

「なぜ、って？　わたしは『哀れっぽい物乞い』ではないからです。それに、他人のお荷物になるのは嫌いですから」

ジェイソンは自分の発言に罪の意識を示すどころか、おもしろがるような表情になった。

「立ち聞きをしてはいけないと、習わなかったのか？」

「立ち聞きなんかしていません。あなたはロンドンまで届くほどの大声で、わたしを貶《おとし》める発言をしていました」

「で、どこへ行くつもりなのかな？」彼はヴィクトリアの皮肉を無視して尋ねた。

「あなたには関係のないこと」

「笑わせるな！」彼はぴしゃりと言って、急に厳しい表情になった。

ヴィクトリアは反抗的な、相手を測るような表情を投げかけた。戸口に立っている彼は、危険でとても勝ち目のない存在に見えた。広い肩幅、厚い胸板。まくりあげた白いシャツの袖からのぞいている腕は日に焼けてたくましく、その力強さは昨日二階まで運びあげられたときにすでに実証されていた。強引な性格もすでにわかっていたし、翡翠色の目でじっと見つめている険悪なようすからして、なんとしてもちゃんとした答えを言わせようとしている。彼の思いのままになるものかと、ヴィクトリアは冷淡に答えた。「わずかですがお金を持っています。村に住む場所を見つけます」

「本当に？」彼は皮肉っぽく訊いた。「ちょっと興味があるのだが、そのわずかな金が底をついたら、どうやって生きていくのかな？」

「働きます！」ヴィクトリアは気持ちを逆なでするような彼の落ち着きはらった態度に反発した。

ジェイソンは小ばかにしたように眉をひょいと上げた。「なんとすばらしい考えだ——女が働くとは。で、いったいどんな仕事ができるんだい？」彼はするどく訊いた。「畑仕事はできるか？」

「いいえ」

「釘は打てるか？」

「いいえ」

「牛の乳搾りは？」

「いいえ！」

「それでは、働きたくともなんの役にも立たないのでは？」彼は容赦なく指摘した。

「そんなことはないわ。いろいろできることはあります。縫い物も料理も――」

「そして、哀れな女性を追いだしたフィールディング家の人間は極悪人だと村人たちに噂させるつもりか？　冗談じゃない。そんなことは許さない」彼は尊大に言った。

「あなたに許しをもらうつもりはありません」ヴィクトリアはけんか腰で言い返した。

　不意を突かれて、ジェイソンは彼女をじっと見つめた。大人の男でさえ彼に反論できる者はいないというのに、この少女は立派に議論していた。もし怒っていなかったなら、彼女の勇気を賞賛して、にやっと笑いかけてやりたいくらいだった。いつになくやさしい言葉をかけてしまいそうになるのを抑えて、ジェイソンはそっけなく言った。「理解に苦しむが、それほど本気で生活費を稼ぎたいのなら、ここで稼げばいい」

「せっかくですけれど、それは無理です」若き美女は毅然《きぜん》としていた。

「なぜ、無理なんだ？」

「あなたが通るたびに、びくびくしながら片足を後ろに引いてお辞儀するなんてできません。ここの使用人はみんなそうしています。今朝なんか、歯の痛みをこらえていた男の人が、いまにも倒れそうでかわいそうで――」

「だれが？」ジェイソンの怒りは一瞬にして驚きに変化した。

「ミスター・オマリーです」

「オマリーっていうのは、どこのだれだ？」彼は必死に感情を抑えながら訊いた。

ヴィクトリアは軽蔑するように目をまわしてみせた。「使用人の名前さえも知らないの？ミスター・オマリーはあなたの朝食を用意しに走っていった従僕で、あごがすごく腫《は》れていて――」

ジェイソンは不機嫌そうにくるりと後ろを向いた。「チャールズはきみにここにいてほしいと願っている。話はそれだけだ」そう言って去りかけたが、彼はふと立ちどまって振り返り、彼女をじっと見た。「もし、ぼくの命令に逆らって、この屋敷を出ようと思っているのなら、やめたほうがいい。きみを追いかけさせるのは面倒だし、連れ戻されればどんな目に遭うかは想像がつくだろう」

「あなたもあなたの脅しも怖くないわ」ヴィクトリアは誇り高く嘘をついて、ほかに選択肢があるだろうかとすばやく考えた。ここを去ることで公爵を悲しませたくはないが、ジェイソンの屋敷で〝物乞い〟に甘んじることはプライドが許さなかった。翡翠色の目の険悪な輝きを無視して、彼女は決めた。「ここにいます。でも、食べ物と宿泊料のために働くつもりです」

「けっこうだ」ジェイソンは短く答えながら、この話し合いは結局は自分の負けかもしれないと感じていた。彼は背を向けて歩きだしたが、彼女に事務的な口調で呼びとめられた。

「お給料はどれくらいいただけますか？」

ジェイソンはこみあげる怒りをのみくだした。「そんなにぼくを怒らせたいのか？」

「とんでもない。お給料の額がわかれば計画できますから、いつここを……」ジェイソンが大股で歩き去ったので、彼女の声は途切れた。

その後、ヴィクトリアはチャールズから昼食に誘われた。ジェイソンが一緒ではなかったので、とても楽しく過ごすことができた。だが、それが終わってしまうと午後の時間をもてあましてしまい、なんだか落ち着かない気分になって、屋敷の外へ出ることにした。階下へ下りてきた彼女を見て、執事が正面の扉を開けてくれた。昨日のことはもう根に持っていないことを示そうと、彼女は執事に笑いかけた。「どうもありがとう。えーっと――」

「ノースラップでございます」執事はとても丁寧に答えた。表情は注意深く消されていた。

「ノースラップ？」ヴィクトリアは相手を会話に引きこもうとしてくりかえした。「それは名前、それとも苗字《みょうじ》かしら？」

執事は彼女に視線をあて、すぐにそらした。「――苗字でございます」

「そうなの」彼女は続けた。「それで、何年くらいここで働いているの？」

ノースラップは体の背後で両手を握りしめ、足の親指に体重をかけてやや前屈みになり、重々しい顔をした。「わが家は九世代にわたって、ここで生まれ育ち、フィールディング家にお仕えしてまいりました。わたくしもこの誇るべき伝統を伝えていく所存でございます」

「まあ」ヴィクトリアはそう言って、人々のために玄関を開け閉めする以上に重要なことはないように思える仕事に強い誇りを抱いている姿に、思わず笑ってしまいそうになるのをこらえた。

まるで彼女の心を見通したかのように、ノースラップは力強くつけ加えた。「もし、この家の使用人のことでなにか問題がありましたら、すぐにおっしゃってください。屋敷内を取り仕切る者として、ただちに状況をただすよう最大限つとめます」

「そんな必要はまったくないと思うわ。ここではみんながとても手際がいいもの」ヴィクトリアは心から言った。手際がよすぎるくらいだわと、太陽の光のなかへ歩きだしながら思った。

前庭の芝生を横切ってから方向を変えて、屋敷の横へまわりこみ、馬を見るために厩舎へ向かった。馬と仲良くなるにはリンゴがあったほうがいいだろうと気づいて、屋敷の裏口から入ってキッチンの場所を尋ねた。

巨大なキッチンでは、木製のテーブルの上でパン種をこねたり、湯を沸かしたり、野菜を刻んだりして、たくさんの人々が忙しく働いていた。その中心では、まるで熱狂した王様のような大男が、大きな真っ白いエプロンをして、柄の長いスプーンを振りまわしながらフランス語と英語で指示を叫んでいた。ヴィクトリアは一番近い調理台にいた女性に声をかけた。

「ちょっと、ごめんなさい。もし差し支えなければ、リンゴとニンジンを二個ずついただけるかしら?」

女性が不安そうに白いエプロンの男をちらりと見ると、男はヴィクトリアをにらんでいた。女性はキッチンの奥の部屋へさっと入って、すぐにリンゴとニンジンを手にして戻ってきた。

「ありがとう。えーっと——」ヴィクトリアが言った。

「ミセス・ノースラップといいます」女性がそっと言った。

「まあ、なんてすばらしい。あなたのご主人にはもうお目にかかったわ。執事をなさっているでしょ。でも、奥さんもここで働いているとは知らなかったわ」ヴィクトリアは可愛らしい笑顔を浮かべた。

「ミスター・ノースラップは義理の兄なんです」女性が訂正した。

「まあ、そうなの」ヴィクトリアはこの場の責任者らしいあの大男の前では話しにくいのだと察した。「失礼するわ。ごきげんよう、ミセス・ノースラップ」

厩舎へと続く敷石の道の右側は森と接していた。左側に広がるすばらしい芝生や華やかな庭園を眺めながら歩いていると、突然、数ヤード先の右側でなにかが動いたのが目の端に入った。ヴィクトリアは立ちどまってじっと見つめた。森のはずれで、大きな灰色の動物が堆《たい》肥《ひ》の山のようなものを漁っていた。動物は彼女の匂いを嗅《か》ぎつけて顔を上げ、荒々しい視線でじっと見つめてきた。ヴィクトリアはぞっとした。オオカミだ！　心のなかで悲鳴をあげた。

恐怖のあまり声も出せず、身動きもできず、その場に立ちつくした。脳裏には、オオカミという野獣がどれほど恐ろしい生き物であるかが矢継ぎ早に浮かんだ。だが、ぶあつく密生しているはずのオオカミの被毛は、艶がなく薄汚れてあばら骨が透けている。あごは恐ろしく大きい。目は鋭く……ひどく痩せていることからして、飢えているように思えた。つまり、獲物と見れば手当たりしだいに襲いかかってくるだろう――これでは食われてしまうかもしれない。ヴィクトリアはなんとかして屋敷のなかへ逃げこもうと、後ろへ一歩さがった。

その動物がうなると、上唇がめくれあがって、一対の大きな牙《きば》がむきだしになった。ヴィクトリアはなんとか相手の気をそらそうと、手に持っていたリンゴとニンジンを反射的に投げつけた。だが、動物はすぐに飛びつくどころか、後ろ足のあいだに尻《しっ》尾《ぽ》をしまいこんであわてて森へ入っていった。ヴィクトリアはくるりと後ろを向いて、一番近くのドアから屋敷のなかへ駆けこみ、窓へ走り寄って森のはうを見た。オオカミは森の端に立って、堆肥の山を物欲しそうにじっと見つめていた。

「どうかしましたか？」キッチンへ向かうところだった従僕がヴィクトリアに背後から声をかけた。

「動物がいたの」ヴィクトリアは息せき切って訴えた。「あれはきっと――」オオカミが忍び足で庭園に戻ってきてリンゴとニンジンにかぶりつくのが見えた。食べ終わると、ふさふさした尻尾を両足のあいだにしまいこんだまま、森のなかへ走っていった。あの動物はおびえている！　そして、飢えている。「ここでは犬を飼っているの？」彼女は犬をオオカミと見間違えてしまったのかと思って尋ねた。

「はい。何頭かおります」

「そのなかに、灰色と黒の痩せた大きな犬はいるかしら？」

「それはご主人様の犬のウィリーでしょう。いつも食べ物を欲しがって、このへんをうろついていますから。危険な犬ではありませんよ。あいつに出くわしたのですか？」

「ええ。ひどく飢えていたわ。なにか食べ物をやらないとかわいそうよ」堆肥の山の腐った野菜をまるでステーキでも食べるように必死で漁っていたようすを思い出して、ヴィクトリアは怒りを感じた。

「ウィリーはいつも飢え死にしそうなふりをしているんですよ。ご主人様は、いま以上に餌をやったら太りすぎて歩けなくなるとおっしゃいます」従僕はいかにも無関心に答えた。

「いま以上に餌をやらなかったら、弱って死んでしまうわ」ヴィクトリアは怒って言い返した。あの冷酷な男は自分の犬を飢え死にさせようとしているにちがいない。さっきの犬はあばら骨が見えるくらい痩せていて、ひどいありさまだった！　彼女はもう一度キッチンへ行って、リンゴとニンジンと残飯《ざんぱん》をもらった。

かわいそうだとは思うものの、堆肥の山の近くまで戻って、さっきの犬が森のなかの隠れ場所からこちらをうかがっているのが目に入ると、怖くてたまらなくなった。だが、あれはオオカミではない、犬だ。今度ははっきり見えた。危険な犬ではないという従僕の言葉を思い出して、ヴィクトリアは近づいて皿に入れた残飯を差しだした。「ねえ、ウィリー、おいしい食べ物を持ってきたわよ」やさしく呼びかけて、おずおずとさらに一歩近づいた。犬が耳を後ろに倒して牙をむきだしたので、ヴィクトリアは怖くなった。彼女は皿をその場に置いて、厩舎のほうへ逃げた。

その晩、ヴィクトリアは公爵と夕食をとった。ジェイソンがいなかったので楽しい食事だった。だが、食事を終えて公爵が部屋へ戻り、ひとりになると時間をもてあました。今日一日は、厩舎へ行ったこととウィリーとの遭遇を別にすれば、目的もなくぶらぶらして過ごしてしまった。明日こそ、なにかして働かなければと、彼女は決心した。以前はいつも忙しくしていた。時間を無駄にしないでなにかしなければと強く思った。働いて自分の生活費を稼ぐつもりだと公爵には話さなかったが、きっとそれを知れば、彼女が自立して、この屋敷の主人である意地の悪い甥に罵られずにすむようになることを喜んでくれるだろうと信じていた。

ヴィクトリアは二階の自室へ上がって、ドロシーに明るい楽観的な手紙を書いて過ごした。

6

翌朝早く、ヴィクトリアは開け放たれた窓の外から聞こえてくる小鳥のさえずりで目覚めた。仰向けになって、ふわふわの白い大きな雲が浮かんだまぶしい青空を見つめると、空が戸外へ手招きしているかのように思えた。

急いで顔を洗って着替えをすると、ウィリーにやる食べ物をもらいにキッチンへ行こうと階下へ下りた。ジェイソン・フィールディングは、畑を耕したり釘を打ったり牛の乳を搾ったりできるのかと、皮肉っぽく尋ねた。最初のふたつはできないが、牛の乳搾りはニューヨークにいた頃何度も見たことがあったし、それほど難しそうには思えなかった。そのうえ、六週間もの長い船旅の後で、なにか体を動かすことがしたかった。

残飯の皿を手にしてキッチンを出ようとしたとき、ある考えがひらめいた。昨日の晩、公爵から料理長だと教えられた白いエプロンの大男が、自分の王国に侵入するなとばかりににらみつけているのを無視して、ヴィクトリアはミセス・ノースラップに話しかけた。「なにかわたしにできることはないかしら？　このキッチンでお手伝いできることは？」

せん」

ミセス・ノースラップは驚いて片手を喉もとにあてた。「とんでもない。なにもございま

ヴィクトリアはため息をついた。「では、乳牛はどこにいるか教えてくれます?」

「乳牛?」ミセス・ノースラップはびっくりした。「いったい……なんのために?」

「乳搾りをするの」

ミセス・ノースラップは青ざめたままなにも答えず、気まずい沈黙が流れた。ヴィクトリアは肩をすくめて、自分で見つけることにした。裏口から出て、まずはウィリーをさがしはじめた。ミセス・ノースラップは両手の粉を払って、ミスター・ノースラップをさがしに正面玄関へ向かった。

ヴィクトリアは堆肥の山に近づきながら、犬の姿を注意深くさがした。ウィリーだなんて、あんなに恐ろしげな大型犬には似つかわしくない名前だと思った。そのとき、その恐ろしげな犬が森に隠れるようにして彼女をじっと見ているのが目に入った。思わずうなじの産毛《うぶげ》が逆立ったが、残飯の皿をできるかぎり近づけた。「ほうら、ウィリー。朝ごはんを持ってきたわよ。こちらへいらっしゃい」なだめるように声をかけた。

大きな犬は残飯に気づくと目を輝かせたが、用心深く警戒してその場から動こうとしない。

「もうちょっとこっちへいらっしゃいな」ヴィクトリアはジェイソン・フィールディングの世話はできないだろうから、彼の飼い犬の世話をしようと心に決めていた。

犬は飼い主に負けないほど非友好的だった。けっして近くへ来ようとせず、威嚇《いかく》するような目でじっと見つめている。彼女はため息をついて、残飯の皿を残して立ち去った。

庭師が牛舎のありかを教えてくれた。清潔な牛舎に足を踏み入れると、新鮮な干し草のいい香りがした。ずらりと並んだ仕切りのあいだの通路を歩くと、十数頭の牛がてんでに顔を上げて潤んだ茶色の大きな目でじっと見つめてきた。小さな腰掛けとバケツが壁に掛けられている仕切りがあったので、きっとこの牛が乳搾りに適しているのだろうと判断した。「おはよう、牛さん」と声をかけて、自分自身を勇気づけるかのように牛のなめらかな顔をそっとなでた。いざ仕切りのなかへ入ってみると、どうやったら乳が搾れるのか、見当もつかなかった。

ちょっと立ちつくしてから、ヴィクトリアは牛のまわりをぐるりとまわって、尻尾についていた干草を払いのけ、恐る恐る壁から腰掛けをはずし、バケツを牛の乳房の下に置いた。腰掛けに座って、ドレスの袖をまくりあげ、スカートがじゃまにならないようにまとめた。だれかがそっと牛舎へ入ってきたのにも気づかず、彼女は牛の脇腹をなでながら長いため息をついた。そして、「正直に話しておいたほうがいいと思うのだけれど、本当は、乳搾りをしたことは一度もないの」と牛に話しかけた。

哀れな告白を耳にして、ジェイソンは通路の入口で足を止めた。彼女を見つめる視線が温かく楽しげに変化した。乳搾り用の腰掛けに、まるで玉座にいるようにきちんとスカートを整えて座っているヴィクトリアの姿は、魅力的な絵を思わせた。首をわずかに傾けて目の前の作業に集中している彼女の顔は、優雅な頬骨といい、繊細な鼻筋といい、いかにも貴族的だった。頭上の窓から差しこむ太陽の光に照らされて、髪は赤みがかった黄金色の滝のように肩にたれている。長いまつげはなめらかな頬に影を落としている。彼女は唇をぎゅっと噛みながら、バケツに手をのばそうとしていた。

その動作で黒いドレスからのぞく豊かな胸もとが前へ突きだされたので、ジェイソンはその魅力的な光景に見とれたが、彼女が発したつぎの言葉に、肩を震わせて笑いをこらえた。

「こんなことをして、あなたも恥ずかしいでしょうけれど、わたしもとても恥ずかしいのよ」牛の乳房にさわろうとしながら、彼女はそう話しかけたのだ。

ヴィクトリアは牛のみずみずしい乳房にそっとふれた瞬間、「あっ！」と手をひっこめた。それから、もう一度手をのばした。今度はすばやく二度乳房を搾ってから、期待を込めてバケツのなかを見た。ミルクは一滴も搾れていなかった。「ねえ、お願いだから、協力してちょうだい」彼女は牛に哀願した。

さらに二回同じことをくりかえしたが、ミルクは出てこなかった。焦って今度はぐいっと強く乳房をひっぱると、牛はまるでとがめるように彼女のほうを向いた。彼女は「一生懸命にやっているんだから、ちゃんと協力してくれなくっちゃ！」と牛をにらんだ。

ジェイソンは笑い声をあげた。「そんなに牛をにらんだら、せっかくのミルクが出なくなるぞ」

ヴィクトリアが腰掛けの上ではっとして振り向くと、赤い髪が左の肩へさっと流れた。

「まあ！」あきらかに一部始終を見られていた悔しさで、思わず声を荒らげた。「いったいどうして、いつも音ひとつ立てずに入ってくるの？　せめて――」

「ノックくらいしろ、かな？」ジェイソンの目は笑って輝いていた。彼はゆっくりと片手を上げて、こぶしで木の梁《はり》を二度叩いた。「きみはいつも動物に話しかけるのか？」彼はうちとけた雰囲気で尋ねた。

ヴィクトリアは笑いものにされたくはなかったが、彼が目を輝かせているようすからして、そのつもりなのはまちがいなかった。彼女は平静さを装って立ちあがると、スカートをなでつけ、彼をやりすごしてその場を去ろうとした。

ジェイソンがさっと手をのばして、彼女の腕をつかんだ。痛くはないが身動きがとれないつかみかただった。「乳搾りはもう終わりかい？」

「わたしにはできないのを、もうご覧になったでしょ」

「なぜ、できない？」

ヴィクトリアはあごを上げて、彼の目をまともに見た。「やりかたを知らないので」

彼はグリーンの目を楽しそうに輝かせながら片方の眉を上げた。「習いたいかい？」

「いいえ」ヴィクトリアは怒りと恥ずかしさをこらえて答えた。「この腕を放してくれたら

――」彼女は力ずくで彼の手をふりほどいた。「ここで生活費を稼ぐ他の方法を見つけます」

ヴィクトリアはジェイソンの視線を強く感じながら歩み去ったが、屋敷に近づくにつれて、頭のなかはウィリーのことでいっぱいになった。犬は森に少し入った場所で待ち受けていた。背筋にぞくっと寒気が走ったが、彼女はそれを無視した。いましがた牛に怖気《おじけ》づいたばかりなのだから、犬を怖がってはいられない。

ジェイソンは彼女が歩き去るのを見送って、美しい髪を太陽の光に輝かせて牛の乳を搾っていた、天使のような面影を心から払いのけた。そして、ミス・シートンが牛の乳を搾りに出かけたとノースラップがあわてて知らせに来たときに放りだした仕事に戻ることにした。仕事机に戻って、彼は秘書をちらりと見た。「さて、どこまでやったかな、ベンジャミン？」

「デリーの社員への手紙を口述筆記しておりました」

乳搾りに失敗したヴィクトリアは、庭師に尋ねて納屋へ向かった。庭師頭らしい禿頭《はげあたま》の男に、前側の庭園の巨大な円形花壇に球根を植える作業を手伝ってもいいかと尋ねた。

「納屋のなかでの仕事だけして、邪魔をしないでくれ」と禿頭の庭師はどなった。

ヴィクトリアはあきらめた。納屋のなかでも仕事はないのだと説明するまでもなく、女でもさせてもらえそうな仕事を求めて、キッチンへ向かった。

その後ろ姿を見送った庭師は、移植ゴテを置いて、ノースラップをさがした。

ヴィクトリアがキッチンに立つと、そこでは八人の使用人が忙しく働いていた。昼食のシチューを準備しているらしく、新鮮な野菜をゆでて味付けしたものや、焼きたての香ばしいパン、六種類ほどの付け合わせなどがつくられていた。乳搾りと庭仕事での失敗に懲りた彼女は、これなら自分も役に立つと確信できるまで、みんなのようすをじっくり観察した。そして、フランス人の短気なシェフに近づいた。「お手伝いしたいのですが」しっかりした口調で申し入れた。

「ノン！」シェフは金切り声をあげた。質素な黒いドレス姿の彼女を使用人と誤解しているらしい。「さっさと出ていけ！　出ていくんだ！　自分の仕事をしろ」

ヴィクトリアは、役立たずのまぬけ扱いされるのには嫌気がさしていた。そこで、とても丁寧だが断固とした口調で「わたしはこちらでお役に立てますし、みなさんがひどく忙しく働いているようすからしても、もっと人手が必要なはずです」と言った。

「おまえは訓練されていない」シェフは雷のようにどなった。「出ていけ！　アンドレ様が助けが必要なときは、必要だと自分から言うし、訓練された人間を雇う！」

「シチューをつくるのに、難しいことなどなにもありませんわ、ムッシュー」ヴィクトリアはすかさず言い返した。自分の料理の腕前をあっさり否定されて、シェフの顔色がどす黒く変わったのを無視して、明るい口調で理路整然と続けた。「ただたんに、ここの上で野菜を切って――」彼女は調理台を叩いてみせ、「それから、あちらの鍋に放りこめばいいだけ」

と火にかかっている鍋を指差した。

興奮したシェフは喉を絞められたみたいな声を出すや、自分のエプロンを引きちぎった。「五分以内に、おまえをこの家から放りだしてやるからな」と言うなり、キッチンからのしのし出ていった。

シェフがいなくなってすっかり静かになったキッチンで、ヴィクトリアは凍りついたように自分を見つめている使用人たちを眺めた。思いやりの視線もあれば、おもしろがっている視線もあった。「おやまあ。なんであんなに怒らせてしまったの？　きっと追いだされてしまうわよ」親切そうな中年の女性が手についた粉をエプロンでふきながら言った。

寝室で世話をしてくれたルースという名前の小柄なメイドを別にすれば、ヴィクトリアがこの家で使用人からはじめてかけられた親しげな言葉だった。手助けをしたいと思ったのにかえって問題を起こしてしまって、ひどく惨めな気持ちになっていたヴィクトリアは、その女性のやさしい言葉に思わず泣きそうになった。

「あなたの言ったことはまちがってないわ」女性はヴィクトリアの肩をやさしく叩いて続けた。「シチューをつくるのは簡単だもの。アンドレがいなくたってシチューはつくれるけど、ご主人様は最高のものがお好きだから——アンドレはこの国で最高のシェフなの。部屋に戻って荷造りをしたほうがいいかもしれないわね。きっと一時間もしないうちにお暇が出るわ」

ヴィクトリアはこんなことを話しても無駄かもしれないと思いつつ、女性に言った。「わたしはこの屋敷にお世話になっている者で、使用人ではありません――ミセス・ノースラップがみなさんに話してくれたと思っていましたけれど」

女性はひどく驚いた。「いいえ、なにも。使用人はみな噂話のたぐいは禁じられているし、ミセス・ノースラップはとくに口が堅いのよ。執事のノースラップの親族と結婚しているから。お客様がいらしているのは知っていたけど、でも――」女性の視線がヴィクトリアの上品だが質素な服に移った。ヴィクトリアは思わず顔を赤くした。「なにか食べるものをおつくりしましょうか？」

ヴィクトリアはがっかりして肩を落とした。「いいえ。でも、ミスター・オマリーの腫れたあごを治すものをつくってあげたいわ。簡単な材料があればできる塗り薬なの。虫歯の痛みには効果があるはずだから」

ミセス・クラドックと名乗った女性が材料のありかを教えてくれたので、ヴィクトリアはきっとまた「ご主人様」がキッチンへそっとやってきて、みんなの前で自分に恥をかかせるのだろうと思いながらも、さっそく作業にとりかかった。

書斎へ戻ったジェイソンは、ヴィクトリアが乳搾りに出かけたと知らされてあわてて中断した作業を再開していた。だがまもなく、ノースラップがまた書斎のドアをノックした。

「入れ」ジェイソンは入ってきた執事にいらだたしげに訊いた。「今度はなんだ？」

執事は咳払いをした。「またしてもミス・シートンのことで……マイ・ロード。ミス・シートンが庭師頭に花壇の手入れを手伝いたいと申し出られました。庭師頭は相手が使用人だと誤解して叱りつけましたが、わたくしがミス・シートンはお客様だと伝えましたところ、ひょっとしてご主人様が花壇の出来具合にご不満をお持ちで、そのためにミス・シートンをよこされたのかと心配しておりまして――」

ジェイソンの低い声は不機嫌のあまり震えていた。「庭師頭には仕事に戻れと命じ、ミス・シートンには庭師の邪魔をしないように伝えてくれ。それから、おまえはぼくの邪魔をしないでくれ。仕事があるのだ」ジェイソンは痩せてめがねをかけた秘書を振り向いて言った。「さて、どこからだったかな、ベンジャミン？」

「デリーの社員への手紙でございます」

ジェイソンがほんの二行だけ口述筆記を進めたところで、ドアの外で争うような物音がするなり、シェフのアンドレが勢いよく室内へ入ってきた。すぐ後ろからノースラップが走りこんできて、シェフの行く手を阻もうとしていた。「彼女が出ていくか、わたしが出ていくか、どちらかだ！　あの赤い髪の娘がキッチンへ入ってくるのは許せません」シェフはジェイソンに向かってまくしたてた。

ジェイソンはぞっとするほど冷静なようすで、秘書に鵞ペンを置かせ、冷たいグリーンの目をシェフの紅潮した顔に向けた。「いま、なんと言った？」

「ですから、あの娘がキッチンに出入りするのが許せないと――」

「出ていけ」ジェイソンがためらいなく言った。

シェフの丸い顔が青ざめた。「はい《ウィ》？」あわてて言って、後ずさりしはじめた。「キッチンへ戻らせていただき――」

「この屋敷から出ていけ、いますぐに。二度とこの敷地内へ入るな！」ジェイソンが容赦なく宣言した。そして、冷や汗をかいたシェフを押しのけて、キッチンへ向かった。

ご主人様の怒った声に、キッチンにいた全員が驚き、震えあがった。「だれか料理できる者は？」と彼が訊いたので、きっと自分のせいでシェフが辞めたのだろうとヴィクトリアは思った。おそるおそる一歩前へ出ようとしたが、ジェイソンにじろりとにらまれて手も足も出なくなった。ここで名乗りをあげれば、どんな結果を招くかはあきらかだ。彼は怒りのあまりうんざりした表情で他の全員を見まわした。「料理ができる者はひとりもいないというのか？」

ミセス・クラドックがためらいながらも一歩進みでた。「わたしができます、マイ・ロード」

ジェイソンはそっけなくうなずいた。「よろしい。ここを仕切ってくれ。ただし、これからは、これまで食べさせられてきたような、吐き気がするほどこってりしたフランス風のソースはごめんだ」そう命じると、するどい視線をヴィクトリアに向けた。「納屋に近づいてはいけない。庭仕事は庭師に、料理はコックにまかせなさい！」と命じた。

彼がいなくなると、使用人たちはヴィクトリアに驚きと感謝が入り混じったようなおずおずとした視線を向けた。彼女は心ならずもとんでもない騒動を起こしてしまったのが恥ずかしくて、だれとも視線を合わせないように下を向き、ミスター・オマリーのための塗り薬を混ぜはじめた。

「さあ、働きましょう」ミセス・クラドックが笑顔で元気よく全員に声をかけた。「アンドレにどなられたり殴られたりしなくてもちゃんと仕事ができるのだと、ご主人様に認めてもらわなきゃ」

ヴィクトリアはさっと顔を上げ、驚いた表情でミセス・クラドックを見た。

「アンドレはいつも不機嫌な暴君だったの。だから、いなくなってくれて、わたしたちみんなとても感謝しています」彼女ははきはきと言った。

両親を失った日を別にすれば、その日はヴィクトリアにとって最悪の一日だった。父から教わった歯痛をやわらげる塗り薬ができあがると、容れ物を持ってキッチンを後にした。

オマリーを見つけられなかったので、ノースラップをさがし、本がたくさん並んだ部屋から現われた彼に運よく出くわした。少し開いているドアから部屋のなかを見ると、ジェイソンが手紙を手にして机に座り、向きあって座っためがねの紳士と話していた。

「ミスター・ノースラップ。これをミスター・オマリーに渡してくださるかしら？　一日に数回、歯に塗るように伝えてください。痛みや腫れを取るのを助けてくれるから」彼女は押し殺した声で頼んで塗り薬をあずけた。

書斎の外から聞こえてくる声にまたしても邪魔されたジェイソンは、読みかけの書類を机に叩きつけ、立ちあがってドアをぐいっと大きく開けた。すでに階段を上がりはじめていたヴィクトリアに気づかず、目の前のノースラップに訊いた。「あの娘、今度はいったいなにをした?」

「それが――オマリーの歯痛に効くという薬をつくってくださいまして」ノースラップはとまどった口調で答えながら、しょげかえったようすで階段をのぼっていく彼女の姿を目で追った。

その視線の先を見たジェイソンは、黒いドレスに包まれた彼女の後ろ姿の、ほっそりしていながらみごとな曲線美にふと目を細め、「ヴィクトリア」と呼びかけた。

ヴィクトリアはまたしてもきつく叱られるものと覚悟して振り向いたが、彼は威厳に満ちてはいるものの、おだやかで明るい声で語りかけた。「黒い服はもうよしてくれ。気分が滅《め》入《い》るから」

「わたしの服がご気分を損《そこ》ねてごめんなさい。でも、両親の喪に服していますので」彼女は落ち着いた口調で答えた。

ジェイソンは眉をひそめたが、ヴィクトリアが声の届かない場所へ去るまでは黙っていた。

そして、「ロンドンへだれかをやって、彼女にちゃんとした服をそろえてやったうえで、あの黒いボロは処分してしまえ」とノースラップに指示した。

チャールズが昼食に下りてくると、沈んだ表情のヴィクトリアが左どなりの椅子にそっと座った。「おやおや、どこか具合でも悪いのかい？　まるで幽霊のような顔色だ」

ヴィクトリアは午前中の愚かな行動をあれこれ報告し、チャールズは彼女のうちあけ話に耳を傾けたが、その唇にはこらえきれない笑みが浮かんでいた。「すばらしい！　上出来じゃないか！」話を聞き終えたチャールズはそう言って、驚いたことに楽しげに笑いだした。「遠慮はいらないから、ジェイソンの生活をもっと混乱させてやるといい。あいつにはそれが必要なのだよ。うわべは冷たくて頑固な人間だが、それは殻をかぶっているだけなのだ――ぶあつい殻だということは認めるが、本当にふさわしい女性がその殻を破れば、内に秘めたやさしさを見つけることができるはずだ。そのやさしさを引きだすことができたなら、ジェイソンはきっと相手の女性をこのうえなく幸福にするだろう。なんといっても、あいつはとても寛大だし……」チャールズは眉を上げてそこで言葉を切った。意味ありげな視線に見つめられたヴィクトリアは、自分がその女性だと公爵が期待しているのかしらと感じて動揺した。

ジェイソン・フィールディングの心の奥にそのようなやさしさが隠されているとは信じられなかったし、さらに言えば、彼とはできるかぎり関わりたくないと思っていた。だが、それをチャールズに話すのは避けて、如才《じょさい》なく話題を変えた。「しばらくすればアンドルーから便りがあるはずですわ」

「ああ、そうだった。アンドルーだな」チャールズの目は翳《かげ》っていた。

7

翌日、チャールズはヴィクトリアを近くの村まで馬車で連れだした。馬車の外に広がる風景は故郷の家を思い出させたが、久しぶりの外出を彼女は楽しんだ。そこらじゅうに花が咲いていた——たっぷり手をかけて育てられた窓辺のフラワーボックスや庭にも、母なる自然によって慈しまれた丘陵地や牧草地にも。こぎれいな田舎家や石畳の道はとても可愛らしく、ヴィクトリアはすっかり魅了された。

通り沿いに並んでいる小さな店を眺めながら散歩していると、彼らを見かけた村人はみな、立ちどまってじっと見つめ、帽子を脱いで挨拶した。村人たちはチャールズを〝閣下〟と呼び、ヴィクトリアが見たところ、チャールズはひとりひとりの名前を覚えてはいないものの、身分の違いにこだわることなく感じよく彼らに接していた。

その日の午後、ウェイクフィールドへ戻ったヴィクトリアはここでの生活にそれまでよりも前向きな気持ちになり、村人たちともっと親しくなる機会が欲しいと願った。

もうトラブルの種をまいてはいけないと、その日は自分の部屋で読書をして過ごした。二回だけ堆肥の山まで行って、餌でウィリーを手なずけようとしたが、うまくいかなかった。

夕食の前にベッドに横になった彼女は眠りに落ちた。今日のようにジェイソンと顔を合わせないようにしていれば、これ以上揉め事が起きることはないだろうと安心していた。

だが、それは間違いだった。目を覚ますと、ルースがパステルカラーのドレスをたくさん抱えて、衣装ダンスに入れていた。「それはわたしのものではないわ、ルース」ヴィクトリアは蠟燭《ろうそく》の明るさに顔をしかめ、眠そうな声で言って、ベッドから出た。

「お嬢様のものですわ！」ルースがうれしそうに言った。「ご主人様がロンドンから取り寄せられたんです」

「わたしは着ないとお伝えしてください」ヴィクトリアは礼儀正しくきっぱりと言った。

ルースはあわてて喉もとに手をやった。「とんでもない。そんなことできません。できるわけがありませんわ！」

「では、自分で伝えるわ」ヴィクトリアは自分の服をさがそうと別の衣装ダンスに近づいた。

「そこにはもうなにもありません。わたしが片づけました。ご主人様の命令で――」ルースが申し訳なさそうに言った。

「そう」ヴィクトリアの口調はおだやかだったが、心のなかではこれまで一度も感じたことがないほどの怒りが渦巻いていた。

小柄なメイドは両手を揉みしぼりながら、期待を込めた目でヴィクトリアを見た。「きちんと仕事ができたら、お嬢様付きの侍女にしてくださると、ご主人様がおっしゃいました」

「わたしには侍女なんて必要ないわ」

ルースはかわいそうなほど肩を落とした。「いまよりもずっといい仕事なので……」

その表情があまりにも雄弁に気持ちを語っていたので、ヴィクトリアは断われなくなった。

「よくわかったわ」彼女はため息をついて、無理に笑顔をつくった。「『侍女』はなにをするの？」

「着替えをお手伝いしたり、ドレスの手入れに気を配ったりいたします。髪の毛のお手入れも。よろしいですよね？　髪の毛を結っても？　お嬢様の髪はみごとですし、うちの母はわたしが髪をじょうずに結えると褒めてくれます――いまよりもっときれいにしてさしあげられます」

ヴィクトリアはうなずいた。髪型が気になったからではなく、夕食の席でジェイソンに会う前に心を落ち着かせる時間が必要だと思ったからだ。一時間後、幅広の長い袖を同色のサテンのリボンで飾ったピーチ色の流れるようなラインのドレスを着て、ヴィクトリアは黙ったまま鏡のなかの自分を眺めていた。豊かな髪はピーチ色のサテンのリボンを巻いて編みこまれている。高い頬骨は怒りの色で美しく染まり、みごとなサファイア色の目は憤りと羞恥《しゅうち》心《しん》で輝いていた。

これほど華やかなドレスは見たことも、想像したこともなかった。襟ぐりは深く、身頃の部分が体の線をあらわにして、胸を高く押しあげ、肌を広く露出させていた。両親の死を悼む気持ちを無視するように無理強いされているようで、そんな自分の姿を見るのがつらく感じられた。

「まあ、お嬢様。本当におきれいです。ご主人様がご覧になったら目を見張られますよ」ルースの言うとおりだったが、怒りがあまりに激しかったので、彼女がダイニングルームに姿を見せたときのジェイソンの呆然とした表情を見ても、まったくうれしくなかった。

「こんばんは、チャールズおじ様」ヴィクトリアが身をかがめて公爵の頬に頬を寄せて挨拶すると、ジェイソンが立ちあがった。そちらを向いて、怒りを込めて沈黙したまま立っていると、彼の視線は大胆にも、彼女の赤みがかった黄金色の髪の毛から、広く開いた胸もとのなめらかな肌へ、そして彼が買い与えた華奢《きゃしゃ》なサテンの室内履きへと、徐々に下りていった。ヴィクトリアは男性の賞賛の視線にはある程度慣れてはいたが、全身を丹念に調べるような、ジェイソンの無礼きわまりない視線には、紳士らしさがみじんも感じられなかった。「満足なさいましたか？」彼女はそっけなく訊いた。

ヴィクトリアの声に敵意が含まれているのを感じると、彼は視線を彼女の日の高さにゆっくり上げて、口もとに意地の悪い笑みを浮かべた。彼が近づいてきたので、彼女は反射的にさっと後ずさりしたが、彼はたんに椅子を引いてくれようとしただけだった。

「ぼくはまたしても、なにか社交上の失敗をしたのかな――ノックを忘れたみたいに？」彼女を席に座らせながら低い声で楽しげに訊く。彼の唇は、我慢ならないほど頰の近くにあった。「アメリカでは、紳士は女性のために椅子を引いたりはしないのかい？」

　ヴィクトリアは顔を遠ざけた。「あなたはわたしを椅子に座らせてくださっているの、それともわたしの耳を食べようとしているのかしら？」

　ジェイソンは口を引き結んだ。「やりかねないな。もし、コックがまずい料理を出したりしたら」彼は自分の席に戻ってチャールズをちらりと見て、「あの太ったフランス人はクビにしました」と説明した。

　一瞬、そうなったのは自分の責任だとヴィクトリアは心を痛めたが、ジェイソンが勝手にドレスを処分したことへの怒りは治まらなかった。それについては夕食の後でふたりで話そうと心に決めて、食事のあいだはチャールズとだけ話すことにした。だが、食事が進むうちに、ジェイソンがテーブルの中央に置かれた蠟燭の向こうから自分をじっと眺めているのが感じられて、だんだん居心地が悪くなった。

　ジェイソンはワイングラスを唇に押しあてたまま、ヴィクトリアを眺めていた。彼女がひどく怒っているのがわかった。あのみすぼらしい黒いドレスを処分してしまったことに腹を立てているのだ。彼のしたことを痛烈に非難しているのは、その目を見ればあきらかだった。

　なんと誇り高く、勇気のある美女だろうかと、ジェイソンは心の底から感心した。以前は可愛らしい小娘にしか見えなかったが、あの質素な黒いドレスを脱いだだけで、これほど成熟した美女に変身を遂げるとは思ってもみなかった。もしかしたら、自分は喪服の暗い色を嫌うあまり、彼女の本当の姿が見えていなかったのかもしれない。いずれにしろ、故郷にいた頃のヴィクトリア・シートンが若者たちの羨望《せんぼう》の的だったことはまちがいないだろう。このイングランドでも、その魅力は若者たちの目をくらませることだろう。若者ばかりでなく、大人の男も、とジェイソンは訂正した。

それは彼にとって問題だった。豊かで魅惑的な体の線や男を虜《とりこ》にする美貌とはうらはらに、彼女はチャールズが言ったとおり未経験の無垢《むく》な娘なのだと、ジェイソンは確信した。この屋敷に舞い降りた未経験の無垢な娘を、心ならずも責任を持って面倒を見なければならない。自分が彼女の保護者――若い乙女の貞操を守る厳しい後見人――をつとめるのだと思うと、笑ってしまうほどばかばかしく感じられたが、それでも、そのつとめを果たさなければならなかった。女遊びに関する悪評を考えれば、自分を知っている者はみな同じように、この状況をばかばかしいと思うにちがいなかった。

オマリーがワインをつぐと、ジェイソンはそれを飲みながら、彼女を安全に手放す最良の方法を思案した。考えれば考えるほど、チャールズが言っていたとおりに、ロンドンの社交界にデビューさせるべきだと思えてきた。

あれほどの美貌ならば、ヴィクトリアを社交界へ送りだすのは簡単だろう。さらに、いくばくかの持参金を持たせれば、だれか適当な社交界の気取り屋と結婚させるのもまた簡単だろう。とはいえ、もし彼女が本気でアンドルーが迎えに来ると信じていたら、何カ月も何年も待つと言い張るかもしれず、それはあまり好ましいとは思えなかった。

頭のなかでそんな漠然とした計画を立てながら会話が途切れるのを待って、ジェイソンは何気ないふりを装って彼女に話しかけた。「チャールズから聞いたんだが、きみは事実上もう婚約しているのだそうだね？　たしか相手はアンソンとかアルバートとかいう……」

ヴィクトリアはさっと彼を見た。「アンドルーです」

「どんな男なのかな？」ジェイソンは訊いた。

ふと考えこんだ彼女の表情にうれしそうな笑みが浮かんだ。「やさしくて、ハンサムで、知的で、親切で、思慮深く――」

「なるほど、わかった」ジェイソンはそっけなくさえぎった。「きみのために言うが、彼のことは忘れなさい」

こみあげてくる感情を抑えつつ、ヴィクトリアは訊いた。「なぜですか？」

「彼はきみにはふさわしくない。たった四日間で、きみはぼくの屋敷内をめちゃくちゃにかきまわしてくれた。平和できちんとした生活を望んでいるまじめな田舎紳士とうまくやっていけるなんて、本気で考えているのかい？　その男のことはきれいさっぱり忘れて、イングランドでの機会を十分に生かすべきだ」

「そもそも――」ジェイソンはヴィクトリアが反論しようとしたのをさえぎって、わざとらしく怒りを煽った。「もちろん、きみがアルバートのことを忘れない可能性はあるだろうが、アルバートのほうはたぶん忘れてしまうだろう。『去るものは日々に疎《うと》し』ということわざを知っているか？」

ヴィクトリアは超人的な忍耐力を発揮して怒りを抑え、歯を嚙みしめて黙っていた。

「どうした、反論はないのか？」怒りのあまり濃いブルーに変わった彼女の瞳の色に感嘆しつつ、ジェイソンは挑発した。

ヴィクトリアはあごを上げた。「ミスター・フィールディング、わたしの故郷では食卓で議論するのは無作法とされていますので」

彼女の遠まわしな非難はジェイソンをおもしろがらせた。「それはとても不便なことだね」彼はおだやかに言った。

チャールズは椅子の背にもたれて口もとにやさしげな笑みを浮かべながら、自分の息子が、亡きキャサリンによく似た美女とやりあうのを眺めていた。このふたりは完璧な取り合わせだと、彼は確信した。ヴィクトリアはジェイソンを恐れていない。彼女の気高さと温かさはジェイソンの凍った心をとかし、いったんそうなれば、彼は若い女性たちが夢見るような夫になることだろう。ふたりはたがいを幸福にするだろうし、彼女はジェイソンに息子をもたらすだろう。

チャールズは満足感と幸福に満たされて、ふたりの結婚によってもたらされる孫に思いをはせた。むなしさと絶望の長い年月の後、彼とキャサリンはたがいの血を引く孫を得るのだ。たしかにいまのところ、ジェイソンとヴィクトリアはうまくいっているとは言いがたいが、期待はできる。ジェイソンは頑固で、経験豊かな気難しい男だが、それは無理からぬことだった。だが、ヴィクトリアはキャサリンと同じく勇気とやさしさと情熱を備えている。かつて、キャサリンは彼自身の人生を変えた。愛の意味を教えてくれた。そして、失うことの意味も。チャールズはここにいたるまでの道のりを思い返していた……。

二十二歳になる頃には、チャールズはすでに放蕩《ほうとう》息子、ギャンブラー、道楽者として悪名高かった。公爵の爵位とそれに付随する財産は兄が継いでいたので、彼はなんの責任も制約も、そして見通しもない人生を送っていた。四百年にわたってフィールディング家の男はみな贅沢三昧《ざんまい》に暮らしてきたので、金にはいつも汲々《きゅうきゅう》としていた。じつのところ、チャールズだけでなく、彼の父も祖父も同じようなものだったのだ。ただひとり、チャールズの弟だけは悪魔の誘惑と戦いたいという意思を示したものの、フィールディング一族ならではの極端なやりかたでそれを実践しようと、宣教師になってインドへ渡ることにした。

ちょうどその頃、フランス人の愛人が妊娠したと言ってきた。結婚を拒んで金で解決しようとしたところ、愛人は泣いたりわめき散らしたりしたが、チャールズは頑としてとりあわなかった。怒った愛人は結局、彼と別れた。ジェイソンが生まれた一週間後、だしぬけに彼のもとへやってきて、赤ん坊を押しつけて姿を消した。チャールズは責任を持ってその子を養育する気はさらさらなかったが、あっさり孤児院へ送る気にもなれなかった。そこで妙案がひらめいた。「異教徒たちを改宗させるために」インドへ出発する弟と、彼の醜い妻にジェイソンを与えたのだ。

チャールズはなんのためらいもなく、子供のいない弟夫婦に赤ん坊を託し——養育費としてほとんど全財産も一緒に——問題を解決した。

その頃までは、ギャンブルで稼いだ金でなんとか暮らしていたのだが、いつも頼りにしていた気まぐれな幸運が、ついに彼を見放すときが来た。三十二歳になる頃には、ギャンブルだけしていたのでは、出自にふさわしい上流の生活を送ることはできないという現実に直面せざるをえなくなった。貴族の家の次男以下の息子にとってはよくある問題だったので、昔ながらの方法で解決することにした。輝かしい貴族の家名を莫大《ばくだい》な持参金と交換することにしたのだ。とくに深い考えもなく、チャールズは裕福な商人の娘に求婚した。大金持ちで、ほどほどに美しく、あまり知的でない若い娘だった。

女性とその父親は求婚を大喜びで受け入れ、チャールズの兄である公爵は婚約を祝うパーティを開いてくれた。

そのパーティの席で、チャールズはクレアモント公爵夫人の十八歳の孫娘で、自分とは従妹にあたるキャサリン・ラングストンと久しぶりに再会した。最後に会ったのは、彼がめずらしくウェイクフィールドの兄の屋敷を訪ねたときだ。キャサリンは当時まだ十歳の子供で、近くにある屋敷で休暇を過ごしていたのだった。二週間ずっと、彼女は彼の行く先々についてまわり、大きなブルーの瞳を見開いて憧れの目で彼をじっと見つめた。並んで愛馬にまたがって柵《さく》を一緒に飛び越えたり、凧《たこ》遊びに彼を引きこんだりする彼女を、彼は笑顔が魅力的で年齢よりも大人びた、このうえなくかわいいおちびさんだと思った。

いまやキャサリンは息をのむほど美しい若い女性に成長し、チャールズの視線は彼女に釘付けになった。

彼は退屈しているふりをして混みあった広間の隅に立ち、ひときわ高貴な輝きを放っている、彼女の赤みがかった黄金色の髪や完璧な顔立ちをさりげなく観察した。それから、マデイラ酒のグラスを片手に持って彼女に近づき、反対側の腕を暖炉の炉棚に置いて、あからさまに彼女を見つめはじめた。あつかましい態度をとがめられるだろうと思っていたが、キャサリンはひと言も文句をつけなかった。あからさまに値踏みするような視線を受けても、顔を赤らめはせず、そむけもしなかった。彼の値踏みが終わるのを待っているかのように、頭をわずかに傾けただけだった。「やあ、キャサリン」ついに彼は口を開いた。

「こんばんは、チャールズ」彼女の声はやさしく落ち着いていた。

「このパーティは耐えられないほど退屈だな、そう思わないかい？」彼は尋ねながら、彼女の平静さに驚いていた。

とてもすてきなパーティだわなどと、口ごもりながら心にもない返事をするのではなく、キャサリンはブルーの瞳をどぎまぎさするほどまっすぐ向けて、静かに答えた。「お金のための計算ずくの結婚には、とてもふさわしい序曲に思えるわ」

彼女のぶしつけで率直な言葉に彼は驚いたが、さらに驚いたことに、彼女はブルーの瞳でなにかを訴えかけるように、責めるように見つめてから、背を向けて立ち去ろうとした。チャールズは反射的に手をのばしてそれを引きとめた。彼女の肌にふれたとたん、彼の全身に激しい衝撃が走ったと同時に、彼女の全身がこわばったのが感じられた。チャールズは彼女を自分のほうに引き戻すのではなく、一緒にバルコニーへ出た。月明かりのなかで向かいあったが、先ほどの非難の言葉が突き刺さっていたので、彼の口調は硬かった。「ぼくが金のためだけにアメリアと結婚するだなんて、失礼な言い草だな。結婚する理由はいろいろあるものだ」

彼女はまたしてもどぎまぎさせるようなブルーの瞳で彼を見つめた。「貴族の結婚はそうではないわ。わたしたちは一族の富や権力や社会的地位のために結婚する。あなたの場合は、自分の富のための結婚ね」

チャールズはまさに金を得るために貴族という家柄を利用しようとしているのであり、それはごく一般的に行なわれていることだったが、彼女はとがめるような口調だった。「じゃあ、きみはどうだ？　そういうたぐいの理由では結婚しないというのか？」彼は言い返した。

「しないわ」彼女はおだやかに答えた。「そのつもりはないの。わたしは愛し愛される人と結婚します。両親のような結婚を受け入れる気はないの。人生からもっと多くを得たいし、もっと多くを与えたいのよ」

おだやかな口調であまりにも確信に満ちて言われたので、チャールズはじっと彼女を見つめてからようやく口を開いた。「きみが地位ではなく愛のために結婚すると聞いたら、お祖母様の公爵夫人は喜ばれないと思うよ。公爵夫人はウィンストン家と絆を結びたいと望んでいて、きみの結婚でそれを実現するつもりだと、もっぱらの噂だから」

キャサリンははじめて笑顔になった。ゆったりした魅惑的な笑みが表情をぱっと華やかにして、チャールズを骨抜きにした。「祖母とわたしは、そのことに関してもう長いあいだ対立しているけれど、なにを言われても心は変わらないわ」

彼女はあまりに美しく、潑剌として、清らかに見えたので、チャールズが三十年間も身にまとっていた皮肉という鎧《よろい》がとけはじめ、彼は急に孤独とむなしさを感じた。ふと気づくと、彼は片手を上げて彼女のなめらかな頰に指先でいとおしそうにふれていた。「きみが愛する男が、きみに値する男だといいのだが」彼は愛情を込めて言った。

永遠に思えるほど長く、キャサリンは彼の目や鼻や口をじっと見つめた。まるで彼の顔の向こうに、人生に疲れた魂まで見通せるかのように。「きっと」と彼女はやさしくささやいた。「わたしが彼に値するかのほうが、もっと大切だわ。彼はわたしを強く必要としているのに、ようやくそれに気づきはじめたばかりなんですもの」

その言葉の意味が胸に届くや、突如として彼は彼女の名前を熱に浮かされたようにつぶやいていた。まるでそれまでの人生でずっと無意識のうちにさがし求めていたものをようやく見つけたかのように——ありのままの彼を愛してくれる女性を。なにしろ、キャサリンには彼を愛する理由は他にはなにもなかった。由緒正しい貴族の家系に生まれ、血縁関係や財産の点では彼女のほうがはるかに勝っているのだから。

チャールズは彼女を見つめながら、体内を駆けめぐる感情を否定しようとした。これは正気の沙汰《さた》ではないと、自分に言い聞かせようとした。キャサリンとは初対面のようなものだ。彼は大人の男と女が出会ってひと目で恋に落ちると信じるほど世間知らずの若者ではなかった。恋に落ちるということさえ、その瞬間まで信じていなかった。だが、たったいま、それを信じていた。なぜなら、この美しく知的で理想主義の女性に自分を、自分だけを愛してほしいと感じたからだ。彼は生まれて初めて、貴重ですばらしく穢《けが》れない存在に出会い、そのままの彼女を守ろうと決心した——結婚して心を込めて慈しみ、貴族社会を蝕《むしば》んでいる皮肉な考えから守ろうと。

婚約者のアメリアが結婚に同意した理由はわかっていたので、その婚約を破棄するのに良心の痛みは感じなかった。彼女が自分に惹かれているのはたしかだが、結婚を承諾したのは父親が貴族との婚姻を望んだからだった。

その後二週間、彼とキャサリンは秘密裏に愛を育《はぐく》み、すばらしい時間を過ごした。時がたつのも忘れて、ふたりきりで静かな田園を散歩し、笑いあい、将来の夢を語った。

時間はまたたくまに過ぎて、チャールズはクレアモント公爵夫人に会わなくてはならないと決心した。なんとしてもキャサリンと結婚したかった。

チャールズは由緒ある貴族の家柄だが、爵位のない次男坊だったので、公爵夫人に結婚を反対されることは覚悟していた。とはいえ、そういう結婚もなくはなかったし、なにより当人どうしが心から望んでいるのだから、形ばかりの反対はあっても許されるだろうと考えていた。公爵夫人が怒りのあまり取り乱して、彼を「不埒《ふらち》な盗人《ぬすっと》」だの「身持ちの悪い放蕩者」だのと罵り、彼の先祖は「ひとり残らず無責任なろくでなし」だと罵倒《ばとう》するとは思ってもみなかった。

だが、なによりも予想外だったのは、もしキャサリンが彼と結婚するなら勘当して財産はなにひとつ与えないと、公爵夫人が誓ったことだった。それはあまりにむごすぎる。だが、その日公爵家を辞したとき、公爵夫人はきっとそれを実行するにちがいないとチャールズは確信していた。その晩、彼は怒りと絶望で眠れぬ夜を過ごした。朝になって、キャサリンとは結婚できない——結婚しない——と思った。なぜなら、自分の手でまっとうに生活費を稼ぐのは望むところだけれど、自分のせいで誇り高く美しいキャサリンに現在よりも格段落ちる生活を強いるのは耐えられなかったからだ。彼女が勘当され、社交界から遠ざけられることなど、とうてい許せなかった。

たとえそうした不面目の数々を埋めあわせることができたとしても、キャサリンを家事に追われる普通の妻にすることはどうしてもできないと思った。彼女は若く理想主義で、彼を愛しているが、美しいドレスを着て召使いにかしずかれる生活に慣れている。もし彼が働いて生計を立てるとなれば、そういう生活はとうてい無理だった。キャサリンは皿を洗ったり床を磨いたりシャツにアイロンをかけたりしたことは一度もないし、愚かにも彼を愛したがためにそれをしなくてはならなくなった彼女を見るのは耐えられないことだった。

翌日、チャールズは短時間だけでも彼女とひそかに会う手はずをやっとのことで整え、自分の決心を告げた。キャサリンは贅沢な生活は自分にはなんの意味もないと訴えた。そして、ちゃんと働く気さえあれば人並みの生活が送れるというアメリカへ連れていってくれと懇願した。

彼女の涙にも自分の苦悩にも耐えきれず、チャールズはそれはばかな考えだし、彼女にはアメリカでの生活は無理だと、声をふりしぼるようにして答えた。キャサリンは生活のために働くのを恐れているのかと言わんばかりに彼を見つめ、自分ではなく持参金が目当てなのかとなじった――それは彼女の祖母に投げつけられたのと同じ言葉だった。

ひたすら彼女の幸福を願って身を引こうとしていたチャールズの胸を、その言葉はするどいナイフのようにえぐった。「そう信じたければ、信じるがいい」と言い捨て、決意が鈍っていますぐにも駆け落ちしようと言いそうになるのをこらえて背を向けた。ドアに向かって歩みはじめたが、金目当てだったと彼女に思われるのはどうしても耐えがたかった。「キャサリン」彼は立ちどまり、振り返らずに言った。「どうか、そんな男だとは信じないでくれ」「信じないわ」彼女はとぎれとぎれにささやいた。チャールズが翌週アメリアと結婚して、この希望のない拷問のような恋に一方的に終止符を打ったのは、キャサリンには信じられないことだった。だが、それは彼にとっては生まれてはじめての、他人のためだけを思った行動だった。

キャサリンは祖母と一緒に彼の結婚式に出席した。他の女と一生を共にすると誓い終えたとき、見つめていたキャサリンの視線は絶対に忘れられないだろうと、彼は思った。

二カ月後、彼女はアイルランド人の医師と結婚してアメリカへ旅立った。チャールズにはわかっていた。彼女が去ったのは、祖母に激しい怒りを感じ、チャールズと新妻が暮らすイングランドにいるのが耐えられなかったからだと。そして、考えうる唯一の方法で、彼への愛がアメリカでの生活はもちろんのこと、どんな障害にも負けなかったはずだと証明してみせたのだった。

その同じ年に、兄が酔ったすえの愚かな決闘で命を落とし、チャールズは爵位を継いだ。爵位とともに受け継いだ財産は莫大な額ではなかったが、キャサリンにそれなりの贅沢をさせるには十分だった。だが、キャサリンはすでに去った後だった。彼女がつましい暮らしに耐えられるほど強く愛してくれていると、彼が信じなかったせいだった。チャールズは相続した金になんの関心も持たなかった。もうなにもかもに関心が持てなかった。

それからほどなくして、宣教師になった弟がインドで死に、十六年後には妻のアメリアもこの世を去った。

アメリアの葬儀の晩、チャールズは浴びるように酒を飲んだ。それはあまり珍しいことではなくなっていたが、その晩、屋敷でひとり孤独に浸っていると、ふとある考えが心をよぎった。遠からず、自分も死ぬだろう。そうなってしまえば、爵位は永遠にフィールディング家のものではなくなってしまう。なぜなら、彼には跡継ぎがいないからだ。

十六年間というもの、チャールズはむなしい形ばかりの世界に生きてきたが、この晩、自分の人生の意味について考えると、心の奥からなにかが湧きあがってきた。最初のうち、それは漠然とした焦燥感だったが、しだいに嫌悪感に姿を変え、憎しみへと育ち、ゆっくりと、とてもゆっくりと、激怒へと成長した。彼はキャサリンを失った。十六年間の人生を失った。退屈な妻や愛のない結婚に耐え、そしていま、跡継ぎもなく死のうとしているのだ。四百年も守ってきた爵位がフィールディング家から失われる危機に直面して、チャールズは突如として、残りの人生と一緒にそれを投げ捨ててはいけないと決心した。

フィールディング家はとりたてて栄光に満ちた一族というわけではなかったが、爵位は神の御心《みこころ》によって彼らに授けられたものだ。それを守らなければならないとチャールズは決心した。

そのためには跡継ぎが必要であり、すなわち再婚しなければならなかった。だが、若い頃に放埒《ほうらつ》な生活を送ったため、いまさら女性を相手にして子供をつくるのは、心ときめくどころかうんざりだった。彼は昔ベッドを共にした美女たちを思い浮かべ、愛人だったフランス人の美しいバレリーナが庶子の息子を産んだことを思い出した。

喜びのあまり、彼は思わず立ちあがった。もう一度結婚する必要はない、もうすでに息子がいる！　自分にはジェイソンがいるのだ。法律が非嫡出子の息子に爵位を継がせることを許すかどうか、はっきりとは知らなかったが、それはどうでもよかった。ジェイソンはフィールディング家の一員であり、ジェイソンの存在を知っているインドの数少ない人々はチャールズの弟の嫡出子だと信じていた。そのうえ、チャールズ国王は庶子のうち三人に公爵の爵位を授けたのだから、アサートン公爵たる自分もその前例にならうことにしよう。

翌日、チャールズは調査員を数人雇ってインドへ送りこんだが、そのうちのひとりがちゃんとした情報を得て報告してくるまでに二年もの月日がかかった。弟の妻の消息は知れなかったが、ジェイソンは健在でデリーに住み、貿易業で成功しているとのことだった。報告書はジェイソンの現在の住所ではじまり、彼の過去に関する情報で終わっていた。

チャールズはまずジェイソンの経済的な成功を知って大喜びしたが、報告書を読み進めるうちに、彼が託した幼子《おさなご》に義妹が恐ろしい虐待をしていたという報告に、暗澹《あんたん》たる気持ちになり、怒りを覚えた。読み終えると、ひどく気分が悪くなって吐いた。

ジェイソンからの返事を待たず、チャールズは長いあいだ眠っていた断固たる決断力を発揮して、デリーへ出発した。そして、自責の念と強い決意を胸に、ジェイソンの豪華な邸宅を訪れた。再会してみると、調査員の報告書は正しいことがわかった。ジェイソンはすでに結婚して息子がひとりおり、まるで王様のような暮らしをしていた。そして、チャールズにも彼が差しだそうという財産にも、なんの関心もないと断言した。チャールズはその後数カ月間ねばり強くインドに滞在し、ジェイソンが子供時代に虐待を受けていたのはまったく知らなかったし絶対に許せないと思っていることを、彼に信じさせた。だがジェイソンは、跡継ぎとして一緒にイングランドへ戻ろうという申し出は強く拒絶した。

ジェイソンの美しい妻メリッサは、ロンドンへ行ってウェイクフィールド侯爵夫人となることに乗り気だったが、彼女が癇癪《かんしゃく》を起こしてもチャールズが懇願しても、ジェイソンの心はまったく動かなかった。ジェイソンは爵位にはなんの関心もなかったし、ウィールディング家が爵位を失いかけているというチャールズの心配にもまったく同情しなかった。

もうほとんどあきらめかけたとき、チャールズは完璧な説得材料を思いついた。ある晩、幼い息子と遊んでいるジェイソンを眺めているうちに、彼がなによりも大切にしているのは息子のジェイミーだと気づいたのだ。ジェイソンがジェイミーを溺愛《できあい》しているのはあきらかだった。そこで、さっさと方針を変えた。イングランドへ戻ればジェイソン本人に恩恵があると説得するのではなく、チャールズの跡継ぎになるのを拒絶すればジェイミーの生得権を奪うことになると訴えたのだ。爵位とそれに付随するすべては、いずれジェイミーに受け継がれるのだと。

この作戦はうまくいった。

ジェイソンは有能な男を雇ってデリーでの事業をまかせ、家族と一緒にイングランドへ引っ越してきた。幼い息子のための〝王国〟を築くべく、ジェイソンは大金を投じて荒廃していたアサートン屋敷を修復し、かつての姿よりはるかにすばらしいものに変えた。

ジェイソンが修復作業の監督に忙しくしているあいだ、妻のメリッサはウェイクフィールド侯爵夫人として、ロンドンの社交界で水を得た魚のように華やかな毎日を送っていた。一年もしないうちに、彼女の火遊びの噂がロンドンじゅうに広まった。そして数カ月後、彼女と息子は死んだ……。

チャールズは悲しい思い出をふり払った。テーブルのクロス類はすでに片づけられていた。「今晩は長年の習慣を変えてみようか？」彼はヴィクトリアに提案した。「ふだんなら、女性が退席した後に紳士たちがテーブルに残ってポルト酒と葉巻を楽しむことになっているが、三人で一緒に客間へ移ろうではないか？　きみがいなくなるのは寂しいからね」

ヴィクトリアはそうした習慣については知らなかったが、いずれにしろ、うれしい提案だった。バラ色と黄金色で彩られた客間へ入ろうとしたとき、チャールズが彼女をすっと後ろに引き寄せて低い声で話しかけた。「喪服を早めに脱いだようだね。もし、自分でそう決めたのなら、わたしは拍手するよ――母上は黒が嫌いだった。幼い頃、両親の喪に服すためにずっと黒を着せられていたからだと言っていた」チャールズは彼女の目をじっとのぞきこんだ。「ヴィクトリア、自分でそうすると決めたのかな？」

「いいえ」とヴィクトリアは認めた。「今日、ミスター・フィールディングがわたしの服を処分させて、新しいものと換えたのです」

チャールズはさもありなんとうなずいた。「ジェイソンは悲しみのシンボルに反感を抱いているからな。夕食の席できみが彼に向けていた厳しい視線からして、彼のしたことに腹を立てているのだね。ならば、そう言ってやりなさい。圧倒されてしまってはいりないよ。臆病でいては、彼とはつきあえない」

「でも、チャールズおじ様にご心配をかけたくないのです。心臓が強くないとうかがっていますし」ヴィクトリアは心配そうに言った。

「わたしの心配はしなくていい」チャールズは小さく笑った。「たしかに心臓はちょっと弱っているが、少しくらい興奮してもなんともない。それどころか、かえって体にいいくらいだ。きみが来てくれるまでの人生はひどく退屈だったよ」

ジェイソンが席についてポルト酒と葉巻を楽しみはじめたので、ヴィクトリアはチャールズに言われたとおり、ジェイソンの仕打ちに抗議しようとした。だが、ドレスの話を持ちだそうとするたびに勇気がなえた。今晩の夕食に現われた彼は、みごとな仕立ての濃いグレーのズボンと同色のジャケット、ダークブルーのベストにパールグレーのシルクのシャツという服装だった。優雅な装いで、長い脚をのばしてくるぶしのところで交差させてくつろいでいるにもかかわらず、全身から威圧的な雰囲気が漂っている。彼にはなにかしら野蛮で危険なものが感じられ、優雅な装いや物憂げな態度は他人を油断させて本当の姿を隠すためのもののように思えて、ヴィクトリアは不安になった。

ジェイソンが少し向きを変えたので、ヴィクトリアはもう一度ちらりと彼を盗み見た。頭を後ろにもたせかけ、安楽椅子の袖に両手をのせていた。細い葉巻を噛む歯は白く、日焼けした顔が影にとけこんでいる。彼の過去にはどんな暗い秘密が隠されているのだろうかと思うと、背筋がぞくっとした。これほど皮肉っぽく近寄りがたい人間になった裏には、さぞかしいろいろなことがあったにちがいない。ありとあらゆる恐ろしい、禁じられたことを見たりやったりしてきたのかもしれない——そのせいで頑固で冷酷な人間になったのだ。それにしても、彼はハンサムだった。邪悪で危険なほど。黒ヒョウを思わせる髪、グリーンの目、すばらしい肉体。ヴィクトリアはそれを否定できなかったし、もしこれほど恐れを感じないですむのなら、彼と話すのは楽しいだろうと思えた。彼と親しくするのは、抗《あらが》いがたい誘惑であり——まるで罪を犯そうという誘惑のごとく——悪魔と親しくしようとするようなものだ。そして、たぶん危険でもある。

ヴィクトリアが注意深く呼吸を整えて、礼儀正しくかつきっぱりと、黒いドレスを返してほしいと口にしようとしたとき、ノースラップがやってきてレディ・カービーとミス・カービーの訪問を告げた。

ヴィクトリアの目の前で、ジェイソンがチャールズに非難がましい視線を送ると、チャールズは驚いたように肩をすくめてノースラップのほうを向いた。「追い返せ――」と言いかけたものの、もう遅かった。

「案内の必要はないわ、ノースラップ」という声が聞こえ、でっぷりした女性が暗褐色のサテンのスカートのすそをひきずり、香水の匂いを振りまきながら客間へ入ってきた。ヴィクトリアと同じくらいの年齢の黒髪の娘を連れている。「チャールズ！」レディ・カービーは微笑みかけた。「あなたが今日、ミス・シートンという若い女性と一緒に村へ行ったと聞いたので、この目でその娘を見なければと思ったのよ」

相手に息をつく間も与えず、彼女はヴィクトリアのほうを向いて、「あなたがミス・シートンね」と言った。そこで一瞬口を閉じ、ヴィクトリアの顔をしげしげと眺めたのだが、それはまるであらさがしをしているかのように感じられた。やがて、レディ・カービーは目的を達した。「あら、あごにおもしろいくぼみがあるのね。それはどうしたの？　事故かしら？」

「生まれつきです」ヴィクトリアは笑顔で答えたが、この女性のずけずけものを言う態度に圧倒されていた。じつのところ、イングランドでは無作法でとっぴな振る舞いをしても、爵位があるとか金持ちだとかいう理由で許されてしまう、あるいはそういう振る舞いが推奨されているのだろうかと思いはじめていた。

「まあ、悲しいわね」レディ・カービーが言った。「いやではないの、心は痛まないの?」

ヴィクトリアの唇は笑いで震えた。「鏡を見なければ見えませんから」と答えた。

レディ・カービーは不満げにくるりとジェイソンのほうへ向きなおった。彼は椅子から離れ、炉棚に肘をついて暖炉の横に立っていた。「このようすからして、新聞にのっていたあなたの婚約発表は本当だったようね。じつを言えば、わたくしはまったく信じていませんでした。さて、どうなのかしら?」

ジェイソンは眉を上げた。「なにが、どうなのですか?」

「ノースラップ、レディたちになにか飲み物を!」チャールズの大声がレディ・カービーの言葉をかき消した。全員が椅子に座り、ミス・カービーがジェイソンのとなりの椅子を占領すると、すかさずチャールズが天気の話を饒舌《じょうぜつ》にしゃべりだした。レディ・カービーはいらだたしげな表情を隠さず、チャールズの話を受け流していた。と、彼女は急にジェイソンのほうを見て、単刀直入に訊いた。「婚約はあり、それともなし?」

ジェイソンは冷たい目をしてグラスを唇につけた。「なしです」

そのひと言で、居あわせた人々がそれぞれまったくちがう表情になった。レディ・カービーは満足げだったし、娘のミス・カービーはうれしそうだったが、チャールズは苦しそうで、ジェイソンの表情は感情が読みとれなかった。ヴィクトリアは彼に同情した。いやな話をされて冷淡にふるまっているように見えたからだ――彼が愛した女性が婚約を破棄したにちがいない。だが、奇妙なことに、レディ・カービーとミス・カービーがまるで答えを求めているかのように彼女を見た。

ヴィクトリアが笑顔で応えると、レディ・カービーが言葉による攻撃の口火《くちび》を切った。

「では、チャールズ、そういうことなら、かわいそうなミス・シートンを社交界へ出すおつもりなのね？」

「ラングストン女伯爵が社交界で正当な地位につくのをこの目で見るつもりだ」彼は涼しい顔で訂正した。

「ラングストン女伯爵――」レディ・カービーはびくっとした。

チャールズは軽く頭を下げた。「ヴィクトリアはキャサリン・ラングストンの長子なのだ。わたしが継承に関する法律を正しく理解しているならば、彼女は母親のものだったスコットランドの爵位の継承者だ」

「たとえそうだとしても、お似合いの結婚相手をさがすのは、きっと難しいでしょう」レディ・カービーが高飛車に言った。そして、ヴィクトリアに向かってうわべだけの同情をにじませながら、「お母様がアイルランド人の労働者と駆け落ちしたのは、たいそうなスキャンダルでしたもの」と言った。

母の名誉を傷つけられ、ヴィクトリアの全身に熱い怒りが走った。「母はアイルランド人の医者と結婚しました」と彼女は訂正した。

「お祖母様の許しを得ずに。育ちのいい娘は家族の意向に反した結婚はしませんよ」レディ・カービーがやり返した。母が育ちのいい娘ではなかったという意味の発言に、ヴィクトリアは激しい怒りを覚え、爪が食いこむほど強く手を握った。

「まあ、社交界もいずれはそういう事柄は忘れるでしょう」レディ・カービーは鷹揚《おうよう》に続けた。「とりあえず、人前に出られるようになるためには覚えることがたくさんあります。貴族のかたがたや、その奥方や子供などに対するちゃんとした呼びかけかたはもちろん、訪問するときの礼儀作法、それに座るときの複雑な席順なども。それだけでもきちんと身につけるには数カ月かかります――テーブルでどなたのとなりに座ればよいかといったことです。植民地のかたがたはそうした事柄を無視なさるけれど、こちらでは礼儀作法をとても重要視いたしますから」

「たぶん、そのせいで戦争になるといつも負けるのですね」ヴィクトリアはにこやかに一撃を放って、祖国と家族を守った。

レディ・カービーはヴィクトリアをにらみつけた。「わたくしに悪気はありませんのよ。でも、良縁を得てお母様の汚名をそそぎたいのなら、口のききかたに注意なさったほうがよろしいわね」

ヴィクトリアは立ちあがって、気品に満ちた口調で静かに言った。「母の評判に恥じない行動をとるのはとても難しいと存じます。母はこのうえなくやさしく、親切な女性でした。手紙を書かなくてはなりませんので、もしお許しいただければ失礼いたします」

後ろ手で客間のドアを閉めたヴィクトリアは、廊下を通って、図書室へ向かった。広い部屋の床にはペルシア絨毯が敷かれ、壁には背の高い本棚が並んでいる。怒りのあまり動揺していたせいで、机に座ってドロシーやアンドルーに手紙を書く気になれず、心を静めてくれる書物を求めて本棚に目をやった。歴史や神話や経済のぶあつい本の棚は通りすぎて、詩の本の棚の前へ来た。著者の名前を眺めると、ミルトン、シェリー、キーツ、バイロンなど、読んだことのあるものがいくつかあった。どうしても本が読みたいわけではなかったので、本の列から少しだけ突きでていた薄い一冊をなにげなく選んで、手近に並んでいる座り心地のいい椅子のほうへ行った。

テーブルの上の石油ランプを点《つ》けて、椅子に座り、本を開こうとした。と、香水の香りがするピンクの便箋《びんせん》が床にすべり落ちた。反射的に拾って、本のあいだに戻そうとしたが、フランス語で書かれた最初の一行が目に飛びこんできた。

愛するジェイソンへ

お目にかかりたくてたまりません。あなたが来てくださるのをこうして待っていると、時間が過ぎるのがひどく遅く感じられて……。

他人の手紙を読むなんて許されないことだし、それこそ品位に欠けるとわかってはいるものの、手紙を書いた女性がジェイソン・フィールディングの訪問を心待ちにしていると思うと、好奇心をどうしても抑えられなかった。手紙の書き手とは逆に、ヴィクトリアはジェイソンがいなくなるのを心待ちにしているほどだった！　見つけた手紙に夢中になっていて、ジェイソンとミス・カービーが廊下を通って近づいてきているのにも気づかなかった。

この愛らしい詩集を贈ります。どうぞこれを読んで、わたしを思い出してください。おたがいの腕のなかで過ごしたすてきな夜のことも……。

「ヴィクトリア！」ジェイソンがいらだたしげに呼んだ。

ヴィクトリアは罪の意識にかられて、立ちあがったひょうしに落とした詩集をあわてて拾いあげ、座りなおした。読書に夢中になっているふりをしようとして、本を開いて文字を追う格好をしたものの、本が上下さかさまになっていた。

「なんで返事をしなかった？」愛らしいミス・カービーと腕を組んで図書室へ入ってくるなり、ジェイソンが訊いた。「ジョアンナが別れの挨拶をして、村でなにか買い物をする必要があるのなら助言したいと言ってくれているのに」

先ほどのレディ・カービーのいわれのない攻撃からして、きっと自分では買い物も満足にできないという意味だとヴィクトリアは察した。「すみません。聞こえませんでした」彼女は怒りも罪の意識も感じさせないように表情をつくろうとした。「ご覧のとおり、読書にすっかり夢中になっていたので」本を閉じてテーブルに置いてから、つとめて平静な表情でふたりに視線を向けた。だが、ジェイソンの顔にみるみる不快感が表われたので、思わず後ずさった。「い、いけませんでした？」おそらく彼はその本に手紙を挟んだことを覚えていて、盗み読みされたと疑っているのだろうと思った。

「そうだとも」彼はするどく言って、彼と似たような表情を浮かべているミス・カービーに顔を向けた。「ジョアンナ、村には彼女に読み書きを教えてくれる先生がいるだろうか？」

「わたしに読み書きを教える？」ヴィクトリアは、黒髪のミス・カービーの美しい顔に浮かんだ哀れみの表情に驚いた。「とんでもない、先生などいらないわ――読み書きはちゃんとできますから」

ジェイソンは彼女を無視してミス・カービーを見ていた。「ここまで通って教えてくれる先生を知っているか？」

「ええ、もちろん。教区牧師のミスター・ワトキンズが来てくださるでしょう」

すでにさんざん侮辱されたうえにこれ以上の暴言に耐えられず、ヴィクトリアはきっぱり言った。「まったく、なんてひどいことを。先生など必要ありません。読み書きはちゃんとできます」

ジェイソンの表情が氷のように冷たくなった。「嘘をつくんじゃない。嘘つきは大嫌いだ——とくに嘘つきの女は。字が読めないのだろ。ぼくにはわかっている！」

「信じられない侮辱だわ！」ヴィクトリアはミス・カービーが驚きの声をあげたのを無視した。「読み書きはできると言っているでしょ！」

あくまでも嘘をつきとおす気なのだと思ったジェイソンは、もう我慢ならないとばかりに、大股でテーブルに近づいて本をつかみ、ヴィクトリアの手に押しつけた。「なら、読んでみろ！」

同情するどころか楽しそうに成り行きを眺めているミス・カービーの目の前でそんな扱いをされて、ヴィクトリアは本を開き、香水の香りがするメモに目を落とした。

「さあ、読むんだ。きみが読むのを聞いてやろうじゃないか」

ヴィクトリアはわざと思わせぶりな視線を彼に投げた。「これを本当に大きな声で読んでほしいのですね？」

「大声で頼む」ジェイソンがそっけなく答えた。

「ミス・カービーの前で？」ヴィクトリアは無邪気な顔で訊いた。

「読むか、読めないと認めるか、どちらかだ」

「わかりました」ヴィクトリアは喉の奥で笑いをかみ殺してから、感情を込めて読んだ。「愛するジェイソンへ、お目にかかりたくてたまりません。あなたが来てくださるのをこうして待っていると、時間が過ぎるのがひどく遅く感じられてなりません。この愛らしい詩集を贈ります。どうぞこれを読んで、わたしを思い出してください。おたがいの腕のなかで過ごしたすてきな――」

ジェイソンが彼女の手から本を奪いとった。ヴィクトリアは彼を真正面から見つめて念を押した。「そのメモはフランス語でしたから、英語に訳して読みました」

そして、ミス・カービーのほうを向いて、「もちろん、もっと続きがあります。でも、育ちのいい若い女性がいるときには、そこらへんに置いておくべきたぐいの読み物だとは思えませんわ。そうじゃありませんこと？」と尋ねた。ジェイソンにもミス・カービーにも答える時間を与えず、ヴィクトリアは毅然とした態度で部屋から出ていった。

レディ・カービーは帰ろうとして廊下で待っていた。ヴィクトリアはふたりの女性にそっけなく別れの挨拶をして、階段をのぼりながら、ふたりの貴婦人がいなくなればきっと爆発するだろうジェイソンの怒りから逃れられるといいけれどと思っていた。ところが、帰り際のレディ・カービーの言葉を聞いて、ヴィクトリアの胸は怒りでいっぱいになった。「フィールディング卿の婚約不履行については深刻に考える必要はありませんよ」ノースラップに外套を着せかけてもらいながら彼女はヴィクトリアに言った。「そもそも新聞の婚約発表を信じた人はほとんどいなかったんですから。いざあなたがやってくれば、きっと彼はなんとかして断わるに決まっていると、みんな思っていました。おかげで、彼はだれとも結婚しないとはっきりしたし――」

チャールズが馬車までエスコートするふりをして、レディ・カービーを扉の外へ押しだすと、ヴィクトリアは階段の途中で立ちどまってくるりと振り向いた。まるで激怒した美貌の女神のように、怒りで身を震わせながらジェイソンを見下ろした。「あなたが『なし』と言った婚約は、わたしとの婚約ということですか？」

ジェイソンは怒った表情を浮かべたままなにも答えなかったが、その沈黙から答えはイエスなのだと理解したヴィクトリアは、ただならぬようすに呆然としている使用人たちの視線にもかまわず、ブルーの火花を散らすような視線で彼を見据えた。「よくもまあ、そんなことを！」彼女は非難の言葉を投げつけた。「あなたとの結婚など考えたこともありません。あなたとは結婚しません。たとえ――」

「きみに求婚した覚えはない」ジェイソンが皮肉っぽくさえぎった。「だが、念のために言うが、もしぼくの頭がどうにかなって、きみに求婚したら、そのとき断わるのはきみの勝手だ」

自分がすっかり平静さを失っているのにジェイソンが微動だにしないのを見て、ヴィクトリアは涙があふれそうになり、彼に激しい軽蔑の視線を向けた。「あなたは冷酷で思いやりがなく、傲慢で無神経な怪物で、他人の心を大切にしない——死んだ人を悼む心さえない！　正気の女はだれも、あなたと結婚したいとは思わないわ！　あなたは——」そこで声が詰まり、彼女は身を翻《ひるがえ》して階段をのぼっていった。

ジェイソンは玄関ホールから彼女を見上げていた。そばではふたりの従僕と執事がその場に釘付けになったまま、許されないことをした生意気な小娘にご主人様の激しい怒りが爆発するのを、恐れおののきながら待っていた。長い時間が過ぎて、ジェイソンはポケットに両手をつっこんだ。そして、執事に顔を向けて、眉を上げた。「どうやらぼくは、いわゆる『猛烈にやりこめられた』状態だな、ノースラップ」

ノースラップはごくりと大きな音をさせて唾を飲みこむと、ジェイソンがゆっくりした足取りで階段をのぼっていくのを黙って見送った。それから、従僕たちに「仕事に戻りなさい。いま見たことはけっして口外しないように」と注意してからその場を離れた。

オマリーはもうひとりの従僕に口を大きく開いてみせた。「あのお嬢さんがつくってくれた薬のおかげで、歯痛が治ったんだ。さっとご主人様の癇癪も薬で治したんだな」相手の答えを待たずに、彼は一部始終をミセス・クラドックたちに教えるためにさっさとキッチンへ向かった。アメリカから来た若いレディのおかげでムッシュー・アンドレがいなくなって以来、キッチンはノースラップの厳しい目を逃れて息抜きするのにもってこいの場所になっていた。

三十分もしないうちに、よく訓練され完璧に組織された屋敷内の使用人たち全員が、階段で起きた信じられない出来事について耳にしていた。さらに三十分もすると、ご主人様が激しい言葉を投げつけられたのに、いつもの冷たい威厳に満ちた態度ではなく、血の通った人間らしさをかいま見せたという話は、屋敷内だけでなく、厩舎や猟場の番人小屋にまで広まった。

二階では、ヴィクトリアが髪の毛からピンを抜きとり、ピーチ色のドレスを脱ぎながら、やり場のない苦悩に身を震わせていた。じっと涙をこらえつつ、彼女はドレスを衣装ダンスにかけ、ナイトドレスに着替えてベッドへ入った。故郷の家を思う気持ちが、大波のように押し寄せてきた。いますぐにもここから去って、ジェイソン・フィールディングやレディ・カービーのような人々とは大海で隔てられてしまいたかった。たぶん、母も同じような理由でイングランドを去ったのだろう。ああ、ママ……美しくてやさしかった母を思うと涙で喉がふさがれた。レディ・カービーはママのスカートのすそを持つ資格さえない！

幸福に暮らしていた頃の記憶がつぎつぎによみがえって、寝室いっぱいに満たされた。母のために野花を摘んでいてドレスをひどく汚してしまったことがあった。「ほうら、ママ、見たこともないほどかわいらしいでしょ？　ママのために摘んできたの――でも、ドレスをこんなに汚しちゃった」と彼女は言った。

「本当にとても可愛らしいわ」抱きしめてくれた母はドレスの汚れには目もくれず、「でも、あなたこそ見たこともないほど可愛らしいわよ」と言った。

七歳のとき、ひどい病気にかかって死にかけたことがあった。高熱で夢とうつつを行き来する彼女の枕もとで、母は彼女の顔や腕をスポンジでぬぐいながら毎夜つきそっていた。五日目の晩、母の腕のなかで目覚めると、自分の顔が母の頰を伝って落ちてくる涙でぬれていた。母は腕をそっと揺らしながら、とりとめのない祈りの言葉をつぶやいていた。「お願いですから、わたしの小さな娘を死なせないでください。この子はまだ幼くて、暗闇を怖がるのです。お願いです、神様……」

豪華なシルクのカーテンで繭のように包まれたベッドで、ヴィクトリアは顔を枕にうずめ、身をよじってすすり泣いた。「ああ、ママ……会いたいわ……」

ジェイソンはヴィクトリアの部屋の前で立ちどまり、ノックしようとしたが、なかからすすり泣く声が聞こえてきたので眉をひそめた。泣きたいだけ泣けばすっきりするかもしれないと思った。とはいえ、こんな具合に泣きつづけていたら体を壊してしまうとも思った。少し迷ってから、彼は自分の部屋へ行って、ブランデーを少し入れたグラスを持って戻ってきた。

彼はノックした——先日、ノックくらいするものだと注意されたからだ——が、返事がなかったので、ドアを開けて足を踏み入れた。ベッドの横に立って、悲しみで肩を震わせて泣いているヴィクトリアをじっと見た。女性が泣くところはこれまでにも見たことがあったが、彼女たちの涙はいつも、男の気持ちを操ろうとする目的があって、美しいが意図的なものだった。ヴィクトリアは先ほど階段ではまるで怒りに燃えた戦士のようにふるまっていたのに、自分の部屋に戻ってから隠れて泣いていた。

ジェイソンは彼女の肩に手を置いた。「ヴィクトリア――」

仰向けになり、肘で上半身を起こした彼女の目は、深いブルーのぬれたベルベットを思わせた。濃いまつげには涙の粒が輝いている。「出ていってください！」彼女はかすれたささやき声で言った。「すぐに出ていって、だれかに見られる前に！」

ジェイソンは目の前の、感情をたかぶらせた美女を見つめた。頬が怒りで紅潮し、金褐色の髪は乱れて肩をおおっている。襟もとが詰まったきちんとしたナイトドレス姿は、驚きと悲しみとで胸がつぶれそうな子供のように無垢だった。それでいて、あごには果敢な抵抗が感じられ、目は誇り高く怒りに満ちて、わたしを見くびらないでと警告している。図書館でメモをわざと大きな声で読み、彼を狼狽させた満足感を隠そうともしなかったときの、生意気な大胆さをジェイソンは思い出した。これまで彼に抵抗した女はメリッサただひとりで、しかも隠れてこそこそしていた。ヴィクトリア・シートンが自分の面前で堂々と逆らった姿に、彼は感嘆にかぎりなく近い気持ちを抱いたのだった。

ジェイソンが出ていかないのにいらだって、ヴィクトリアは頬の涙を手でさっとぬぐい、ベッドカバーをあごまでひっぱりあげて、じりじりと後ろに移動して枕の上に起きあがった。

「あなたがこの部屋にいるのを見られたら、なんと言われるかわからないのですか？　あなたには節操というものがないの？」

「そんなものはまったくないな。節操より実用性のほうが好きだ」彼はまったく反省の色を見せなかった。ヴィクトリアがにらんでいるのにもかまわず、ベッドに腰かけて言った。

「さあ、飲みなさい」

琥珀色《こはくいろ》の液体を鼻先につきつけられて、ヴィクトリアは強いアルコールの匂いを嗅いだ。

「いや」彼女は首を振った。「絶対にいや」

「飲むんだ」彼はおだやかにくりかえした。「さもないと、無理やり流しこむぞ」

「そんなことできないわ！」

「できるさ、ヴィクトリア。とにかく、これを飲みなさい。そうすれば、気分がよくなるから」

これ以上抵抗しても無駄だとわかったし、言い争いをする気力がなかった。ヴィクトリアは琥珀色の液体を恨めしそうにひと口飲んで、グラスを彼の手に戻そうとした。「だいぶ気分がよくなったわ」と嘘をついた。

彼の目がおもしろがるように輝いたが、有無を言わせぬ口調だった。「残りを飲むんだ」

「飲んだら、出ていってくれます？」彼女は生意気にも条件をつけた。ジェイソンがうなずいた。まるで苦い薬を無理に流しこむように、彼女はさらにふた口飲んだ。まるでその液体が体の内側を焼きながら喉から胃へと下りていくのを感じるかのように、息苦しそうに身を折った。「ひどい味だわ」枕にもたれてあえいだ。

ジェイソンはしばらくのあいだ黙ったままで、ブランデーが彼女の体を心地よく温めるのを待った。そして、ゆっくり口を開いた。「はじめから順を追って話すことにしよう。まず、チャールズが新聞にぼくたちの婚約を発表した――このぼくに無断で。つぎに、きみがぼくと婚約するつもりがないのと同じく、ぼくもそのつもりはない。この点はまちがいないね？」

「ええ」ヴィクトリアは断言した。

「それじゃあ、ぼくたちが婚約していないからといって、どうして泣いているんだい？」

ヴィクトリアは彼を見下すような表情を見せた。「泣いてなんかいないわ」

「泣いていない？」ジェイソンは彼女のカールしたまつげにまだ残っている涙をおもしろそうに見ながら、真っ白なハンカチを渡した。「それなら、どうして鼻がそんなに赤くなって、頬が腫れて、顔色が悪くて、そのうえ――」

ブランデーで温められた体の奥から笑いがこみあげてきて、ヴィクトリアは自分の鼻を軽くつついた。「鼻が赤いだなんて、紳士らしくない物言いだわ」

彼のいかめしい表情がゆっくり笑顔になった。「紳士らしくないと言われるようなことをした覚えはまったくない！」

その否定の仕方があまりにも大げさだったので、彼女の緊張がとけた。「たしかにそうね」彼女はうなずいた。そして、もうひと口ブランデーを飲んで、枕に寄りかかった。「ばかげた婚約のことで泣いていたのではないの――それは腹が立つだけ」

「では、どうして泣いていたんだ？」

両手のひらでグラスをまわしながらヴィクトリアは揺れる液体をじっと観察した。「母のことを思い出したから。レディ・カービーに母の汚名をそそぎたいのなら、口のききかたに気をつけなければならないと言われて、あまりに腹が立ってなにも言い返せなくて」まつげの陰からちらりと見たところ、彼が心から関心を持って聞いているようだったので、ためらいがちに続けた。「母は親切でやさしく美しい人だった。両親が亡くなっ母がどれほどすばらしい人だったか思い出していたら、泣いてしまったの。両親が亡くなった。てからというもの、いつもこんな具合で、時々たまらなく悲しくなって涙が止まらなくなってしまうのよ」

「愛する人のために泣くのは当然のことだ」彼はまるでついさっきまでとは別人のようにやさしく言った。

奇妙なことに、ジェイソンがそばにいて低いがよく響く声で話すのを心地よく感じながら、ヴィクトリアは首を横に振った。「わたしは自分のために泣いていたのよ」罪の意識を感じつつ告白した。「両親を失った自分自身を哀れんで泣いていたの。自分がこんなにみじめったらしい人間だとは思ってもみなかった」

「ぼくは勇敢な男たちが泣くのを見たことがある」ジェイソンが静かに言った。

ヴィクトリアは彼の彫りの深い厳しい顔をしげしげと眺めた。蠟燭の炎の揺らめきを受けていてさえ、その顔にはだれにも打ち負かされない強さが感じられた。彼が涙を浮かべる場面などとうてい想像できなかった。ブランデーの酔いが心を開かせたようで、彼女は頭を横に傾けて、そっと尋ねた。「あなたは泣いたことがあるの？」

ジェイソンの表情がみるみるよそよそしく変化した。「ない」

「小さい子供だった頃でも？」からかって明るい雰囲気をつくろうとして、彼女は続けた。

「子供の頃でもない」彼は短く答えた。

急に彼が立ちあがろうとしたが、ヴィクトリアは思わず彼の袖に手を置いた。彼の視線は腕に置かれた彼女の細い指から、探るような大きな目へと移動した。「ミスター・フィールディング」彼女はしばしの休戦をできるかぎり長続きさせようと、おずおずと話しかけた。「わたしがここにいることをあなたが快く思っていないのはわかっているから、長居はしないつもりよ——アンドルーが迎えに来るまでだから」

「いたいだけここにいればいい」彼は肩をすぼめてそっけなく言った。

「ありがとう」彼の突然の変化にヴィクトリアは当惑した。「もしあなたとわたしが仲良く、もっと友好的な間柄になれたら、とてもうれしいわ」

「きみが言う『友好的な間柄』とはどんなものなのかな、マイ・レディ？」ブランデーで気分がほぐれたヴィクトリアは彼の口調に込められた皮肉を聞き逃した。「突き詰めて考えれば、わたしたちは親戚よ」彼女は一呼吸置いて、つかみどころのない彼の表情から少しでも温かみを感じとろうとした。「チャールズおじ様とあなた以外、わたしには身内と呼べる人はほとんどいません。おたがいに親族として親しくするわけにはいかないかしら？」

ジェイソンはその申し出にびっくりしたようだったが、やがて微笑んだ。「できると思う」

「ありがとう」

「では、もう眠りなさい」

ヴィクトリアはうなずいてベッドカバーの下に入りこんだ。「あっ、謝るのを忘れていたわ——怒っていたときに、ひどいことを言ってしまって」

ジェイソンは口もとがほころびそうになるのを抑えた。「なにか後悔しているのか？」

ヴィクトリアは眉を上げて眠そうな目で彼を見た。「あなたはああ言われても当然だわ」

「きみの言うとおりだ」彼はにやりとした。「だが、あまり調子にのるな」

手をのばして彼女の豊かな髪をかき乱したい気持ちを抑えて自分の部屋へ戻ると、ジェイソンはグラスにブランデーをつぎ、椅子に座って目の前のテーブルに足をのせた。ヴィクトリアに対して妙な保護者意識を持ってしまったのはなぜだろうか。彼女がやってきたとき、すぐにアメリカへ送り返そうと思った——それは彼女が屋敷内を混乱に陥れる前だった。たぶん、彼女がすべてを失った傷つきやすい女性だから——そしてあまりにも若くて可憐だから——守ってやらなければと思うのだろう。あるいは、あの率直さに不意をつかれたせいかもしれない。あるいは、まるで魂のありかを探るようにじっと見つめてくる瞳のせいかもしれない。彼女は手練手管を使いはしない。そんなものは必要がないのだと、ジェイソンは苦笑した——あの瞳なら聖人でも誘惑されるだろう。

8

「昨晩のことは、本当に申し訳ない」翌朝の朝食の席で、チャールズはヴィクトリアに言った。その顔には、心配と深い悔恨とが刻まれていた。「ジェイソンとの婚約を勝手に発表したのはたしかに悪かったが、ふたりがその気になってくれるようにと心から期待してのことだった。レディ・カービーは意地悪な婆さんだし、娘のほうはもう二年もジェイソンにつきまとっている。だから、きみを見ようと早々にやってきたのだよ」

「あらためて説明してくださる必要はありませんわ。気分を害してはいません」ヴィクトリアはやさしく答えた。

「そうかもしれんが、レディ・カービーは性格が悪いうえに大のゴシップ好きだ。きみがここにいるのをあの女が知ったからには、まもなくひと目見ようという客がつぎつぎに押しかけてくるだろう。となれば、ちゃんとしたシャペロンが必要になる。さもないと、うら若い女性が男ふたりと同居していると中傷されるかもしれない」チャールズが部屋へ入ってきたジェイソンに視線をやった。ヴィクトリアは思わず緊張して、昨日の晩の休戦協定がまだ有効でありますようにと祈った。

「ジェイソン、シャペロンが必要だとヴィクトリアに話していたところだ。フロッシー・ウィルソンに使いをやった」チャールズは以前ジェイミーの世話を手助けしてくれていた未婚の叔母の名前を出した。「完全に浮世離れした女だが、わたしにとっては唯一の女性親族だし、ヴィクトリアにふさわしいシャペロンは他には考えつかない。センスはないが社交界のことならよく知っている」

「ああ、けっこうです」ジェイソンはうわの空で答え、ヴィクトリアの椅子のとなりに立った。彼女を見下ろした表情からはなにも読みとれなかった。「昨晩のブランデーで気分が悪くなったりはしなかっただろうね？」

「ぜんぜん」彼女は明るく答えた。「それどころか、慣れれば好きになると思うわ」

彼の日に焼けた顔にゆっくりと笑みが広がり、ヴィクトリアは心臓がどきどきした。ジェイソン・フィールディングの笑顔は氷河をもとかすだろう！「あまり好きにならないように注意しなさい――」彼はそう言って、いたずらっぽくつけ加えた。「――従妹よ」

この調子でジェイソンとの友好を深めるにはどうしたらいいかと必死に考えていたヴィクトリアは、男性ふたりがなにを話しているのかまったく関心を払っていなかった。「聞いているかい、ヴィクトリア？」ジェイソンが話しかけた。

彼女ははっとして顔を上げた。「ごめんなさい。聞いていなかったわ」

「金曜日に、フランスから帰ったばかりの友人が訪ねてくる。もし彼が奥方を連れてきたら、きみを紹介したい」ジェイソンはくりかえした。「コリングウッド伯爵夫人は社交界でどのようにふるまえばいいか、きみに手本を示してくれるだろう。彼女の立ち居振る舞いをしっかり観察して、見習うといい」

まるでだれかを見習いなさいと注意された行儀の悪い子供になったような気がして、ヴィクトリアは顔を赤くした。彼女はこれまでに四人のイングランド貴族に会っていた——チャールズにジェイソン、レディ・カービー、そしてミス・ジョアンナ・カービーだ。チャールズを別にすれば、いずれも扱いにくい人ばかりで、さらにふたりの貴族に会うのはあまり気が進まなかった。とはいえ、そんな気持ちを押し殺して、不安を退けた。「ありがとうございます」彼女は丁寧に答えた。「おふたりにお目にかかるのが楽しみだわ」

ヴィクトリアはそれから四日間、手紙を書いたりチャールズと話したりして快適に過ごした。五日目の午後、ウィリーにやるための残飯をもらいにキッチンへ行った。

「そんなふうに餌をやりつづけたら太ってしまいますよ」ミセス・クラドックはいかにも親切そうに警告した。

「ずいぶん長いあいだ飢えていたみたいだから」ヴィクトリアは笑顔で言った。「そこにある大きな骨ももらっていいかしら——それとも、スープにするつもりなの？」

ミセス・クラドックは大丈夫ですよと笑って、その大きな骨をヴィクトリアに渡した。ヴイクトリアは礼を言って立ち去ろうとしたが、ふと思い出して振り返った。「昨日の夜、ミスター・フィールディ――いいえ、ご主人様が――」ジェイソンの名前を聞いて相手が凍りついたのを見た彼女は言いなおした。「今晩のローストダックはこれまで食べたなかで一番おいしいとおっしゃっていたわ。彼があなたにそれを伝えるのを忘れたかもしれないと思って。でもあなたが聞いたら喜ぶと思ったの」ジェイソンがそんなことを口に出すはずがないのを十分に承知したうえで、彼女はそう説明した。

「ありがとうございます、マイ・レディ」ミセス・クラドックの肉付きのいい頬が喜びで赤くなった。彼女はヴィクトリアがいなくなると、他の使用人たちに話しかけた。「あのお嬢さんはやさしくて親切で、ロンドンの退屈なお嬢様がたや、ご主人様が時々連れてこられるつんと澄ました女性たちとはぜんぜんちがうわ。オマリーがあのかたは女伯爵だって言ってた。この前の晩に、閣下がレディ・カービーに話しているのを聞いたんですって」

ヴィクトリアは九日間ずっとウィリーに食べ物を運んでやっていた。ウィリーはいつものように木陰の安全な場所でしばらくようすをうかがうのではなく、彼女を見るなり数歩近づいてきた。「さあ、いいものを持ってきたわよ」彼女は笑いながらそっと呼びかけた。

銀色と黒の大きな犬が手をのばせば届きそうなところまで近づいたのを見て、ヴィクトリアの胸は勝利に高鳴った――こんなに近くまで来たのははじめてだった。「さあ、ウィリー、なでさせてくれたら、夕食の後においしい骨をもう一本あげるわよ」彼女は皿を手にしてじりじり近づいた。

犬は立ちどまって、恐れと疑いの入り混じった目で見つめた。「これが欲しいんでしょ」彼女は語りかけながらさらに一歩近づいた。「あなたとお友だちになりたいの。この食べ物は貢《みつ》ぎ物だと思うでしょ」話しつづけながらかがんで皿を地面に置いた。「そのとおりよ。わたしはあなたと同じで寂しいの。だから、いいお友だちになれると思うのよ。犬を飼ったことは一度もないんだけど、あなたにはそれがわかるのかしら?」

犬は物欲しげに目を光らせながら、食べ物と彼女とを交互に見た。しばらくして、近づいてきたものの、目はけっして彼女から離さず、食べ物にかぶりついたときもまだ疑り深い視線を送りつづけていた。ヴィクトリアは犬が食べているあいだも、なだめるようにやさしく語りかけつづけた。「あなたに名前をつけたとき、ミスター・フィールディングはいったいなにを考えていたのかしらね――ウィリーっていう名前はどう見てもあなたらしくない。わたしならウルフかエンペラーにするわ――見た目と同じで怖そうな名前に」

食べ終わると、犬はさっさと森へ戻ろうとしたが、ヴィクトリアはさっと左手を突きだして、隠していた大きな骨を見せた。「これが欲しければ、取ってごらんなさい」と誘った。犬は骨を見るや、巨大な口にさっとくわえて、彼女の手からひったくった。きっとくわえたまま森まで一目散に駆けていくだろうと思っていたが、驚いたことに、一瞬警戒するような目つきで立ちどまり、彼女の足もとにぽとりと骨を落とすと、その場でしゃぶりはじめた。

その瞬間、彼女は天国に微笑みかけられたように感じた。もう、この屋敷の招かれざる厄介者だと感じてはいなかった――チャールズもジェイソンも友だちだし、この調子ならウィリーも仲間になってくれるだろう。彼女はひざまずいて、犬の大きな頭をなでた。「きれいにブラシをかけてあげなくてはいけないわね」犬がするどい象牙色《ぞうげいろ》の牙で骨をかじるのを眺めながら言った。「ドロシーにもあなたを見せたいわ。ドロシーは動物が大好きだし、扱いかたもよく知っているの。きっとすぐにいろんな芸も教えてくれるわよ」そう考えてヴィクトリアは微笑んだが、すぐに孤独が忍び寄ってきた。

翌日の昼下がり、コリングウッド卿が到着したので書斎へいらっしゃるようにとフィールディング卿が仰せですと、ノースラップが伝えに来た。

ヴィクトリアは不安げに化粧台の鏡をのぞいて、髪をきっちりしたシニヨンにまとめ、レディ・カービーほどの年齢の、肉付きのいい冷酷で高慢な貴族に会う準備を整えた。

「馬車が途中で壊れてしまって、彼女はふたりの農夫に連れられてここへ来たんだ」ジェイソンが笑顔でロバート・コリングウッドに話していた。「荷車からトランクを降ろそうとしたら子豚が二匹逃げだして、ヴィクトリアがそのうちの一匹を捕まえたちょうどそのとき、ノースラップが玄関の扉を開けた。埃だらけだったものだから、てっきり農家の娘だと思って、配達なら裏へまわれと指図したんだ。彼女がまごついていたら、ここから放りだせとノースラップは命じた」ジェイソンは話し終えて、ロバート・コリングウッドに赤ワインのグラスを渡した。

「それは、それは、なんて歓迎だろう！」伯爵も笑った。「きみの幸福と、きみの花嫁の忍耐力に」彼はグラスをかかげた。

ジェイソンは顔をしかめて彼を見た。

「そんな歓迎を受けても、回れ右してそのまま一目散にアメリカへ帰らなかったのだから、ミス・シートンはさぞかし忍耐強い女性なのだろう――花嫁にはもっとも望ましい特質だ」

「『タイムズ』の婚約発表はチャールズのしわざだ」ジェイソンはそっけなく言った。「ヴィクトリアとは親戚にあたる。彼女が家族を失って、こちらへ来ることになったので、チャールズはぼくと結婚させようと勝手に決めたのだ」

「当人のきみにはなんの相談もなく？」ロバートは信じられないとばかりに訊いた。

「ああ。他人とまったく同じ形で、自分の婚約を知った――『タイムズ』を読んで知ったのさ」

伯爵の温かい視線が同情しながらも、おもしろがるように輝いた。「そりゃ、ひどくびっくりしただろう」

「ひどく腹が立ったよ」ジェイソンは訂正した。「それはそうと、今日はきみが奥方を連れてきてくれるのを期待していたんだ。ヴィクトリアに紹介できるからね。キャロラインは彼女よりほんの少し年上なだけだから、きっといい友人になれるだろう。とにかく、ヴィクトリアには友人が必要だ。母親がアイルランド人の医者と結婚したときには社交界でちょっとしたスキャンダルになったから、レディ・カービーがそれを蒸し返そうとしているのはあきらかだ。そのうえ、曾祖母のクレアモント公爵夫人は、彼女を曾孫として認めようとしない。ヴィクトリアは伯爵の爵位を受け継いでいるんだが、それだけではすんなり社交界に受け入れられないだろう。もちろん、チャールズの後ろ盾があって、それはとても役に立つ。だれも直接的に彼女を傷つけはしないだろう」

「きみの後ろ盾もある。それもかなりの影響力があるはずだ」コリングウッドは指摘した。

「いや、若い女性の貞節に関する評判を高めるという点では、ぼくは役に立たない」ジェイソンはそっけなく反対した。

「たしかに」ロバートはくすくす笑った。

「いまのところ、ヴィクトリアはイングランド貴族はカービー家の女たちにしか会っていない。きみの奥方なら、もっとずっといい印象を与えてくれるにちがいない。だから、キャロラインを立ち居振る舞いの手本にするようにと話してある――」

ロバート・コリングウッドは頭をそらして笑いだした。「本気なのか？　もしそうなら、レディ・ヴィクトリアがきみの助言を聞かないことを祈ったほうがいいぞ。キャロラインの立ち居振る舞いはみごとだ――きみでさえ手玉にとるほどだし、きっと社交界の礼儀作法の見本にちがいないが、おかげでぼくはいつもやりこめられてばかりだ。あれほど手ごわい若い女性には、ひとりも出会ったことがない」そう言いながらもその言葉には愛情が込もっていた。

「それなら、ヴィクトリアとキャロラインは意気投合するにちがいないよ」ジェイソンはあっさりと言った。

「彼女にずいぶん関心があるようだな」ロバートはジェイソンの顔をしげしげと眺めた。「あまり気乗りはしないが、後見人のつもりだからな」

書斎のドアの外で、ヴィクトリアはアップルグリーンのモスリンのドレスのスカートをまっすぐに直すと、軽くノックしてから室内へ入った。ジェイソンは机の向こうで、背もたれが高い革張りの椅子に座って、三十代はじめの男性と話していた。彼女の姿が目に入るなり、彼らは同時にさっと立ちあがった。その単純な動きが、ふたりが似ていることをいっそう際立たせたようだった。伯爵はジェイソンと同じく背が高くハンサムでたくましい体つきをしているが、髪は薄茶色で目は温かい茶色だった。ジェイソンと同じく落ち着いた威厳を漂わせているものの、恐ろしげな印象はなかった。瞳はユーモアをたたえ、笑顔は皮肉っぽさがなく親しげだった。それでも、敵にしたくはないと思わせる男性だった。

「じろじろ見てごめんなさい」ジェイソンが紹介し終わると、ヴィクトリアがひかえめに言った。「でも、おふたりが立っている姿が、あんまり似ていたものですから」

「それは褒め言葉だと信じてますよ、マイ・レディ」ロバートがにやりとした。

「いや、そうじゃないだろ」ジェイソンが混ぜ返した。

なにか気のきいた言葉を返さなければとヴィクトリアが必死になっていると、ロバートがジェイソンを軽くにらんで、「そんなことを言って、ミス・シートンを困らせたいのか？」と助け舟を出した。

ヴィクトリアはジェイソンの答えを聞き逃した。もうひとりの客の存在に気づいたからだ。三歳くらいのかわいらしい少年が伯爵のとなりに立って、腕に抱えた帆船の模型のことも忘れて、黙ったままじっと彼女を見つめていたのだ。薄茶色の巻き毛に茶色の目をした少年は、父親の伯爵をそっくりそのまま小さくしたようで、黄褐色の乗馬用の膝丈ズボンに茶色い革のブーツ、黄褐色のジャケットという服装までそっくりだった。ヴィクトリアは思わず微笑みかけた。「まだ紹介していただいていませんが……」

「これは失礼」伯爵が魅力的な笑顔で言った。「レディ・ヴィクトリア、息子のジョンです」

小さな少年は手にしていた帆船を後ろの椅子に置いて、礼儀正しく可愛らしくお辞儀をした。ヴィクトリアがそれに応えて、膝を深く曲げて挨拶すると、少年はくすくす笑った。それから、ぽちゃっとした指を彼女の髪に向けて、父親を見上げた。「赤い？」子供らしくうれしそうに言った。

「そうだね」ロバートが答えた。

少年が笑顔になった。「かわいい」と彼が小さな声で言うと、父親が笑った。

「ジョン、おまえはレディのお相手をするにはまだ若すぎる」

「あら、わたしはレディではないのよ。じつはわたし、水兵さんなの！」ヴィクトリアは気さくに言った。少年が不思議そうな顔をしたので、彼女はつけ加えた。「本当よ。ものすごく優秀な水兵なの。友だちのアンドルーと一緒によく船をつくって、他の子供たちと競走させたわ――あなたの船ほど立派ではなかったけれど。一緒に小川にその船を浮かべてみましょうか？」

少年がうなずき、ヴィクトリアはロバートに許しを得ようとした。「ジョンのことはちゃんと面倒を見ますから、もちろん船のことも」

許可が出たので、ジョンはヴィクトリアと手をつないで意気揚々と書斎から出ていった。

「彼女は子供が好きらしいな」ロバートが後ろ姿を見送りながら言った。

「自分が子供みたいなものだから」ジェイソンはそっけなく答えた。

ロバートは振り向いて、玄関ホールを歩いていく魅力的な若い女性をちらりと見た。その視線をジェイソンに戻して、楽しげに反論するかのように眉を上げたが、なにも口にはしなかった。

屋敷の前に広がる芝地を流れている小川のほとりに毛布を敷いて、ヴィクトリアは一時間近く過ごした。太陽の光を全身に浴びながら、となりに座ったジョンに、アメリカからの長い船旅について、海賊の攻撃や突然の嵐など空想をまじえた物語を語っていた。ジョンはノースラップからもらった釣り糸に船を結びつけて、糸の端をしっかり握ったまま、夢中で話に聞き入った。そのうちに、ジョンが浅い場所に船を浮かべておくのに飽きたので、もう少し下流へ移動した。そこでは小川の流れが速く、深くなって、優雅な石橋がかかっている下の辺りでは倒木が水に浸かっていた。「さあ、手から離してはだめよ。あのよじれた木のところへ流れていったら、ひっかかってしまうわよ」ヴィクトリアはそう言って、釣り糸をジョンに渡した。

「だいじょうぶだよ」と彼は約束して、三本マストの船が速い流れに浮き沈みするのをうれしそうに見ていた。

ヴィクトリアは川岸の急な斜面を少しおりて、斜面をおおうように咲いている白やピンクやブルーの野花を摘んで花束をつくっていた。と、ジョンの叫び声がして、流れ去る釣り糸を追いかけようとしているのが見えた。「そこにいて！」彼女はあわてて叫び、彼に走り寄った。

男らしく泣くのをこらえて、ジョンは石橋の下の倒木めがけてするすると流れていく小さな船を指差した。「なくなっちゃった」喉を詰まらせながら小さな声で言うと、茶色の両目から涙があふれた。「ジョージおじさんがつくってくれたんだ。おじさんもがっかりするね」

ヴィクトリアは唇を噛んで躊躇した。見るからに水は深いし流れも急だが、アンドルーと遊んでいたときには、もっとずっと危険な流れでも、泳いで自分たちの船を取ってきていた。彼女は頭を上げて急な斜面を見渡し、そこが下り斜面で屋敷からは見えないことと、周囲にはだれもいないことを確認した。そして、決断した。

「なくなってはいないわ。木にひっかかっているだけ。取ってきてあげる」彼女は明るく言って、彼を抱きしめた。さっとサンダルとストッキングを脱ぎ、ジェイソンが買い与えたモスリンのドレスも脱いだ。「ここに座っていてね。きっと取ってくるから」

スリップと薄いペチコートだけの姿で、ヴィクトリアは小川に入り、しっかりしたストロークで倒木めがけて泳ぎだした。石橋の下のあたりでは、水は深くて冷たく、倒木の枝の周辺で渦を巻いて流れていたが、なんなく船まで泳ぎついた。だが、頑丈な釣り糸が枝にからまっていたので、それをほどくのが難しかった。なんとかしようと二度ほど水中に潜った。それを見て、人が泳いだり潜ったりするのをはじめて目にしたらしいジョンが歓声をあげた。水は冷たくて、ペチコートがぬれてまつわりついていたが、泳ぐのは爽快《そうかい》で、ヴィクトリアは開放感を味わっていた。『今度こそ、ほどいてみせるわ」彼女はジョンに大声で言って、手を振った。そして、ジョンが追いかけて水に入ってこないように、「そこにいてね。助けはいらないから」と叫んだ。

ジョンがおとなしくうなずいたので、ヴィクトリアはもう一度潜って、倒木の下のほうの枝に凍えた指先をつっこみ、ひっかかっている釣り糸をたぐり寄せた。

「ふたりが橋のほうへ歩いていったとノースラップが言っていたが――」ジェイソンが言いかけたとき、ジョンが叫んでいる声が聞こえた。

ジェイソンとロバートは芝地を横切って、石橋に向かって走りだした。川岸の斜面を、ジョンめがけて転がるように走った。ロバートが息子の肩をしっかりつかんで、早口で訊いた。

「彼女はどこだ？」

「はしの下だよ」幼い少年はにこっと笑って答えた。「あの木の下。ジョージおじさんの船を取りにいってくれたんだ」

「ああ、なんてことを！　なんでそんなばかなまねを――」と、うめいたジェイソンはすでにジャケットを脱ぎ捨てて、川へ向かって走りだした。そのとき、赤い髪の人魚が水面からすっと頭を突きだして笑い声をあげた。「取れたわよ、ジョン！」水にぬれた髪が顔に張りついて、目をおおっている。

「やった！」ジョンは叫んで拍手した。

ジェイソンは急停止した。恐怖がまたたくまに怒りに取って代わった。帆船の模型をひっぱりながら優雅に水をかいて泳いでくる彼女を見つめる。ブーツを履いた両足を広げて立ち、怒りの形相で、標的が岸まで泳ぎ着くのをいらいらしながら待ち構えた。

ロバート・コリングウッドは激怒している友人に同情するような視線を送ってから、息子の手を引いた。「さあ、ジョン。一緒に部屋へ戻ろう。フィールディング卿がミス・ヴィクトリアにお話があるから」

「『ありがとう』って?」ジョンが無邪気に尋ねた。

「いや、そうではない」

ヴィクトリアは船をひっぱって浅瀬を後ろ向きに歩きながら、そこにはいないジョンに話しかけた。「ほうら、だから言ったでしょ、取ってこられる――」背中がなにか硬いものにぶつかったと思った瞬間、外側から両腕を締めつけられ、くるりと振り向かされた。

「このばか者め!」ジェイソンが怒り狂ってどなりつけた。「わからないのか、溺《おぼ》れたらどうするんだ!」

「いいえ――危なくなんかなかったわ」ヴィクトリアはジェイソンのグリーンの目に怒りがたぎっているのに驚いた。「このとおり泳ぐのは得意だし、それに――」

「去年あそこであやうく溺れかけた下男もそう言っていた」彼は恐ろしい声で言った。

「とにかく、腕が折れそうだから放して」ヴィクトリアはなんとかふりほどこうとしたが、彼はかえって腕に力を込めた。ヴィクトリアは狼狽《ろうばい》して呼吸を荒らげ、必死に説得しようと試みた。「心配をかけてしまったのは悪かったと思っているわ。でも、危険はなかった。わたしはまちがったことはなにもしていません」

「まちがったことはなにもしていないと? 危険はなかったと?」ジェイソンは暗い声でく

りかえした。荒い息をしているせいで上下に波打っている彼女の胸へ、彼の視線が落ちた。ヴィクトリアは自分が全身ずぶぬれで、下着しか身につけておらず、彼のぬれたシャツに自分の胸が接しているのに気づいた。「ぼく以外のだれかが、ここに立ってきみを眺めていたらどうなると思う――なにが起こると思う？」

ヴィクトリアはごくりと唾を飲みこんで、唇を湿らせた。ずいぶん暗くなってから帰宅したら、父が捜索隊を率いて森のなかをくまなくさがし歩いていたことがあった。無事に帰宅した彼女を、父は最初は喜んで迎えた。でも、その後二日間はいたたまれない気分だった。「どうなるかはわかっているわ」彼女は平気な顔で通そうとした。「その人はきっと、わたしに服を渡してくれて――」

ジェイソンの視線が彼女のぬれた唇から、喉もとへ、ぬれて体に張りついた下着が浮きださせている胸のふくらみへと下がっていった。身を離そうとして後ろにのけぞっているせいで、魅力的なふくらみはかえって招くように前へ突きだされていた。そして彼女が子供ではなく心をそそる女性なのだという否定できない事実を証明していた。「こうなるんだ！」彼は短く言うなり、彼女の唇を奪った。彼女を罰し、辱めるような荒々しいキスだった。

抱きしめられたヴィクトリアはふりほどいて強引なキスから逃れようと、必死で身をよじった。だが、その抵抗は彼の怒りを強め、キスをいっそう荒々しいものにしただけだった。「お願い、やめて」彼女は涙ながらに訴えた。「あなたが怖くて――」

ゆっくりと彼は腕の力を抜き、顔を離して、彼女のおびえた目をのぞきこんだ。ヴィクトリアは反射的に両腕で胸をおおい隠した。黄金色の光沢を放つルビーのようなぬれた髪が肩にかかり、サファイアを思わせる目は恐れと悔恨に大きく見開かれていた。「やめて」震える声で言ったが、五日のあいだ続いていたおだやかな関係を壊したくはなかった。「どうか怒らないで。驚かしてごめんなさい。軽はずみに泳いだりするべきではなかったわ。子供っぽい行動をとってしまったと反省しているから」

彼女があまりに素直に非を認めたために、ジェイソンはすっかり不意を突かれた。彼が財産と爵位を手に入れてからというもの、女性たちからありとあらゆる手練手管をしかけられたが、心が動いたためしはなかった。だが、ヴィクトリアに素直に謝られて、下から見つめられ、密着している魅惑的な肉体を感じると、強い欲望が湧きあがってきた。激しく押し寄せた欲望が血をたぎらせ、熱い血が全身を駆け抜ける。彼は両手で彼女を強く抱き寄せずにはいられなかった。

両腕を強くつかまれたヴィクトリアは、彼の目になんとも言えない恐ろしい炎が揺らめくのを見た。思わず後ろへのけぞって悲鳴をあげようとしたとき、彼の唇がおおいかぶさってきて、彼女の体はしびれたように動かなくなった。罠に掛かって驚いたウサギのようにもがいているうちに、彼の両手が背骨を上下にやさしくなで、彼の唇は彼女の唇に火をつけようとするかのように動いた。

めまいに襲われた彼女は、助けを求めるかのように両手を彼の胸にすべらせて、なんとかバランスを保とうとした。この無防備な反応が、ジェイソンの動きをさらに煽った。彼は抱きしめる腕にいっそう力を込め、彼女の唇を激しくむさぼった。ヴィクトリアは頭のなかに靄《もや》がかかったようで、爪先立ちになりながら彼の腕のなかに抱きしめられていた。彼女の体が密着している感触に、彼はうめき、唇で強引に彼女の唇を開かせようとした。そして、わずかな隙《すき》を逃さず、唇のあいだから舌を押し入れた。

それに驚いたヴィクトリアは必死に唇を引き離し、精一杯の力で彼を押して、「やめて！」と叫んだ。

彼が急に両手の力を抜いたので、ヴィクトリアは後ろへ一歩よろめいた。彼がふうっと大きなため息をついた。異様に長いため息だった。彼女はなんとか気をとりなおして身構えた。きっとこのキスの責任を押しつけるようなことを言われるにちがいない。「わたしにも責任があるわ。きっと、わたしが望んだからこんなことになったと言うのでしょ！」彼女は怒って言った。だが、彼が浮かべたゆがんだ笑みは、平静さを取り戻そうとしてあがいているように見えた。

「最初の失敗をしでかしたのはきみだ」やっと彼が口を開いた。「だが、いまのはぼくの失敗だ。すまない」

「なんですって？」ヴィクトリアは耳を疑った。

「勘違いしているようだが、ぼくには世間知らずを誘惑する趣味はない――」彼は冷たい口調だった。

「わたしは誘惑されたりはしません」ヴィクトリアは誇り高く嘘をついた。

ジェイソンの目が皮肉っぽく光った。「そうだったかな?」冗談を言って緊張をほぐそうとするかのように尋ねた。

「ええ、絶対に!」

「では、きみがまちがっているとぼくが思い知らせてやりたくなる前に、服を着なさい」

うぬぼれた発言になにかを言い返してやろうとヴィクトリアは口を開いたが、彼のあつかましい輝くばかりの笑顔に負けた。「どうしようもない人だわ!」

「そのとおり」彼は彼女の非難を認め、後ろを向いて着替えをうながした。

ヴィクトリアは激しい怒りをなんとかなだめて、彼に言われたとおり、急いで着替えた。アンドルーは何度かキスをしたが、あんなキスは一度もなかった。一度も。ジェイソンはしてはいけないことをしたのだし、あんなにえらそうな口をきくのはおかしいと、彼女は思った。わたしはひどく腹を立てて当然なはずだけれど、もしかしたらイングランドでは話がちがうのかもしれない。こちらの女性たちはあんなキスに冷静に対処するのかもしれない。だから、あまり目くじらを立てればばかを見るだけなのかも。たとえこちらが目くじらを立てたとしても、彼はさっきみたいに、もうすんだことだとばかりに笑うだけだろう。それに、彼を怒らせても得るものはない。それどころか、かえって失うものが多いだろう。そう考えてみても、ヴィクトリアは怒りを完全には抑えられなかった。「本当に、どうしようもない人だわ！」もう一度言った。

「その点についてては、先ほど合意した」

「そのうえ、予測がつかない人だわ」

「どんなところが？」

「ひどく心配をかけたから、ぶたれるのかと思っていたら、あなたはキスをした」彼女は身をかがめてジョンの船を拾いあげた。「あなたは、あなたの犬とよく似ているみたいね――どちらも見かけが中身よりもずっと怖い」

ジェイソンの無頓着《むとんちゃく》で悟りきったような表情が少しくずれた。「ぼくの犬？」彼はわけがわからないという顔をしていた。

「ウィリーよ」

「もしウィリーが怖いなら、きみはカナリアも怖いんだろうね」

「とにかく、ウィリーもあなたも恐れる必要はないとわかったわ」

ジェイソンは口もとに魅惑的な笑みを浮かべて、小さな船を受けとった。「そのことはだれにも言わないでくれ。ぼくの評判が台無しになるから」

ヴィクトリアは体に毛布を巻きつけて、小首をかしげた。「どんな評判かしら？」

「最悪の評判さ」彼は率直に認めて、挑むような視線を彼女に向けた。「細かいところまで話そうか？」

「その必要はないわ」ヴィクトリアはしかつめらしく答えた。キスしたことを後悔しているせいで彼がふだんより寛大になっているのを期待して、彼女はこの数日間ずっと悩んでいた問題を勇気をふりしぼって持ちだすことにした。「あなたが自分の『失敗』をつぐなう方法があるわ」屋敷へ向かって一緒に歩きながら、ためらいがちに切りだした。

ジェイソンは探るような目で彼女を見た。「おたがいに失敗して相殺されたはずだ。だが、なにが望みだ？」

「わたしの服を返して」

「だめだ」

「あなたにはわからないのよ」さっきのキスととりつくしまがない彼の態度にいらだって彼女は叫んだ。「両親の死を悼みたいの」

「きみの気持ちはわかるよ。だが、心のなかにしまっておけないほど大きな悲しみはないし、死を悼む気持ちを黒いドレスで外に示しても意味がない。それに、チャールズもぼくも、きみには新しい人生を築いてほしいと願っている――楽しい人生を」

「新しい人生なんかいりません！　わたしはここでアンドルーが来るまで待って――」

「彼は迎えには来ないだろう。この数カ月間で一通しか手紙をよこしていないじゃないか」

その言葉は熱く焼いた短剣のように彼女の胸を刺した。「彼は来るわ、絶対に。手紙は一通で十分よ」

ジェイソンの表情がこわばった。「その言葉が正しいことを祈っている。とはいえ、黒いドレスは許さない。悲しむなら心のなかだけにしろ」

「どうしたら、わかってくれるの？」ヴィクトリアは立ちどまって両手のこぶしを握りしめた。「もしあなたに心があるのなら、両親を亡くした娘に華やかな服を着せて、まるで両親など最初からいなかったかのようにふるまわせるはずがないわ。あなたには心がないのよ！」

「きみの言うとおりだ」彼の声はひどく低く、いつにもまして恐ろしく響いた。「ぼくには心がない。それをよく覚えているがいい。そして、恐ろしい仮面の下に簡単に手なずけられる愛玩犬《あいがんけん》が隠れているなんて、まちがっても思ってはいけない。そんな失敗をして後悔した女が何十人もいる」

ヴィクトリアは彼から離れて、震える足取りで歩いた。友だちになれるなんてどうして思ったりしたのだろう！　彼は冷酷で辛辣で頑固だ。意地悪で気分屋で、どう考えてもどうかしている！　正気の男性なら、やさしさと情熱を込めてキスをしたすぐ後に、手のひらを返したように冷たく憎々しげな態度をとれるはずがない。彼は愛玩犬なんかじゃない――むしろ、危険で予測がつかない黒ヒョウにそっくり！

彼女はできるかぎり早足で歩いていたのに、ジェイソンは容易に追いついて、屋敷の前の車寄せに着いたのは同時だった。

コリングウッド伯爵はすでにみごとな栗毛の馬に乗り、前にジョンを座らせて、彼らを待っていた。

恥ずかしさと怒りをこらえつつ、ヴィクトリアは短く挨拶し、ジョンに笑顔を向けて船を手渡すと、屋敷のなかへ急いだ。

ジョンは彼女を見てからジェイソンを見た後、心配そうに父親を見上げた。「ミス・トーリーは鞭でぶたれたんじゃないよね？」

伯爵はジェイソンのシャツがひどくぬれているのを見て、おもしろがるように彼の顔へ視線を移した。そして「いいや、ジョン。フィールディング卿は彼女を鞭で打ったりはしていない」と息子に答えてから、ジェイソンに話しかけた。「明日にでもミス・シートンを訪ねるようキャロラインに話しておこうか？」

「一緒に来てくれ。ビジネスの話もできるし」

伯爵はうなずくと、幼い息子を腕でしっかり支えながら、栗毛の馬をうながして車寄せを進みはじめた。

ジェイソンは彼らを見送った。ひとりになって小川のほとりでの出来事を思い返すと、彼の表情はぞっとするほど不機嫌そうにゆがんだ。

9

翌日の午後になっても、ヴィクトリアはジェイソンの嵐のようなキスを心から追いだすことができなかった。芝地に座って、すぐ横で熱心に骨をしゃぶっているウィリーの頭をなでていた。犬を眺めているうちに、キスの後のジェイソンが見せたあっけらかんとした笑顔が浮かんできた。彼の世慣れた冷たい態度にくらべて、自分がひどく世間知らずで愚かに感じられて、胃が締めつけられるように痛んだ。

体が折れるかと思えるほど強く抱きしめてキスしたすぐ後に、それを冗談だと笑い飛ばすなんて、いったいどうしたらできるのだろう？　あんなにめまいがして脚ががくがく震えていたのに、あのときの彼の軽い雰囲気に合わせるなんてとてもできなかった。そして、なによりも、いったいどうして彼はあんなに冷たい目をして、「何十人」もの女性たちと同じ失敗をしないようになどと言えるのだろう？

いったいなぜ、ジェイソンはあんな警告をしたのだろう？　彼とうまくつきあうのは不可能だし、そもそも理解するのさえ不可能だ。彼と友だちになろうとしたのに、キスしてしまった。イングランドではなにもかもがらがっているようだ。たぶん、ここではああいうキスは日常茶飯事で、罪の意識を感じたり怒ったりする理由にはならないのかもしれない。そう考えてみても、罪の意識と怒りを感じずにはいられなかった。アンドルーのいない寂しさをもてあまし、ジェイソンのキスを拒絶できなかったことを恥ずかしく思った。

馬に乗ったジェイソンが厩舎へ向かっているのが見えた。午前中は彼が狩りに出かけていたので、ヴィクトリアはひとりで考え事をすることができたのだが、平和な時間はもう終わろうとしていた。そのとき、コリングウッド伯爵の馬車が正面の車寄せに停まった。彼女はしぶしぶ立ちあがった。「いらっしゃい、ウィリー」彼女はきつく言った。「フィールディング卿に伯爵ご夫妻が到着したと知らせに行って、ミスター・オマリーがわざわざ厩舎まで来る手間をはぶいてあげましょう」

犬は頭を上げて、賢そうな目で彼女を見たが、動こうとしなかった。「みんなから隠れているのはもうやめなさい。わたしはあなたの召使いじゃないのだから、もう食べ物を持ってきてあげないわよ。昔は厩舎で餌を食べていたってノースラップが言っていたわ。さあ、ウィリー、おいで！」彼女はせめてこうした小さなことから自分の思いどおりにしようと心に決めていた。二歩ほど歩いて、待った。犬は立ちあがって、彼女を見た。警戒しているようすからして、命令を理解しているのはたしかだった。

「ウィリー、頑固な男性にはもう飽き飽きしているの」彼女はいらだたしげに言って、指を鳴らした。「さあ、来てちょうだい！」もう一度歩きだしてから肩越しに振り返った。もし強情な犬がついてこなければ、首根っこをひっぱってでも連れていくつもりだった。「おいで！」するどく命令すると、今度はゆっくりついてきた。

ヴィクトリアがささやかな勝利に気をよくしていると、片手にライフル銃をさげたジェイソンが厩舎から現われた。

屋敷の正面では、コリングウッド伯爵が妻を馬車から降ろしていた。「ほら、彼らはあちらにいる」伯爵は厩舎の方角を向いて妻にうなずいてみせた。夫の腕に手をあずけたキャロラインは、ジェイソンたちのほうへ向かって芝生を歩きだした。「さあ、笑顔で」妻の足取りが重いのを見て、伯爵が小声でからかった。「まるで死刑執行人のところへ向かっているみたいだな」

「実際にそんなような気分ですもの」キャロラインは弱気な笑顔を浮かべた。「こんなことを言えば、あなたは笑うでしょうけれど、フィールディング卿が怖くって」驚いた表情の夫にうなずきかけた。「そんなふうに感じているのはわたしだけじゃない——ほとんどだれもが彼を恐れているわ」

「ジェイソンはすばらしい男だよ、キャロライン。彼が薦めてくれた投資話のおかげで、莫大な利益を得られたのだよ」

「そうでしょうけれど、あのかたは恐ろしく近寄りがたい人だし……とにかく、ぞっとするの。それに、相手が落ちこんで、いたたまれなくなるほどやりこめたりするでしょう。先月だったかしら、ミス・ファラデーに向かって、作り笑いする女性は嫌いだって言ったのよ——そのときちょうど、彼女は彼の腕にしがみついて作り笑いしていたのに」

「ミス・ファラデーはなんと言ってた？」

「なにか言えると思う？　だって彼の腕にしがみついて作り笑いしていたのよ。恥ずかしくてたまらなかったでしょうね」

　ロバートが意味ありげににやりとしたのを無視して、キャロラインは指の長い美しい手に白い手袋をはめた。「女性たちがあのかたのどこを見ているのか、わたしには想像もつかないけれど、みなさんいつもまわりに群がって大変なの。たしかに、クロイソス王ほどの大金持ちで、荘園を六カ所持っているし、年収は見当もつかないほどで——そして、いずれはアサートン公爵になる。そのうえ、とてつもなくハンサムなのは、わたしも認めるわ——」

「それなのに、女性たちが彼のどこを見ているのかわからないのかい？」ロバートは小さく笑いながらからかった。

　キャロラインは首を横に振ってから、ジェイソンたちに近づいてきたので声を小さくした。

「だって態度があんまりだわ。とにかく、びっくりするほど傍若無人だもの！」

「男が富や肩書きを熱心に追い求めているときには、多少の自分勝手は許されるべきじゃないだろうか」

「あなたはそう考えるのでしょうけれど、わたしはかわいそうなミス・シートンに心から同情するわ。彼と同じ家で暮らすなんて、さぞかし怖いでしょうから」

「怖がっているかどうかはわからないが、寂しそうだったし、イングランドでの生活について教えてあげる友人が必要だろう」

「きっと悲しい思いをしているでしょうね」キャロラインは同情するようにうなずいて、ちょうどジェイソンに近づいて話しかけているヴィクトリアを眺めた。


「伯爵夫妻がいらっしゃったわ」ヴィクトリアがよそよそしい丁寧な口調で伝えた。

「ああ。車寄せからこちらへ歩いてきているようだ」そう言って彼女に視線を戻した瞬間、ジェイソンは凍りつき、彼女の左後ろをじっと見つめた。「どけ!」乱暴に彼女を押しのけて、ライフルを構えた。背後から獰猛《どうもう》そうな低いうなり声が聞こえる。その瞬間、彼女はジェイソンがなにをしようとしているのか悟った。

「だめ!」ヴィクトリアは叫んだ。果敢にもライフルの銃身を手で払いのけて上を向かせると、すかさず膝をついてウィリーを抱えこみ、ジェイソンをにらみつけた。「ひどいわ! どうかしてる! 食べ物をやらないで放りだしたうえ、今度は撃ち殺そうとするなんて、ウィリーがなにをしたというの?」彼女はウィリーを抱きしめながら興奮して訴えた。「あなたの小川で泳いだから、それとも命令を聞かなかったから、それとも——」

ジェイソンの手からライフルがすべり落ちて、銃床が地面についた。「ヴィクトリア」彼は緊張して青ざめた表情とは逆に落ち着いた声で語りかけた。「それはウィリーじゃない。ウィリーはコリー犬で、三日前から繁殖のためにコリングウッドに貸してある」

ウィリーの体をなでていたヴィクトリアの手が止まった。

「ぼくの目と頭がどうかしていないかぎり、いまきみが愛するわが子のように守っているのは、オオカミと犬が混じったオオカミ犬だ」

ヴィクトリアは息を吸って、ゆっくり立ちあがった。「たとえウィリーでなくても、この子は犬で、オオカミではないわ。わたしの言うことには、ちゃんと従うもの」彼女は頑固に言い張った。

「オオカミの血が混じっている犬だ」ジェイソンは反論した。ヴィクトリアを危険な動物から引き離そうと、近づいて腕をつかんだ――その動きに、犬はたちまち反応した。低く身構えて獰猛にうなり、牙をむきだし、背中の毛を逆立てる。ジェイソンは彼女の腕を放し、指をゆっくりと引き金にかけた。「そこをどきなさい、ヴィクトリア」

ヴィクトリアの目はライフルをじっと見据えた。「撃たないで!」ヒステリックに叫んだ。「そんなことはさせない。もし撃ったら、あなたを撃つわよ。脅しじゃないわ。わたしは水泳より射撃のほうが得意なの――近所の人ならみんな知ってるわ」そこまで言って、わっと泣きだした。「この子は犬で、わたしをあなたから守ろうとしているだけ。だれだってわかるはずよ！　わたしの大事な友だちなの。お願いだから、撃たないで。お願い……」

ジェイソンが手の力を抜いて、ライフルの銃身を芝地に向けて下ろすのが見えた。「とにかく離れなさい。撃たないから」彼が言った。

「けっして撃たないと、紳士として誓ってくださる？」ヴィクトリアはまだ犬を抱いたままだった。彼女を守ろうとする勇猛果敢な犬と、彼女を守るためにその犬を撃ち殺そうとする男性との致命的な衝突を避けたかったのだ。

「誓う」

「それだけでは信じられないわ。コリングウッド卿に対しても誓ってくださる？」

「調子にのりすぎだぞ」ジェイソンは静かに警告した。

おだやかな口調だったが、それ以上の抵抗を許さないという脅しが感じられた。ジェイソンはきっと約束を守るだろうと本能的に悟ったので、ヴィクトリアはその場は折れることにした。彼女はうなずいて離れたが、大きな犬は攻撃態勢のまま、ジェイソンをひたと見つめていた。

ジェイソンも手にライフルを持って犬を見つめている。絶望的な状況で、ヴィクトリアは犬に向きなおって、「座りなさい！」と命じた。言うことを聞いてくれと、祈るような気持ちだった。

犬は躊躇したものの、彼女の横に座った。

「ほら、このとおり！」彼女は訴えるように両手を前へ投げだした。「だれかにちゃんとしつけられているのよ。そして、あなたのライフルが自分を傷つけるものだと知っている。だからそれをじっと見ているのだわ。賢い子なのよ」

「じつに賢い」ジェイソンは皮肉っぽく笑った。「ぼくもこのあたりの農民もみな、鶏小屋を襲う『オオカミ』をさがしまわっていたというのに、こんな目と鼻の先に隠れていたとは、じつに賢いよ」

「毎日狩りに出かけていたのは、それが理由だったの？」ジェイソンがうなずいたのを見て、ヴィクトリアは犬はここに置いておけないと言われるのをさえぎろうとして必死にしゃべりはじめた。「この子がオオカミではなくて犬だということは、おわかりでしょ。わたしが毎日食べ物をやっているので、もう二度と鶏小屋を襲ったりしないわ。とても賢いし、わたしが言うことはちゃんとわかるの」

「それなら、きみが食べ物をやっているということは、間接的にはぼくがやっていることになるのだから、ぼくの腕に咬《か》みつく機会を狙っているのはひどく失礼だと、そいつに言い聞かせることができるのだろうね」

ヴィクトリアは彼女を守ることに熱心すぎる犬を心配そうに見てからジェイソンに視線を移した。「もう一度、わたしの腕をつかんでみて。その状態で、うならないように命令すれば、きっとわかってくれるはずよ。さあ、こちらへ来て」

「きみの首を絞めあげたい気分だよ」ジェイソンはなかば本気だったが、言われたとおりに彼女の腕をつかんだ。犬は低く身構え、歯をむきだしてうなりかかった。

「やめなさい！」ヴィクトリアがするどく命じると、犬は警戒をといて、おとなしくなり、彼女の手をなめた。

ヴィクトリアはほっと安心した。「ほうら、大丈夫でしょう。一生懸命に世話をするわ――もしここに置いてくだされば、だれにも迷惑をかけないようにします」

ジェイソンは彼女の勇気と輝くブルーの瞳の懇願に負けた。「ちゃんと鎖でつないでおくように」と言ってため息をついた。そして、すかさず反論を唱えようとする彼女に注意を与えた。「猟場の番人にはこの犬は害がないとノースラップから伝えさせるが、もしよその地所へ入りこんだら、すぐに撃たれてしまうだろう。鶏小屋を襲わなくなったにせよ、農民たちには鶏も家族もとても大切なのだから」

これで話は終わりだという表情をしてジェイソンがコリングウッド伯爵夫妻に挨拶したので、ヴィクトリアはようやく彼らがすぐそばまで来ていたことに気づいた。

彼女は恥ずかしさで全身をほてらせながら勇気をふりしぼって、ジェイソンが礼儀作法の手本とみなしている女性に対面した。てっきり軽蔑を浮かべて見ているものと思っていたが、レディ・コリングウッドは賞賛の笑顔を彼女に向けた。ジェイソンは紹介をすませると男どうしでビジネスの話をしに行ってしまい、ヴィクトリアはレディ・コリングウッドとふたりだけでその場に残された。

気まずい沈黙を破ったのは、レディ・コリングウッドだった。「犬を鎖でつなぎに行くのでしょ。ご一緒してもいいかしら？」

ヴィクトリアはうなずいて、湿った手のひらをスカートにこすりつけた。「きっと、わたしのことをこの世で一番無作法な女性だと思っていらっしゃるでしょうね」彼女はみじめな気持ちだった。

「いいえ」キャロライン・コリングウッドは笑いをこらえるために唇を嚙んだ。「でも、まちがいなく一番勇気がある女性だわ」

ヴィクトリアは驚いた。「わたしがウィリーを怖がらないから？」

キャロラインは首を横に振った。「あなたがフィールディング卿を怖がらないからよ」と訂正して笑い声をたてた。

優雅に装った美しい黒髪のキャロラインは、グレーの瞳をきらきら輝かせ、親しげな笑顔を浮かべていた。ヴィクトリアは見知らぬ土地で気の合う仲間に出会ったように感じて、胸が高鳴った。「本当は、怖くてたまらなかったの」とうちあけてから、屋敷の裏手へ歩いていって犬をつなぎ、ジェイソンが室内に入れるのを許してくれるまでそこで飼うことにした。

「でも、あなたは怖がっているのを表に出さなかったわ。それは本当にいいことだと思う。なぜなら、男は女がなにかを怖がっているとわかると、それを使って弱みにつけこむからよ。

たとえば、兄のカールトンはわたしがヘビが苦手だと知ると、ハンカチの引き出しにヘビを入れたのよ。そのうえ、わたしが大騒ぎしていると、今度は弟のアボットがダンスシューズのなかへ入れたの」

ヴィクトリアは身震いした。「わたしもヘビは大嫌いよ。兄弟は何人いらっしゃるの？」

「六人よ。わたしがうまく仕返しできるようになるまで、全員がひどいいたずらを仕掛けていたの。あなたもご兄弟がいらっしゃるの？」

「男の兄弟はいないわ――妹がひとりいるだけ」

ジェイソンたちがビジネスの話を終えて、早めの夕食の席で合流する頃には、ヴィクトリアとキャロラインはすっかりうちとけてファーストネームで呼びあい、昔からの親友のようだった。ヴィクトリアは、ジェイソンとの婚約はチャールズが独断で発表したもの――とはいえ、善意の賜物《たまもの》――であり、自分はアンドルーを待っているのだと話した。キャロラインはコリングウッド卿との結婚は両親が決めた縁組だったと語ったものの、彼の話をするたびに瞳を輝かせるようすからして、心から愛し尊敬していることはあきらかだった。

ヴィクトリアとキャロラインが子供の頃の冒険やいたずらの話を披露しあって、夕食の席は四人の笑い声で満ちた。コリングウッド卿までもが幼い頃の話をしたので、三人がみな両親の深い愛情に包まれて屈託のない子供時代を過ごしたことがわかった。ジェイソンだけは子供時代の話をするのを拒んだが、三人の話を聞くのを心から楽しんでいるようだった。

「本当に射撃が得意なの？」ふたりの従僕がバターとハーブで焼いて繊細なソースをかけたマス料理を皿によそっているときに、キャロラインが感心するように尋ねた。

「ええ。アンドルーが射的の競争相手欲しさに教えてくれたの」

「それで？　勝負はしたの？」

ヴィクトリアはうなずいた。蠟燭の炎が彼女の髪の色を浮き立たせ、光り輝いているように見えた。「ええ、何度も。はじめて銃を渡されて、彼の指示に従って、狙いを定めて撃ったら、なんと的に命中したの。あまり難しいとは思えなかったわ」

「それから？」

「どんどん腕をあげたわ」ヴィクトリアは目を輝かせて言った。

「わたしはフェンシングが好きなの」キャロラインがうちあけた。「兄のリチャードにいつも練習相手をさせられていたから。大切なのは腕をしっかりさせること」

「しっかり見ることも大切ね」ヴィクトリアがつけ加えた。

コリングウッド卿がおもしろがって話にくわわった。「子供の頃によく、中世の騎士になったつもりで、馬丁たちと馬上槍《やり》試合のまねをしていた。けっこう強かったものだ。だが、いま考えてみれば、馬丁たちは青二才の伯爵を落馬させたくはなかっただろうから、たぶんぼくは自分で思っているほど強くはなかったんだろう」

「アメリカでは綱引きはするの？」キャロラインが興味津々で訊いた。

「ええ。いつも男女対抗でやったわ」

「でも、それは公平じゃないわね――男子のほうが勝つに決まってるわ」

「そうでもないの」ヴィクトリアが残念でしたとばかりに笑った。「もし、女の子たちが近くに木がある場所を選んで、ひっぱるときにうまくロープを木に結びつけることができればしめたものよ」

「ずるいな。それはインチキだぞ」ジェイソンが笑った。

「そうね。でも、そうしないと女のほうが分《ぶ》が悪いのだから、インチキにはならないわ」

「『分が悪い』なんて言葉をどこで覚えたんだ?」彼がからかった。

「カード遊びのときと同じでしょ?」ヴィクトリアは周囲の人々を引きこんで陽気に尋ねた。

「恥ずかしい事実を白状すれば、わたしはカードを配るときにちゃんと計算して、特定の人にいい手を配ることもできるの。要するに、インチキのやりかたを知っているのよ」彼女は大胆にも認めた。

ジェイソンが濃い眉をひそめた。「インチキなんかだれに教わったんだ?」

「アンドルーよ。遠くの学校へ行っていたときに『カード・トリック』を教わったんですって」

「もしぼくがそのアンドルーに社交クラブの入会を勧めようとしたら、必ずやめておくように言ってくれ」コリングウッド卿が皮肉っぽく言った。

「アンドルーはインチキなんかしないわ」ヴィクトリアはきっぱりと訂正した。「破廉恥《はれんち》なギャンブラーにだまされてはいけないから、インチキの仕組みを知っておくのが大事だと思っているだけ――でも、彼はそのときまだ十六歳だったから、そんな人に出会うとは思えなかったけれど……」

ジェイソンは椅子にゆったり腰掛けて、ヴィクトリアが客たちといとも簡単にうちとけ、ロバート・コリングウッドを魅了して会話に引きこんでいるようすを、感心しながら眺めていた。そして、アンドルーの話をするたびに彼女の顔が愛情で輝き、その笑顔がダイニングルームを華やいだ雰囲気にしているのに気づいた。

彼女は明るく活発だった。若いにもかかわらず、さまざまなことに興味を抱き、生き生きしたウィットには自然な洗練さが感じられた。犬を守ろうとしたときの勇気や、ウィリーではなくウルフと呼ぶべきだと断言したようすを思い出して、ジェイソンはひとり微笑んだ。生まれてこのかた本当に勇気がある男にはほんの数人ながら出会ったことがあったものの、そういう女性は見たこともなかった。キスしたときの彼女の恥ずかしげな反応や、彼女が彼の体にもたらした信じられないほど熱い欲望を、彼は思い起こした。

ヴィクトリア・シートンは驚きと可能性に満ちている。彼女をそっと眺めながらジェイソンはそう思った。完璧に整った顔立ち、生き生きした美しさ。だが、彼女の魅力はさらにあった。音楽を思わせる笑い声、優雅な動き。まるで心の奥深くで、傷ひとつない宝石が光を放っているかのようだった。その宝石は、輝きにふさわしい背景と場所を求めている。魅力的な肢体と完璧な美貌を飾る優雅な服。彼女が女王として支配するすばらしい屋敷。彼女をやさしく導く夫。彼女の胸に抱かれてやすらぎ、乳を吸う赤ん坊……。

ジェイソンはヴィクトリアの向かい側に座りながら、笑いとぬくもりで食卓に明かりを灯《とも》してくれる妻を持つという、長いあいだ忘れていた夢を思い出していた。ベッドでは彼の腕のすきまを埋め、心の奥の空疎な闇を消してくれる女性……彼が与える赤ん坊を慈しむ女性……。

だが、ジェイソンは世間知らずだった若い頃の夢と、それが破れた悲しみをあわてて心から追いやった。彼は夢を持ってメリッサと結婚した。美しい女性がその夢をきっと現実にしてくれると、愚かにも信じていた。女が金や宝石や権力ではなく、愛や赤ん坊を大切にすると信じるなんて、なんと愚かで、だまされやすかったのだろう。ヴィクトリアがこんなにも突然に、昔のばかばかしい夢や希望を思い出させて自分を苦しめていると気づいて、彼は顔をしかめた。

10

コリングウッド伯爵夫妻が帰るとすぐに、ジェイソンは一時間ほど前に席を立ったチャールズがいる図書室へ向かった。

チャールズは読みかけの本を脇に置いて、ジェイソンに笑顔を向けた。「ヴィクトリアはすばらしかったじゃないか？　魅力的で落ち着きもあり分別もある。あのようすを眺めていたら、思わず喝采《かっさい》しそうになったよ！　どうして彼女は――」

「明日、彼女をロンドンへ連れていってください」ジェイソンがチャールズの話をさえぎった。「フロッシー・ウィルソンとあちらで合流して、社交界シーズンに備えるのです」

「ロンドンだと！」チャールズが早口で言った。「だが、なぜだ？　なぜ、そんなに急がねばならん？」

「この家から出して、早く手放したいのです。ロンドンで夫をさがしてやってください。二週間もすれば社交界シーズンがはじまります」

チャールズは青ざめたが、口調はしっかりしていた。「これほど急な決断をした理由を尋ねる権利が、わたしにはあるはずだが」

「いま話したとおりです――彼女をこの屋敷から出して、永遠に手放したいのです。理由はそれで十分だ」

「そう簡単にはいかないぞ」チャールズが必死に抗議した。「新聞広告で夫を募集するようなわけにはいかん。ひとつひとつ手順を踏んで進める必要がある――客を呼んでもてなしたり、社交界で正式に彼女をお披露目したり」

「なら、とにかくロンドンへ行って、進めてください」

灰色の髪をかきあげながら、なんとかジェイソンを思いとどまらせようとチャールズは首を横に振った。「わたしの屋敷は豪華なパーティを開けるような状態ではないし――」

「ぼくの屋敷を使ってください」ジェイソンが言った。

「となると、おまえは自分の屋敷にいられない」なんとかしてこの計画をつぶそうとチャールズはあれこれ問題点をさがそうとした。「一緒に屋敷にいれば、他人はおまえがすでにヴィクトリアを自分のものにしたと思い、恥知らずだと非難するだろう。おまえたちが婚約していることはなんの言い訳にもならない」

「では、ぼくはあなたの屋敷で暮らしますよ」ジェイソンはすかさず答えた。「この屋敷の使用人たちも連れていってください――彼らなら一日ですべて準備ができます。前にもやったことがありますから」

「ヴィクトリアのドレスや、社交界の舞台となる『オールマックス』への保証人はどうする？」

「フロッシー・ウィルソンにヴィクトリアをマダム・デュモシーの店へ連れていかせて、ぼくが彼女にふさわしいドレスを至急つくれと言ったと伝えてください。『オールマックス』への保証人の件はフロッシーがだれよりもよく承知しています。ほかになにか？」

「ほかになにか、だと？」チャールズは腹を立てた。「だいいち、マダム・デュモシーはこのわたしでも名前を知っているほど有名だ。ヴィクトリアのために二週間後に迫ったシーズンのドレスを仕立てる時間などないだろう」

「ヴィクトリアの衣装一式をすべてまかせる、金に糸目はつけないと、ぼくが言っていたと伝えてください。ヴィクトリアの赤い髪と小柄な体を生かすものを頼みたい。ありふれたブロンドや地味な黒髪の女性たちが、すっかりかすんで見えるように。二週間夜なべして働けばできるだろうし、その見返りにデュモシーはふだん客たちに請求している法外な金額の倍を手にできる。以前にもやった経験があるのです」彼は最後にきっぱりひと言つけ加えた。「さて、すべて整いました。仕事がありますので、これで失礼」

チャールズはいらだたしげに長いため息をついた。「よろしい。だが、出発は明日ではなく三日後にする。フロッシー・ウィルソンに使いをやって、ここではなくロンドンで落ちあうことにしよう。わたしも独身男性の端くれなので、ちゃんとしたシャペロンなしでヴィクトリアとふたりで暮らすわけにはいかん——とくにロンドンでは許されないことだ。おまえの使用人を先にロンドンの屋敷へやってくれ。わたしはフロッシー・ウィルソンに使いを送って明後日ロンドンで合流しようと伝える。そして、ひとつ頼みがあるのだが」

「なんでしょう?」

チャールズは言葉を選びながら言った。「おまえがヴィクトリアとの婚約を解消したことは、だれにも知られたくない」

「なぜでしょう?」ジェイソンはもどかしげに訊いた。

チャールズは答えに窮したように言いよどんでから、明るく言った。「ひとつには、すでにおまえと婚約していると思えば、社交界の人々は彼女のあらさがしをしないだろう。そうすれば、これぞという相手を決める前に周囲の紳士たちを見定める余裕もできる」

ジェイソンが反論しようとするのを制して、チャールズはすばやく続けた。「おまえの心を射止めたとロンドン社交界の人々が信じれば、だれもがヴィクトリアをちやほやするし、社交上の招待も多くなる。ロンドンじゅうの独身男が、おまえが結婚したいと願うほどの女性ならば、とても特別な存在にちがいないと考えるだろう。ところが、おまえが彼女を捨てたと知れば、見向きもしないかもしれない」

「あなたの『お友だち』のレディ・カービーが、婚約はないとすでにふれまわっていますよ」ジェイソンが指摘した。

チャールズは手を振って否定した。「おまえがロンドンに来て、婚約を否定しないかぎり、だれもカービーの噂話など信じない」

「わかりました」ジェイソンは、ヴィクトリアを結婚させるためならなにを言われても同意するつもりだった。「とにかくロンドンへ連れていって、社交界で結婚相手を見つけてください。相応の持参金は用意します。舞踏会を開いて、ヨーロッパじゅうの貴族の男を招待するのです。彼女の社交界デビューの際にはぼくがエスコートします」彼は茶化すようにつけ加えた。「そして、ロンドンに留まって、求婚者の品定めをしますよ。ヴィクトリアなら結婚相手を見つけるのは、きっとさほど難しくはないでしょう」

ジェイソンはヴィクトリアの問題が片づきそうだと安心するあまり、チャールズが婚約解消を表沙汰にしないことにこだわった裏にある矛盾を考えてみようともしなかった。

ジェイソンが立ち去ろうとしたとき、ヴィクトリアが図書室へ入ってきた。笑顔をかわしてジェイソンが立ち去ると、彼女はチャールズに近づいた。「いつもの晩のようにチェッカー・ゲームをしませんか？」

「なんだって？」彼はうわの空で言った後、「ああ、もちろんだとも。昼間からずっとやりたいと思っていた。そうだとも」とあわてて答えた。彼らはテーブルに置かれた、黒と白に塗り分けられた六十四マスのチェスボードを前に向かいあって座った。

ヴィクトリアは自分の側の黒いマスに十二個の白い円形の駒を並べながら、心から慕うようになった、背の高い優雅な灰色の髪の男性をじっと見た。今晩の夕食の席で、仕立てのいい黒いジャケットを着た彼は格別にハンサムに見えたし、みんなの子供時代の話に陽気に笑い、自分の子供の頃の話さえ披露していたのに、いまはどこかうわの空で、ひどく心配げだった。「ご気分が悪いのですか?」向こう側で十二個の黒い駒を置いている彼をじっと見つめて、ヴィクトリアは訊いた。

「いや、なんでもないよ」チャールズは否定したが、ゲームをはじめて五分もしないうちに、彼女は彼の駒を三個も手に入れた。

「どうも集中できないようだ」彼女が四個目を手にした時点で、彼が認めた。

「じゃあ、お話でもしましょう」

チャールズが微笑んで同意したので、ヴィクトリアはなんとか彼の悩みの種を見つけようとした。父はよく、悩み事があったら黙っていないで話すべきだと言っていた——心臓が弱い人はとくに、その手のストレスがたまると発作を引き起こしかねないからと。ゲームをはじめる直前までジェイソンが一緒にいたことを思い出して、チャールズの悩み事はジェイソンに関係があるのだろうとヴィクトリアは思った。「夕食は楽しかったですか?」彼女はさりげなさを装って話をはじめた。

「とても」彼は心の底から答えた。

「ジェイソンはどうだったでしょう?」

「もちろん、楽しんでいたさ。なんでそんなことを訊く？」

「みんなが子供の頃の話をしていたとき、彼ひとりが黙っていたように思えて」

チャールズが彼女から視線をそらした。「たぶん、楽しい話を思い出せなかったのだろう」

その答えに、ヴィクトリアは関心を示さなかった。チャールズにうまく話をさせる方法はないかと必死に頭を働かせていたのだ。「わたしはてっきり、彼がなにかわたしが言ったことかやったことに怒って、さっきまでおふたりでその話をしていたんだと思いました」

チャールズはハシバミ色の目を輝かせて彼女に視線を戻した。「きみはわたしを心配しているんだね？　そうだろ？　なにを悩んでいるのか知りたいのだね？」

ヴィクトリアは笑い声をたてた。「わたしはそんなに単純で、わかりやすいですか？」

チャールズは指先を彼女の指にすべらせ、彼女の手をやさしく握った。「単純なんかではない。きみはすばらしい。思いやりがある。この数カ月ひどくつらい目に遭ったというのに、この老人が疲れていると気づいて心配してくれる」

「あなたは老人じゃありません」彼女は夜の正装姿の彼を賞賛するように言った。

「ときどき、実際の年齢よりずっと歳をとったように感じることがある」彼は冗談でまぎらわそうとして言った。「今晩は、ちょうどそんな気分だ。だが、きみが元気づけてくれた。ちょっと話をしてもいいかな？」

「ええ、なんでも」

「これまで何度か、娘が欲しいと思ったことがあったが、きみはまさにわたしの理想の娘だよ」

やさしい気持ちに満たされたヴィクトリアを見ながら、チャールズは続けた。「きみが庭を歩いたり、召使いたちに声をかけたりしているのを目にすると、わたしの心は誇りで満たされる。じつの親でもないし育てたわけでもないのだから妙な話だが、とにかくそんな気持ちになるのだよ。世界じゅうの皮肉屋に向かって叫んでやりたい。『この娘を見ろ、潑剌として勇気があり美しい。まさに神が最初の男のために伴侶《はんりょ》をつくりたもうたときに、心に描いていた女性だ。彼女は信じるもののために戦い、理不尽な行ないに屈せずわが身を守り――しかも、その理不尽な行ないをした者の謝罪を受け入れ、恨むことなく相手を許す』と。ジェイソンの仕打ちを一度ならず許したのを、わたしは知っている」

彼の目には涙が光っているようだったが、自分の目にも涙があふれそうになったせいでヴィクトリアにはよく見えなかった。

「さあ、ここまでだ！」チャールズはわざと笑い声をあげ、彼女の手を励ますようにぎゅっと握った。「この雲行きでは、盤面がわれわれの涙でぬれてしまう。きみの質問に答えたのだから、わたしの質問にも答えてくれるかな？　ジェイソンをどう思う？」

ヴィクトリアは不安げな笑みを浮かべた。「とても寛大なかただと思います」彼女は言葉を選んで答えた。

「そういう意味じゃない。個人的に、どう思うかということだよ。本心を教えておくれ」

「どういう意味なのか、よくわかりませんが」

「よろしい、もっと具体的に訊こう。彼をハンサムだと思うかい？」

ヴィクトリアははっと息をのんで、驚きのあまり小さく笑った。

「たいていの女性は、彼にものすごく魅力を感じるようだが」チャールズはたたみかけた。その口調はかなり誇らしげに響いた。「やはり、そう思うかい？」

思ってもみなかった質問に驚いたものの、彼女は内心の動揺を隠してうなずいた。

「よし、よし。じゃあ、彼はとても……その……男らしいと思うかい？」

その瞬間、小川のほとりでのキスの記憶がよみがえり、頬が赤く染まるのを彼女は感じた。

「そう思っているのだね、答えなくてもわかる」チャールズは彼女が頬を染めた理由を誤解して言った。「すばらしい。なら、秘密をひとつ教えよう。ジェイソンはきみがこれまで出会ったなかで最高の男だ。彼のこれまでの人生は幸福ではなかったが、にもかかわらず、驚くほど強い心と意志の力でそれを乗り越えてきたのだ。レオナルド・ダ・ヴィンチは『偉大なる魂を持つ男ほど、その愛は深い』と言った。その言葉はいつもジェイソンを思い起こさせる。彼は愛情深いが、それをめったに表面に見せない。そして」チャールズは苦々しげにつけ加えた。「あまりに強いために、彼に反論しようという人間はまずいない——若い女性はもちろんのことだ。だから、時としてきみの目にはいくぶん……そうだな……傲慢に見えるだろう」

ヴィクトリアは好奇心に負けて訊かずにはいられなかった。「幸福ではなかったって、どういうことですか？」

「彼の人生の話は、本人の口から聞きなさい。わたしには話す権利がないのだよ。いつかきっと彼はきみに話すだろう――わたしにはわかる。それはそうと、他にも話があるのだ。ジェイソンがきみを今シーズンのロンドンの社交界に盛大にデビューさせると決め、三日後にあちらへ発つことになった。フロッシー・ウィルソンがロンドンで合流して、社交シーズンがはじまる二週間後までに、しきたりなど必要なことをいろいろ教えてくれる。われわれはジェイソンの街屋敷《タウンハウス》に逗留する。客を招くにはわたしの屋敷よりもずっといいから。ジェイソンはロンドンにいるあいだはわたしの屋敷を使う。田舎では他人の目を気にせずに三人で暮らせたが、ロンドンではそうはいかないのだよ」

ヴィクトリアはロンドンの社交シーズンになにが必要なのかまるで知らなかったが、この先出席することになるという舞踏会や晩餐会《ばんさんかい》、音楽会、観劇、ヴェネチア風の朝食会についてチャールズが語るのにじっと耳を傾けた。キャロライン・コリングウッドも社交シーズンにロンドンへ来ると聞いて、彼女はとてもうれしかった。

「……夕食の席で、きみはあまり関心を示さなかったが、レディ・コリングウッドはロンドンで一緒に過ごせればどんなに楽しいかと、二回も言っていた。きっと楽しいだろう、そうじゃないか？」

ヴィクトリアは少なくともキャロラインに会えるのは楽しいだろうと思ったものの、本心を言えば、ウェイクフィールドを離れて、何百人もの見知らぬ人たちに会うのは気が進まなかったし、もしその人たちがカービー家の人々のようだったらと想像するとぞっとした。

「さあ、これで話は終わりだ」チャールズはそう締めくくると、テーブルの上の小物入れから一組のトランプを取りだした。「友人のアンドルーからカード遊びを習ったとき、ひょっとしてピケットも教わったかい？」

ヴィクトリアはうなずいた。

「よろしい、ではピケットをしよう」ヴィクトリアがすぐに同意すると、チャールズはわざと恐ろしい顔で眉をひそめた。「インチキはしないだろうね？」

「とんでもない」彼女はまじめな顔で誓った。

彼は目に笑みを浮かべて、彼女の前にカードの束をすべらせた。「では、ボトム・ディール（カードをふつうに配ると見せかけて、一番下から欲しいカードを配るテクニック）がどれくらいうまいか見せてくれ。腕前をおたがいに競いあおうじゃないか」

ヴィクトリアは声をあげて笑った。彼女はカードを手にして、みごとな手さばきでシャッフルした。「じゃあ、今夜は最高にツキのある晩だと思わせてあげますね」そう言って、すばやく二枚ずつカードを配り、おたがいの持ち札を十二枚ずつにした。チャールズは配られた手札を見て、目を見開き、賞賛の表情で彼女を見た。「キングが四枚。この手に一財産賭けよう」

「あなたの負け」ヴィクトリアが快活に笑って、自分のカードを表に返すと、そこにはエースが四枚含まれていた。

「じゃあ、いまどうやって配ったのか、もう一度やってみせてくれ」チャールズがうながした。彼女が種明かしをすると、彼はのけぞるようにして大きく笑った。

カードゲームをするつもりが、インチキの腕前くらべになってしまった。ふたりともさまざまなテクニックを駆使して自分に有利な札を配って、すばらしい手をつくってみせたので、たがいが相手をだますたびに、図書室に陽気な笑い声があがった。

凝った作りの古時計がちょうど九時を知らせたとき、図書室から響いてくる笑い声を聞きつけたジェイソンが、書斎からようすを見にやってきた。彼が図書室へ入ると、椅子に座ってくつろいだチャールズとヴィクトリアが笑いすぎて涙を流し、ふたりのあいだのテーブルにはカードが一組置かれていた。「夕食の席よりも、もっとおもしろい話をしていたようですね」ジェイソンはズボンのポケットに手をつっこみ、ややむっとした表情で話しかけた。

「書斎まで聞こえますよ」

「わたしが悪いのだ。ヴィクトリアはピケットをしたかったのだが、ちょっとした冗談に、余興をと思ってね。今晩はカードゲームには真剣になれないようだ。おまえが相手をしてやってくれるかな？」チャールズが嘘をつき、ヴィクトリアにウインクをして立ちあがった。

きっと断わるだろうとヴィクトリアは思ったが、ジェイソンはけげんな表情でチャールズをちらりと見てから、彼女の前に座った。チャールズは彼の椅子の後ろに立った。ヴィクトリアが視線をやると、チャールズは「徹底的にやっつけてやれ——いかさま師！」と言いたげな目をした。

とんでもないトリックを散々披露した後だったので、ヴィクトリアはすっかりその気になった。「先に配る？　それともわたしが配りましょうか？」彼女はそしらぬ顔でジェイソンに尋ねた。

「きみから先にどうぞ」彼は礼儀正しく答えた。

まずは彼を安心させるために、ヴィクトリアはわざとぎごちなくカードをシャッフルしてから配りはじめた。ジェイソンは肩越しにチャールズを振り返ってブランデーを頼むと、無頓着なようすで椅子に深く座った。そして、時々たしなんでいる葉巻に火をつけ、チャールズが差しだしたブランデーグラスを受けとった。

「カードを見ないの？」ヴィクトリアが訊いた。ジェイソンは白いきれいな歯で葉巻を噛み、両手をポケットにつっこむと、意味ありげな視線を彼女に送った。「ふつうなら、カードは一番下からじゃなく上から順に配るものだ」彼はゆったりした口調で言った。

彼の凝視を浴びて、ヴィクトリアはこわばった笑いをもらし、知らん顔を通そうとした。

「どういうことかわからないわ」

彼は黒い眉を片方だけつりあげて、挑むように言った。「いかさまをするとどんなことになるか知っているか？」

ヴィクトリアは知らんぷりするのをあきらめた。テーブルの上に両肘をついて、両手のひらにあごをのせ、微笑みを浮かべたブルーの目で彼を見つめた。「いいえ。どうなるの？」

「だまされた側はだましした側に抗議し、多くの場合、決闘で決着をつける」

「わたしと決闘する気なの？」ヴィクトリアは大胆にも問いかけた。

ジェイソンはゆったり椅子に座ったまま、彼女の微笑と輝く瞳をじっと見つめながら考えるような表情をした。「今日の午後、ぼくを脅したときに言っていたが、本当に射撃が得意なのか？」

「ええ、もちろん」

「サーベルの腕前は？」

「わたしは使ったことがないけれど、きっとレディ・コリングウッドが助《すけ》っ人《と》を買ってでてくれるわ。その手のことは得意だから」

「まったくきみたちふたりはいい友人だ」そう言って白い歯を見せたジェイソンの魅力的な笑顔に、ヴィクトリアの胸は高鳴った。それから彼は、すてきな褒め言葉を口にした。「今シーズンのロンドン社交界はすばらしいぞ。きっときみはみんなの心を虜にするはずだ」

その褒め言葉に驚いたヴィクトリアが気持ちを立て直す暇もないうちに、ジェイソンは背筋をのばして座り直した。「さて、きみがやりたかったカードゲームをはじめようか？」

うなずいた彼女の手から、彼はカードを取りあげた。「もしよければ、ぼくが配るよ」彼はおどけて言った。ジェイソンが三回続けて勝ったところで、ようやくヴィクトリアは彼がすでに一度捨てたカードのなかから、こっそり必要なカードを盗みとっているのを発見した。

「まあ、恥知らずね！」彼女は心から笑った。「見つけたわよ――さっきの手をつくるときにズルをしたでしょ」

「そうじゃない」ジェイソンはにやりと笑って、ヒョウのような優雅な動きで立ちあがった。

「三回とも全部、インチキをしたんだよ」彼はすっとかがみこんで、彼女の頭のてっぺんにキスをすると、愛情を込めて彼女の長い髪を手でくしゃくしゃにしてから、大股で図書室を出ていった。

ヴィクトリアは彼の行動にすっかりびっくりしてしまったので、ジェイソンを見送るチャールズがいかにもうれしそうな表情を浮かべていたのに気づかなかった。

11

二日後の『ガゼット』紙と『タイムズ』紙には、ラングストン女伯爵であるレディ・ヴィクトリア・シートン——ウェイクフィールド侯爵ジェイソン・フィールディングとの婚約がすでに公表されている——が、二週間後に親族であるアサートン公爵が開催する舞踏会において、社交界への正式なデビューを飾るという記事が掲載された。

ロンドン社交界でそのニュースの興奮が収まるまもなく、アッパーブルックストリート六番地にあるウェイクフィールド侯爵の大邸宅は突然あわただしい雰囲気に包まれた。

まず到着したのは二台の大型四輪馬車で、執事のノースラップ、従僕頭のオマリー、コックのミセス・クラドック、そして下位の使用人たちが乗っていた。続いてやってきたのは荷物用の大型馬車で、家政婦に数人のメイド、キッチンの下働きが三人、従僕四人が乗り、トランクが山ほど積まれていた。

まもなく、公爵の未婚の叔母である、ブロンドの巻き毛がピンクの頰にかかっているふくよかな年配の女性、ミス・フロッシー・ウィルソンが馬車で到着した。彼女は頭に華やかな濃い紫色のボンネットをかぶっていたが、それはもっとずっと若い女性向きのものだったので、ミス・フロッシーはまるで愛くるしい老女の人形のように見えた。上流社会ではよく知られている彼女は、馬車から降りるとき、ちょうど通りかかったふたりの友人に陽気に手を振ってから、甥の息子のものである大邸宅の階段をのぼっていった。

そうした出来事はすべて、着飾ってアッパーブルックストリートをそぞろ歩く紳士淑女の目に留まったが、翌日、四頭の立派な馬に牽《ひ》かれたジェイソン・フィールディングのワイン色の馬車が、六番地の屋敷に横付けされたときほどは注目を集めなかった。

紋章つきの豪華な馬車から姿を見せたのはアサートン公爵チャールズ・フィールディングで、その後ろから現われた若い女性こそがジェイソン・フィールディングの婚約者だと思われた。若い女性は馬車のステップを優雅に下りると、公爵の腕に片手をあずけて立ちどまり、弓形の出窓《ボウウィンドウ》が並ぶ豪壮な四階建ての屋敷を驚きの笑顔で見つめた。

「見ろよ、あれが彼女だよ！」通りの向こう側から眺めていた若いウィルトシャー卿が驚きの声をあげた。「ラングストン女伯爵だぞ」彼は興奮したようすで連れの胸のあたりを肘でつついた。

「なんでわかるんだ？」クロウリー卿はジャケットの胸のありもしないしわを直しながら訊いた。

「彼女がだれなのかはどんなばかでもわかるさ――見てみろよ、すごい美人だ」

「ここからじゃ顔はよく見えないだろ」

「見るまでもないさ。もし美人でなければ、ウェイクフィールドが結婚を申しこむわけがない。彼がとびきりの美女以外と一緒のところを見たことがあるか？」

「ないな」とクロウリー卿は認めて、片めがねを取りだしてよく見てから、低く口笛を鳴らした。「彼女は赤毛だぞ。まったく予想外だな」

「赤毛じゃない。赤というより黄金色だ」

「いや、金褐色だ」クロウリー卿は反論した。そして、少し考えてから「金褐色はじつに魅力的な色だな。ぼくは大好きだ」

「ばかなことを！　金褐色の髪の女を好きになったことなんかないだろ。人気の色じゃない」

「いまじゃ、大人気の色さ」クロウリー卿はにやりとした。片めがねをはずして、満足げな表情で言った。「伯母のマーズリーがアサートンと親しいから、きっとラングストン女伯爵のお披露目の舞踏会に招待されるはずだ。そうしたら、一緒に行って――」そこで彼は急に言葉を切った。視線の先には、話題の女性が馬車のほうを振り向いて呼びかける姿が見えた。すると、たちまち銀色と灰色の毛をした獣が飛びだしてきて、彼女の足もとにじゃれつき、彼女と侯爵とともに正面の階段をのぼっていった。「目がどうかしたのかな。あれはオオカミじゃないのか！」クロウリー卿は驚きのあまり息をのんだ。

「なんてしゃれたことを」言葉を失っていたウィルトシャー卿も同意した。「オオカミをペットにしている女性なんて聞いたこともない。あの女伯爵はじつにしゃれている。独創的だよ、まちがいなく」謎に包まれたレディ・ヴィクトリア・シートンの目撃談を一刻も早くだれかに伝えようと、ふたりの若い男性はその場で別れて、それぞれの社交クラブへ向かった。

翌日の夜、ロンドンへ到着したジェイソンが、観劇の前にカードゲームでも楽しもうと、数カ月ぶりに『ホワイツ』へ足を踏み入れたときには、彼の婚約者はとびきりの美女でなおかつ流行の先端をいっているという話はだれも知らぬ者はない事実となっていた。その結果、ゆっくり賭け事を楽しむどころか、知り合いに会うたびに祝福され、女性の好みのすばらしさを賞賛され、将来の幸福を祈られて、ゲームどころではなかった。

これでは喜劇だと思いつつ、握手攻めにあい、みんなから肩を叩かれて二時間過ごしているうちにジェイソンは、ヴィクトリアが自分と婚約していると社交界の人々に思わせたままでおくのは得策ではないと思うようになった。結婚適齢期の独身男たちがジェイソンのような男の婚約者を奪ってまで結婚したいと願うとは思えなかったからだ。そこで彼は、祝福の言葉をかけてくる人々に礼を述べつつも、否定的なひと言をつけ加えることにした。「じつはすべてが完全に決まったわけではないのだよ」とか、「レディ・シートンは　生ぼくだけを愛しつづけられるかどうか自信がないらしい――彼女はそれほどぼくのことをよく知らないし」などとつぶやいたのだ。

必要と判断したからそんな小細工をしたのだが、ばかばかしい芝居に付き合わされて、しかも婚約者にふられる役割をつとめなければならないことに、彼はすっかり嫌気がさしていた。

九時になる前に、愛人を住まわせているウィリアムズストリートの優雅な屋敷に馬車で乗りつけたとき、ジェイソンは憂鬱な気分だった。正面の階段を大股で上がり、もどかしげにドアを叩いた。

玄関扉を開けたメイドは、彼の硬い表情を見て、思わず後ずさりした。「ミ、ミス・シビルは、もう二度とお目にかかりたくないとお伝えするようにとおっしゃっています」

「おや？　そうなのか？」ジェイソンは物柔らかな口調だった。

小柄なメイドは、自分の給金を払っているのは目の前にいる、恐ろしく背が高い、いかにも力強い紳士だとわかっているので、うなずいて息をのんでから、言い訳がましく続けた。「はい、さ、さようです。ご承知かと思いますが、ミス・シビルはあなた様の婚約者の舞踏会の記事を読まれて、寝室に入られたきりです。いまもベッドのなかです」

「それは好都合だ！」ジェイソンはそっけなく言った。

シビルの癇癪を心配する気はなかったので、ジェイソンはメイドの横を通り抜けて、さっさと階段をのぼり、寝室のドアを開けた。

ベッドの上でたくさんのサテンの枕に埋もれるようにしている美女を、彼は目を細めて見た。「気分でも悪いのかい？」彼は閉めたドアに寄りかかって冷たく訊いた。

シビルはグリーンの瞳に怒りの火花を散らしたが、なにも答えなかった。

ジェイソンのいらだった気分は爆発寸前だった。「ベッドから出て、ドレスを着ろ。今晩はパーティへ行くんだ。そう手紙で知らせたはずだ」彼は危険なほど静かな声で命令した。

「あなたと一緒にはどこへも行きません！　もう二度と！」

ジェイソンは平然とジャケットのボタンをはずしはじめた。「それなら、それでいい。今晩はここで過ごそう」

「あなたったら、いやらしい獣ね！」彼が近づいていくと、淡いピンクのシフォンのナイトドレスを着た美女はベッドの上で身を起こして、激しい言葉を投げつけた。「いったい、なんてこと！『タイムズ』にあんな記事を出しておきながら、どうしてここへ来られるの！　出ていってちょうだい！」

ジェイソンは平然として彼女を眺めていた。「ここはぼくの家だということを忘れたのかな？　持ち主はぼくだ」

「それなら、わたしが出ていくわ」シビルが言い返した。挑戦的な言葉とはうらはらに、彼女は唇を震わせ、顔をおおって泣きだした。「ジェイソン、どうしてこんなひどいことを」体を震わせて、いかにも悲しげに嗚咽《おえつ》しはじめた。「婚約は偽物だというから、信じていたのに！　絶対に許せない、絶対に……」

ジェイソンの表情から怒りが消え、心の底からほとばしるような泣き声を聞いているうちに、驚きが入り混じった後悔に取って代わった。「これはきみがぼくを許すのに役立つかい？」彼はそっと尋ねると、ポケットからベルベットの小箱を取りだして、親指ではじくようにしてふたを開け、彼女の目の前に差しだした。

シビルは指のすきまからのぞき見て、ため息をつき、黒いベルベットの上で輝いているダイヤのブレスレットに手をのばした。それをベルベットの箱から取りあげて、いとおしげに自分の頰に押しつけた。そして瞳をきらきらさせながら彼を見つめて言った。「ジェイソン、これとお揃《そろ》いのネックレスをくれるなら、なんでも許してあげるわ！」

ヴィクトリアと結婚する気はないと説明して安心させてやろうとしていたジェイソンは、頭を後ろにのけぞらせて大笑いした。「シビル、それがきみの一番魅力的なところだな」彼は自分のことも彼女のこともおもしろくて仕方がないと言うかのように首を振って、笑った。

「なにが？」彼の皮肉っぽい態度に彼女はブレスレットのことを忘れて訊いた。

「きみは正直で、欲望を隠そうとしない」彼は悪意をみじんも感じさせずに言った。「女はみんな欲が深い。だがきみは、少なくともそれを正直に表現する。さあ、そばに来て、その宝石をどれほど気に入ったのか教えておくれ」

シビルは命じられたとおりに彼の腕に身をまかせたが、キスを受けようと上を向いたとき、その瞳にはかすかにとまどいの色が浮かんでいた。「あなた――あなたは女をあまり評価していないのね、そうでしょう？　あなたが心のなかでひそかに軽蔑しているのはわたしだけじゃないわね——女はみんな同じだと思っているの？」

「思うに」彼はあいまいにつぶやきながら彼女の胸のサテンのリボンをほどいた。「女はみんなベッドのなかではすばらしい生き物だ」

「ベッドの外では？　どうだというの？」

ジェイソンは彼女の質問を無視して、ナイトドレスの前を開き、焦《じ》らすように指を乳首にすべらせた。激しく求めるキスをして彼女の体を抱きあげ、ベッドへ運んだ。いつのまにかシビルは彼が質問に答えなかったことを忘れていた。

12

ヴィクトリアは自分の部屋で、マダム・デュモシーの店から届いた箱の山に囲まれて長椅子に座っていた。箱の中身は新しいドレスの数々で、すでに衣装ダンスや物入れはすべて、散歩用の服や乗馬服、夜会服、帽子、ショール、フランス製の革の長手袋、上靴などでぎっしり埋まっていた。「マイ・レディ！」ルースが箱からアーミンの毛皮で裏打ちしたロイヤルブルーのサテンの外套を取りだして大きな声を上げた。「こんなにきれいなものをご覧になったことありますか？」

ヴィクトリアは妹のドロシーの手紙から顔を上げた。「すてきだわ」彼女は気のない返事をした。「それで外套は何着になったのかしら？」

「十一着です」ルースは白いアーミンの毛皮をなでながら答えた。「あっ、いいえ、十二着です。セーブルの裏がついた黄色のベルベットの外套を忘れていました。それとも十三着でしたかしら？　よく考えてみないと——ベルベットが四着、サテンが五着、毛皮が二着、ウールが三着。全部で十四着でございます！」

「ついこのあいだまで二着で十分だったのが信じられない」ヴィクトリアはため息をついて微笑んだ。「それに、故郷へ戻れば、三着か四着あれば十分すぎるほどよ。数週間すれば着られなくなってしまうのに、こんなにたくさんつくってくださるなんて、フィールディング卿にとってはとんだ散財だわ。ニューヨークのポーテッジでは、だれもこんなに着飾ったりはしないもの」彼女はドロシーからの手紙に視線を戻した。

「いつ故郷へ戻られるのですか？」ルースが心配そうに小さな声で尋ねた。「どういうことですか、マイ・レディ？　お願いですから、教えてくださいませんか」

ヴィクトリアの耳にはルースの言葉が届いていなかった。今日届いた手紙を夢中で読み返していたのだ。

大好きなトーリーへ

一週間前にお姉様の手紙を受けとり、ロンドンへ来ると知ってうれしくてたまらなくなり、すぐにも会いたいと思いました。ところが、お祖母様にそう話したところ、翌日早々にロンドンを発って、ウェイクフィールド・パークという場所から馬車で一時間ほどのところにある、カントリーハウスへ連れてこられました。ですから、いまはわたしが田舎にいて、お姉様が街にいるわけですね。どうやらお祖母様はわたしたちを離れ離れにしておきたいようですが、それはとても悲しくて腹立たしいことです。なんとかして会う手立てを考えなくてはいけませんが、名案を考えつくのはお姉様のほうが得意だから、それはおまかせします。

もしかしたら、わたしはお祖母様の考えを勘ぐっているだけなのかもしれません。よくわからないのです。とても厳しいかたですが、わたしに冷たくすることはありません。わたしのために「すばらしい縁組」をまとめようと願っていらして、ウィンストンという名前の紳士をそのお相手にと決めているようです。さまざまな色のすばらしいドレスを新調してもらいましたが、社交界でのお披露目がすむまではそのほとんどは着られません。お披露目だなんて変なしきたりですね。それに、お祖母様によれば、わたしのお披露目はお姉様がどなたかと正式に婚約した後になるとかで、それもまたしきたりだとか。アメリカではなにもかもがずっとシンプルでしたね？

お姉様はアンドルー・ベインブリッジと結婚の約束をしているし、わたしはピアニストになるつもりだと、何度もお話ししたのですが、まったく聞いてくださいません。

お姉様の話はあちらからはなさらないので、こちらから話をしています。なんとか説得して、一緒に暮らそうという気持ちになってもらいたいからです。わたしが話をするのを禁じはしませんが、話をしても黙ったままなので、まるでお姉様の存在を無視しようとしているようです。話を聞いているときの表情は、まるで「うつろ」といった感じで、ひと言もしゃべらないのです。

じつのところ、わたしはかなり頻繁にお姉様の話を持ちだしてきました――ただし、約束どおり慎重に。まず、会話のなかにできるかぎり名前を織りまぜてみました。たとえば、お祖母様がきれいだと褒めてくだされば、トーリーはもっときれいです、と。ピアノが上手だと言われれば、トーリーはもっと才能豊かです、と。礼儀作法がちゃんとしていると言われれば、トーリーはずっとすばらしいです、といった具合に。

それでも、わたしたちがどれほど仲のいい姉妹で、わたしがどれほどお姉様を恋しがっているかわかってもらえないようなので、もっと思いきった手段に訴えなければだめだと思い、お姉様の小さな肖像画を階下の客間のマントルピースの上に飾りました。お祖母様はなにも言いませんでしたが、翌日、わたしをロンドン見物に送りだして、戻ったときには肖像画はわたしの部屋に戻されていました。

数日後、お友だちを数人招待なさったので、事前にお気に入りの客間へ忍びこんで、お姉様が描いたポーテッジの風景のスケッチを飾っておきました――故郷を思い出せるようにとわたしにくれたスケッチです。ご婦人がたはみなさん、すばらしく描けているとびっくりしていましたが、お祖母様は黙ったままでした。翌日、わたしはヨークシャーへやられて、二日後に戻ってきたらスケッチは全部わたしの部屋のクローゼットにしまわれていました。

今晩、またお客様があって、ピアノを弾くように言われました。何曲か弾いてから、昔つくった曲を歌いました――ふたりで『永遠の姉妹』と呼んでいた曲、覚えていますか？お祖母様がうつろな表情をなさっていたので、怒っているのだとわかりました。お客様が帰った後で、一週間ほどデヴォンシャーへ行きなさいと言われました。

もし、これ以上なにかしたら、きっとブリュッセルかどこかへ一カ月ほど送られるわね。それでも、絶対にあきらめません。現状はそんなところです。

フィールディング卿との婚約が発表されていると知って、きっと、さぞびっくりしたでしょう。もしアンドルーが知ったら、彼もひどく驚くにちがいありません。でも、いまの状態からすぐに逃げだすことはできないのだから、どうか新しいドレスを着ることを楽しんでくださいね。パパとママの喪に服すことができないからといって悲しまないで。わたしは黒い手袋を身につけています。イングランドではそれが喪に服するやりかただとお祖母様がおっしゃるのですが、六カ月間黒いドレスを着て、さらに六カ月間グレーのドレスを着るという人もいるようです。

お祖母様は伝統的でない礼儀作法は信じないし、お姉様はアンドルーと婚約したも同然なのだと何度説明しても、わたしの社交界へのお披露目は来年の春と決められています。家族が亡くなってから丸一年たたなければ、華やかな場所へ出るべきではないというのです。それはまったくかまいません、だって舞踏会だのなんだのはとても怖く感じられるので。社交界が実際にはどんなところか、手紙に書いて教えてくださいね。

お祖母様は観劇がお好きで、時々そのためにロンドンへ行くので、そのうちに連れていってくれるそうです。日時が決まったらすぐに知らせますから、なんとかして会いましょうね。

社交界にデビューする日のためにいろいろ覚えることがあって、お祖母様が家庭教師を雇いました。そろそろ勉強の時間です。知っていなければならないことが山ほどあって頭が痛いですが……。

ヴィクトリアは手紙を引き出しにしまうと、マントルピースの上の時計をちらりと見て、ため息をついた。ドロシーの嘆きがよくわかった。もう二週間近くもミス・フロッシー・ウィルソンから礼儀作法や立ち居振る舞いについてくりかえし教えられていて、今日もそろそろ勉強の時間なのだ。

「お待ちしていたわ」客間へ入ってきたヴィクトリアをミス・フロッシーが笑顔で迎えた。「今日は、貴族のかたがたへの呼びかけかたについて、もう一度おさらいいたしましょうね。明日の晩の舞踏会で、粗相《そそう》があっては大変ですから」

スカートをからげて逃げだしたい気持ちを抑えて、ヴィクトリアはミス・フロッシーの向かい側にチャールズと並んで腰をおろした。この二週間近く、ミス・フロッシーは立ち居振る舞いやダンスやフランス語の果てしなく続くレッスンの合間に、彼女を仕立て屋や婦人帽子店や服飾品店へ連れまわした。レッスンの最中も、ヴィクトリアの話しかたに耳をそばだて、礼儀作法のひとつひとつに目をこらし、彼女の特技や興味の対象について質問し、そのあいだずっと巻き毛を揺らしながらうなずいたり、まるで落ち着きのない小鳥のように指をひらひらさせたりしていた。

「それでは、まず」ミス・フロッシーがかん高い声を発した。「公爵から説明しましょう。昨日教えたように、公爵とはイングランド貴族のなかでは王族をのぞけばもっとも高い爵位です。公爵とは実質的には『プリンス』に相当します。『プリンス』のほうが格上だと思うかもしれないけれど、王様の息子は生まれながらにプリンスであるのに対し、公爵の爵位は授けられたものだということを忘れてはなりません。わたしたちの愛するチャールズは」彼女は勝利に満ちた口調でいまさら説明するまでもない事実を告げて締めくくった。「公爵なのです！」

「はい」ヴィクトリアはチャールズの思いやりを込めた笑顔に応えて、彼女の言葉に同意した。

「公爵のつぎは侯爵です。侯爵とは、公爵位の後継者を意味します。それこそ、わたしたちの愛するジェイソンが侯爵と呼ばれる理由です！　そのつぎが伯爵、子爵、最後に男爵という順序です。書いて説明しましょうか？」

「いいえ」ヴィクトリアはあわてて答えた。「もう覚えましたから」

「本当に賢い子だこと」ミス・フロッシーは満足げだった。「では、呼びかけかたに進みましょう。公爵に話しかけるときには、相手を『閣下《ユア・グレイス》』と呼ばなくてはなりません。けっして、公爵に『マイ・ロード』と呼びかけてはなりません」彼女は恐ろしい口調で警告した。「公爵夫人に対しても『ユア・グレイス』です。ほかの貴族に対しては『マイ・ロード』、ご婦人がたに対しては『マイ・レディ』で問題ありません。あなたが公爵夫人になれば『ユア・グレイス』と呼びかけられるのです」彼女は誇らしげに続けた。「すばらしいではありませんか」

「はい」ヴィクトリアは気まずそうに小声で答えた。チャールズから、社交界の人々にはジェイソンとの婚約が本当だと思わせておかなければならないと説明されていたし、ミス・フロッシーはとてもおしゃべりなので真実を話すわけにはいかないと釘を刺されていたのだ。

「『オールマックス』の後援者たちからあなたのお披露目でワルツを踊る許可を取りつけましたよ。さて、爵位と呼びかけかたについてはここまでにしましょう。では、つぎに、英国貴族年鑑を読みましょうか」そのとき、ノースラップが客間に入ってきて、咳払いしてからコリングウッド伯爵夫人の訪問を告げたので、ヴィクトリアはその苦行から逃れられた。

「お通ししなさい、ノースラップ」チャールズがうれしそうに指示した。

客間に入ってきたキャロライン・コリングウッドは、ページが開かれた礼儀作法の本と英国貴族年鑑に目をやって、ヴィクトリアに意味ありげな視線を送った。「馬車で公園まで向かうので、ご一緒できればうれしいと思って」彼女はヴィクトリアを誘った。

「まあ、ぜひご一緒したいわ。ミス・フロッシー、チャールズおじ様、よろしいでしょうか？」ヴィクトリアは尋ねた。ふたりが許したので、ヴィクトリアは急いで二階へ行って髪形を直して帽子をかぶった。

ヴィクトリアを待つあいだ、キャロラインは年長のふたりに礼儀正しく話しかけた。「明日の夜会をさぞ楽しみにしていらっしゃるのでしょ」

「ええ、とても楽しみです」ミス・フロッシーはブロンドの巻き毛を大きく揺すってうなずいた。「ヴィクトリアはすばらしい若い女性ですわ。いつも仲良くしてくださっているあなたなら、よくご存じでしょうけど。礼儀作法も申し分ないし、話しやすいし。それに目がきれい！　容姿も美しい。社交界で成功するのはまちがいないわ。ただひとつ、髪がブロンドだったらよかったのだけど」ミス・フロッシーはキャロラインの黒髪に気づかず、ため息をついて頭をたれた。「ブロンドは大流行していますのよ、ご存じかしら」彼女のよく動く視線はチャールズに向けられた。「ホーンビー卿の若い頃を覚えていらっしゃる？　世界で一番ハンサムな殿方だと思っていました。あのかたは赤毛で、容姿がとても立派でした。なのに、弟のほうはとても背が低くて……」ミス・フロッシーはまるで枝から枝へ飛び移る小鳥のように、つぎつぎに話題を変えてしゃべりつづけた。

ヴィクトリアは窓を開け放った馬車から周囲の公園を見まわし、幸福そうに目を閉じて背もたれに寄りかかった。「ここはなんて静かなの。いつもこうして、午後に公園へ連れだしてくださって、本当にありがとう」彼女はキャロラインに感謝した。

「さっきはなにを勉強していたの？」

「貴族のかたがたへの正しい呼びかけかたよ」

「もう覚えたの？」

「ええ、もちろん。だって、男性にはまるで神様に話しかけるみたいに『マイ・ロード』と呼びかけ、奥方にはまるでメイドになったみたいに『マイ・レディ』と呼びかければいいだけですもの」

キャロラインが笑ったので、ヴィクトリアも一緒になってくすくす笑った。「難しいのはフランス語なの」とヴィクトリアは認めた。「母がドロシーとわたしに教えてくれたので読むことはできるのだけれど、話すとなると、なかなか言葉が出てこなくて」

フランス語を流暢に話すキャロラインは助け舟を出そうとした。「言葉をひとつひとつ覚えるよりも、実際に役に立つような文章で覚えるほうがいい場合もあるわ。いくつか文章を覚えておけば、いちいち言葉のつながりを考える必要がないから。後はだんだん語彙を増やしていけばいいのよ。たとえば、書くための道具が必要なとき、フランス語でなんと言えばいいかしら？」

ヴィクトリアは答えてみた。

キャロラインは唇を震わせて笑った。「それじゃあ、『わたしのインク瓶はあなたのペンを借りたいです』という意味になるわ」

「あら、惜しいところだった」とヴィクトリアが切り返したので、ふたりは笑いころげた。

公園に来ていたほかの馬車に乗っている人々は、楽しそうな笑い声を聞いて、名高いコリングウッド伯爵夫人がレディ・ヴィクトリア・シートンに特別な好意を抱いているのだと思った――まだヴィクトリアに会ったことのない人々のなかで、ヴィクトリアの評判はすでに高くなっていた。

ヴィクトリアは手をのばして、こうした外出にはいつも連れてきているウルフの頭をなでた。「とても不思議なの。父から数学や化学を習ったときはとても簡単に理解できたのに、フランス語にはどうしてこんなに手こずるのかしら？　たぶん、フランス語を習っても意味がないと思っているせいね」

「どうして意味がないの？」

「もうすぐアンドルーが迎えに来て、わたしはアメリカへ帰るのだもの」

「そうしたら寂しくなるわ」キャロラインは残念そうに言った。「こんなふうにうちとけて話せるほど仲良くなるには、普通なら何年もかかるはずよ。あなたのアンドルーはいつ頃迎えに来ると思う？」

「両親が亡くなって一週間もしないうちに手紙を書いたわ」ヴィクトリアは無意識に髪の毛をレモンイエローの帽子の下にしまいこみながら答えた。「その手紙が彼のところに届くのに六週間くらいかかっただろうし、彼がアメリカへ戻るのに、さらに六週間はかかるわね。それに、アメリカからまたヨーロッパへ船で来るのに四週間から六週間はかかるでしょう。合計すると十六週間から十八週間くらいかしら。わたしが彼に手紙を書いてから、明日でちょうど十八週間なの」

「あなたは最初の手紙を彼がスイスで受けとったと思っているけれど、アメリカからヨーロッパへの郵便事情はいつもあてにならないわ。そのうえ、もし彼がフランスへ発った後だったら、手紙はどうなったかしら?」

「それを考えて、アンドルーのお母様のミセス・ベインブリッジに、フランスへ送ってくださるようにと二通目の手紙を託したの」ヴィクトリアはため息をついた。「もし手紙を書いたときに、わたしがイングランドで暮らすことになるとわかっていたら、彼にヨーロッパに留まっていてもらうことができて、ずっと都合がよかったのだけれど。残念ながら、あの時点ではそうとは知らなかったから、最初の手紙には、両親が事故で亡くなったとだけ書いたの。あの手紙を読んだら、彼はきっとすぐアメリカへ帰ったはずよ」

「それなら、なぜあなたがイングランドへ発つ前に戻ってこなかったのかしら?」

「間に合わなかったのでしょう。わたしが発った一週間か二週間くらい後に着いたのだと思うわ」

キャロラインは考え深げにヴィクトリアをちらりと横目で見た。「ヴィクトリア、アサートン公爵には、アンドルーがきっと迎えに来ると言ったの？」

「ええ。だけど信じてくださらなかった。だからこそ、わたしを社交界に出さなければいけないと決められたの」

「でも、あなたとフィールディング卿が婚約しているふりをさせるというのは、どうも妙じゃないかしら？　詮索するつもりはないのだけれど」キャロラインはすばやく謝った。「もし話したくないのなら、それでいいのよ」

ヴィクトリアはきっぱりと首を横に振った。「じつは相談したくてたまらなかったのだけれど、うちあけてあなたの重荷になってはいけないと思って」

「わたしは自分の本心をあなたにうちあけているわよ」キャロラインはあっさり言った。「それに、それでこそ友だちでしょ——おたがいに心のうちを話してこそ。社交界では、本心をそのまま話せる友だちを見つけるなんて、信じられないほどすばらしくて珍しいことだわ」

ヴィクトリアは笑顔になった。「チャールズおじ様は、ふたりが婚約していると他人に信じさせたいのは、『恋愛関係のごたごた』や『やっかいな揉め事』に巻きこまれないようにするためだと言うの。わたしが婚約していれば、求婚者や良縁をまとめようとする社交界の人たちからあれこれ干渉されずに、社交界へのデビューを純粋に楽しめるからと」

「それは、一理あるけれど」キャロラインはなんとなくとまどっている表情だった。「でも、なんだか、求婚者を寄せつけないことが目的のようにも思えるわね」

ヴィクトリアは道路脇に整然と並んでいるスイセンの花壇を考え深げに眺めていた。「ええ、わたしもそれがどうしてなのか考えていたの。チャールズおじ様はわたしをかわいがってくださるし、もしアンドルーが迎えに来なかったら、フィールディング卿と結婚することになるだろうと期待なさっているのかもしれないわ」

それを聞いて、キャロラインのグレーの瞳が翳った。「そんな可能性があると思う？」

「いいえ、ないわ」ヴィクトリアは笑顔できっぱり答えた。

ほっと安堵《あんど》のため息をついて、キャロラインは座席のクッションに寄りかかった。「よかった。フィールディング卿と結婚するとなると、あなたのことが心配だわ」

「どうして？」ヴィクトリアは好奇心にかられて尋ねた。

「こんなことを話してはいけなかったんだけれど」キャロラインは急に口ごもった。「でも、言いかけてしまったのだから、ちゃんと話さなければいけないわね。もしもアンドルーが迎えに来なかった場合に備えて、フィールディング卿がどんな男性なのか知っておくべきだもの。じつは、彼の出入りを認めてはいても、心から歓迎していない人たちがいるの……」

「いったいどうして？」

「ひとつには、四年前になんらかのスキャンダルが起きたそうよ。当時、わたしはまだ若すぎて噂話を教えてもらえなかったから、くわしい内容は知らないのだけれど。先週、主人にその話について訊いてみたの。でも彼はフィールディング卿と親しいから、なにも教えてくれなかった。悪意に満ちた女たちがでっちあげた嘘だし、古いゴシップを蒸し返してはいけないから、今後だれにもこの話を訊いてはいけないと釘を刺されたわ」

「社交界はいつもゴシップでもちきりで、その大半はたわごとだって、ミス・フロッシーが言っていたわ。それがどんな内容だろうと、きっとこの数週間のうちにわたしの耳にも入るのね」

「いいえ、あなたの耳には入らないわ」キャロラインはきっぱり言った。「第一に、あなたは若くて未婚の女性だから、繊細なあなたを卒倒させたりするようなスキャンダラスな話にはだれもふれないわ。第二に、社交界の人々は他人の噂話が大好きだけれど、その話の当人や関係者には口をつぐむものなの。当人たちに隠して、裏で話が伝わるものなのよ」

「だからこそダメージが大きいし、刺激をそそるのよね」ヴィクトリアは相槌《あいづち》を打った。

「アメリカでもゴシップは陰でささやかれるものだったし、大半はばかげた話ばかりだったわ」

「そうかもしれないわ。でも、警告しておきたいことはまだあるの」キャロラインは気がとがめるような表情を見せながらも、友人であるヴィクトリアを守ろうと決心していた。「スキャンダルの噂があっても、爵位と財産を持っているから、フィールディング卿は最高の結婚相手とみなされているし、すばらしくハンサムだから憧れている女性はたくさんいる。だから、女性たちは彼を射止めようとしているけれど、彼のほうは、そういう女性たちに対してやさしい態度をとらない。それどころか、無作法な振る舞いをすることがあるのよ！」彼女は強く非難する口調で締めくくった。「フィールディング卿は紳士じゃないわ」

キャロラインは反応を待ったが、フィールディング卿の性格的な欠陥を指摘したのに、ヴィクトリアがネッカチーフのしわほども気にかけていないようすなので、ため息をついてさらに一歩踏みこんだ。「たくさんの女性たちだけでなく男性たちも、フィールディング卿を恐れているわ。彼が冷酷で冷淡だというだけでなく、インドにいた頃の決闘の噂のせいで。なんでも彼は、何十人もの相手を冷酷に殺したんですって、それもほんのちょっとした出来事で決闘を挑んで――」

「それは信じられないわ」ヴィクトリアは無意識にジェイソンの肩を持っていた。

「あなたが信じなくても、他の人たちは信じているし、だからこそ彼を恐れているのよ」

「それでその人たちは彼をつまはじきにしているの？」

「まるで逆よ。彼をちやほやしているわ。表立って無視したり中傷したりする人はいないわ」

ヴィクトリアは疑うように訊いた。「やっぱり、彼を知っている人はみんな、彼を恐れてなんかいないんじゃないの？」

「ほとんどみんなが恐れているわ。ロバートは彼が大好きで、フィールディング卿には邪悪な雰囲気があるとわたしが言うと、笑うのよ。でも、ロバートのお母様は、フィールディング卿は不道徳な人間で、女性を利用するだけ利用して捨てると、お友だちに話していたわ」

「それほど悪い人であるはずがないわ。あなただって、彼はすばらしい結婚相手だってさっき言ってたじゃないの――」

「そうよ。イングランド随一の結婚相手とされているわ」

「ほら、そうでしょ！　もし彼があなたが思っているような悪人だとみんなが考えているのなら、若い女性も母親も、彼との結婚なんて望まないでしょ」

キャロラインは無作法に鼻を鳴らした。「公爵という肩書きと莫大な財産のためなら、たとえ殺人鬼とだって結婚を望む人はいるのよ！」

ヴィクトリアがくすくす笑っているだけだったので、キャロラインは困惑して顔をくもらせた。「ヴィクトリア、彼は変人で恐ろしい人だと思っていないの？」

ヴィクトリアが慎重に答えを選んでいるうちに、馬車はジェイソンのタウンハウスへ戻りはじめた。彼女ははじめてウェイクフィールドを訪ねたときの彼の痛烈な言葉の数々や、小川で泳いだときにひどく怒られたことを思い出した。カードゲームでいとも簡単に彼女の裏をかいたことや、泣いている彼女を慰めてくれた晩や、乳搾りをしようとした彼女を笑ったときのことも。そのうちに、強く抱きしめられて激しく愛を求めるようにキスされた記憶がよみがえってきたが、あわててその記憶を心から追いやった。

「フィールディング卿はすぐにかっとなるところがあるわ」ヴィクトリアはゆっくり口を開いた。「でも怒りはすぐに収まるし、過ぎたことにはこだわらない。その点では、わたしも彼に似ているけれど、彼みたいにすぐに怒ったりはしない。それに、わたしが撃つと脅したときも決闘を挑みはしなかったから」彼女は冗談っぽくつけ加えた。「それほど人を撃つのが好きとは思えない。彼がどんな人か表現しなさいと言われたら」ヴィクトリアは結論を言った。「たぶん、こう答えるわ。彼は十分すぎるほど寛大な男性で、内面はとても繊細なのかも——」

「冗談はやめてちょうだい！」

ヴィクトリアは首を横に振ってから、説明しようとした。「わたしはあなたとはちがうやりかたで彼を見ているの。父が教えてくれたやりかたで」

「他人の欠点には目をつぶりなさいと教えられたの？」キャロラインは信じられないと言わんばかりだった。

「そうじゃないの。父は医者だから、症状だけじゃなくて原因を考えなさいと教えてくれたわ。だから、だれかが変な行動をとれば、その人はなぜそんなことをしたのかを考えるし、そこには必ず原因があるの。たとえば、人は体調が悪いときには機嫌も悪くなるのだけれど、気づいてた？」

キャロラインはすかさずうなずいた。「わたしの兄弟たちは、ちょっとでも体の調子が悪いと、怒りっぽくなるわ」

「そうでしょ。悪い人じゃなくても、体調が悪ければ不機嫌になるものよ」

「じゃあ、フィールディング卿は病気だと言うの？」

「彼はあまり幸福だとは思えないし、それは気分が悪いのと同じことだわ。それともうひとつ、父が教えてくれたことがあるの。人の言葉よりも行動を重視しなさいと。それに従ってフィールディング卿を見れば、彼はとても親切にしてくれた。住む家を提供して、一生分にもあまるほどのきれいなドレスを買ってくれ、ウルフを家のなかで飼うことも許してくれた」

「あなたは普通の人よりもずっと理解があるのね」キャロラインがおだやかに言った。

「いいえ、そんなことないわ」ヴィクトリアは悲しそうに否定した。「わたしだって、すぐ怒ったり傷ついたりするわ。相手がなぜそんなことをしたのか原因を考えなければいけないということは、いつも後になってから思い出すの」

「じゃあ、フィールディング卿が怒っているときでも、あなたは彼が怖くないの？」

「少しは怖いわ。でも、ロンドンに来てからはずっと会っていないし、いまは距離を置いているからあまり怖いと感じないだけかもしれない」

「それも終わりのようよ」キャロラインが意味ありげにうなずいてみせた視線の先には、黄金の紋章が輝く優雅な黒塗りの馬車がアッパーブルックストリート六番地の屋敷の前に停まっていた。「あの紋章はフィールディング卿のものだわ」ぽかんとしているヴィクトリアにキャロラインが説明した。「その後ろに停まっている馬車はうちのもの——つまり、主人が仕事を早く終えて、わたしを迎えに寄ったということね」

　ジェイソンがやってきたと知って、ヴィクトリアは奇妙なことに胸がざわめくのを感じた。彼女はそれを、キャロラインと彼の噂話をしていた罪の意識のせいだと片づけた。

　ふたりの紳士は客間で、ミス・フロッシーのとりとめのないおしゃべりに付き合っていた。この二週間のあいだにヴィクトリアがどれほど進歩したかを話す合間に、彼女は五十年ほども前の自分の社交界デビューの話をふんだんにちりばめて、一方的にしゃべっていた。ヴィクトリアはジェイソンのこわばった表情をひと目見ただけで、彼が心のなかでミス・フロッシーの首を絞めつけているのがわかった。

「ヴィクトリア！　やっと帰ってきたのね！　こちらの紳士おふたりに、あなたのピアノの才能がどれほどすばらしいかをご説明していたところなの。おふたりともぜひ演奏を聴きたいそうよ」ミス・フロッシーは小さな両手を叩いてヴィクトリアを迎えた。「なにをおいても、ぜひ拝聴したい」というジェイソンの言葉の皮肉に気づかないまま、ミス・フロッシーはヴィクトリアをピアノの前に連れていって、すぐに一曲お聞かせしなさいと強く勧めた。

ヴィクトリアが仕方なくピアノ椅子に座って、ジェイソンをちらりと見ると、彼はみごとな仕立ての濃紺のズボンについた糸くずを熱心に取っているところだった。いまにも欠伸《あくび》をしそうなほど退屈しているのはあきらかだ。そして、彼は息をのむほどハンサムだった。ヴィクトリアは緊張で体が震えるのを感じ、彼が顔を上げて、物憂げな笑顔を向けると、震えはいっそうひどくなった。「水泳も射撃もできて、野生動物を手なずけられ、そのうえピアノが弾ける女性には、一度もお目にかかったことがない」

彼の口調からして、どうせ下手な演奏だろうとばかにしているのがわかった。ヴィクトリアはひどく緊張してしまって、なんとかこの場を逃れたいと思った。「父が病気を治療したお礼にと、ミスター・ウィルヘルムがドロシーとわたしにピアノを教えてくれたのですが、音楽の才能はわたしよりもドロシーのほうがずっとすぐれていましたの。二週間前まで、何カ月もピアノにふれていませんでしたし、まだまだ練習不足です」彼女はなんとか言い訳をしようとした。「わたしが弾くベートーベンはせいぜい人並みという程度で――」

この場から逃れようとするはかない期待は、ジェイソンが挑むように眉をつりあげて鍵盤《けんばん》に向かってうなずいた瞬間に消えた。

ヴィクトリアはため息をついて降伏した。「なにかリクエストはあるかしら?」

「ベートーベンを頼む」彼はすげなく言った。

ヴィクトリアは腹立たしげな視線を送ったが、ジェイソンの試すような笑いが大きくなるだけだったので、頭をたれて演奏の準備に入った。まずは、鍵盤で指慣らしをして、いったん止めてから、あらためて構えた。弾きはじめると、部屋じゅうにベートーベンのピアノソナタ第二十三番『熱情』の第一楽章の力強い響きが流れた。

客間の外の広間では、ノースラップが銀器を磨く手を休めて、目を閉じてうっとりと聴き入っていた。玄関前のロビーではオマリーが召使いを叱りつけるのをやめて客間のほうへ耳を傾け、屋敷内で演奏されている音楽に微笑んだ。

演奏が終わると、客間にいた全員が拍手喝采した――ただひとりジェイソンだけが唇にゆがんだ笑みを浮かべて椅子に座ったままだった。「ほかにも『せいぜい人並み』な特技があるのかな？」彼はからかうように言ったが、その目には心からの賞賛が浮かんでいたので、ヴィクトリアは自分でも驚くほどうれしかった。

まもなくキャロラインは明晩の舞踏会で会いましょうと約束して夫と一緒に帰途に就《つ》き、ミス・フロッシーは彼らの見送りに部屋を出た。ジェイソンとふたりきりになると、ヴィクトリアは恥ずかしさで居心地が悪くなり、なんとかそれを隠そうと彼に話しかけた。「あなたがいらしたので驚いたわ」

「まさかぼくがきみの社交界デビューに同席しないと思っていたのではないだろうね？」彼はまぶしい笑顔でからかった。「こう見えても礼儀作法は心得ている。ぼくはきみの婚約者ということになっている。そのぼくが出席しなかったら、いったいどう思われる？」

「マイ・ロード──」

「そう呼んでくれるのはうれしいね。尊敬が感じられる。これまで一度もそう呼んでくれたことはなかった」彼は笑いながら言った。

ヴィクトリアは笑顔でおごそかに答えた。「ミス・フロッシーが毎日ずっと、貴族の爵位と呼びかけかたについて教えこんでくださったおかげです。それはそうと、わたしは嘘は苦手なので、わたしたちが婚約していると人前で口にするのはとても違和感があるんです。チャールズおじ様はいくらそう言っても聞き入れてくれませんが、婚約者どうしのふりをするのは名案ではないわ」

「たしかに」ジェイソンはあっさり同意した。「きみを社交界へデビューさせる目的は、結婚相手の候補者たちに紹介することなのだから──」

ヴィクトリアは結婚相手はアンドルーだと抗議しようとしたが、ジェイソンは手を上げて彼女を制し、自分の話を続けた。「目的は結婚相手の候補者たちに紹介することだ。アンブローズがきみを救いに急いでやってこないかぎり」

「アンドルーよ。アンドルー・ベインブリッジ」ヴィクトリアは訂正した。

ジェイソンは肩をすくめてそれを受け流した。「会話のなかで婚約が話題にのぼったら、ぼくが話している内容と口裏を合わせればいい」

「なんと答えるの？」

「ぼくはこう答えることにしている。まだなにもかもがきちんと決まってはいない、あるいは、きみはまだぼくに対する愛情に十分な確信が持てないでいると。その答えなら、求婚者への門戸は開かれているわけだから、チャールズもだめとは言えない」

「それよりも、婚約はしていないとはっきりさせてしまいたいわ」

ジェイソンは片手を首の後ろにあてて、いらだたしげに凝りを揉みほぐした。「それはできない。もしぼくたちのいずれかが婚約を破棄したとなれば——それも、きみがイングランドに到着して早々に——どちらから破棄したかとか、その理由はなにかとか、不愉快な詮索が盛大にはじまるに決まっている」

キャロラインが話していたジェイソンに対する社交界の人々の態度からすれば、もし彼女が婚約を破棄したとなればどんな噂がたつかはすぐに想像がついた。そう考えれば、婚約しているふりをこのまま続けるほうが得策だと思えた。ジェイソンの親切や寛大さに報いるためには、ヴィクトリアが彼を将来の夫にふさわしくない人物だとみなしたと思わせてはならないのだ。「わかったわ」彼女は納得した。「まだはっきりとは決まっていないと答えることにします」

「聞き分けがいいな。チャールズは以前に一度発作で死にかけたことがあって、心臓がかなり弱っている。だから、いらぬ心配はかけたくないし、彼はきみに幸福な結婚をしてほしいと心から願っている」

「でも、アンドルーが迎えに来たらどうなるの？」彼女はチャールズの健康不安を知って目を大きく見開いた。「それに、もし、わたしがあなたではなくアンドルーと結婚することにしたとわかったら？」

ジェイソンは彼女の言葉の選びかたをおもしろがっているような目つきをした。「もしそうなったら、きみは父親の意向を尊重して以前に決められていた婚約にしたがったと、他人には説明すればいい。イングランドでは家族の意向で結婚するのが娘の義務だから、そう説明すればだれもが納得する。チャールズはきみがいなくなれば寂しがるだろうが、きみが幸せだとわかれば寂しさは癒える。だが、事がそんな具合に運ぶとは思わない。チャールズからベインブリッジの話は聞いたが、おそらく、そいつは未亡人の母親の言うなりになる弱い男だろう。きみがそばにいて支えてやれなければ、母親の反対を振り切ってまで追いかけてはこられないだろう」

「いいえ、絶対に――」ヴィクトリアはジェイソンがアンドルーを誤解しているのが我慢できなかった。

「ぼくの話はまだ終わっていない」ジェイソンが有無を言わせずさえぎった。「きみの父上がアンドルーとの結婚に乗り気でなかったのもあきらかだ――きみたちは幼なじみで長い付き合いなのに、婚約する前に冷却期間を置くことに賛成したのがその証拠だ。父上が亡くなった時点で、婚約はまだ成立していなかったのだよ、ヴィクトリア」彼は無情にもそう断言した。「となれば、もしアンドルーがわが家の玄関に現われたなら、彼はまずぼくの許可をとりつけなければ、きみと結婚してアメリカへ連れていくことはできない」

ジェイソンの傲慢な発言に、ヴィクトリアは怒りのあまり笑いだしそうになった。「なにをずけずけと勝手なことばかり！」頭に血がのぼって、彼女は吐き捨てるように言った。「会ったこともないのに彼のことをとやかく言うつもりなの？　そのうえ今度は、あなたの許可をもらわなければ、わたしがここから出ていけないなんて。やっとの思いでウェイクフィールドへ着いたときには、すぐに放りだそうとしたくせに！」あまりの理不尽さにヴィクトリアは笑いだした。「あなたがなにをしようとしているのか、つぎはどんなことを言ってびっくりさせるつもりなのか、わたしはなんの興味もないわ。あなたと付き合うには、どうすればいいのかもわからない」

「きみがするべきことは」ジェイソンは唇の端をぐいっと上げて笑顔をつくって答えた。「これから数週間かけてロンドン社交界で適齢期の相手を品定めして、気に入ったのをひとり選び、祝福を受けるためにぼくの前へ連れてくることだ。これほど簡単なことはないだろ――ぼくはほぼ毎日この屋敷の書斎で仕事をしているのだから」

「ここで？」結婚相手選びをしろという彼の言いかたのひどさに身を縮めていたヴィクトリアは、思わず口を開いた。「あなたはチャールズおじ様の屋敷に滞在するのだとばかり思っていたわ」

「眠るのは向こうだが、仕事はここでする。チャールズの屋敷は居心地が悪すぎるんだ。家具は古いし、部屋はどれも狭くて暗い。それに、ちゃんとしたシャペロンがついているかぎり、ぼくが日中ここにいてもだれもなにも文句はつけない。不便さを我慢して向こうで仕事をする理由はない。シャペロンといえば、フロッシー・ウィルソンにしゃべりまくられて気が遠くなったりしてないかい?」

「彼女はとてもいい人よ」ヴィクトリアは笑いを抑えて答えた。

「あれだけ内容のないことをぺらぺらしゃべれる女性には会ったこともない」

「とてもやさしいかただわ」

「そうだな」彼はうわの空で言って、時計を見た。「今晩はオペラに行く予定がある。チャールズが戻ったら、ぼくがここに来て、明日の晩はこちらで招待客に挨拶すると言っていたと伝えてくれ」

「わかったわ」彼に挑戦的な笑顔を向けてヴィクトリアは続けた。「とにかく、アンドルーがここへやってきて、あなたが自分の間違いを認めざるをえなくなるのかとても楽しみだわ」

「あてにしないほうがいいな」

「あら、わたしはあてにしているわ。そのときは、ミセス・クラドックにカラスのパイをつくってもらって、わたしの目の前で食べてもらうから」

ジェイソンは驚いて、笑顔で見上げているヴィクトリアの顔を黙ったままじっと見つめた。

「なにも恐れていないのだな、そうだろ？」

「あなたを恐れてはいないわ」彼女は明るく答えた。

「恐れるべきだ」謎めいた言葉を残して、彼は去っていった。

13

「お客様のほとんど全員が到着なさったわ」ミス・フロッシーが興奮したようすでそう言いながら部屋に入ってきたのは、ちょうどルースがヴィクトリアの髪を結いあげたときだった。

「いよいよお披露目の時間ですよ」

ヴィクトリアは素直に立ちあがったが、膝が震えていた。「できればチャールズおじ様やフィールディング卿と一緒にお迎えしたいわ。そうすればお客様ひとりひとりにご挨拶できるし、ずっと気が楽ですもの」

「でも、それでは効果的じゃないから」ミス・フロッシーが陽気に言った。

ヴィクトリアは最後にちらりと鏡に目をやってから、ルースが差しだした扇を受けとって、指先でスカートをつまんだ。「準備ができました」彼女は自分を勇気づけるように言った。

階段の踊り場まで来たところで、立ちどまって下の玄関ホールを見下ろした。そこは彼女のお披露目の舞踏会を祝うために、背の高いシダの大鉢や白バラが活けこまれた巨大な花籠《はなかご》で飾られて、すばらしい人工の庭になっていた。ヴィクトリアは不安そうに息を吸って、上階の舞踏室へと続く螺旋《らせん》階段をのぼった。階段には白バラの花瓶がいくつも飾られ、その横にはグリーンのベルベットに金モールの縁取りをしたお仕着せ姿の従僕が並んでいた。ヴィクトリアは知っている従僕には微笑みかけ、それ以外の従僕には礼儀正しくうなずいた。従僕頭のオマリーが階段の一番上にいるのを見つけたヴィクトリアは、やさしく尋ねた。「歯はもう痛まない？　もし、また痛みが出たら、すぐに教えてね——塗り薬をつくるのは簡単なのよ」

オマリーは心からの敬愛を込めてにこやかに笑った。「いただいた塗り薬を使って以来、まったく痛みません、マイ・レディ」

「よかったわ。でも、もし痛くなったら我慢しないで言ってちょうだいね」

「はい、マイ・レディ」

オマリーはヴィクトリアが角を曲がってから、となりの従僕に向かって言った。「彼女はすばらしいだろ？」

「レディのなかのレディだな。最初に聞いていたとおりだ」

「あのかたはおれたちみんなの暮らしを明るくしてくれる」オマリーは予言した。「そして、ご主人様も明るくなる——あのかたがベッドを温めてくれれば。お世継ぎが生まれれば、それこそ幸福そのものだ」

ノースラップは背筋をのばして立って舞踏室を見渡しつつ、大理石の入口を入ってくる客たちの名前を呼びあげるために待機していた。ヴィクトリアは脚が震えるのを感じながら彼に近づいた。「息を整えるからちょっと待ってね。名前を呼びあげるのはそれからにしてほしいの。ひどく緊張してしまって」

おごそかな表情にかすかな微笑を浮かべた彼は、目の前の息をのむほど美しい女性にちらりと視線をやった。「かしこまりました、マイ・レディ。このひとときを借りて申しあげたいのですが、昨日の午後はベートーベンのピアノソナタの演奏を心より楽しませていただきました。あれは大好きな曲のひとつです」

ヴィクトリアは厳格な執事の口から思いがけず熱心な褒め言葉を聞いて、舞踏室の喧騒《けんそう》を一瞬忘れてしまうほど驚いた。「ありがとう」彼女は笑顔でやさしく言った。「一番好きな曲はなに？」

ノースラップは彼女が興味を持ってくれたことに驚いた表情を浮かべてから、答えを伝えた。

「では、明日はそれを弾くわね」彼女は親切に約束した。

「それは、大変ありがとうございます。マイ・レディ」彼はおごそかな表情で深くお辞儀をした。そして、舞踏室のほうへ向きなおり、誇りに満ちた声で彼女の名前を呼びあげた。

「ラングストン女伯爵レディ・ヴィクトリア・シートン、そして、ミス・フローレンス・ウイルソン」

舞踏室に響いていた招待客たちの笑いやさざめきがさっと引いて、五百人もの視線がほぼいっせいに入口に集まった。母親の爵位を受け継いだうえに、まもなくフィールディング卿との結婚でさらに高貴な地位を得ようとしているアメリカ生まれの若い女性を早く見たいと、だれもがやっきになっていた。

彼らが目にしたのは、すばらしい瞳と同じサファイア色の絹のギリシア風ドレスを、魅惑的な曲線を描くすらりとした体にまとった、エキゾティックな赤銅色の髪の女神だった。腕は長手袋で包まれ、髪は結いあげられてサファイアやダイヤモンドで飾られていた。高く繊細な頬骨に完璧な鼻、ふっくらした唇、そしてあごの中央にかすかに見える魅力的なくぼみ。彫刻を思わせる顔は一度見たら忘れられないほど美しかった。

彼女を目にした人々はだれひとりとして、堂々たる若き美女がじつはいまにも倒れそうなほどおびえているとは思わなかったろう。

ヴィクトリアが階段を下りるにつれて、彼女をじっと見つめる人垣が左右に分かれ、突然、大勢の人のなかからジェイソンがさっと進みでた。彼が差しだした手に彼女はごく自然に自分の手をゆだねたが、彼に向けた目はおびえて大きく見開かれていた。

ジェイソンはまるで親密な褒め言葉をささやくように身をかがめて尋ねた。「死ぬほど怖いのかい？　さて、全員に紹介してまわってほしいか、それともぼくと踊って、そのあいだにみなさんに品定めをしてもらうことにしようか？」

「どちらもいやだわ！」ヴィクトリアはくぐもった笑い声でささやいた。

「では、音楽からはじめよう」ジェイソンが迷いなく決め、うなずいて楽師たちをうながした。そして、彼女をダンスフロアへ導き、楽士たちが芝居がかったワルツを演奏しはじめると彼女を腕に抱いた。「ワルツは踊れるのかな？」彼がふいに訊いた。

「いまさら、そんなことを訊くなんて！」彼女は緊張のあまりヒステリーを起こしそうになって笑った。

「ヴィクトリア！」ジェイソンの口調は厳しかったが、たくさんの客たちに観察されているのを自覚しているので、顔には輝くばかりの笑みを浮かべていた。「きみはぼくの頭を銃で吹き飛ばしてみせると脅したことを忘れたのか。今日は臆病者になったのかな」

「いいえ、マイ・ロード」ヴィクトリアはそう答えて、ワルツのステップを踏みはじめた彼に必死についていこうとした。夜会服の着こなしも優雅なワルツのステップもみごとだと、彼女は彼に感心した。

と、ジェイソンがウエストにまわしていた腕に力を込め、息苦しく感じるほど体を近づけて、低い声で忠告した。「踊っているカップルはなにか適当な会話をするか、いちゃついてみせるのが習慣というものだ。さもなければ、仲が悪いと思われてしまう」

ヴィクトリアは彼をじっと見た。口のなかがからからに乾いていた。

「なにか話せ。なんでもいい」

彼の乱暴な言葉遣いと輝くばかりの笑顔とがあまりにも不釣り合いだったので、ヴィクトリアは思わず笑いがこみあげてきて、一時的に周囲の物見高い人々の存在を忘れた。命じられたとおりにしようと、彼女は最初に頭に浮かんだことをそのまま口にした。「ワルツがとてもお上手ね、マイ・ロード」

ジェイソンは落ち着いたようすで微笑んだ。「ぼくもきみにそう言おうと思っていたところだ」

「あなたがたイングランド人は、なんでも思いどおりにしてしまうのね」ヴィクトリアは賞賛するふりをして言い返した。

「そういうきみも、あいにくとイングランド人だが」彼は彼女に思い出させてからつけ加えた。「ミス・フロッシーはとてもうまくワルツを仕込んだな。他にはなにを習った?」

以前はワルツの踊りかたも知らなかったと思われているのだと感じつつも、ヴィクトリアはまばゆい笑顔で答えた。「おかげさまで、イングランド人が生まれながらの立派なレディに必要だと思うことはすべて習得したわ」

「具体的には?」ジェイソンは彼女の口調ににやりとしながら訊いた。

「ピアノを弾くだけでなく、歌もうたえるし、ワルツも踊れるし、刺繍もできます。そのうえ、フランス語も読めるし、上品なお辞儀も。どうやらイングランドでは、女性はなんの役にも立たないでいるのがもっとも望ましいようね」

ジェイソンは頭をそらして、感心するように笑った。彼女は相反する魅力を兼ね備えていると彼は思った——洗練と無邪気、女らしさと勇気、官能的な美とあふれるユーモア。男性の腕のなかにすっぽりおさまるためにつくられた体、男心をそそる瞳、明るくもセクシーにもなる笑顔、そして、まちがいなくキスを誘う唇。

「そんなに見つめるのは失礼よ」ヴィクトリアはそう言ったが、彼の視線の強さよりも、自分たちが楽しそうに見えるかどうかが気になっていた。

ジェイソンは彼女の唇から視線をそらした。「これは失礼」

「踊っているカップルはいちゃついてみせるものだと、さっき言ったわね」ヴィクトリアはからかうように言った。「わたしはまったく経験がないわ——あなたは?」

「十分すぎるほどある」ジェイソンは彼女の上気した頬に見とれながら答えた。

「まあ、それなら、どうすればいいのかやってみせて」

その誘いに驚いて、濃いまつげに縁どられた彼女の瞳をのぞきこんだジェイソンは、思わずわれを忘れた。体のなかを欲望が走り、自然と腕に力を込めて彼女を引き寄せた。「きみには練習はいらない」彼はハスキーな声でつぶやいた。「いまだってじつにうまくやっている」

「なにを?」

あきらかに戸惑っている彼女のようすを見て、ジェイソンは正気を取り戻して腕の力をゆるめた。「思ってもみないトラブルに自分を陥れることを、さ」

　ふたりを眺めていた若いクロウリー卿は片めがねをかけて、ヴィクトリアの姿を頭のてっぺんから爪先までくまなく見た。「じつにすばらしい」彼は友人のウィルトシャー卿に話しかけた。「彼女がロンドンへ到着したあの日、ブルックストリートで見かけたときの印象どおりだ。あれほどの美女は見たこともない。神々しくて、愛らしく、まるで天使だ」

「美しい、まったく美しいよ！」ウィルトシャー卿も声をそろえた。

「もしフィールディング卿のものでなければ、求婚するところだ」クロウリー卿が言った。「彼女を守り、殺到する求婚者たちを蹴散《けち》らし、ひざまずいて愛を請うんだ！」

「彼女を手に入れるには、もう十歳ほど年長で、二十倍ほど金持ちじゃなければな」ウィルトシャー卿はおどけて言った。「だが、聞いたところでは、結婚話は完全には決まっていないらしい」

「それなら、この機会に紹介してもらおう」

「ぼくもだ」ウィルトシャー卿は負けられないとばかりに言い、ふたりは正式な紹介の手順を踏むためにそれぞれの母親をさがしはじめた。

　ヴィクトリアにとって、この晩の社交界デビューは大成功だった。社交界はみんなレディ・カービーのような人ばかりだろうと恐れていたのに、大半の人々は排他的な世界に彼女を喜んで迎え入れてくれたようだった。それどころか、一部の人々――とくに紳士たち――

は彼女に注目し、褒めそやした。まわりに集まってきて、紹介を求め、ダンスの相手をしたがり、彼女の興味を惹こうとし、屋敷に訪ねてもいいかと尋ねた。ヴィクトリアはあまり真剣には受けとらなかったが、彼らを平等に親しく扱った。

時おりジェイソンに視線をやると、ヴィクトリアは思わず微笑まずにはいられなかった。髪の色と同じ黒の夜会服に真っ白なフリルのシャツを着て、白い歯を見せて笑っているジェイソンは、息をのむほどハンサムだった。彼と並ぶと、どの男性もみな頼りなくつまらなく思えた。

他の女性たちもそう思っているのだと、ヴィクトリアはさまざまなパートナーとダンスをして四時間が過ぎる頃には気づいていた。婚約しているのを知っていながら、彼に誘いかける女性が何人もいた。ブロンドの官能的な美女が熱い視線をじっと送っているのに、ジェイソンは日に焼けた顔になんの反応も浮かべずに柱に寄りかかったままなのを眺めながら、ヴィクトリアはその美女を気の毒に思った。

この晩まで、彼は自分に対してだけ、ばかにしたような腹立たしい態度をとるのだと思っていたが、じつのところジェイソンはどんな女性も冷たく突き放すように扱うのだとわかった。彼を礼儀知らずで紳士ではないと表現したキャロラインの言葉は、このことを指していたのだ。でも、そんな態度をとられても、女性たちはまるで危険な炎に飛びこむ美しい蛾のように、彼に引き寄せられていた。ブロンドの女性の手を自分の腕から離して、コリングウッド卿のほうへ歩いていくジェイソンを眺めながら、それも当然だとヴィクトリアは思った。ジェイソンはどうしようもなく、否定しようもなく、すばらしく……男性的な魅力にあふれている。

ロバート・コリングウッドはジェイソンを見ると、ヴィクトリアを紹介してもらおうとフロッシー・ウィルソンを取り巻いている男たちのほうをあごで示した。「ジェイソン、もし、きみがまだ、ヴィクトリアの結婚相手を見つけたいと思っているのなら、結果が出るのはもうすぐだな。彼女はすばらしい人気だ」

「それはよかった」ジェイソンはヴィクトリアを待つ男たちにちらりと目をやって、肩をすくめた。

14

ロバートが予言したとおり、だれもがヴィクトリアに魅了された。舞踏会の翌日、十二人の紳士と七人の若いレディが、彼女から招待を受けたのでウルフをそばで見たいと言って、屋敷を訪れた。ノースラップは満足げな表情で訪問客を取り次ぎ、それぞれの客間で紅茶の支度を整えるよう従僕に指示した。

九時に夕食が供される頃には、ヴィクトリアはすっかり疲れきって、訪問客たちから受けた晩餐会や舞踏会への招待に応える気力はなかった。昨晩は夜明け近くまで寝室へ入ることができなかったので、デザートを皿に取る頃には、まぶたを開けているのもやっとだった。ところが、ジェイソンは午後ずっと書斎で執務をこなしたというのに、いつものように生き生きとしていた。

「ヴィクトリア、昨晩はすばらしかった」ジェイソンはチャールズからヴィクトリアへと視線をやった。「クロウリーとウィルトシャーはもうきみに夢中だ。それにメイクピース卿も。彼は今シーズンの社交界では最高の獲物だろう」

彼女は眠そうな目をして笑った。「その表現だと、まるで魚釣りでもするみたいね」

まもなく、ヴィクトリアは挨拶をして寝室へ上がっていった。お休みを言ったジェイソンは、彼女が発した皮肉を楽しんで笑みを浮かべていた。彼女の笑顔には部屋を明るくする力がある――たとえ眠そうな笑顔でさえも。すべてが洗練されていながらごく自然で、愛らしさと知性にあふれていた。ジェイソンはブランデーをすすりながら、昨晩のヴィクトリアが美しさと笑顔でどれほど社交界の人々を魅了したかを思い出していた。そして今晩は、ノースラップのためにモーツァルトを弾いて、厳しい執事の心を完全に虜にした。曲が終わると、ノースラップは感動の涙を浮かべていた。さらに、彼女はオマリーを呼んで、彼のためにアイルランドの陽気なダンス曲を披露した。ふと見ると、十人以上もの召使いが客間の外に集まって、この即興コンサートに聴き入っていた。ヴィクトリアは彼らに持ち場へ戻って仕事をするように命じるのではなく――いつものジェイソンならそうしていただろうが――特別に好きな曲があるのなら弾いてあげましょうと語りかけた。しかも全員の名前を覚えていて、体の調子や家族のことを尋ねた。そして、ひどく疲れているのにもかかわらず、一時間以上もピアノを弾いていた。

ジェイソンは召使い全員がヴィクトリアを心から慕っているのに気づいた。従僕たちは笑顔を浮かべて彼女の役に立とうとつとめていた。メイドたちはどんなささいな用事でもすぐに飛んでくる。そして、ヴィクトリアは用事を頼むたびに可愛らしく礼を述べた。彼女は他人との接しかたを心得ていた。相手が男爵だろうと執事だろうと、簡単に味方にした――おそらくそれは、彼女がだれに対しても変わりなく誠実に、興味を持って、笑顔で接するせいなのだろう。

ジェイソンはブランデーグラスを指先で持ってゆっくり揺らしていた。彼女がいなくなると、室内が急に暗くうつろになったようだった。チャールズが満足げに自分を眺めているのにも気づかず、彼は顔をしかめて、さっきまで彼女が座っていた椅子を見つめていた。

「彼女は若いがすばらしい女性だ。そう思わんか？」チャールズがとうとう口を開いた。

「たしかに」

「うっとりするほど美しく、すばらしいウィットの持ち主でもある。その証拠に、ヴィクトリアが来てから、おまえは去年一年分よりもたくさん笑っている！　あの娘はじつに貴重な存在だ」

「おっしゃるとおりです」その場の気分と状況しだいで、高貴な女伯爵にも可憐な乳搾り娘にも、見捨てられた子供にも、洗練された女性にもなれる彼女の魅力を、ジェイソンは思い出していた。

「チャーミングで汚れを知らず、それでいて強い精神と情熱をも備えている。立派な男ならば、ヴィクトリアを愛情にあふれた愛すべき女性に変えられるだろう――彼のベッドと人生を温めてくれる女性に」チャールズはそこで言葉を切ったが、ジェイソンは黙ったままだった。「アンドルーとやらは彼女と結婚する気はないのだろう。そうにちがいないとわたしは思う。もしその気があるのならば、とっくに便りがあって当然だ」もう一度言葉を切ったが、ジェイソンはまたしてもなんの反応も示さなかった。

「哀れなのはヴィクトリアではなくアンドルーのほうだ」チャールズは意を決してさらに続けた。「彼を心から幸福にしてくれる、千人にひとりの女性を見逃すほど愚かな男は、だれだろうと哀れだ。ジェイソン、おまえはなんとも思わないのか?」

その問いに、ジェイソンはわけがわからないと言いたげな表情を返した。「話は一言一句聞いていました。それがぼくとどんな関係があるというのですか?」

「どんな関係があるか、だと?」いらだったチャールズは思わず早口になった。だが心を落ち着けて、もっと慎重に切りだした。「おまえにはおおいに関係があるし、わたしにもある。ヴィクトリアは若い未婚女性だ。ミス・フロッシーがシャペロンとして同居しているとはいえ、独身男がひとり住んでいて、昼間はさらにもうひとり生活している。そんな家にずっといれば、悪い噂が立ちかねない。もし、もう数週間このままでいたら、他人は婚約話は隠れみので、ヴィクトリアはじつはおまえの新しい愛人だとかんぐるだろう。そうなれば、だれもが彼女を無視する。彼女にそんな屈辱を与えたくはないだろう?」

「ええ、もちろんです」ジェイソンはグラスのなかのブランデーを見つめながら、うわの空で答えた。

「それならば、解決策はただひとつ――彼女は結婚しなければならない、それも早急に」チャールズは反応を待ったが、ジェイソンは黙っていた。「そうじゃないか、ジェイソン？」彼は迫った。

「そうでしょう」

「ならば、だれと結婚すべきだ、ジェイソン？」チャールズは勝利を感じていた。「いったいだれが、彼女を愛情あふれる愛すべき妻に変えられる？　ベッドを温めてくれ、跡継ぎを産んでくれる妻を必要としているのはだれだ？」

ジェイソンは腹立たしげに肩をすくめた。「いったいどうして、ぼくが知っているんです？　ぼくはこの家の結婚仲介屋じゃない。それはあなたの仕事だ」

チャールズは呆然とした。「彼女にふさわしい結婚相手が思いつかないと、本気で言っているのか？」

ジェイソンはブランデーをぐいっと飲み干すと、グラスを勢いよくテーブルに置いて、急に立ちあがった。「ヴィクトリアは歌もうたえるし、ピアノも弾けるし、お辞儀もできるし、縫い物もできる。音楽を愛し、美しさを見きわめる目がある、犬好きな男をさがせばいい。ただし、絶対におだやかな性格の男でなくては――さもないと彼女のせいでどうかなってしまうだろうから。ともかく、じつに簡単なことです」

チャールズが愕然《がくぜん》として黙っていると、ジェイソンはたたみかけた。「ぼくは六カ所の荘園を管理し、船団の動きを把握する以外にも、仕事が山ほどあるんです。それを全部ひとりで片づけなければならない。ヴィクトリアの花婿選びはあなたが片づけてください。今週と来週だけは舞踏会や晩餐会でのエスコート役を引き受けましょう。彼女はもうすでにかなりの人気だ。社交の場に何回か姿を見せれば、処理に困るほどたくさんの求婚者が現われるでしょう。彼らがここへ訪ねてきたときによく観察して、望ましい候補者を何人かリストにしてください。ぼくがそのリストからひとりを選びます」

チャールズは完全な敗北に肩を落とした。「好きにするがいい」

15

「社交界がこれほど色めき立ったのは、キャロラインがデビューしたとき以来だな」翌週の舞踏会で、ロバート・コリングウッドがヴィクトリアを眺めながら、となりに立っているジェイソンににやりとした。「どこもかしこも彼女の話でもちきりだ。彼女がロディ・カーステイアーズに射撃の腕なら負けないと言ったというのは本当なのか？」

「いや」ジェイソンはあっさり否定した。「それ以上近づいたら彼を撃つと言ったんだ。そして、もし的をはずしたら、今度はウルフをけしかけると。さらに、もしウルフがやられたら、このぼくがやり返してくれると信じているそうだよ」ジェイソンは笑って首を横に振った。「ヒーロー扱いされたのははじめてだが、犬のつぎとはちょっと心外だな」

ロバートは不思議そうな表情をジェイソンに向けたが、その視線にも気づかず、ジェイソンはヴィクトリアを眺めていた。彼女はなんとか気を引こうとする男たちにほとんどすきまなく囲まれて、落ち着いたようすで立っていた——まるで崇拝する廷臣たちを従えた赤銅色の髪の女王だった。アイスブルーのサテンのドレスに同色の肘までの長手袋をして、肩にたらした髪は豊かに波打っている。彼女の魅力は舞踏室全体を支配していた。

そうして眺めているうちに、ウォーレン卿がふと彼女に近づいた。彼の視線が彼女の身ごろからこぼれそうな豊かな胸に釘付けになっているのが見てとれると、怒りでジェイソンの顔から血の気が引いた。「ちょっと失礼する」彼は硬い口調でロバートに言った。「ウォーレンと少しばかり話がある」

それをはじめとして、その後二週間にわたって社交界の人々は、無作法な若者がレディ・ヴィクトリアに関心を寄せすぎると、たちまちウェイクフィールド侯爵がまるで怒ったタカのように飛んできて急襲する場面を目にした。


ヴィクトリアの社交界デビューから三週間後、チャールズがジェイソンの書斎を訪れた。「ヴィクトリアの結婚相手の候補者リストをつくったから、見たいだろうと思って」彼はいやでたまらない仕事を強いられて、仕方なく片づけようとしているような口調だった。「一緒に検討してくれ」

ジェイソンは読みかけの報告書から視線を上げ、チャールズが手にしている紙を目を細めて見た。「いまは忙しい」

「とにかく、一緒に見てくれ。候補者を選ぶのはじつに不愉快だった。これならよいかと思える者を数人選んだが、簡単な仕事ではなかった」

「それはそうでしょう」ジェイソンは皮肉っぽく同意した。「ロンドンじゅうの気取り屋や愚か者が、彼女を狙ってこの家へ通ってきているのだから」そう言ったきり、報告書へ視線を戻した。「どうしてもというのなら、名前を読みあげてください」

ジェイソンのそっけない態度に眉をひそめながら、チャールズは仕事机に向かい合って座り、めがねをかけた。「まずは、若いクロウリー卿。彼はすでに結婚を前提とした交際許可を求めてきた」

「だめだ。衝動的すぎる」ジェイソンはすげなく却下した。

「なんで、そう断言できる？」チャールズは驚いた顔で言った。

「クロウリーは『結婚を前提とした交際』を求められるほど彼女のことを知らない」

「ばかを言うな。このリストの最初の四人は全員が同じことを求めている」

「では、四人とも同じ理由で除外だ」ジェイソンは手にした報告書を読みながら椅子の背に寄りかかった。「つぎは？」

「クロウリーの友人のウィルトシャー卿」

「若すぎる。つぎは？」

「アーサー・ランドカスター」

「背が低すぎる」ジェイソンはぶっきらぼうにはねつけた。

「ウィリアム・ロジャーズ」チャールズは声をはりあげた。「彼は背が高いし、慎重で、若すぎることもない。知的でハンサムだし、イングランド有数の家柄の跡取りだ。ヴィクトリアにふさわしい相手だと思うが」

「だめだ」

「だめ？　いったいなぜ？」

「あいつは馬の乗りかたが気に食わない」

「馬の乗りかただと――」チャールズは理不尽な発言に歯噛みした。そして、ジェイソンの無表情な顔をちらりと見てため息をついた。「わかった。最後の候補者はテランス卿だ。乗馬姿も美しいし、非の打ちどころがない人物だ。背も高く、ハンサムで、知的で、金持ちだ。さあ、彼なら文句のつけようがないだろう？」

「ぼくは彼が好きじゃない」

「おまえが結婚するわけじゃない！」チャールズの声が大きくなった。

ジェイソンは身をのりだし、机を手で強く叩いた。「とにかく、やつは好きになれない」彼は食いしばった歯のすきまから声を出した。「この話はこれで終わりだ」

チャールズの顔に浮かんでいた怒りが、ゆっくりと驚きに変わり、それから陽気な笑いになった。「おまえは彼女を欲しくないが、他人にはやりたくない――そういうことか？」

「たしかに、ぼくは彼女を欲しくなんかない」ジェイソンは苦々しげに言った。

彼らの背後の入口から、ヴィクトリアの怒りに満ちた低い声が響いた。「わたしも、あなたなど欲しくないわ！」

男ふたりはすかさず振り向いた。みごとなブルーの瞳で平然としたジェイソンの顔をまっすぐに見つめながら、ヴィクトリアが近づいてくる。両手のひらを事務机について身をのりだした彼女の胸は、怒りと心痛で激しく上下していた。「もし万一アンドルーが迎えに来なかったら、わたしをどうやって厄介払いするか、ひどくご心配のようだから、何人か候補者をさがすために努力を惜しまないつもりだけれど、あなたは絶対にそのうちのひとりにはなりません！　あなたはアンドルーの十分の一の値打ちもない。彼はやさしくて親切で善人だけれど、あなたは冷たくて辛辣で高慢な——ろくでなし《バスタード》よ！」

その罵倒がジェイソンの目に怒りの炎を燃え立たせた。「ぼくがきみなら、熱心に候補者さがしをするよ。なにしろ、善人のアンドルーはぼくと同じくきみを求めていないからだ」彼は低い野蛮な口調でやり返した。

我慢の限界を超えた屈辱に、ヴィクトリアはきびすを返して部屋から立ち去った。頭にあるのはひとつだけ、他の男性たちが彼女を求めていることをジェイソン・フィールディングに証明してやらなければ、という思いだけだった。そして、二度と彼を信じてなるものかと心に誓った。この数週間、彼を友人だと思うようになっていた。好意を持ってくれているとさえ思っていた。ついさっき自分が彼を罵ったことを思い出して、屈辱は倍に感じられた。いったいどうしてあんなに取り乱して罵ったりしたのだろう！

ヴィクトリアがいなくなると、チャールズはジェイソンのほうを向いた。「おめでとう」と苦々しげに言った。「彼女がウェイクフィールドの屋敷へやってきたときから、おまえはずっと彼女に嫌われたいと願っていた。その理由がいまわかったよ。だれにも見られていないと思っているときに、おまえがどんな目で彼女を見つめていたか、わたしは知っている。おまえは本当は彼女を求めていて、つい告白してしまいそうで怖いのだ、結婚してほしいと――」

「やめてくれ！」

「おまえは彼女を求めている」チャールズは怒りにまかせて言い募った。「彼女を求め、大切に思っていて、そんな弱い自分がいやなのだ。だが、もう心配する必要はなくなった――あれほど徹底的に侮辱したからには、彼女は絶対におまえを許さないだろう。おまえたちはふたりとも正しい。おまえはろくでなしだし、アンドルーは迎えには来ない。さぞ満足だろ、ジェイソン。もう心が弱くなることを心配する必要はない。アンドルーが来ないとわかれば、ヴィクトリアはおまえをいっそう嫌いになる。つまり、おまえの勝ちだ」

ジェイソンは氷のような表情のまま、すでに目を通したリストを手に取った。「来週中にもう一度リストをつくって、見せてください」

16

求婚者のなかから最良と思われる人物を選んでリストをつくりなおす作業は、チャールズにとって前回よりずっと難しかった。翌週の末には、アッパーブルックストリートの屋敷は、ヴィクトリアの心を射止めたいと熱心に願う紳士たちが持ってくる花束であふれていた。

優雅なフランス人のド・サール侯爵までが、言葉の壁にもかかわらず、というよりも、言葉の壁ゆえに彼女の魅力の虜になった。彼はある日の午前中、友人のアーノフ男爵と一緒に、ヴィクトリアを訪問するという別の友人に連れられてやってきた。

「あなたのフランス語はすばらしい」ド・サール侯爵は心にもないお世辞を言ってから英語に切り替え、勧められた椅子にかけた。

ヴィクトリアはお世辞を笑って受け流し、「フランス語は下手なんです」と悲しげに認めた。「フランス語で使われる鼻音《びおん》は、アパッチ語の喉から出す音とよく似ていて、とても難しいものですから」

「アパッチ語？　それはなんですか？」彼は礼儀正しく尋ねた。

「アメリカのアパッチ族が話す言葉です」

「アメリカ大陸の野蛮人のことかな？」ロシア軍で馬術の名手として名高いアーノフ男爵が訊いた。退屈そうだった彼が、強い興味を示した。「彼らはすばらしく上手に馬を乗りこなすと聞いたが、本当ですか？」

「アパッチ族の人はひとりしか知りませんが、彼は野蛮人などではありません。年配でしたが、とても礼儀正しい人でした。父が森のなかで出会って、うちへ連れてきて手当てしたのです。ラッシング・リバーという名前で、そのままうちに留まって父の助手のようなことをしていました。ご質問への答えですが、彼はアパッチ族の血が半分しか流れていませんでしたが、それでもすばらしい乗り手でした。彼のすばらしい技の数々をはじめて見たとき、わたしは十二歳でしたが、驚きで声も出ないほどでした。なにしろ鞍《くら》もつけずに――」

「鞍なしで！」男爵は感嘆の声をあげた。

ヴィクトリアは首を横に振った。「アパッチ族は鞍を使いません」

「彼はどんな技を見せたのですか？」ド・サール侯爵は彼女の話よりも美しい顔に興味を抱いていた。

「あるとき、ラッシング・リバーに言われて、草原の真ん中にハンカチを置いたのです。すると、彼は馬に乗って、ハンカチめがけて全速力で走っていきました。近づいたところで、さっと手綱を放して体を横に倒し、駆け抜けざまに手をのばしてハンカチを拾いあげたのです。それから、そのやりかたを教えてくれたんですよ」彼女は笑い声をたてた。

強い興味を抱いた男爵は、「この目で見るまでは信じませんよ。実際にやってみせてはいただけませんよね？」と訊いた。

「残念ですが、できません。アパッチ式に調教した馬が必要ですから」

「では、アパッチ語をいくつか教えてください」侯爵が茶化すように笑顔で頼んだ。「そうしたら、わたしがフランス語を教えてさしあげましょう」

「ご親切にありがとうございます」ヴィクトリアは答えた。「でも、不公平ですわ。わたしが習うばかりで教えられることはあまりありませんから。ラッシング・リバーから教わった言葉は、ほんの少ししか覚えていません」

「それでは、ちょっとした文章をひとつだけでも？」侯爵は目を輝かせながら言った。

「いいえ、それは――」

「ぜひともお願いします」

「わかりました。それほどおっしゃるのなら」ヴィクトリアはため息をついて折れた。そして、短い一文を言って、侯爵の顔を見た。「くりかえしてみてください」

侯爵は二度目で完璧に発音し、うれしそうに微笑んだ。「この文章はどんな意味なのですか？　わたしはなんと言ったのです？」

ヴィクトリアは申し訳なさそうな表情で答えた。「いまの文章の意味は、『あの男はわたしのワシを踏んでいる』です」

「わたしのワシを踏んでいる――」侯爵も男爵も、その金張りの広間に集まっていた全員が笑いに包まれた。

翌日、ロシアの男爵とフランスの侯爵がふたたび屋敷を訪れてヴィクトリアの取り巻きに仲間入りしたことで、彼女の評判と人気はさらに上がった。

ヴィクトリアがいる場所はいつも、陽気な雰囲気や笑い声に満ちていた。だが、広大な屋敷の他の部分では、フィールディング卿の不機嫌のせいで恐ろしい緊張感が張りつめて、だれもがびくびくしていた。週が進むごとにヴィクトリアの求婚者の数は倍増し、ジェイソンはますます不機嫌になっていった。彼は見るもの聞くものすべて気に食わなかった。好物を頻繁につくりすぎるとコックに文句をつけ、階段の手すりの下にちょっとした埃を見つけてはメイドを叱りつけ、従僕の上着のボタンが取れかかっているのを見て暇を出すぞと脅した。

以前のフィールディング卿は要求が多い厳しい雇い主だったものの、無理を通そうとしたりはしなかった。ところがいまでは、なにをしても気に入らず、召使いたちはいつ叱られるかと戦々恐々としていた。不幸なことに、彼が気難しくなればなるほど、召使いたちは必死になって働き、神経質になりすぎてへまをするようになった。

以前なら、屋敷のなかではすべてがよく手入れされた機械のように効率的に動いていた。それがいまでは、召使いたちはそれぞれの仕事をこなすのに必死で、走りまわってはぶつかったりしていた。地に足がつかないような状態なので、高価な中国製の花瓶を落としたり、ダイニングルームのオービュソン織りの敷物に掃除バケツの汚い水をこぼしたりと、屋敷じゅうが混乱状態に陥っていた。

使用人たちの緊張した雰囲気に気づいて、ヴィクトリアはそれとなく話をしようとしたものの、ジェイソンは彼女が「よけいなことに首をつっこんでいる」と非難し、彼女を訪ねてくる客たちがうるさくて仕事にならないとか、彼らが持ってくる花の香りで吐き気がするとか、痛烈な文句を並べたてた。

チャールズはつくりなおした求婚者リストについて相談しようと二度試みたが、そのたびにジェイソンは無礼にも彼を書斎から閉めだした。

ついにノースラップまでもジェイソンから激しく叱責《しっせき》され、屋敷全体が恐ろしくぴりぴりした雰囲気に包まれることとなった。そして、ヴィクトリアの社交界デビューから五週間後のある日の午後遅く、そんな状態が突然終わりを告げた。ヴィクトリアに届いた花をノースラップが花瓶に挿そうとしていると、書斎で仕事をしていたジェイソンが彼を呼んだ。

機嫌の悪い主人を待たせてはいけないと、ノースラップは花束を抱えたまま書斎へ急いだ。

「はい。お呼びでございますか?」彼は不安げに尋ねた。

「すばらしい。また花か? ぼくへの贈り物か?」ジェイソンは皮肉っぽく笑った。ノースラップに答える隙も与えずに、ジェイソンは噛みついた。「花の匂いが屋敷じゅうに充満している！　さっさとその花束を片づけたら、ヴィクトリアにぼくが呼んでいると伝えろ。それからフリグレー家の今晩の夜会の招待状を持ってきてくれ。何時からだか忘れてしまったから。後は、衣装係に正装の支度をするよう言っておけ。わかったか？　なにをもたついている？　さっさと言われたことをやれ！」

「はい、マイ・ロード。すぐに」あわてて廊下へ出たノースラップは、靴がきちんと磨けていないと叱られたばかりのオマリーに出くわした。

「あれほどご機嫌が悪いのは見たことがない」オマリーが、花束を花瓶につっこんでレディ・ヴィクトリアのところへ向かおうとしたノースラップに嘆いた。「紅茶をとおっしゃったので持っていったら、コーヒーがよかったと怒られた」

「ご主人様は紅茶をお飲みにならない」ノースラップが高飛車に断言した。

「だから、最初に確かめたさ」オマリーは苦々しげに言った。「そしたら、無礼だと叱られた」

「当然だ」とノースラップは返し、アイルランド人の従僕頭との二十年間にわたる溝をいっそう深めた。にやにや笑いを残して、ノースラップは去った。

ヴィクトリアは狭い客間で、読み終えたばかりのミセス・ベインブリッジからの手紙をぼうっと見つめていた。両目が焼けつくように痛んで、文字がぼやけてよく見えなかった。

……どう説明すればいいのかわからないのですが、アンドルーがスイスの親戚の娘と結婚しました。こうなる可能性については、イングランドへ旅立つ前にもお話ししたと思いますが、あなたは信じませんでした。ですが、こうなったからには現実を受け入れてくれなければなりませんし、あなたの立場によりふさわしい結婚相手をさがすよう勧めます。

「いや！　やめて！」ヴィクトリアは希望と夢が崩れ去り、すべての男性への信頼が失われるのを感じた。馬に乗って競走していたときのアンドルーのハンサムな笑顔が心に浮かんだ。「きみみたいに上手な乗り手はいないよ、トーリー……」と彼は褒めてくれた。十六歳の誕生日には、はじめてやさしくキスしてくれた。「きみがもっと大人なら、ブレスレットではなく指輪を贈るのに……」と彼はささやいた。

「嘘つき！」心が張り裂けそうだった。「嘘つき！」熱い涙があふれて頬をぬらし、手紙に落ちた。

ノースラップが客間に入って、淡々とした口調で伝えた。「フィールディング卿が書斎でお待ちです、マイ・レディ。それから、クロウリー卿がいらっしゃいました。お目にかかれるかどうかと……」苦悩に満ちた表情のヴィクトリアが涙にぬれたブルーの目を上げたので、ノースラップは言葉を失った。と、彼女は立ちあがって両手で顔をおおい、彼の横を抜けて走り去った。階段をのぼっていく彼女の喉から、押し殺した嗚咽がもれていた。

驚いたノースラップは長い階段をのぼる彼女の姿を目で追ってから、彼女が膝の上から落としていった手紙を無意識に拾いあげた。主人一家の会話の端々をたまに耳にするだけの他の使用人たちとはちがって、ノースラップは事情をかなり知っていたので、レディ・ヴィクトリアがフィールディング卿と結婚するものと単純に信じてはいなかった。それどころか、彼女がアメリカの紳士と結婚するつもりだと話すのを何度か聞いたことがあった。

好奇心ではなく心配にかりたてられて、いったいどんな知らせが彼女をあんなに悲しませたのかと、手紙に目を走らせた。手紙を読んだ彼は、深い悲しみに両目を閉じた。

「ノースラップ！」フィールディング卿が廊下の向こうの書斎から大声で呼んだ。

まるで機械人形のようにノースラップは書斎へ向かった。

「ヴィクトリアにぼくが呼んでいると伝えたか？　手に持っているのはなんだ？　レディ・フリグレーからの招待状か？　見せなさい」ジェイソンは手をのばし、背筋をこわばらせた執事がひどくゆっくり近づいてくるのを、いらいらしながらにらみつけていた。「いったい、どうした？」彼は執事の手から手紙をひったくった。「ここに点々とついているものはなんだ？」

「涙です」ノースラップは直立不動のまま視線だけを壁にそらして答えた。

「涙だと？」彼は目を細めて滲《にじ》んだ文字を追った。「これは招待状ではない、これは――」

静寂のなかジェイソンは自分が読んでいる手紙の内容を理解し、思わず息をのんだ。そして、怒りに満ちた目をノースラップに向けた。「あの男は他の女と結婚したと母親から言わせたのか。意気地のないろくでなしめ！」

「まったくもって、お言葉のとおりです」ノースラップはしわがれた声で言った。

「彼女のところへ行って話をしなければ」ジェイソンはほぼ一カ月ぶりにおだやかな口調で言った。座っていた椅子を押しのけて立ち、彼はヴィクトリアの寝室へ向かった。

いつものようにヴィクトリアは彼のノックに答えず、ジェイソンはどうぞという返事を待たずに部屋へ入った。ヴィクトリアは枕に顔をうずめて泣いているのではなく、窓の外を眺めていたが、すっかり青ざめて、肩や背中がひどくこわばっているようすから、必死に気持ちを強く持とうとしているのが感じられた。彼は後ろ手にドアを閉め、勝手に入らないでと彼女がいつものように気丈に非難するのを期待したが、ようやく口を開いた彼女の声は異様なほどおだやかで、感情がなかった。「出ていってください」

ジェイソンはそれを無視して近づいた。「ヴィクトリア、とても残念だよ――」と話しはじめたが、彼女の瞳に怒りの炎が燃えているのを見て口をつぐんだ。

「そうでしょうね！　でも、心配なさらないで、マイ・ロード。ここに居座ってあなたのお荷物になるつもりはありませんから」

手をのばして抱き寄せようとしたが、ヴィクトリアはまるで火傷《やけど》したように飛びのいて、その手から逃れた。「さわらないで！　たとえ指一本でも！　男性にはさわられたくないの、とくにあなたには」必死に自分を抑えるように、長く震える息を吐いてから、たどたどしく続けた。「どうしたら自分の力で生活できるか考えていたの。わたし――わたしは、あなたが考えてるほど役立たずじゃないわ。こう見えても裁縫は得意なの。ドレスをつくってくれたマダム・デュモシーが、やる気と能力のあるお針子を見つけるのはとても大変だと何度も言っていたわ。あの人なら、わたしに仕事をさせてくれるかも――」

「ばかな話はやめろ！」ジェイソンは彼女がはじめてウェイクフィールドへやってきた日に役立たずと言った自分に怒り、いまこうして慰めてやりたいと思っているときにそんな話を蒸し返す彼女にも怒っていた。

「でも、わたしはばかな人間なのよ。お金も住む家もない女伯爵で、もう誇りさえも残っていない。お針子になれるかどうかもわからないくらい――」

「やめろ！　お針子になることは許さない。その話はこれでしまいだ」ジェイソンがきっぱり言った。ヴィクトリアはなおも言い返そうとしたが、彼がさえぎった。「チャールズとぼくをロンドンじゅうの笑いものにして、恩に報いるつもりなのか？」

ヴィクトリアは肩を落として首を横に振った。

「よろしい。では、マダム・デュモシーの店のお針子になるなどとは二度と言うな」

「じゃあ、わたしはどうすればいいの？」苦悩に満ちた瞳で彼を見つめながら、ヴィクトリアはささやき声で言った。

ジェイソンの表情に理解しがたい感情が浮かび、彼はまるで自分が本心を口にしてしまうのを抑えるかのように唇を結んだ。「女性たちがすることをするんだ」長い間があってから彼が口を開いた。「望みどおりの暮らしをさせてくれる男と結婚しなさい。チャールズのところにすでに六件の申し込みが来ている。そのうちのひとりと結婚すればいい」

「愛してもいない人とは結婚できないわ」ヴィクトリアは一瞬気を取りなおして言い返した。

「きっと気が変わるさ」ジェイソンは冷酷に決めつけた。

「たぶん、そうするべきなんでしょうね」ヴィクトリアはうちひしがれて言った。「人を愛すればひどく傷つくわ。なぜなら、相手に裏切られて――ああ、ジェイソン、わたしのどこが悪いのかしら」彼女は痛々しげな瞳を大きく見開いて泣きながら訴えた。「あなたはわたしを嫌っている。それにアンドルーまで――」

ジェイソンは感情を抑えきれなくなった。両腕で彼女を包み、自分の胸に強く抱き寄せた。「悪くなんかない」彼女の髪をなでながらささやいた。「アンドルーは意気地なしのばかだ。そして、ぼくは彼以上の大ばかだ」

「彼はわたしじゃなく、他の女性を求めたのよ」ヴィクトリアはジェイソンの腕のなかで泣いた。「そう思うと、たまらなく苦しくて」

ジェイソンは目を閉じて涙をこらえた。「わかっている」とささやいた。

彼女の熱い涙が彼のシャツの胸をぬらした。すると、長年彼の心臓を凍らせていた氷がようやくとけはじめた。ヴィクトリアを両腕で守るように抱いたまま、彼は彼女のすすり泣きが収まるのを待った。それから、唇を彼女のこめかみにあててささやいた。「ウェイクフィールドで、きみはぼくたちが友人になれるかと訊いたね。覚えているか？」

彼女はうなずいて、無意識に頬を彼の胸にこすりつけた。

「そうできたらいいと思う」ジェイソンはかすれ声で言った。「もう一度チャンスをくれるかい？」

ヴィクトリアは顔を上げて、心もとなげに彼を見つめた。そして、うなずいた。

「ありがとう」彼はかすかな笑みを浮かべた。

17

その後の数週間、ヴィクトリアはアンドルーに裏切られた痛手に苦しんだ。最初は悲しみ、つぎは怒り、そして最後に残ったのは喪失感がもたらす鈍い痛みだった。けれど、強い意志と決心で彼女はその苦しみを乗り越え、それまでの人生は永遠に過去のものとなったのだという心痛む事実を直視した。ヴィクトリアは過去を思ってひとりでそっと涙を流すことを覚えた――そして、最高にきれいなドレスを身につけて、友人や知人に明るい笑顔を見せるようになった。

彼女は感情を他人に見せないようにつとめたが、ジェイソンとキャロライン・コリングウッドに対してだけはちがった。ふたりはそれぞれのやりかたで助けてくれた――キャロラインは彼女を社交の場へ誘って忙しく過ごさせ、ジェイソンはそのほとんどで彼女をエスコートした。

たいていの場合、彼はまるで兄のように後ろ盾となって、ヴィクトリアをパーティや劇場やオペラへ連れていき、行き先に到着すれば、彼女は彼女の、彼は彼の友人たちと過ごした。

それでも、彼は彼女をしっかり見守っていた――自分が認めない求婚者と見れば、急にやってきてさっさと追いはらうのだ。ジェイソンが放蕩者として悪名高いと知ったヴィクトリアにしてみれば、そんな彼がするどい視線で彼女を守り、目の前の不運な紳士が口ごもりながら謝罪して逃げるように去っていくのを眺めるのは、とてもおもしろく感じられた。

だが、社交界の他の人々には、ウェイクフィールド侯爵の振る舞いはたんにおもしろいのではなく、奇妙であり、やや不審にさえ感じられた。彼がヴィクトリアと結婚するとはだれも信じていなかった――彼自身がレディ・ヴィクトリアの求婚者たちを屋敷へ迎え入れ、婚約は完全なものではないとくりかえし口にしたのだから。そのうえ、婚約はヴィクトリアがイングランドへ到着する以前にいち早く発表されていたので、病気のアサートン公爵が自分の気に入りのふたりを結婚させようと勝手に決めたことで、本人たちは公爵のために婚約しているふりをしているのだと、人々は考えていた。

だが、いままでは、もっと意地悪い見方が広まろうとしていた。そもそも当初から一部の人々は、ヴィクトリアが彼らと一緒に生活しているのはおかしいとやかましく文句をつけていたのだが、彼女がとても感じのいい淑女で、フィールディング卿が彼女に特別な感情を示さないことから、大半の人々はそんな声に耳を貸さなかった。ところが、ふたりが同伴して登場する回数が増えるにつれ、悪名高いフィールディング卿が彼女をわがものにする――もしまだ手をつけていないとして――気になったのだという悪い噂が広まったのだ。

なかには、婚約話は都合のいい隠れみのであって、ミス・フロッシー・ウィルソンの目を盗んでふしだらな行為が行なわれているのだという悪意に満ちた噂まであった。そうした中傷はくりかえされたが、フィールディング卿は彼女のエスコート役を頻繁につとめたが愛人として独占するようすを見せなかったので、悪い噂を真に受ける人は少なかった。さらに、強い影響力を持つコリングウッド伯爵夫妻などが彼女の味方をして、批判的な発言をしようとする者にはすぐに圧力をかけた。

ヴィクトリアは自分とジェイソンとの関係が興味本位に取り沙汰されていることや、社交界にはジェイソンを信用していない人々が多いことに、気づかないでいたわけではない。あらたに知り合った高貴な人々と親しくなるにつれて、ジェイソンが近くにいるときに彼らの顔に浮かぶ微妙な表情にとても敏感になった。その表情からは不信感や用心深さや警戒心が読みとれた。最初のうちは、たんに彼の前で緊張して堅苦しい振る舞いをしているだけなのに自分が勝手にイメージをつくりあげているのだと思っていたが、それは想像力の産物ではなかった。時として、噂話の断片が耳に入って、人々が彼に対して悪感情を抱いたり避けようとしたりしているのがわかったのだ。

キャロラインは人々がジェイソンを恐れ、信用していないと警告した。ある晩、ようやく再会できた妹のドロシーも、やはり警告しようとした。

「トーリー、トーリー、あなたなの！」ポッタム卿夫妻の屋敷での舞踏会の最中、屋外で人々に囲まれていたヴィクトリアにドロシーが声をかけてきた。

港で下船して以来、久しぶりの再会だった。涙があふれそうになってじっと見つめたヴィクトリアをドロシーがきつく抱きしめた。「どこにいたの？」ヴィクトリアがやさしく尋ねた。「手紙が来ないし、まだ田舎の屋敷にいるのだろうと思っていたわ」

「三日前にお祖母様とこちらへ戻ったばかりよ」ドロシーがすかさず説明した。「すぐに会いに行きたかったのに、お祖母様がお姉様とは絶対に連絡をとってはいけないって。だから、行く先々で、偶然に会えないかと一生懸命さがしていたの。とにかく、よかったわ。時間があまりないの。すぐにシャペロンが迎えに来るだろうから。お祖母様のお友だちを見つけたからちょっとご挨拶をしてくると言い訳してきたの」ヴィクトリアの若い取り巻きたちに見つめられながら、シャペロンに見つかるのではないかとドロシーは不安げに周囲を見まわした。「ああ、トーリー。心配でたまらなかったのよ！　アンドルーがひどい仕打ちをしたのは知っているけれど、だからってフィールディング卿と結婚してはだめよ！　あんな男とは結婚できない！　絶対にだめよ！　みんなが彼を嫌っている。お祖母様の話し相手《コンパニオン》のレディ・フォークリンが彼の話をしているのを聞いたんだけど、なんて言ってたと思う？」

ヴィクトリアは熱心に聞き耳をたてている周囲の人々に背を向けた。「ドロシー、フィールディング卿はとても親切にしてくださっているわ。不愉快な噂話をわたしに聞かせないで。聞く気はないから。それよりも、あなたを紹介させて。こちらの――」

「いまはだめ！」ドロシーは自分が言いたいことで頭がいっぱいで聞く耳を持たなかった。なにかささやこうとしたが、周囲の喧騒にかき消されてしまうので、大きな声を出さざるをえなかった。「あの男のことをみんながなんと言ってるか知ってるの？　もし彼が侯爵でなかったら、だれも受け入れないだろうと、レディ・フォークリンは言ってたわ。評判は最悪よ。身勝手な目的のために女性を利用して、用がすんだらさっと背を向けるって！　みんなが彼を怖がっているし、お姉様もそうするべきよ！　みんなが言うには——」屋敷の前に停まっていた馬車から降りた年配の女性が、あきらかにだれかをさがして人込みをかきわけて近づいてくるのを見て、ドロシーが急に口をつぐんだ。「行かなくちゃ。レディ・フォークリンが来るわ」

ドロシーが急いで先まわりして年配の女性に近づき、一緒に馬車に乗って去るのをヴィクトリアは眺めていた。

すぐ横で、ミスター・ウォーレンが嗅ぎタバコをつまんで、「あの若い女性の話は正しいですよ」と気取った口調で言った。

ドロシーのことを考えていたヴィクトリアはその声でわれに返り、自分の影にさえおびえて飛びあがりそうな青二才に嫌悪の視線を送ってから、ドロシーの言葉の大半を聞いていたらしい訳知り顔の人々を眺めた。

ヴィクトリアの心は怒りと軽蔑でいっぱいになった。ここにいる人々のだれひとりとして、ジェイソンのように日々まじめに働いてはいない。彼らはみんな、愚かで浅はかで、着飾った中身のない人間だ。ジェイソンが自分よりもはるかに金持ちで、レディたちに人気があるのをねたんで、彼が批判されるのを聞いて喜んでいるのだ。

「ミスター・ウォーレン、わたしのことを心配なさっているの？」

「ええ、そうですとも。それもぼくだけじゃありませんよ」

「なんてばかばかしい！」ヴィクトリアはあざ笑った。「もし、ばかげた噂話ではなく真実を知りたいとおっしゃるのなら、お話ししますわ。じつのところ、わたしは家族も財産もなくたったひとりでこの国へ来て、公爵閣下とフィールディング卿のお世話になっています。さて」彼女は笑顔で続けた。「どうぞわたしをじっくりご覧になってください」

ミスター・ウォーレンが片めがねを目に押しあてたのを見て、ヴィクトリアは思わず笑いそうになった。「わたしがひどい扱いを受けているように見えますか？　ベッドのなかで殺されたでしょうか？　いいえ、そんなことはありません！　それどころか、フィールディング卿はわたしを自分の居心地のいい屋敷に住まわせ、庇護《ひご》してくれています。いいですか、ミスター・ウォーレン、ロンドンに住む女性の多くはそんなふうに扱われたいと思っていることでしょう。それも、他のだれでもないフィールディング卿その人に。さらに言えば、すべてのばかげた噂を生みだしているのは彼に対するやっかみだと、わたしは信じています」

ミスター・ウォーレンは顔を赤くし、ヴィクトリアは他の人々のほうを向いて、意気揚々とつけ加えた。「もし、みなさんがわたしと同じくらいフィールディング卿をよく知っていれば、きっとおわかりになるはずです、彼が親切で思いやりがあり、洗練されて――社交性があるんだと！」彼女はそう締めくくった。

彼女の背後から、ジェイソンが笑いを含んだ声をかけた。「マイ・レディ、ぼくの真っ黒な評判を白く塗ろうという試みはありがたいが、それではひどく退屈な男のように聞こえるな」

ヴィクトリアはさっと振り返って、ばつの悪そうな視線を送った。「だが、ダンスを一曲相手をする栄誉をくれるのなら、許してあげよう」彼はちらっと笑顔を見せた。ヴィクトリアは差しだされた腕に手を添えて、背後の混雑した屋敷へ入っていった。

ジェイソンの味方に立って勇気を持って人前で発言できたことで感じた、誇りに満ちた高揚した気分は、彼に連れられて混雑したダンスフロアへしずしずと入っていった頃には、すっかりしぼみはじめていた。彼についてはまだ少ししか知らないし、これまでに何度か、なんとかして個人的な話を訊き出そうとしたが、彼の口は重かった。黙ったまま踊りながら、彼女は考えこんでいるような彼の目を見た。「怒っているの？」彼女は尋ねた。「あなたについて人前であれこれ言ったから？」

「あれはぼくの話だったのか？」彼は眉を上げて問い返した。「だって、あれではだれの話なのか見当もつかないじゃないか。いったい、いつ、ぼくが親切で思いやりがあり、洗練されて社交的にふるまったんだい?」

「やっぱり、怒っているわ」ヴィクトリアはため息をついた。

ジェイソンは喉の奥で低い笑いを響かせ、腕に力を込めて彼女の体をたくましい胸に引き寄せた。「怒ってはいない」ハスキーなやさしい声で言った。「恥ずかしがっている」

「恥ずかしがっている?」ヴィクトリアは驚いてくりかえし、彼の翡翠色の目をのぞきこんだ。「なぜ?」

「ぼくはきみよりずっと年上だし、背も高いし、評判も悪い。だから、こんなに小柄な若い女性に世間から守ってもらうのは、どうも恥ずかしい気がする」

彼の目のやさしさにうっとりしながら、ヴィクトリアは彼の赤紫色のベルベットのジャケットに頬を寄せたいという、理解しがたい衝動にかられていた。


フィールディング卿と結婚するつもりはないと思われていたヴィクトリアが彼を公然と擁護する発言をしたという噂はまたたくまに広がり、結局のところふたりの結婚は間近なのではないかという話になった——その可能性は求婚者たちをやきもきさせ、彼らはヴィクトリアの心を射止めようとさらに必死になった。彼女の関心を引こうと競い合い、彼女をめぐって言い争い、そのあげく、クロウリー卿とウィルトシャー卿が決闘することになった。

それはある日の午後、アッパーブルックストリートの屋敷にヴィクトリアを訪ねたものの、これといった収穫がなかった帰り道のことだった。若いクロウリー卿は腹立たしげにウィルトシャー卿に言った。「彼女はぼくもきみも眼中にはない」

「そんなことはないさ」ウィルトシャー卿がかっとして言い返した。「ぼくには特別な好意を示してくれている！」

「思いあがるな！　彼女はおまえのことをめかしこんだイングランド男と思っているし、イングランド男は好きじゃないのさ。植民地の田舎者のほうがお好みだ！　彼女は思ったほど純真じゃないし、きっと陰ではぼくらを笑っている――」

「嘘をつくな！」血の気の多いウィルトシャー卿が言い返した。

「ぼくが嘘つきだと言うのか？」クロウリー卿が怒って大声を出した。

「いや」ウィルトシャー卿は歯嚙みした。「この決着は決闘でつけようと言っているのだ」

「よかろう。明日の夜明け、場所はわが家の森だ」クロウリー卿が宣言した。さっと馬首をめぐらせると、彼は自分の社交クラブへと走り去った。決闘の話はまたたくまにだれもが知るところとなり、ド・サール侯爵とアーノフ男爵が高額の掛け金でサイコロを転がしていた上流紳士のための賭博場《とばくじょう》にまで届いた。「まったくばかな若者たちだ」話を聞いたド・サール侯爵は腹立たしげにため息をついた。「レディ・ヴィクトリアが知ったら、ひどく悲しむだろう」

アーノフ男爵は小さく笑った。「クロウリーもウィルトシャーもまともに銃を撃てないから、けが人は出ないさ。デヴォン州にあるウィルトシャーのカントリーハウスで狩りをしたときに、射撃の下手さはこの目で見たよ」

「なんとかしてやめさせるべきだろう」ド・サール侯爵が言った。

アーノフ男爵は楽しげに首を横に振った。「その必要はないんじゃないか。あのふたりの腕前では、どちらかが相手の馬に命中させるのがせいぜいだろう」

「レディ・ヴィクトリアの評判が傷つくのを心配しているんだ。彼女をめぐって決闘するなんていいことじゃない」

「かえって好都合だ」アーノフ男爵が笑った。「もし彼女の人気が落ちれば、こちらのチャンスは大きくなる」

数時間後、他のテーブルで、ロバート・コリングウッドも決闘の話を聞いたが、彼はそんなふうに軽くは考えなかった。友人たちに挨拶して社交クラブを出ると、ジェイソンが逗留しているアサートン公爵のロンドンの屋敷を訪ねた。一時間近くジェイソンの帰りを待ったすえに、眠そうな執事を急《せ》きたててジェイソンの近侍を起こさせた。説得したり問い詰めたりした結果、近侍はジェイソンがレディ・ヴィクトリアをエスコートして夜会へ出て戻った後、ウィリアムストリート二十一番地に住む女性を訪ねたと白状した。

ロバートは自分の馬車に飛び乗って、御者にウィリアムストリートの番地を告げ、「急いでくれ」と命令した。

目的の場所に着いて、玄関を何度も強く叩くと、いかにも眠そうなフランス人のメイドが顔を出し、フィールディング卿など知らないと迷惑げに否定した。「さっさと女主人を連れてきなさい。時間がないんだ」ロバートがいらいらして命じた。メイドは彼の後ろに停まっている馬車の紋章に視線を走らせて、あわてて二階へのぼっていった。

またしても長く待ってから、ひらひらした化粧着に身を包んだ黒髪の美女が二階から下りてきた。「コリングウッド卿、いったい、どうなさったの?」

「ジェイソンはいるか?」

シビルはすぐにうなずいた。

「彼に伝えてくれ。クロウリーとウィルトシャーがヴィクトリアのことで決闘する。夜明けにクロウリーの屋敷の森で」ロバートが彼女に言った。

ベッドにいたジェイソンは、となりに腰をおろしたシビルに手をのばした。目を閉じたまま、化粧着の合わせ目を手探りして、彼女の腿を誘うようになでた。「ここへ戻ってこい」ハスキーな声で招いた。「きみがもう一度必要だ」

彼女はないものねだりをするような笑みを浮かべて、彼の日に焼けた肩に手をすべらせた。「あなたはだれも『必要』としていないわ、ジェイソン。そんなことは一度もなかった」彼女は悲しげにささやいた。

ジェイソンは低く官能的な笑い声をあげ、くるりと仰向けになると、さっと手をのばして彼女の体を引き寄せ、熱くなった自分の裸体に重ねた。「もし、これが必要としているのじゃなければ、いったいなんだい？」

「それとこれとは意味がちがうわ。あなたもちゃんとわかっているはずよ」彼女はささやいて、彼の温かい唇にキスをした。「やめて」すべてを知り尽くしている手に引き寄せられそうになった彼女はあわてて抗った。「時間がないの。コリングウッドが来たわ。クロウリーとウィルトシャーが夜明けにクロウリーの屋敷の森で決闘するつもりだと伝えてくれと」

ジェイソンはグリーンの目を開いたが、あまり関心がないようだった。

「ふたりはヴィクトリアをめぐって決闘するのよ」

その瞬間、ジェイソンはさっと彼女の体を横にずらし、ベッドから飛びだして、たちまちズボンと靴を身につけた。小声で毒づきながら、すばやくシャツをはおった。「いま、何時だ？」窓の外を見やりながら短く訊いた。

「夜明けまで、あと一時間くらいよ」

彼はうなずくと、身をかがめて彼女の額に言い訳のような短いキスをして部屋を出た。磨かれた木の床に靴音がするどく響いた。

クロウリーの地所内の森に着いたとき、空はすでにしらみはじめ、ふたりの決闘者がオークの木々の合間から見えた。五十ヤードほど左には、医者の馬車が不気味な木の下に停まっていて、馬が一頭つながれていた。ジェイソンが鐙《あぶみ》にのせた両足を強く踏みこんで、黒い牡《ぼ》馬《ば》を草深い丘にくだらせると、湿った土が蹴り散らされて高く舞いあがった。

彼はふたりの近くで馬を横滑りさせて停まると、鞍から飛びおりて、走り寄った。「ここでなにをしてる!」クロウリーに近づくなり詰問する。二十ヤードほど離れているウィルトシャーを振り向くと、ド・サール侯爵が姿を見せて若いウィルトシャーのとなりに並んだのを見て驚いた。「なにをしている、ド・サール? きみは少なくとも、この若造たちとはちがって分別があるだろう」

「目的はきみと同じだ」ド・サールはかすかな笑みを浮かべた。「だが、ご覧のとおり、成功したとは言えない」

「クロウリーがぼくを撃ったんだ」ウィルトシャーがわめきだした。彼の顔は怒りと驚きでゆがみ、勇気を奮い起こすために飲んだ酒のせいで言葉が不明瞭《ふめいりょう》だった。「ち、ちゃんとした紳士なら、そ、空へ向けて、撃つのに、クロウリーは——今度は、ぼ、ぼくがやつを撃つ番だ」

「きみを撃ってはいない」クロウリーはジェイソンのとなりで大声で言い返した。「もし狙ったら、きみにあたっていたはずだ」

「そ、空へ向けて、撃たなかったじゃないか」ウィルトシャーがどなり返した。「おまえは、紳士じゃない。おまえなんか、死んでしまえ。さあ、撃ってやる!」ウィルトシャーが震える手でピストルを上げて、クロウリーに狙いをつけた。なにもかもがあっというまの出来事だった。ド・サール侯爵が飛びついてウィルトシャーの手からピストルを叩き落とそうとした瞬間、ジェイソンはクロウリーに体当たりし、もんどりうって地面に倒れた。弾丸がうなりをあげてジェイソンの耳もとを飛び去り、木の幹に跳ね返って彼の二の腕を引き裂いた。

一瞬呆然とした後、ジェイソンは信じられないという表情でゆっくり立ちあがった。焼けつくように痛む腕を反対側の手で押さえ、まるで奇妙なものでも見るような表情で、流れる血が自分の指をおおうのをじっと見ていた。

医者とド・サール侯爵とウィルトシャーがいっせいに駆け寄ってきた。「さあ、腕を見せて」ワージング医師が言って、みんなを手で追い払い、その場にひざまずいてかがみこんだ。

ワージング医師がジェイソンのシャツを引き裂くと、傷から血があふれているのを見てウィルトシャーが絞め殺されるような声を出した。「ああ、なんてことだ！　フィールディング卿、こんなつもりじゃ――」

「静かに！」ワージング医師が叱りつけた。「だれか、道具入れに入っているウィスキーを持ってきてくれ」と指示してから、ジェイソンに向かって「骨は大丈夫だが、それにしてもかなり深い。消毒して、縫わなければならない」と言った。医師はド・サール侯爵からウィスキーを受けとって、すまなそうにジェイソンをちらりと見た。「覚悟してほしい。冥府の王《ハデス》の炎で焼かれるほど痛いぞ」

ジェイソンがうなずいて歯を食いしばると、医師はすかさず瓶を逆さにして、強いアルコールを傷口に流しかけた。そして、その瓶をジェイソンに渡した。「わたしがあなたなら、残りを飲み干すよ。だいぶたくさん縫わないといかんからな」

「彼を撃ったんじゃない」ウィルトシャーが大声で叫んだ。数々の決闘で相手を殺してきたと噂されるフィールディング卿に、後日復讐《ふくしゅう》されるのを恐れているのだ。あきれはてた四対の目が彼を見つめた。「撃ってない！」ウィルトシャーが必死に訴えた。「あの木が悪いんだ。木に向かって撃ったら、弾が跳ね返ってフィールディング卿にあたったんだ」

ジェイソンはぎらぎら光る暗い目を上げて、ぞっとするような声で言った。「いいかウィルトシャー。痛い目に遭いたくなければ、ぼくが年老いて鞭を振るえなくなるまで目の届かない場所にいろ」

ウィルトシャーは後ずさりし、きびすを返して逃げだした。ジェイソンはもうひとりの決闘者のほうを向き、するどい視線で見つめた。「クロウリー、おまえがいると気分が悪い」低い声で警告した。

クロウリーはさっと振り向いて、自分の馬のところへ急いだ。

ふたりが走り去った後、ジェイソンはウィスキーをぐいっと喉へ流しこんだ。ワージング医師が銃弾にむざんに切り裂かれた傷口を一針一針縫うたびに、激しい痛みにあえぐ。彼はウィスキー瓶をド・サール侯爵に差しだした。「ちゃんとしたグラスがないのが残念だが、もしよければ一緒に飲んでくれ」

ド・サール侯爵は遠慮なく瓶を受けとり、事情を語りはじめた。「夜明けに決闘があると聞いたので屋敷を訪ねたが、きみは留守で、召使いは行き先を教えてくれなかった」彼は強いウィスキーをひと口飲んでからジェイソンの手に返した。「そこで、ドクター・ワージングを連れてここへ来たのだ。できれば決闘をやめさせようとして」

「いっそのこと、撃ち合いをさせればよかったのだ」ジェイソンはうんざりだとばかりに言って、痛みに歯を食いしばり、身をこわばらせた。

「そうかもしれない」

立て続けにウィスキーを流しこむと、ジェイソンはアルコールが感覚を鈍らせはじめたのを感じた。木の幹に寄りかかってため息をつき、ばかばかしい成り行きに腹を立てていた。

「ぼくの愛らしい女伯爵は、いったいどうして決闘の原因になったのだ？」

ド・サールは、ジェイソンが愛情を込めた表現でヴィクトリアを呼んだのを聞くと、ふと表情をこわばらせた。「詳しいことはなにも知らないが、レディ・ヴィクトリアがウィルトシャーを、めかしこんだイングランド男とでも呼んだんじゃないか」

「なら、ウィルトシャーは彼女と決闘すればよかったのに」ジェイソンはまたウィスキーを飲んで小さく笑った。「彼女は狙いをはずさなかっただろうよ」

ド・サールはそのジョークに笑わなかった。「『ぼくの愛らしい女伯爵』とは、どういう意味だ？」彼はずばり訊いた。「もし彼女がきみのものなら、なぜ公にするのをためらう？

婚約は正式に決まっていないと言っただろ。彼女の愛情をもてあそんでいるのか？」

ジェイソンは彼の厳しい表情に視線をやってから、目を閉じて、ひどくいらだった笑みを浮かべた。「もし、ぼくに決闘を申しこむつもりなら、頼むからちゃんと撃ってくれ。木に撃たれるのは、ぼくのような男にとっては手痛い名折れだから」


ヴィクトリアは疲れきっているのに眠れないまま、ベッドのなかで寝返りをくりかえして、物思いにふけっていた。夜が明けると、眠るのはあきらめてベッドのなかで体を起こし、空が濃いグレーから薄いグレーへと色を変えていくのを眺めた。積みあげた枕に寄りかかって、サテンのベッドカバーを払いのけると、人生が暗く孤独で恐ろしいトンネルのように目の前にぽっかりと口を開けているのが感じられた。彼女は、別の女性と結婚して去っていったアンドルーのことを思った。子供の頃から愛し、向こうも愛してくれた村人たちのことも思った。いまでは、もうだれもいない。もちろんチャールズだけはいるが、彼の愛情でもこのいたたまれない気持ちをなだめ、心に開いた空洞を埋めることはできなかった。

以前なら、いつも自分がだれかに必要とされ、役に立っていると感じていた。それなのに、いまの生活は毎日が騒がしく軽薄な社交のくりかえしで、しかも費用はすべてジェイソンが支払っている。自分はなんの必要もなければ、役にも立たない、負担でしかない存在なのだと、彼女は思った。

ジェイソンの冷淡な助言にしたがって、結婚相手をさがそうと努力してみた。努力はしたものの、彼女を勝ちとろうとやっきになっている軽薄なロンドンの若者たちとの結婚など、想像もできなかった。彼らは妻として彼女を望んでいなかった。結婚すれば、たんなる装飾品、彼らの人生の飾りのひとつになるだけだ。コリングウッド夫妻などほんの少数の例外をのぞけば、社交界の結婚は表向きだけの便宜的なものでしかなかった。夫婦が同じ集まりに同席することはほとんどなく、同席したとしても、ずっと一緒にいるのは野暮だとされていた。子供が生まれれば、すぐに乳母や家庭教師にまかされる。ここでは「結婚」の意味がまるでちがうと、ヴィクトリアは思った。

ポーテッジで知っていた夫婦たちを、ヴィクトリアはなつかしく思い出した。プロウサー老人は夏にはいつもポーチに座って、自分がどこにいるのかもわからなくなっている中風病みの妻に本を読んでやっていた。結婚して二十年間も子供に恵まれなかったメイクピース夫妻に、父が妊娠を告げたときのふたりの喜びに満ちた表情も忘れられない。中年の夫婦は抱きしめあい、だれはばかることなく喜びに涙していた。それこそが本当の結婚だ――ふたりの人間がともに働き、よいときも悪いときも助けあって暮らす。ともに笑い、子供を育て、悲しみを分かちあう。

ヴィクトリアは自分の父母のことを考えた。母は父を愛してはいなかったが、彼のために居心地のいい家庭を築く、立派な妻だった。ふたりはともに過ごし、冬には暖炉の前でチェスを、夏には月明かりの散歩を楽しんでいた。

ロンドンの社交界で、いまのヴィクトリアは「人気がある」という単純な理由だけで求められていた。結婚すれば、時間をもてあますだけで、なんの目的もなく、夕食に客を招いた食卓の端の飾りになるだけだろう。そんな人生はとても耐えられない。自分を必要とするだれかとわが身を分かちあい、彼を幸福にし、彼にとって重要な存在になりたかった。役に立つ存在でありたかったし、飾り物ではない人生を求めていた。

ド・サール侯爵が大切に思ってくれるのは感じられた――でも、愛していると言われても、それが真実だとは思えなかった。アンドルーの愛の言葉を思い出して、ヴィクトリアは唇を噛んだ。彼の愛は本物ではなかった。ド・サール侯爵も彼女を愛してはいない。きっと、アンドルーも含めて金持ちの男たちはみんな、本当に愛することができないのだろう。

玄関ホールからひきずるような重い足音が響いてきて、ヴィクトリアはさっと体を起こした。使用人たちが働きはじめるには時間が早すぎるし、彼らならそれぞれの仕事をこなすために走るような足取りで動くはずだ。なにかが壁にどさっとぶつかる音がして、男のうめき声が聞こえた。チャールズの具合が悪いのだと思ったヴィクトリアは、ベッドカバーを払いのけでベッドから出た。入口へ走って、ドアを大きく開けた。「ジェイソン！」間に合わせの布切れで左手を肩から吊《つ》った彼が力なく壁にもたれているのを見て、彼女は心臓が飛びだしそうになるほど驚いた。「なにがあったの？」小さな声で訊いたが、すぐに首を横に振った。「なんでもいいわ。しゃべろうとしないで。召使いを呼んで手助けしてもらいましょう」振り返ろうとした彼女の腕を、ジェイソンはびっくりするほど強い力でつかんで、自分のほうへ引き寄せ、ゆがんだ笑みを浮かべた。

「きみに手助けしてもらいたい」彼は彼女の肩の上に右手をかけた。その重みで、彼女は膝をつきそうになった。「ヴィクトリア、部屋まで連れていってくれ」低い声は有無を言わさぬ口調だった。

「あなたの部屋はどれ?」廊下を進みながら彼女はささやいた。

「知らないのか?」彼は傷ついたような声でぼそぼそと言った。「ぼくはきみの部屋を知っているのに」

「それがどうしたの?」ヴィクトリアは必死に彼の体重を支えながら訊いた。

「別に」と彼は答えて、右側のつぎの部屋の前で止まった。ヴィクトリアはドアを開けて、彼を支えながら部屋へ入った。

廊下の向かい側の寝室のドアが開いて、チャールズが戸口に立った。心配そうな表情で、サテンのドレッシングガウンを羽織ろうとした。だが、片方の袖を通したところで、ジェイソンが屈託のない調子で「愛らしい、女伯爵様、ぼくをベッドへ、連れていっておくれ」と言うのを聞き、チャールズは手を止めた。

ヴィクトリアはジェイソンが言葉を一語一語くぎって、不明瞭な発音で話すのを不思議に思った。その口調には浮ついた雰囲気さえ感じられたが、きっと痛みのせいか、出血がひどいせいで、きちんと話せないのだろうと判断した。

大きな四柱式ベッドにたどりつくと、ジェイソンは腕をはずして、ヴィクトリアがベッドカバーを掛け直すのをおとなしく待っていた。それからベッドに腰をおろして、力なく笑って彼女を見た。ヴィクトリアは不安を隠しながら彼を見返して、父親譲りの事務的な口調で話しかけた。「なにが起きたのか、説明できますか？」

「もちろんだとも！」彼はばかにするなとばかりに答えた。「ぼくがばかでないのは知っているだろ」

「では、なにがあったんです？」彼がそれ以上説明しようとしないので、彼女は重ねて尋ねた。

「ブーツを脱ぐのを手伝ってくれ」

ヴィクトリアはためらった。「ノースラップを呼びましょう」

「なら、ブーツはいい」彼はそのままベッドに横になり、ブーツを履いた足をえび茶色のベッドカバーの上で交差させた。「となりに座って、手を握っていてくれ」

「そんなことできません」

彼は傷ついたような目を向けた。「ヴィクトリア、もっとぼくにやさしくするべきだ。きみの名誉を守るために決闘で負傷したのだから」そう言うなり、手をのばして彼女の手をつかんだ。

決闘と聞いて震えあがったヴィクトリアは、しだいに力を増す彼の手にたぐり寄せられて、前屈みになった彼のとなりに腰をかけた。「なんてことを——決闘ですって！　ジェイソン、どうして？」彼の青ざめた顔と不敵なゆがんだ笑みを見るうちに、彼女の心は申し訳ない気持ちでいっぱいになった。理由はなんにせよ、彼は本当にわたしのために戦ったのだ。「なぜ決闘になったのか、教えて」彼女は懇願した。

彼はにやりと笑った。「ウィルトシャーがきみをイングランドの田舎者と呼んだからだ」

「なんですって？」わけのわからない答えに、彼女は心配になって訊いた。「いったいどれくらい出血したの？」

「体中の血が全部」彼はぶっきらぼうに断言した。「どれくらいかわいそうだと思ってくれる？」

「とても」彼女は反射的に答えた。「で、わかるように話してくれる？　ウィルトシャーがあなたを撃ったのは——」

ジェイソンはうんざりして目を泳がせた。「ウィルトシャーはぼくを撃たなかった——やつの腕じゃ、二歩先の石壁にだって命中しないさ。ぼくを撃ったのは木だ」彼女ににじり寄ると、両手をのばして彼女の顔をやさしく包むようにして、低くささやいた。「自分がどれほど美しいか知っているか？」かすれ声で言った彼の息はウィスキーの匂いがした。

「酔っているのね！」ヴィクトリアは後ろへ身をひいた。

「そのとおり」彼は快活に答えた。「きみの友人のド・サールと飲んだんだ」

「なんてこと！　あのかたもその場にいたの？」ヴィクトリアは驚きで息が詰まった。

ジェイソンはうなずいたが、なにも言わず、彼女をうっとりと眺めていた。艶やかな髪が美しくもつれた金糸のように肩にかかり、息をのむほどきれいな顔を縁取っている。肌は大理石のごとくなめらかで、眉は繊細なアーチを描き、濃いまつげはカールしている。きらきらと輝くサファイアのような目は心配そうに彼を見つめ、その状態を確かめようとしていた。彼女の顔のあちこちに誇りの高さと勇気が感じられた。高い頰骨にも、頑固さを感じさせる端整な鼻にも、中央に魅力的な小さなくぼみがある華奢なあごにも。それでいて、唇はやさしくいかにも柔らかそうだった——そして、ちょうど目の高さに見える、レースの縁取りがついたクリーム色のサテンのナイトドレスの身ごろからこぼれんばかりの胸のふくらみも、唇と同じくらい柔らかそうで、まるでふれてくれと言わんばかりだ。だが、ジェイソンがまず味わいたいのは唇だった……彼は彼女の二の腕をつかんだ手に力を込め、体をたぐり寄せた。

「フィールディング卿！」ヴィクトリアは厳しくたしなめ、身を離そうとした。

「さっきはジェイソンと呼んでくれた。ぼくの耳にはそう聞こえたが」

「あれは言い間違いよ」ヴィクトリアは必死に言い訳した。

彼の唇にかすかな笑みが浮かんだ。「なら、もう一度まちがってくれ」語りかけながら彼女のうなじをやさしくなで、抗う隙を与えずに顔を引き寄せた。

「お願い、やめて」哀願したヴィクトリアの顔は彼の顔のすぐ近くにあった。「わたしが抵抗したら、その傷にさわるわ」うなじにかかる手の力がかなり弱くなった。だが、完全に力を抜くのではなく、かといって無理やり近づけるでもなく、ジェイソンは考え深げに黙ったまま、彼女の顔を見つめていた。

ヴィクトリアは、彼が出血や傷の痛みや酔いで混乱してしまっているのだと思い、自発的に放してくれるのをじっと待った。その瞬間、彼が自分に対して強い欲望を感じているとはみじんも思っていなかった。見つめているうちに、彼の日のなかにおもしろがっているような雰囲気が感じとれた。

「キスをしたことがあるか、本物のキスを、アーノルドとやら以外と？」彼は朦朧《もうろう》とした口調で訊いた。

「アーノルドではなくアンドルーよ」ヴィクトリアは訂正して唇に笑みを浮かべた。

「男のキスにはいろいろある。知っているか？」

ヴィクトリアは笑いを抑えきれなかった。「本当？　いったい何人の男性とキスをしたの？」

その言葉に反応して、彼も唇に笑みを浮かべたが、彼女の軽口を無視した。「もっとぼくのほうにかがみこんで」彼はハスキーな声で命令すると、彼女のうなじにふれている手にまた微妙に力を込めた。「唇をぼくの唇に重ねてくれ。ぼくのやりかたを教えてやる」

ヴィクトリアはあわてて抵抗した。「ジェイソン、やめて」彼女は訴えた。「わたしにキスなんかしたくないくせに。酔っていないときは、わたしなど好きでもないのに」

とげとげしい笑いが彼の口からもれた。「自分でもいやになるほどきみが好きだ！」苦々しげにささやくと、彼女の顔を引き寄せて唇を押しつけ、まるですべてを奪いつくしてなにも与えないような、焼けつくようなキスをした。驚いたヴィクトリアは心の底から怖くなり、両手で彼を押しのけて逃れようとした。だが、ジェイソンはうなじから髪のなかへ手を差し入れて強くねじった。「暴れるな！　傷が痛む」とうめくように言った。

「こっちこそ痛いわ」彼の唇が目の前にあって、彼女は息が詰まりそうだった。「放してちょうだい」

「だめだ」彼はしわがれた声で言ったが、髪をつかむ手の力をゆるめ、うっとりするようなグリーンの目で彼女の目をじっと見つめながら、長い指をうなじへとゆっくり動かした。まるで告白することがひどい責め苦であるかのように。「何百回もきみを手放そうとしたのに、ヴィクトリア、ぼくにはできなかった」と苦しげに言った。そして、信じられない言葉に呆然としている彼女の顔をもう一度引き寄せて、息もできず体が麻痺《まひ》してしまうほど、長い貪《むさぼ》るようなキスをした。彼の唇はやさしくふれたかと思うと、飢えたように求めた。ヴィクトリアの唇を味わい、その輪郭をなぞってから、もっと彼女が欲しいと言うかのように強く押しあてた。ヴィクトリアの心が彼の孤独な絶望を感じとり、ひとりでに反応した。彼女の唇は柔らかく彼の唇を受け入れた。たちまち、ジェイソンはいっそう熱く求めだした。彼の舌が早く開けとばかりに彼女の唇を横切り、その強引な誘いに負けた瞬間、唇のあいだから忍び入った。

舌で口のなかを探られ、激しい感覚に揺さぶられたヴィクトリアは、彼の熱い要求に誘われるままに、自分の舌で彼の唇にそっとふれた。彼はすぐさまそれに応えた。怪我《けが》をしていない腕で彼女を抱きしめて、たがいの胸と胸を隙間なく押しつけ、舌を奥深くへと差し入れて、すべてを味わいつくすかのように激しく動かした。

長い時間が過ぎてから、彼は唇を彼女の唇から上気した頰へ移し、あごとこめかみにふれた。そして、そのままじっとしていた。

ヴィクトリアはゆっくりと正気に戻り、自分が恥ずべき行為をしているのに気づいてどきっとした。彼のたくましい胸に頰を押しつけてすっかりもたれかかっている。これではまるで――みだらな女のようだ！　思わずぞっとした彼女は、無埋やり頭を起こした。きっとジェイソンは勝利か軽蔑の目で見つめているにちがいない――そんな目で見られるようなことをしてしまったのだ。いやいやながら目を開けると、彼の目に向きあった。

「ああ」しわがれた声でうめいた彼のグリーンの目は、熱くたぎっていた。ジェイソンが片手を上げようとしたので反射的に身をすくめたが、彼は押しのけようとしたのではなく、彼女の紅潮した頬に手のひらをあてて、指先で顔の輪郭をやさしくなぞった。彼の気持ちを知りたくて、その熱っぽいまなざしをヴィクトリアは探るように見つめた。

「きみの名前はふさわしくない」彼は心を込めてささやいた。「『ヴィクトリア』は長すぎるし、きみのような小柄で激しい人には冷たすぎる」

誘いこむような彼の目とやさしい声にすっかり心を奪われつつも、ヴィクトリアは感情を抑えて答えた。「両親はトーリーと呼んでいたわ」

「トーリー」彼はくりかえして微笑んだ。「それは好ましい——きみにぴったりだ」魅力的な目でじっと見つめながら、彼女の顔から肩へ、そして腕へといとおしげにそっとなでた。

「きみが太陽に髪を輝かせながら、キャロライン・コリングウッドと一緒に馬車で出かけていく姿が大好きだ。それからきみの笑い声も。怒ったときに、目をきらきらさせるのも……ほかにどんなところが好きか、知っているかい？」そう尋ねながら彼はまぶたを閉じた。

ヴィクトリアは彼の声と甘い言葉に魅了されて、首を横に振った。

目を閉じて唇に笑みを浮かべ、彼はつぶやくように言った。「なによりも……そのナイトドレス姿が好きだ……」

ヴィクトリアが恥ずかしさに身をひくと、彼の手から力が抜けて、頭を横たえている枕の上にだらりとたれた。眠りに落ちたのだ。

ヴィクトリアは信じられない気持ちで、目を大きく見開いて彼を見つめた。なにも考えられず、なにも感じられなかった。傲慢で無作法で、人を人とも思わない態度を思い出そうとしたが、どうしてもできなかった。寝顔を眺めているうちに、彼女の唇にゆっくりと笑みが広がった。眠っている彼の顔からはいつもの険しさが消え、口もとには皮肉っぽいゆがみもなく、まるで無防備な少年のように見えた。

彼のまつげがとても濃いのに気づいて、彼女の笑みがいっそう広がった――少女たちが憧れる長くて濃いまつげだった。そうして眺めているうちに、子供の頃はどんなだったのだろうかと思った。きっと小さいときは、いまのように皮肉屋でも、孤独でも、近寄りがたくもなかったはずだ。「アンドルーはわたしの子供時代の夢をすべて台無しにしてしまった。あなたの子供時代の夢を台無しにしたのは、いったいだれなのかしら」彼女は心のなかの思いを口に出した。ジェイソンが寝返りを打ったはずみで、乱れた黒髪がひとふさ額にかかった。母性といたずら心が入り混じった不思議な気持ちで、ヴィクトリアは手をのばし、指先で乱れた髪を直してやった。「秘密を教えてあげるわ。わたしもあなたが好きよ、ジェイソン」彼が聞いていないのを知って、彼女は告白した。

廊下の向こうの部屋でドアが閉まる音がした。ヴィクトリアは罪の意識にぎくりとして、ナイトドレスの乱れを整え、髪をなでつけた。けれど、廊下をのぞくと、そこにはだれもいなかった。

18

ヴィクトリアが朝食に下りていくと、チャールズがいつもよりもずっと早くにすでにテーブルについていて、しかも見るからに上機嫌なようすだった。

「いつもながらきれいだ」チャールズが微笑みながら椅子を引いてくれた。

「おじ様はいつもよりもお元気そうだわ」と答えてから、彼女は紅茶にミルクを入れた。

「最高に気分がいいよ」彼は屈託なく宣言した。「で、ジェイソンはどんな具合だね？」

ヴィクトリアの手からスプーンがすべり落ちた。

「つまりだね」チャールズはすらすら説明しだした。「今朝早く、廊下でジェイソンがなにかしている物音がしたし、きみの声も聞こえた。あのようすでは、ジェイソンは」彼は気を使って一呼吸置いた。「少し酔っていたな。そうだろう？」

ヴィクトリアは大きくうなずいた。「ぐでんぐでんでした」

そのことにはそれ以上ふれず、チャールズは続けた。「ノースラップの報告では、一時間ほど前にきみの友人のウィルトシャーがやってきて、ジェイソンの健康状態についてしつこく訊いたそうだ」彼は楽しむような詮索するような視線を向けた。「ウィルトシャーは、ジェイソンが夜明けに決闘をして負傷したと信じているらしい」

事件の話を彼に隠しておくのは無理だと、ヴィクトリアは悟った。彼女はうなずいて微笑んだ。「ジェイソンの話では、ウィルトシャー卿がわたしをイングランドの田舎者とあざけったために、彼と決闘したそうです」

「ウィルトシャーは正式に求婚する許しが欲しいと、このところうるさくせがんできていた。それなのに、そんな暴言を吐くとは思えない」

「わたしもそうは思えません。だいいち、まったく筋が通っていません」

「まったくだ」チャールズは楽しそうに賛同した。「だが、原因がなんであれ、ウィルトシャーがジェイソンを撃ったということか？」

「フィールディング卿は、『木』に撃たれたと話していました」ヴィクトリアの目が冗談っぽく輝いた。

「妙な話だが、ノースラップから聞いたウィルトシャーの説明とぴったり合う！」チャールズはおもしろげに言い、ややあってから続けた。「まあ、よしとしよう。ドクター・ワージングがジェイソンの手当てをした。彼は腕のいい医者で、ジェイソンともわたしとも親しい。もしジェイソンの傷が深刻ならば、ここにいて治療しているはず。そのうえ、ワージングは口の堅い信用できる人物だ――知ってのとおり決闘は法律違反だからな」

ヴィクトリアが青ざめると、チャールズは彼女の手に自分の手を重ねて安心させるように握った。「心配することはなにもない。きみをこの家に迎えられてどれほどうれしかったか、言葉にはならないほどだ。話したいことがたくさんあるのだ、ジェイ――いや、いろいろなことについて」そう語る口調はやさしかった。「すべてを話せる日がもうすぐ来る」彼はぎごちなくつけ加えた。

ヴィクトリアはこの機会に母との思い出話をしてもらおうとうながしたが、チャールズは首を横に振るばかりで、表情を硬くした。「もうすぐ話すときが来る」彼はいつものように約束した。「だが、いまはまだだめだ」

その後はなかなか時間が進まないことにいらだちながら、ヴィクトリアはジェイソンが姿を見せるのをひたすら待った。早朝の出来事を彼がどう思っているのか不安だった。さまざまな思いが頭に浮かんで、堂々巡りするばかりで結論はなかなか出なかった。彼はキスを許したわたしを軽蔑するかもしれない。わたしが好きだから手放したくないと認めてしまったことで自己嫌悪に陥っているかもしれない。それとも、口にした甘い言葉は全部、心にもないでたらめだったのかも。

あのときのことは強い酒のせいだったと思ってはいたが、ふたりを隔てていた壁が壊れて、以前よりも親密になったことはなんとしても信じたかった。これまでの数週間で、ヴィクトリアはジェイソンをとても大切に思うようになっていた。彼のことが好きで、尊敬していた。

それ以上に……。彼女はそこまでで考えるのをやめた。

時間はゆっくりと進み、彼女の希望は薄れ、緊張はますます高まった――訪問者が二十人以上もジェイソンの決闘の真相を訊こうと入れ代わり立ち代わりやってきたのには、よけいいらいらさせられるばかりだった。そのたびにノースラップが応対して、レディ・ヴィクトリアは今日はご不在だと答え、彼女はひたすら待った。

午後一時になって、ジェイソンはようやく階下へ下りてきたものの、書斎へ直行し、投資話かなにかのために訪問したコリングウッド卿や他のふたりの男性と会っていた。

三時になって、ヴィクトリアは図書室へ行った。頭が変になりそうなほど心配している自分がいやでたまらなくなって、なんとか読書に集中しようとした。チャールズが窓辺に座って雑誌のページをめくっていたが、彼女は頭が働かず、会話らしい会話もできずにいた。

ようやくジェイソンが図書室に入ってきたとき、ヴィクトリアは思わずはっとして飛びあがりそうになった。

「なにを読んでいる？」彼は目の前に立って、黄褐色のズボンのポケットに両手をつっこんでなにげなく訊いた。

「……シェリーの詩集」彼女は詩人の名前がすぐに思い出せず、答えるのにずいぶん時間がかかった。

「ヴィクトリア」と話しはじめたのを見て、彼の口もとが緊張しているのに気づいた。彼はまるで正しい言葉をさがすようにためらってから、「今朝、ぼくはきみに謝らなければならないようなことをなにかしたか?」と尋ねた。

ヴィクトリアの心は沈んだ。彼はなにも覚えていないのだ。「そんなことはなにもなかったわ」失望を悟られないよう注意して答えた。

かすかな笑みが彼の口もとをよぎった。「ぼくもそんな覚えはないんだが、念のためにきみに訊こうと思ったんだ」

「わかったわ。とにかく、そんなことはなにもなかったわ」

「よろしい。ならば、後で劇場に出かけるときに会おう――」きれいな歯を輝かせてにやりとした彼は、意味ありげに「――じゃあ、トーリー」とつけ加えた。そして、くるりと背を向けた。

「なにも覚えていないと言ったくせに」考えるまもなくヴィクトリアの口から言葉が出た。

ジェイソンは振り返って、まるでオオカミのようににやりとした。「ぼくはすべて覚えているよ、トーリー。ぼくが謝らなければいけないようなことをしたと、きみが思っているかどうか知りたかっただけさ」

ヴィクトリアは恥ずかしさのあまり、声を詰まらせながら彼をなじった。「あなたほど腹立たしい最低の男はいないわ!」

「そのとおり」彼は反省の色もなく認めた。「だが、きみはそんなぼくのことが好きなんだ」

　歩き去る彼を見送るヴィクトリアの顔が真っ赤に染まった。あのとき彼が起きていて、話を聞いていたなんて思いもよらなかった。あまりの屈辱に、椅子の背に深く身を沈めて、両目を閉じた。と、窓際でなにかが動く気配がして、ヴィクトリアはそこにチャールズがいるのを思い出した。ぱっと目を開けて確かめると、彼は彼女を眺めていて、その表情には満足げな喜びが浮かんでいた。

「でかしたぞ、ヴィクトリア。きみがジェイソンを好いてくれるようにいつも祈っていたが、どうやら願いがかなったようだ」彼はやさしく言った。

「そうです。でも、彼をよく理解できないのです」

　ジェイソンを好きだと彼女が認めたことは、チャールズをいっそう喜ばせたようだった。

「たとえ理解できなくても好きになれたのだから、この先なにもかもすっかりわかれば、いまの百倍は好きになれるにちがいない。それはわたしが約束する」チャールズが立ちあがった。「では、わたしはそろそろ失礼するよ。午後も夜もずっと古い友人と約束がある」

　夜になって、ヴィクトリアが客間へ入っていくと、ジェイソンが待っていた。長身をワイン色のジャケットとズボンに包み、純白のネッククロスは輝くルビーで留められていた。ワイングラスへ手をのばすと、シャツのカフスにもお揃いのルビーが光っていた。

「吊り包帯をはずしてしまったの！」ヴィクトリアが気づいた。

「きみは劇場へ行く支度をしていないじゃないか！」ジェイソンが言い返した。「それにモートラム家で晩餐会があるんだ。観劇の後、そちらへまわろう」

「どちらへも行きたくないの。さっきド・サール侯爵に手紙を送って、モートラム家への誘いをお断わりしたところよ」

「やつはひどくがっかりするだろう」ジェイソンは満足げに予言した。「きみがぼくと一緒にそこへ出かけたと知ったら」

「とにかく、わたしは行けません!」

「行けるさ」彼はあっさり断言した。

「ちゃんと吊り包帯をしていて」ヴィクトリアは話をそらした。

ジェイソンは楽しむような、それでいていらだっているような視線を送った。「包帯姿を人前にさらせば、ロンドンじゅうの人間が、ばかなウィルトシャーの言うとおり、ぼくが木に撃たれたと信じるわけだ」

「彼はそんなこと言わないと思うわ。まだ若いから、自分が決闘であなたを撃ったと自慢するのじゃないかしら」

「それは木に撃たれるよりもずっと不名誉だ。なにしろ、ウィルトシャーはピストルのどっち側から弾が出るのか知らないのだから」彼はうんざりした口調だった。

ヴィクトリアは笑いをのみこんだ。「でも、たとえあなたが元気なところを人前で見せないといけないとしても、どうしてわたしが一緒に出かけなければいけないの?」

「なぜなら、きみがとなりにいないと、公爵夫人になりたいと願う女性たちが、この痛む腕にぶらさがろうとするからだ。それに、きみを連れていきたい」

ヴィクトリアは彼のふざけた説得に抗しきれず、「わかったわ」と笑ってうなずいた。「もしも、決闘で負けたことがないというあなたの評判をわたしのせいで台無しにしてしまったら、申し訳ないもの」彼女は後ろを振り向こうとして、いったん止まり、唇に大胆な笑みを浮かべた。「インドにいた頃、決闘で十人以上も殺したって、本当なの？」

「いいや」彼はぶっきらぼうに答えた。「さあ、早く着替えてきなさい」

ロンドンじゅうの人が全員その劇場に集まったかのような夜だった——そして、ふたりがジェイソンの専用席に入ったとき、人々の目がすべてそそがれた。だれもが頭をめぐらせ、扇を揺らして、ささやきあった。最初のうちヴィクトリアは、負傷したはずのジェイソンが元気に姿を見せたのでだれもが驚いているのだと思ったが、しだいにそうではないと思いはじめた。幕間《まくあい》に彼女がジェイソンと一緒に席を立つと、いつもとはなにかがちがっていた。若いレディたちも年配のレディたちも、あんなに親切にしてくれていた人々がみんな、こわばった表情で非難するような視線を向けていた。やがて、ヴィクトリアはようやくその理由に気づいた。ジェイソンは彼女のために決闘したと伝えられていた。そのせいで、ヴィクトリアとの関係が悪い噂の的になっているのだ。

少し離れた場所で、豪華なアメジスト付きの白いターバンを髪に巻いた老貴婦人が、目を細めてジェイソンとヴィクトリアを観察していた。「それでは、ウェイクフィールドは彼女のために決闘したのですね」クレアモント公爵夫人は年配の話し相手《コンパニオン》に声をひそめて話しかけた。

「そのように聞いております、ユア・グレイス」レディ・フォークリンが答えた。

クレアモント公爵夫人は象牙のステッキに寄りかかって身をのりだし、曾孫娘を眺めた。

「あの子はキャサリンにそっくりね」

「はい、さようで」

公爵夫人の色褪せたブルーの目はヴィクトリアの頭のてっぺんから爪先までをじっと見てから、ジェイソン・フィールディングへと移動した。「ハンサムな悪魔、かしら?」

レディ・フォークリンはまるで肯定するのを恐れるかのように青ざめた。

彼女の沈黙を無視して、公爵夫人はステッキを握った手の指先で宝石をちりばめた柄の部分をこつこつと叩き、細めた目でウェイクフィールド侯爵の観察を続けて、「アサートンによく似ているわ」と感想を口にした。

「どこかしら似ていますわね」レディ・フォークリンはためらいながらも思い切って言った。

「よく見なさい！」公爵夫人がぴしゃりと言った。「若い頃のアサートンと瓜ふたつです」

「仰せのとおりです！」レディ・フォークリンは断言した。

公爵夫人の痩せた顔に意地の悪い喜びの笑みが広がった。「アサートンはわたくしの意思に反してわが一族との結婚を手に入れようと考えています。あの男は、わたくしに復讐するために二十二年間待ったすえに、ようやく自分がそれを成し遂げようとしていると信じているのです」彼女は喉の奥で低く笑いながら、数ヤード離れたところに立っている美しいカップルをじっと見つめた。「だけど、アサートンはまちがっている」

ヴィクトリアは厳しい表情でこちらを見つめている白いターバンの老貴婦人から、不安げに視線をそらした。この場の全員が自分とジェイソンを見つめているように思えた。あの老貴婦人のように、これまで見たこともないような人までもが。ヴィクトリアはジェイソンを気遣うように見た。「一緒に来たのは大きな失敗だったわ」飲み物のグラスを渡してくれた彼にそっと言った。

「なぜ？　劇場ではあんなに楽しそうに観ていたのに」ジェイソンは彼女の不安げなブルーの瞳に微笑みかけた。「それに、観劇中のきみを眺めているのは楽しかった」

「まあ、そんなにじっと見ていてはいけないわ。楽しそうにわたしを見つめるなんて、もってのほかよ」ヴィクトリアは彼のさりげない褒め言葉に感じた大きな喜びを抑えてたしなめた。

「なぜ、いけない？」

「なぜって、みんなが見ているからよ」

「ぼくらが一緒のところを見るのは、これがはじめてじゃない」ジェイソンは無関心に肩をすくめて、彼女を専用席へと導いた。

観劇後にモートラム家へ行くと、事態はさらに悪化していた。ふたりが姿を現わしたとたん、混雑した舞踏室の全員が振り向いて、あきらかに友好的でない視線を送ってきた。

「ジェイソン、これはひどいわ！　劇場よりも悪い。あちらでは少なくとも舞台を観ている人たちがいたわ。でも、ここではひとり残らずわたしたちを見ている。それに、お願いだから、そんなに魅力的な表情で微笑みかけないで――みんながわたしたちを見てるじゃない！」彼女は懇願した。

「ぼくはそんなに魅力的か？」彼は茶化しながらも、舞踏室の面々を値踏みするように、さっと見まわした。「見たところ、きみに夢中な男たちが六人ほど向こうに立って、ぼくの喉をかき切って死体を放りだしたいものだと思っているようだ」

ヴィクトリアはいらいらして足を踏み鳴らしたい気持ちにかられた。「なにが起きているのか、わざと無視しようとしているのね。キャロラインは社交界にとてもくわしいから教えてくれたわ。わたしたちは婚約者ということになっているけれど、本当はたがいに関心を持っていないと、みんな思っているのだと。チャールズおじ様のために芝居を続けているだけだと噂が流れているの。でも、だれかがわたしについてなにかを言ったせいで、あなたが決闘したとなったから、すべてが変わったのよ。だれもがみんな噂をしているわ、わたしが暮らしている屋敷であなたがどれほど長く過ごしているか――」

「あいにくだが、あの屋敷はぼくのものだ」ジェイソンは人々に恐れを抱かせるグリーンの目で見つめ、眉をひそめた。

「わかっているわ、でも、物事には道理というものがある。きっとみんなが――とくにご婦人がたが――わたしたちの関係についてありとあらゆるみだらな想像をしているのよ。もし、あなたでなければ、これほど問題にはされないけれど」ヴィクトリアは婚約の複雑な状況が悪い噂をよけいに煽っていると言っているつもりだった。「道理にしたがえば――」

ジェイソンの声が低く冷たいささやきに変化した。「ぼくが他人の思惑をあれこれ気にすると思ったら大間違いだ。そして、きみも他人のひとりだ。もし、道理をわきまえろと説教するつもりならやめてくれ。なぜなら、そんなもの知ったことではないし、ぼくは『紳士』じゃない。きみなんかが聞いたこともない場所で暮らしたたし、ご立派な清教徒的感性にそむくありとあらゆることをやってきた。きみは無垢で愚かな子供だ。だが、ぼくは無垢だったことなどない。子供だったことさえない。きみがそれほど他人の思惑を気にするのなら、問題はわりと簡単に解決できる。今晩の残りの時間を、きみはにやけた求婚者たちと過ごせばいい。ぼくはぼくを楽しませてくれるだれかをさがすから」

ジェイソンからのいわれない攻撃にヴィクトリアはひどく混乱し、傷ついたので、彼がその場から立ち去った後、どうすればいいかわからないほどだった。にもかかわらず、彼女は彼が乱暴に指示したとおりにした。すると、とがめるような視線で見られることは少なくなったものの、それはじつにひどい時間だった。傷ついたプライドをなんとか守ろうと、ダンスを楽しみ、うわべだけの会話に熱心に耳を傾けるふりをしていたが、彼女の耳はジェイソンの声をさがし求め、心は彼にそばにいてほしいと願っていた。

みじめさが募るなか、ヴィクトリアはジェイソンが三人のブロンドの美女に囲まれているのを見つけた。美女たちは彼の笑顔を自分に向けようと競っていた。

二十五歳くらいのハンサムな若い男性が近づいてきて、ヴィクトリアはつぎのダンスを約束した相手だと思い出した。案の定、踊りに誘われたので、「ええ、もちろん」とヴィクトリアは仕方なく礼儀正しく答えた。「いま何時だかご存じかしら、ミスター・バスコム？」ダンスフロアに導かれながら彼女は尋ねた。

「十一時半ですよ」彼は答えた。ヴィクトリアはうめき声を押し殺した。この試練が終わるにはまだ数時間もあった。

チャールズが鍵《かぎ》をまわして玄関扉を開けた瞬間、ノースラップが玄関ホールへ走ってきた。

「起きて待っている必要はなかったのだよ、ノースラップ」チャールズはやさしく言って、彼に帽子とステッキを渡しながら訊いた。「何時かね？」

「十一時半でございます、閣下」

「ジェイソンとヴィクトリアが帰ってくるのは夜明け近くだろうから、起きて待っている必要はないぞ。ああした催しは夜更けまで続くからな」

ノースラップは挨拶をして自分の部屋のほうへ消えた。チャールズは反対側の客間へ向かった。ポルト酒を味わいながら、昨晩ジェイソンの寝室でようやく花開きはじめたジェイソンとヴィクトリアのロマンスについて考えようと思っていた。ホールを横切ったところで、玄関扉を叩く音が聞こえたので、立ちどまって、玄関へと戻った。鍵を忘れたジェイソンとヴィクトリアが早く戻ってきたのだろうと微笑みながらドアを開けると、そこには三十歳ほどの身なりのいい背の高い紳士が立っていた。

「このような遅い時間に申し訳ありません、閣下」紳士が言った。「アーサー・ウィンスロートと申します。わたしどもの事務所がアメリカの事務弁護士事務所から、この手紙を迅速かつ確実に閣下にお届けするよう依頼されました。ミス・ヴィクトリア・シートン宛の手紙も一通ございます」

チャールズは差しだされた手紙を受け取りながら、恐ろしい悲劇が近づいてくる予感を覚えていた。「レディ・ヴィクトリアは今晩は外出している」

「存じております」若い紳士は残念そうに、道路に停めた馬車を肩越しに振り返った。「夕方にこの手紙を手にして以来ずっと、どなたかが帰っていらっしゃるのをあの馬車のなかで待っておりました。レディ・ヴィクトリアが留守の場合は閣下に手渡して、迅速にご本人に渡してくださるようお願いするようにとの指示を受けております」彼はチャールズのじっとり湿った手に二通目の手紙をあずけると、帽子をちょっと上げて挨拶した。「では失礼いたします、閣下」

チャールズは氷のような不安が全身をつらぬくのを感じながらドアを閉め、自分宛の手紙を開いて差出人の名前をさがした。「アンドルー・ベインブリッジ」という名前が目に飛びこんできた。それをじっと見つめる彼の鼓動は苦しいほど速かった。そして、彼は心に鞭打って手紙を読みはじめた。読み進めるうちに、顔から血の気が引き、かすむ視界のなかで書かれた文字がちらついた。

読み終えたチャールズは両手をだらりと下げ、頭をがくりと前へたらした。肩が震え、涙が顔を伝って床へ滴り落ちた。夢と希望を打ち砕かれた苦痛のあまり、彼は血を吐くようなうめき声を発した。涙が止まっても、さらに長いあいだ、彼はそうして立ちつくしたまま、ぼんやり床を見つめていた。やがて、ひどくゆっくりと背筋をのばして、顔を上げた。「ノースラップ」階段を上がりかけて執事を呼んだが、喉が詰まって声にならなかった。咳払いをしてから、もう一度声をあげた。「ノースラップ！」

ノースラップが上着に袖を通しながら、あわてて玄関ホールへ飛んできた。「お呼びでございますか、閣下？」階段の中ほどで手すりを握りしめて立っている公爵を見て、ノースラップは心配そうに問いかけた。

チャールズは彼を見おろした。「ドクター・ワージングを呼んでくれ。すぐに来るように伝えるのだ。いますぐにと」

「フィールディング卿とレディ・ヴィクトリアに使いを出しましょうか？」ノースラップはすかさず尋ねた。

「いや、だめだ！」チャールズはがなりたてたが、すぐに声を抑えた。「ドクター・ワージングが来てから、事情を話す」そう言うと、ゆっくり階段をのぼっていった。

アッパーブルックストリート六番地の屋敷にみごとな葦毛《あしげ》の馬が牽くジェイソンの馬車が戻ってきたのは、すでに夜明け近くだった。モートラム家を辞してからジェイソンもヴィクトリアもひと言も口をきいていなかったが、ジェイソンが急にはっと息をのんだのに気づいて、ヴィクトリアは背筋をのばして周囲を見まわした。「あの馬車はなにかしら？」彼女が尋ねた。

「ドクター・ワージングの馬車だ。あの鹿毛《かげ》の馬に見覚えがある」ジェイソンはぱっとドアを開けて馬車から飛び降り、あわててヴィクトリアを降ろすと、彼女に腕を貸しもせずに玄関前の階段を駆けのぼった。ヴィクトリアもスカートのすそを持ち上げて彼を追いかけた。やつれた表情のノースラップが玄関扉を開けて迎えたので、思わず心臓がどきりとした。

「なにがあった？」ジェイソンが訊いた。

「閣下が発作を――心臓でございます。ドクター・ワージングが診ておられます」

「まあ、なんてこと！」ヴィクトリアは思わずジェイソンの袖を握りしめた。

階段を駆けのぼるふたりの背中にノースラップが声をかけた。「ドクター・ワージングの許可がなければお会いになれません！」

ジェイソンがチャールズの部屋をノックしかけた瞬間、ワージング医師がドアを開けた。彼は廊下へ出て、後ろ手でドアを閉めた。「きみがやってくる音が聞こえたから」彼は苦しげな表情で白髪をかきあげた。

「容態《ようだい》はどうなんです？」ジェイソンがきつい口調で訊いた。

ワージング医師は金属縁のめがねをはずして、レンズを丁寧に拭《ふ》いた。永遠とも思える時間が流れてから、医師は長く息を吐いて、視線を上げた。「すごく深刻な発作だよ、ジェイソン」

「本人に会えますか？」ジェイソンが訊いた。

「ああ。だが、興奮させるようなことは決して言ったりしたりしないように」

ヴィクトリアはさっと喉に手をあてた。「まさか――亡くなるようなことはありませんよね？」

「遅かれ早かれ、人間はみな死ぬのだよ」と答えた医師のけわしい表情に、ヴィクトリアは恐怖のあまり震えだした。

ふたりはチャールズの寝室へ入り、それぞれベッドの両側に分かれて立った。そばのテーブルの上に蠟燭が灯されていたが、ヴィクトリアには部屋は暗く恐ろしく、墓場への入口のように感じられた。チャールズはベッドカバーの上に片手をだらりと出していたので、ヴィクトリアは涙をのみこんで、自分の力を送りこもうとするかのようにその手をぎゅっと握った。

チャールズのまぶたが震えながら開いて、彼女の顔を見つめた。「いとしい娘よ」彼はささやいた。「こんなに早くこの世を去るとは思いもしなかった。きみの幸福を見届けてからにしたかった。わたしが去ってしまったら、いったいだれが世話をしてくれる？　親切に引き取って面倒を見てくれる者がいるだろうか？」

ヴィクトリアの頬に涙が流れた。こんなにも大切に思っている人が、目の前で死のうとしているのだ。なにか話そうとしたが、苦しみと恐怖で喉がすっかりふさがっていて、チャールズの痩せた手をいっそう強く握ることしかできなかった。

チャールズは枕にのせた頭を反対側に向けて、ジェイソンを見た。「おまえはわたしとよく似ている。とても頑固だ。そして、もうすぐわたしと同じくらい孤独になる」

「あまりしゃべらないで」ジェイソンが悲しみにかすれた声で言った。「休んでください」

「休んではいられない」チャールズは弱々しく言い返した。「ヴィクトリアがひとりになると思うと、心安らかにあの世へは行けないよ。おまえたちはふたりとも、それぞれひとりぼっちになってしまう。ジェイソン、おまえがヴィクトリアの面倒を見ることはできない。世間が決して許しは……」彼の声が途切れた。最後の力をふりしぼるようにして、彼はヴィクトリアのほうを向いた。

「ヴィクトリア、きみはおそらく、ヴィクターというわたしの名前にちなんで命名されたのだよ。きみの母親とわたしは愛しあっていた。いつか——いつかすべてを話そう、と思っていた。だが、もう時間がない」

ヴィクトリアはあふれる涙を抑えきれず、うつむいて肩を震わせながらむせび泣いた。

チャールズは泣いている彼女から視線をはずして、ジェイソンを見た。「おまえとヴィクトリアの結婚がわたしの夢だった。わたしがこの世を去ったなら、どうか一緒になってくれ……」

ジェイソンは悲しみを抑えて厳しい表情をしていた。彼はうなずいた。「ヴィクトリアはぼくが面倒を見ます——彼女と結婚して」チャールズが説得するまでもなく、ジェイソンがはっきり言った。

ヴィクトリアは驚いて、涙にぬれた顔を上げてジェイソンを見つめた。彼はチャールズの臨終の願いを聞き届けて、安らかな旅立ちを願っているのだろう。

チャールズは疲れきったように目を閉じた。「おまえが信じられん、ジェイソン」かすかな声で言った。

恐れと絶望で打ちのめされたヴィクトリアは、チャールズの手を握りしめたままベッドの横にひざまずいた。「どうぞ、わたしたちのことは心配しないでください」彼女は涙にくれた。

チャールズはつらそうに顔を動かして、ジェイソンに向かって目を見開き「誓えるか？」とかすかな声で訊いた。「ヴィクトリアと結婚して、一生大切にすると誓うんだ」

「誓います」とジェイソンが答えた。彼のけわしい視線を見て、ヴィクトリアはそれがごまかしではないと確信した。彼は臨終の人間相手に誓ったのだ。

「では、きみは？」チャールズがヴィクトリアに尋ねた。「ジェイソンを夫とすると誓えるか？」

ヴィクトリアの心は張りつめた。これまでの経緯や細かい話をあれこれしている余裕はない。厳然たる事実として、ジェイソンとチャールズ以外にこの世で頼れる人はだれもいないのは、よくわかっている。ジェイソンにキスされたときのめくるめく喜びが心に浮かんだ。表面的には冷たく恐ろしい人だが、彼が強い人間で、自分を安全に守ってくれるのはわかっていた。心に細々と抱きつづけてきた、いつの日が自力でアメリカへ戻るという願いは、生きていくこととチャールズを安らかに旅立たせるという差し迫った目的に道を譲った。

「ヴィクトリア？」チャールズがかぼそい声で答えをうながした。

「彼と結婚します」彼女はそっと答えた。

「ありがとう」チャールズは苦しそうに笑顔をつくろうとした。そして、左手を毛布の下から出して、ジェイソンの手をつかんだ。「これで安らかに死ねる」

その瞬間、ジェイソンの全身に緊張が走った。彼はさっとチャールズの目を見てから、皮肉な表情を浮かべた。そして、つき放すように言った。「これで安らかに死ねますね」

「だめ！」ヴィクトリアが泣きながら抗議した。「死なないで。お願いですから！」なんとか彼に生きる希望を持ってほしいと、彼女は必死に思いをめぐらせた。「死んでしまったら、結婚式でわたしを花婿に引き渡す役をつとめられなくなる……」

部屋の隅に控えていたワージング医師が進みでてきて、ヴィクトリアに手を貸して立たせた。ついてくるようにとジェイソンにうなずきかけ、医師は彼女を支えて廊下へ出た。「いまはこれくらいにしておきましょう。あなたが病気になってしまいますよ」彼はなだめるように言った。

ヴィクトリアは涙にぬれた顔を医師に向けて上げた。「おじ様は助かりますか？」

親切な中年の医師は、彼女の肩をやさしくなでた。「とにかく、わたしがついていて、なにかあればお知らせします」大丈夫だという返事をしないまま、彼は寝室へ戻ってドアを閉めた。

ヴィクトリアとジェイソンは階下の客間へ向かった。ジェイソンはヴィクトリアと並んで座り、慰めるように背中に腕をまわし、彼女の頭を自分の肩にもたれかけさせた。ヴィクトリアは彼のたくましい胸に顔を押しつけて、悲しみと恐怖で涙が涸《か》れるまですすり泣きつづけた。その晩ずっと、彼女はジェイソンの腕のなかで静かに祈りながら、まんじりともせずに過ごした。
チャールズはワージング医師とカード遊びをして過ごしていた。

19

午後になって、ワージング医師はチャールズが「なんとか持ちこたえている」と報告した。翌日には、医師はジェイソンとヴィクトリアが食事をしているところへ来て、チャールズが「かなり持ち直したようだ」と伝えた。

ヴィクトリアは喜びを隠せなかったが、ジェイソンは医師に向かって片方の眉を上げてみせただけで、一緒に食事をしないかと誘った。

「いや――けっこうだ」ワージング医師はジェイソンの不可解な表情にするどい視線を向けた。「病人を長い時間ひとりにはしておけないので」

「大丈夫だと思いますよ」ジェイソンが平然とした顔で言った。

「おじ様は回復なさると思いますか?」ヴィクトリアはなぜジェイソンがそれほど冷静でいられるのか不思議に思いながら医師に尋ねた。

探るようなジェイソンのするどい視線を避けて、ワージング医師はヴィクトリアのほうを向いて咳払いをした。「判断が難しいところです。彼はあなたがたの結婚式が見たいと言っている。とても強い願望です。それが生きる希望になるかもしれない」

ヴィクトリアは唇を噛んで不安げにジェイソンを見てから、医師に尋ねた。「回復しはじめたところで、もしわたしたちが心変わりしたと伝えたら、どうなると思いますか？」

ジェイソンが物柔らかな口調でその問いに答えた。「そうなったら、絶対にまた発作が起きるだろう」医師のほうを向いて冷淡に続けた。「そうですよね？」

ワージング医師は探りを入れるようなジェイソンの目からすばやく視線をそらした。「きみのほうがわたしよりも彼のことをよくわかっているのではないかな、ジェイソン。彼はどうなると思う？」

ジェイソンは肩をすくめた。「また発作を起こすでしょう」

ヴィクトリアは運命がわざと彼女を責めさいなんでいるように感じていた。家や愛する人々を奪い、見知らぬ異国へ追いやり、そのうえ今度は、自分を求めてもいない男との愛のない結婚を強いるとは。

ワージング医師とジェイソンが去った後も、ヴィクトリアは食卓に残り、皿の上の料理を物憂げにもてあそびながら、ジェイソンのために、そして自分のために、このどうしようもない状況から抜けだすすべはないかと考えていた。昔、夢に描いていた幸福な家庭、となりには愛する夫がいて、腕のなかでは赤ん坊が幸福そうに眠っているという図が頭に浮かんで、ひとしきり現実の自分を哀れんだ。贅沢な人生など願ったことはなかった。毛皮も宝石も、ロンドンの社交界も、宮殿のような屋敷で女王のように暮らすことも、一度も望んだことはない。アメリカにいた頃に持っていたもの以上のものなど願ったことはなかった――共に暮らす夫と子どもたち以外は。

故郷をなつかしむ思いが大波のように襲ってきて、ヴィクトリアは頭をたれた。一年前のおだやかな生活に戻りたくてたまらなくなった。目の前には両親の笑顔があり、父が病院を建てる夢を語るのに耳を傾け、第二の家族とも呼べる村人たちに囲まれて暮らしていた。もう一度故郷に戻るためならば、なんでもするつもりだった。アンドルーがハンサムな笑顔で彼女をあざけっている姿が思い浮かんだが、かつて愛した不実な男のためにこれ以上の涙は流したくないと、ヴィクトリアはそれを心から払いのけた。

ヴィクトリアは椅子から立って、ジェイソンをさがしに行った。アンドルーは彼女を運命のなかへ放りだしたが、ジェイソンはいまここにいて、当人どうしが望まない結婚からの逃げ道を考える手助けをしてくれるはずだ。

ジェイソンは書斎にいた――片手をマントルピースの上に置いて立ち、火の入っていない暖炉を眺めながら、ひとり物思いにふけっていた。ワージング医師の前では冷淡なふりをしていても、ここへ来てひとりで心配していたのだと思うと、ヴィクトリアの心に思いやりがあふれた。

近づいてやさしい言葉をかけても拒絶されるだけだろうとわかっていたので、ヴィクトリアはそうしたい気持ちを抑えて、そっと呼びかけた。「ジェイソン？」

ジェイソンは顔を上げて、冷静な表情で彼女を見た。

「どうするつもりなの？」

「なにを？」

「チャールズおじ様にわたしたちの結婚式を見せるという、とんでもない計画を」

「それがなぜ、とんでもないことなんだ？」

ヴィクトリアは彼の返答に驚いたが、この問題について冷静かつ率直に話しあおうと決めた。「なぜなら、わたしはあなたとの結婚を望んでいないから」

彼の視線がこわばった。「ヴィクトリア、それについては十分に承知している」

「あなただって、この結婚を望んでいないわ」彼女は両手を彼に向けて訴えた。

「そのとおりだ」彼は視線をからの暖炉に戻したきり黙ってしまった。ヴィクトリアは彼がなにか言うのを待ったが、沈黙に耐えきれず、ため息をついて、その場から去ろうとした。

そのとき、彼の口から出た言葉を聞いて、彼女は振り返って彼を見つめた。「だが、結婚すれば、おたがいに求めているものを手に入れられる」

「なにを？」ヴィクトリアはそう訊いて、彼の心の底を測るように、彫りの深い横顔をしげしげと見つめた。彼はまっすぐ立って、振り向き、両手を深くポケットにつっこんで、彼女の目を見つめた。「きみの望みは、アメリカに戻って友人たちに囲まれて自立した暮らしをし、さらには父上が夢見ていた病院を建設することだ。そう話してくれたね。もし、もっと正直に言うなら、アメリカへ戻ってアンドルーに、そしてみんなに、彼が去ったのはきみにとってなんでもないことだったと証明してみせたいだろう。彼のことなど忘れて自分の道を歩んでいると」

ずばりと核心をつかれてひどく動揺したヴィクトリアは、彼のつぎの言葉をのみこむのに少し時間がかかった。「そして」彼は事務的な口調で続けた。「ぼくは息子が欲しい」

呆気《あっけ》にとられている彼女を尻目に、彼はあくまでも冷静に語りつづけた。「ぼくらはおたがいに相手の望むものを与えられる。結婚して、ぼくの息子を産んでくれ。そうすれば、女王のように暮らして好きなだけ病院をつくれる金を持たせて、アメリカへ戻してやろう」

あまりの言葉にヴィクトリアは呆然と彼を見つめた。「あなたの息子を産む？」彼女はオウム返しに言った。「あなたの息子を産めば、アメリカへ戻してやる？　息子を産んで、その子をここに置き去りにしろというの？」

「ぼくはそこまで利己的じゃない——そうだな、四歳になるまではきみが手もとで育てればいい。それくらいの年齢になるまでは、子供には母親が必要だ。その後は、ぼくのところで育てたい。きみは息子をこちらへ連れて戻ってきた時点で、一緒に暮らすかどうか決めればいいだろう。ずっと一緒に暮らしてくれるなら、それに越したことはないが、きみの好きにしていい。だが、ひとつだけ、条件がある。それだけは譲れない」

「どんな条件？」ヴィクトリアはめまいを感じつつ訊いた。

彼は丁寧に言葉を選ぶように躊躇してから、ようやく口を開いたが、彼女と目が合うのを避けて、まるで暖炉の上を調べるかのように視線をそらしていた。「いつかの晩、きみがぼくの味方をしてからというもの、だれもがきみはぼくを嫌っても恐れてもいないと思っている。もしこの結婚に同意するのなら、あのとき以上にぼくの味方をして、他人にそれを疑わせるようなことを言ったりやったりしないでほしい。つまり、ぼくらの仲がどうだろうと、人前では、金や爵位のために結婚したのではないと思われるようにふるまってほしいのだ。もっと簡単に言えば――ぼくを大切に思っているように」

そのときヴィクトリアは、モートラム家の舞踏会で彼が投げつけた痛烈な発言を、ふと思い出した。「ぼくが他人の思惑をあれこれ気にすると思ったら大間違いだ……」と彼は言った。あれは嘘だったのだと気づいて、彼女は心が痛んだ。あきらかに彼は他人がどう思っているかを気にかけているし、そうでなければ、こんなことを頼むわけがない。

目の前に立っている、つねに冷静で感情に流されない男を、ヴィクトリアはじっと見つめた。彼は力強く、孤高で、自信にあふれて見えた。彼が息子を、あるいは彼女を、あるいはだれかを求めているとは、とうてい信じられなかった――他人が自分を恐れたり信用しないことで彼が苦しんでいるのも、同じくらい信じられなかった。そんなことはありえない。だが、それが真実なのだ。決闘で傷ついて帰ってきて、彼女にキスしようとしたときのジェイソンがまるで少年のようだったことが思い出された。孤独と絶望にかられたように「何百回もきみを手放そうとしたのに、ヴィクトリア、ぼくにはできなかった」と訴えた言葉を思い出した。

たぶん、感情を感じさせない冷たい仮面の下で、ジェイソンもまた孤独やむなしさを感じているのだろう。わたしを必要としているのに、それを口に出せないでいるのだろう。だが、もしかしたらそうではなく、わたしは思い違いをして笑いものにされようとしているのかもしれない。「ジェイソン」ヴィクトリアは心にあることの一部分だけを口に出した。「子供を産んで、その子をあなたに渡して、自分だけ好きに生きるだなんて、できるわけがないわ。あなたがそんなことをさせるほど冷酷だとは思えない――わたしにはそうは信じられない」

「ぼくは冷酷な夫ではないと思うよ、もしそれがきみの言いたいことならば」

「わたしが言いたいのはそんなことじゃないの」ヴィクトリアは感情的に訴えた。「いったいどうして、結婚の話を、まるで商売上の取引の話でもするみたいに欲得ずくで、なんの感情もなく、愛情を感じているふりさえせずにできるのか――」

「きみだって、もう愛情に幻想なんか抱いていないはずだ」彼はとげとげしい口調であざけるように言った。「ベインブリッジとの経験からすれば、愛とは愚か者を操るためだけに使われる感情だとわかっただろう。ぼくはきみの愛を必要としていない。そんなものは欲しくない」

その言葉に激しく動揺したヴィクトリアは、横にある椅子の背をつかんだ。ジェイソンの提案を拒絶しようとして口を開いたが、それをさえぎるように彼が首を横に振った。「よくよく考えるまでは返事をするな。もしぼくと結婚するなら、きみは好きな人生を送る自由を手に入れる。アメリカに病院を建てて、さらにウェイクフィールドにも建てて、イングランドに留まってもいい。ぼくは六カ所の荘園と千カ所の不動産と数えきれない使用人を持っている。使用人だけでもきみの病院を繁盛させるには十分な数だし、もし病人が足りなければ、金を払って病人にならせよう」彼の唇がごくかすかな笑みでひきつったが、ヴィクトリアは悲嘆にくれるあまり、彼の言葉にどんなユーモアも感じとれなかった。

自分の冗談が伝わらないとわかって、彼は軽い口調でつけ加えた。「ウェイクフィールドの屋敷の壁をきみの絵で飾ってもいいし、部屋が足りなければ、増築しよう」自分がスケッチを好むことを彼が知っていたことに、ヴィクトリアは驚いた。黙ったままでいると、ジェイソンが彼女の緊張しきった頬を指先でなでて、事務的な口調で言った。「ぼくがとても寛大な夫だとわかるはずだ。約束する」

「夫」ときっぱり言われて、ヴィクトリアは全身に寒気を感じた。腕を組んでこすりあわせ、わが身を温めようとしたが、無駄だった。「なぜ？」彼女は小声で訊いた。「なぜ、わたしなの？　息子が欲しいのなら、あなたと結婚したくてたまらない女性が山ほどいるでしょうに」

「なぜなら、ぼくはきみに魅力を感じているからだ――それは知っているだろう」ジェイソンは両手で彼女の肩を引き寄せながら、からかうような目つきをして続けた。「それに、きみはぼくのことが好きだ。ぼくが眠ってしまったと思って、そう言っていたじゃないか。覚えているかい？」

ヴィクトリアは呆然として彼を見つめた。魅力を感じているという驚くべき告白を受けとめられなかった。「わたしはアンドルーのことも好きだったわ」彼女はわけのわからない怒りにかられて言い返した。「きっと、男性を見る目がないのよ」

「たしかに」同意した彼の目はおもしろがっているようだった。

彼女は自分が彼の胸に強く引き寄せられるのを感じた。「あなた、どうかしてるわ！　そうとしか思えない！」首を絞められたような声で言った。

「そのとおりだ」彼は彼女の背中にまわした腕に力を込めて、抱き寄せようとした。

「結婚なんかしない。できない――」

「ヴィクトリア、きみに選択の余地はない」彼はやさしく言った。彼女の胸が彼のシャツにふれると、なだめるような口調になった。「ぼくはきみに与えられる、女性が望むものすべてを――」

「愛情以外のすべて、ということでしょ」ヴィクトリアは息が詰まった。

「女性が心から望むすべてのものを、だ」彼は言いなおすと、ヴィクトリアがその皮肉な言葉の意味を探ろうとする隙を与えずに、唇を彼女の目の前まで下げた。「宝石も毛皮も与えよう。夢に見たこともないほどの大金も」彼は約束した。片手を彼女の首すじにあてて、指先を絹のような髪に差し入れ、顔を上げさせてキスしようとする。「その見返りに、きみが差しだすのは……」

ヴィクトリアの心に奇妙な思いがよぎった。ジェイソンは自分を安売りしすぎているし、彼女に求めているものが少なすぎる。彼はハンサムで裕福で立派な男性だ――妻にする女性にはもっとたくさんの要求をして当然なのに……。だが、彼の唇が重ねられ、彼女の唇を貪りはじめた瞬間、もうなにも考えられなくなった。荒々しくすべてを奪いつくそうとするかのようなキスが、彼女の体を熱く震わせる。舌先が彼女の唇を探って巧みにすべりこもうとしたかと思うと、さっとしりぞき、今度は無理やりに押し入ろうとした。口のなかに差し入れられた舌を感じたとたん、彼女は激しいめまいに襲われた。ヴィクトリアがうめき声をもらすと、彼の舌は誘うようにゆっくりと動き、彼の両手は自分のものだと主張するようにやさしく彼女を抱きしめた。

ようやく彼が顔を上げたとき、ヴィクトリアはぼうっとして全身がほてり、わけのわからない恐れを感じていた。

「ぼくを見て」彼がささやいて、片手を彼女のあごにあてがって、そっと上を向かせた。「震えているじゃないか。ぼくが怖いのか？」大きく見開かれたブルーの目を見つめて彼が訊いた。

生々しい感情が全身を震わせているのにもかかわらず、ヴィクトリアは首を横に振った。彼を恐れてはいなかった。どういうわけか、急に自分自身が怖くなったのだ。「いいえ」彼女は答えた。

ジェイソンが唇に笑みを浮かべた。「いや、怖がっている。だが、ぼくを怖がる理由はない」彼女のほてった顔から豊かな髪へと、彼は手をすべらせた。「きみを傷つけはしない。一度だけは痛い思いをさせるだろうが、それは仕方のないことだ」

「えっ――なぜ?」

彼のあごに緊張が走った。「ひょっとしたら、痛い思いなどしないかもしれない。そういうことかな?」

「どういうこと?」ヴィクトリアはややヒステリックに訊き返した。「すっかり頭が混乱しているのに、謎かけみたいな話はやめて」

彼はふと黙ったが、冷淡に肩をすくめて話を打ち切った。「どうでもいい」とそっけなく言った。「きみがベインブリッジとなにをしたかはどうでもいい。それは前のことだ」

「前って、なんの前?」ヴィクトリアはなにを言われているのか理解できずにいらだった。

「ぼくと出会う前だ」彼は早口で続けた。「念のために言っておくが、ぼくはたとえ寝取られ男になっても、どうでもいい。わかったかい?」

ヴィクトリアは呆然とした。「寝取られ男！　なにが言いたいの？　あなた、どうかしてるわ」

彼はゆがんだ笑みを浮かべた。「とにかく、この件についてぼくらは合意したわけだ」

「もし、これ以上、そうやって侮辱するつもりなら、わたしは自分の部屋へ引き取らせてもらうわ」

ジェイソンは怒りに満ちたブルーの目を見下ろしながら、もう一度彼女を抱きしめて唇を貪りたい気持ちを抑えた。「わかった。では、もっと無難な話題を選ぼう。ミセス・クラドックはなにを料理してる？」

ヴィクトリアは彼の話の展開にまるでついていけず、めまいがして倒れそうになりながら、「ミセス・クラドックですって？」とぼんやり訊いた。

「コックの話さ。名前を覚えたんだ。きみのお気に入りの従僕がオマリーという名前だということも知っている」彼はにやりとした。「さて、ミセス・クラドックはどんな夕食をつくっているんだろう？」

「カモよ」とヴィクトリアは答え、平静さを取り戻そうとした。「カモでいいかしら？」

「すばらしい。今晩はわが家で食事をするのか？」

「わたしはそうするわ」彼女はあたりさわりなく答えた。

「それなら、当然、ぼくもそうしよう」

もう夫の役割を演じはじめているのだと、彼女は思った。「では、ミセス・クラドックに伝えておかないと」ヴィクトリアはそう言って、茫然自失のまま彼に背を向けた。ジェイソンはわたしに魅力を感じていると言った。結婚したいと言った。そんなのありえない。でも、チャールズおじ様が死んでしまったら、彼と結婚しなければ生きていけないのだ。もし、すぐにも結婚すれば、おじ様は生きる目標を見つけるかもしれない。そして、子供――ジェイソンは子供が欲しいと言った。わたしも子供が欲しい。心から愛する対象が欲しいのだ。もしかしたら、幸福にやっていけるかもしれない。ジェイソンはその気になれば魅力的で感じのいい人間にもなれるし、彼の笑顔にこちらも笑みがこぼれることもある。彼はわたしを傷つけないと言った……。部屋のなかほどまで歩いたところで、ジェイソンがおだやかに声をかけた。

「ヴィクトリア――」

彼女は反射的に振り向いた。

「結婚については、もう決心がついたはずだ。もし答えがイエスなら、夕食の後でチャールズに会って、結婚式の日取りを決めると話をしよう。きっと彼は喜ぶだろうし、早ければ早いほどいいから」

ジェイソンはどうしても答えを言わせるつもりなのだと、ヴィクトリアは気づいた。彼女はハンサムで強引で行動力にあふれた男を見つめたまま、しばらくそこに立ちつくした。答えを待っている彼が緊張しているように感じたのは、いったいなぜなのか？　いったいなぜ、彼はまるで商取引でもするみたいに結婚の話をしなければならなかったのか？

「わたし――」力なく口を開いた彼女の脳裏に、アンドルーのやさしいプロポーズの言葉がよみがえった。「ぼくと結婚すると言ってくれ、ヴィクトリア。きみを愛している。永遠に愛している……」と彼は言った。

こみあげてきた怒りに、彼女はあごを上げた。ジェイソン・フィールディングは愛の言葉をささやかなかったし、心に抱いてもいない。感情の込もったプロポーズの言葉もくれなかった。それならば、同じように無味乾燥なやりかたで彼の申し出を受けよう。ヴィクトリアはジェイソンに向かってぎごちなくうなずいた。「夕食の後で、彼に話しましょう」

その瞬間、ジェイソンの全身から緊張がすっと消えたのを、ヴィクトリアは見逃さなかった。

どんな事情があるにせよ、婚約を決めた夜なのだから、幸先《さいさき》のいいスタートを切るべきだとヴィクトリアは思った。決闘の朝、ジェイソンは彼女の笑い声が楽しいと言った。もし彼が、彼女と同じように寂しさやむなしさを心の底に秘めているのだとしたら、ふたりでおたがいの生活を明るく変えることができるかもしれない。彼女は開け放った衣装ダンスの前に裸足《はだし》で立って、ともかくもめでたい祝いの晩になにを着るべきか思案した。そして、オーバースカートに金のスパンコールをちりばめた淡いブルーグリーンのシフォンのドレスを着て、社交界デビューの夜にジェイソンからもらったアクアマリンを飾った純金のネックレスをつけた。ルースが彼女の髪をとかして艶を出し、真ん中で分けてきれいにウェーブをかけた。身支度をすませ、その出来上がりに満足したヴィクトリアは、客間へ向かった。ジェイソンも同じ考えだったらしく、長身をみごとな仕立ての濃い赤紫色のベルベットの上下と、白いブロケードのベストに包んでいた。シャツの前立てにはルビーの飾りボタンが輝いている。

シャンパンをグラスについでいた彼は視線を上げて、部屋へ入ってきた彼女を見た。その目に、あからさまな賞賛の色が浮かんだ。まるで自分の所有物を誇るような視線を浴びて、ヴィクトリアはみぞおちのあたりに痛みを感じた。これまで彼にそんな目で見られたことはなかった――このご馳走《ちそう》を味わうのが楽しみだというような目で。

「きみはすばらしい魅力の持ち主だ。無垢な子供のようだと思えば、つぎの瞬間には、信じられないほど心をそそる女性に豹変《ひょうへん》する」

「ありがとう、と言うべきかしら」ヴィクトリアはあいまいに言った。

「褒め言葉のつもりだよ」彼はかすかな笑みを見せた。「ふだんは、意味がわからないような下手な褒め言葉は使わない。これからはもっと注意しよう」

ヴィクトリアはその言葉の端にやさしさを感じとって、ジェイソンがふたつのグラスに手際よくシャンパンをそそぐのを眺めていた。グラスをひとつ受けとって長椅子へ行こうとすると、彼が腕を引いて止めた。彼はもう片方の手で、自分のグラスの横に置いてあったベルベットの宝石箱のふたを開け、みごとな大粒の真珠が三連になったチョーカーを取りだした。そのままなにも言わずに、彼女をサイドテーブルの上の鏡に向け、肩にかかる長い髪を片方へ寄せた。アクアマリンのネックレスをはずして、ずしりと思いチョーカーを彼女の華奢な首につけたとき、彼の指がふれたところから背骨へと細かい震えが走った。

ヴィクトリアは、鏡に映る彼が平然とした表情で彼女のうなじのダイヤモンドの留め金を留め、喉もとに飾られた真珠のチョーカーを確かめるのを眺めていた。「ありがとう」彼女はどうしていいかわからずに振り返った。「わたし――」

「感謝してくれるなら、言葉よりもキスがいい」ジェイソンが言った。

ヴィクトリアは背伸びして、言われたとおり彼の剃《そ》りたてのなめらかな頬にキスをした。だが、真珠の見返りにキスを求められたことが、なんとなく腹立たしく思えた――これではまるで心を買われているみたい、宝石の見返りにキスだなんて。その思いは、彼の口から出た言葉でいっそう強まった。「これほどすばらしい宝石をあげたのに、キスはそれだけなのかな？」

ジェイソンはからかうように笑いながら、彼女の目をのぞきこんだ。「真珠はきらいなのかな？」

「いいえ、大好きよ――本当に！」ヴィクトリアは自分の感情をうまく抑えられず、いらだちながらも答えた。「これほどみごとな真珠は見たことがなかったから。レディ・ウィルヘルムだってこれほどのものはしていないわ。女王にふさわしい宝石ね」

「一世紀前にはロシアの王女のものだった」と彼が言った。

夕食の後、ふたりはチャールズの寝室へ行った。結婚することにしたと報告すると、喜びのあまり彼は急に若返ったように見えた。ジェイソンがいとおしげにヴィクトリアの肩に腕をまわすと、寝たきりの老人は笑い声をあげた。チャールズはとても幸福そうで、ふたりが正しい決断をしたと信じていたので、ヴィクトリアもそう信じてしまいそうになったほどだった。

「結婚式はいつになる？」チャールズが性急に訊いた。

「一週間以内にしようと思う」とジェイソンが答えたので、ヴィクトリアは驚きの目を向けた。

「すばらしい。でかしたぞ！」チャールズは断言して、ふたりに笑顔を向けた。「その頃にはよくなって、必ず参列するつもりだ」

ヴィクトリアは止めようとしたが、ジェイソンが指先で彼女の腕を押さえてなにも言うなと指示した。

「で、それはどうしたのだい？」チャールズがヴィクトリアの真珠に目を留めた。

彼女は反射的にネックレスへ手をやった。「ジェイソンが先ほどくれました。わたしたちの契約――いえ、婚約を記念して」

チャールズへの報告が終わると、ヴィクトリアは疲れたと訴えた。ジェイソンは彼女を寝室の前まで送ってきた。「なにか気にかかっていることがあるみたいだ。なんだい？」彼はおだやかに尋ねた。

「いろいろあるけれど、両親の喪があける前に結婚するのがどうも気がひけて。舞踏会へ出かけるたびに罪の意識を感じていたの。両親がいつ亡くなったのかと訊かれるたびに、答えをはぐらかしていたわ。親不孝な娘だと非難されないように」

「きみはしなければならないことをしただけだし、ご両親もきっと理解してくださるはずだ。ぼくと早く結婚することで、きみはチャールズに生きる目的を与えられる。結婚式の予定を話しただけで、どれほど元気を取り戻したか、その目で見たじゃないか。それに、きみが喪に服するのを切りあげさせたのはぼくであって、きみには選択の余地はなかった。だれかを責めるというのなら、ぼくを責めろ」

彼の言うことには筋が通っていたので、ヴィクトリアは話を変えた。「わたしたちは一週間以内に結婚するとさっき聞いたけれど、どこで結婚するのかも、教えてもらえるかしら？」

「なるほど、いい質問だ。ぼくらはこの屋敷で結婚する」

ヴィクトリアはきっぱりと首を横に振った。「お願いだから、教会で結婚式をできないかしら――ウェイクフィールドの屋敷の近くで見た小さな教会ではどう？　おじ様の体調が少し回復して動けるようになるまで待てないかしら？」教会と聞いたとたん、ジェイソンの目に激しい嫌悪が宿ってヴィクトリアを驚かせたが、しばらくためらった後、彼はそっけなくうなずいた。

「教会で結婚式を挙げたいのなら、たくさんの招待客を呼べるロンドンの大きな教会にしよう」

「わたしにとっては、ウェイクフィールドの小さな教会のほうがいいの。故郷のアメリカから遠く離れてしまったけれど、幼い頃からずっと、村の小さな教会で結婚式をするのが夢だったし――」ヴィクトリアは無意識にジェイソンの袖に手を置いて語りかけた。小さな教会でアンドルーと結婚するのが幼い頃からの夢だった、ヴィクトリアはいまさらながらそう思い出して、教会のことなど持ちださなければよかったと後悔した。

「ぼくはこのロンドンで社交界の人々の目の前で結婚式をしたい」ジェイソンは有無を言わせぬ口調で言った。「でも、たがいに妥協すればいい。ロンドンの教会で結婚してから、ウェイクフィールドへ行ってささやかな式を挙げればいいんだ」

ヴィクトリアはジェイソンの袖から手を離した。「教会の話は忘れてちょうだい。この屋敷にみなさんを招きましょう。まるで商取引みたいな結婚のために教会に入るなんて神への冒瀆《ぼうとく》だわ。結婚の誓いを述べているときに、雷が落ちてこないか心配しなければならないかも」

「教会で結婚しよう」ジェイソンが話をあっさり打ち切った。「そして、もし雷が落ちたら、新しく屋根をつくる費用はぼくが出すよ」

20

「さあ、ヴィクトリア、こちらへおいで」翌日の午後、チャールズは上機嫌でベッドの端を叩いた。「ここに腰をおろしなさい。昨晩おまえたちから結婚すると知らされて、信じられないほど気力が戻ってきた。結婚式の予定をもっとくわしく話しておくれ」

ヴィクトリアは彼の横に座った。「それが、わけがわからなくて。今朝になってジェイソンが書斎の荷物をまとめてウェイクフィールドへ戻ったと、ノースラップから聞きました」

「そのことなら知っている」チャールズが微笑みながら言った。「出かける前に挨拶に来て、『体面を保つため』と言っていた。きみの近くで暮らす時間が少なければ少ないほど、ゴシップの的になる可能性は低くなるからだ」

「それで出ていったんですか？」ヴィクトリアは心配が晴れた声で言った。

チャールズはうなずいて、肩を揺らして笑った。「ジェイソンが道徳に気を使ったのはこれがはじめてだ！　きっとうんざりしているのだろうが、ともかく譲歩したのだから、上出来だ。きみの影響力はじつにすばらしい。このつぎは、道徳をばかにするのをやめるように教えてやってくれ」チャールズはほがらかに言った。

ヴィクトリアは彼に微笑み返した。安心した気分になり、ふと幸福を感じた。「じつは、結婚式について、ロンドンの大きな教会で式を挙げるということ以外、わたしはなにも知らないんです」

「ジェイソンがなにもかも手配するのだろう。ウェイクフィールドへ秘書や使用人たちを連れていったから、準備に手抜かりはないはずだ。結婚式をすませたら、あちらでふたりの親しい友人や村の人たちを招いて祝いの宴を開くのだ。招待客のリストも招待状もすでに準備にかかっているだろう。だから、きみはここにいて、みんながこの結婚を知ってびっくりするのを待っていればいい」

ヴィクトリアは結婚式の話を切りあげると、ためらいながらも彼女にとってはもっと大切な話を持ちだした。「発作が起きた晩に、母とあなたの話を少しだけなさったでしょ。わたしになにかを伝えようとなさっていた」

チャールズが顔をそむけて窓の外を眺めていたので、ヴィクトリアはすばやく続けた。「話をしたくないのなら、無理にとは言いません」

「そうではない」彼はゆっくりと視線を彼女に戻した。「きみは賢くて分別がある、それは十分承知しているが、まだとても若い。母上を愛していたのと同じくらい父上を愛していたのだろう。もし、話をすれば、わたしのことをご両親の結婚を邪魔した人間だと思うかもしれない。だが、誓って言うが、母上が父上と結婚なさってからは、一度たりとも連絡をとっていない。わたしはきみに嫌われたくないのだよ。この話をすれば、嫌われてしまうのではないかと、怖くてたまらないのだ」

ヴィクトリアはチャールズの手を取ってやさしく話しかけた。「わたしの母を愛したかたを嫌いになれるはずがありません」

彼は彼女の手を見て、声を詰まらせた。「外見だけでなく母上の心も受け継いでいるのだな、そうなのだね？」ヴィクトリアが黙ったままでいると、チャールズは視線を窓へ戻して、キャサリンとの経緯を語りはじめた。すべて話し終わってから、ようやくヴィクトリアの顔に目をやった彼は、その目に非難がなく、悲しみと思いやりだけがあるのを見た。「これでわかっただろう。わたしは心からキャサリンを愛した。彼女を愛し、彼女だけが生きがいだったのに、自分の手で人生から切り離してしまったのだ」

「わたしの曾祖母がそうさせたのです」ヴィクトリアの目には怒りがあった。

「父上と母上は幸福だったか？　どんな結婚生活を送っていたのか知りたいと思っていたが、これまで怖くて訊けなかった」

ヴィクトリアはずっと前のクリスマスの晩に見てしまった場面を思い出したが、思いやりと理解にあふれていた十八年間の生活のほうがずっと重みがあると感じた。「はい、両親は幸福な夫婦でした。社交界の結婚とはまるでちがう結婚でした」

「社交界の結婚」という言葉に強い嫌悪感がにじんでいたので、チャールズは興味を持った。

「社交界の結婚とは、どういう意味だね？」

「ロンドンで大半の人々が送っている結婚生活のことです——ロバートとキャロフインのコリングウッド夫妻などほんの一部の例外はありますけれど。夫と妻はめったに一緒にいないし、どこかで偶然出会っても、礼儀正しく、育ちのいい他人どうしのようにふるまいます。紳士は自分たちの楽しみを求めて外出し、ご婦人がたは愛人をつくる。でも、わたしの両親は共に暮らしてちゃんとした家庭を営み、本物の家族をつくりました」

「昔ながらの結婚をして昔ながらの家族をつくるというのだね」チャールズはからかったが、その考えをとても喜んでいるようだった。

「ジェイソンがそういう結婚を望んでいるとは思えません」ジェイソンが息子を産んだら好きなものをくれてやるという、取引のような申し出をしたことは、さすがに話せなかった。彼はそんな申し出をしたものの、イングランドに一緒に留まってくれればうれしいと言ってくれたと思い出し、彼女は自分の心を慰めた。

「ジェイソン自身、自分がなにを求めているかわかっていないのではないだろうか」チャールズは心配げに言った。「彼はきみを求めているよ、ヴィクトリア。きみの温もりもきみの心も。いまはまだ、それを認めようとはしないだろう——やがて認めるときが来たら、きっとそれをいやがるだろう。そして、きみと争うだろう」チャールズはおだやかな口調で警告した。「だが、遅かれ早かれ、心を開くときが来る。そうなれば、彼は平穏を見出《みいだ》す。そして、きっと、きみを思ってもみないほど幸福にしてくれる」

ヴィクトリアがひどく疑い深げな表情をしたので、チャールズの笑みが薄れた。「ジェイソンを忍耐強く見守ってやってくれ。もし心も体もあれほど強くなかったら、あいつは三十歳のいままで生きていられなかっただろう。だから心に深い傷を負っている。だが、きみはその傷を癒《いや》す力を持っているのだ」

「どんな傷なのですか？」

チャールズは首を振った。「ジェイソンの人生の話、とりわけ子供の頃の話は、ジェイソン本人が自分から話すのが、きみたちふたりにとって一番いい。もし、どうしても話さなければ、わたしのところへ訊きに来なさい」

それから数日間、ヴィクトリアはジェイソンのことはもちろん、なにかを考える時間がほとんどなかった。チャールズの寝室を出るやいなや、マダム・デュモシーが四人のお針子を連れてやってきた。ウェディングドレスをおつくりするようご指示を受けました、マドモワゼル」と言いながら、マダムはすでに彼女のまわりを歩いていた。「とても豪華で、優雅で、他にはひとつとないものをというご注文です。女王にふさわしいドレスをと。ひだ飾りはなしで」

ジェイソンのあまりの横暴ぶりに怒っていいのか笑っていいのかわからないまま、ヴィクトリアはマダムをちらりと見た。「もしかして、彼は色も決めましたか？」

「ええ。ブルーです」

「ブルー？」ヴィクトリアはなんとしても白にさせなければと身構えた。

マダムはなにか考えるように唇に指先を押しあて、もう片方の手を腰にあてながら、うなずいた。「はい、ブルーです。アイスブルー。お嬢様にとびきり似合う色だからと。『金褐色の髪の天使』と表現されました」

ならばアイスブルーはウェディングドレスにふさわしい色だと、ヴィクトリアは思った。

「フィールディング卿はすばらしいセンスの持ち主でいらっしゃる」マダムはきびきびと動く目をヴィクトリアに向けた。「そう思われません？」

「たしかにそうです」笑顔で答え、熟練した仕立屋のなすがままにまかせた。

四時間後、マダムがようやく彼女を解放して、四人のお針子とともに帰っていくと、ヴィクトリアはレディ・キャロフイン・コリングウッドが金色の客間で待っていると知らされた。

ヴィクトリアが姿を見せると、キャロラインは美しい顔に心配そうな表情を浮かべながら両手を差しのべてきた。「ああ、ヴィクトリア、今朝フィールディング卿が結婚式のことを知らせにうちへ立ち寄られたの。あなたが付き添いの既婚婦人にわたしを選んでくれたそうで、とてもうれしいわ。でも、あまりにも急なことで——どうしてこんなに急に結婚を？」

結婚式の付き添いの婦人が必要だと考えて、わざわざキャロラインに頼んでくれたジェイソンの配慮を、ヴィクトリアは驚くとともにうれしく感じた。

「あなたがフィールディング卿と永遠の愛を誓うほどの間柄になっていたとは思ってもいなかったし、まだ不思議な気持ちよ。本当に彼と結婚したいの？　もしかして、無理やりに、ということではないのでしょうね？」

「こうなる運命だったのよ」ヴィクトリアは笑顔で答え、疲れきって椅子に座りこんだ。キャロラインが眉をひそめたのを見て、あわててつけ加えた。「無理強いなんかされていないわ。自分で決めたことよ」

キャロラインの表情が安堵と喜びとでぱっと明るくなった。「とてもうれしいわ――こうなることを願っていたから」ヴィクトリアの疑わしげな視線に気づいて、キャロラインは説明しはじめた。「この数週間で、彼を以前よりもよく知るようになったら、ロバートの意見が正しいと思うようになったの。フィールディング卿についての風評はなにもかも、ひとりの意地の悪い悪女がつくりだしたゴシップの結果なのだって。もし、彼があれほど超然として近寄りがたい人でなかったら、みんなも噂話を信じなかったでしょう。彼にしてみれば、自分のことを悪く言う他人と付き合いたいとは思わないわよね？　だから、わたしたちに言い訳する義務はないと思っていたんじゃないかしら。それに、ロバートも言うとおり、フィールディング卿は誇り高い人だから、自分に非がないのにわざわざ卑屈な態度で他人に近づいて、言い訳がましいことを言うなんてできなくて当然よね！」

キャロラインが以前はあれほど恐れ、非難していた男性のことを、まるで手のひらを返したように褒めるのを聞きながら、いかにもキャロラインらしいとヴィクトリアは笑いをかみ殺していた。キャロラインは好きな人間についてはどんな欠点があろうと目をつぶるが、嫌いな人間についてはすべてを否定してしまうのだ。けれど明るい性格に秘められたこの頑固さこそが彼女をこのうえなく忠実な友人にしていた。ヴィクトリアは彼女が親友でいてくれるのを心からうれしく思っていた。紅茶をトレイにのせて運んできた執事に、ヴィクトリアは「ありがとう、ノースラップ」と声をかけた。

「なぜ、彼をあれほど怖い人と思っていたのか、自分でもわからないわ」紅茶をついでいるヴィクトリアにキャロラインが言った。ジェイソンを非難していたことをすっかり過去のものにしようとするかのように、彼女は早口で続けた。「あんなふうに想像ばかりふくらませたのは間違いだったわ。きっと、彼があんまり背が高くて、髪がとても黒いから、怖い人だと思いこんでしまったのね。本当にどうかしていたわ。ねえ、今朝、帰りがけに彼がなんて言ったか知ってる？」キャロラインは満足しきった声で尋ねた。

「いいえ」ヴィクトリアは、ジェイソンを悪魔から聖人に格上げしたキャロラインに微笑みかけた。「なんて言ったの？」

「わたしを見るたびに可愛らしい蝶《ちょう》を思い浮かべるって」

「まあ、すてき」ヴィクトリアは心から言った。

「そうでしょ。でも、あなたについては、もっとすてきな表現をしていたわ」

「わたし？　どうしてそんな話になったの？」

「彼のわたしたちへの賛辞のこと？」キャロラインは、問いかけにうなずいたヴィクトリアに言った。「フィールディング卿にあなたの話をしたの。あなたがイングランドの男性と結婚して、ずっとここにいて、親友でいてくれるのがすごくうれしいって。そうしたら、彼は笑って、あなたとわたしはぴったり合うって言ったのよ。わたしは可愛らしい蝶で、あなたは逆境にもめげず美しく咲いて人々の心を明るくする野花ですって。とてもすてきなたとえだと思わない？」

「あなたの言うとおりだわ」ヴィクトリアは思わず笑いだしてしまいそうなほどうれしかった。

「彼はきっと、口で言っているよりずっとあなたを愛しているのよ。だって、あなたのために決闘までしたのだから」キャロラインが断言した。

キャロラインと別れる頃には、ヴィクトリアはジェイソンが本当は自分を愛しているのだとなかば信じかけていた。そのおかげで、翌日の午前中には、結婚が決まったと知ってお祝いの挨拶に続々とやってくる人々に対して、明るく積極的に応対できた。

ヴィクトリアがブルーの客間で若い女性客たちの相手をしていたとき、ロマンティックな話題の中心人物であるジェイソン本人が、部屋へ姿を現わした。にぎやかな笑い声が小さなささやき声に変わり、漆黒の乗馬ジャケットに体にぴったりした黒の膝丈ズボンという、いかにも男性的な格好をしたウェイクフィールド侯爵に、女性たちの視線は釘付けになった。彼の心を奪いたいと夢見ている女性たちの反応には目もくれず、ジェイソンは輝くばかりの笑顔を見せた。「おはよう、お嬢さんがた」と挨拶してから、ヴィクトリアのほうを向くと、いっそう親密な笑顔になった。「ちょっとだけ、いいかな?」

客たちに挨拶して、ヴィクトリアは彼について書斎へ入った。

「すぐに友人たちのところへ戻してあげるから」ジェイソンは約束して、ジャケットのポケットに手を入れた。黙ったまま、ヴィクトリアの手を取って、ずっしりと重い指輪を彼女の指にはめた。ヴィクトリアは指の関節が隠れてしまうほど大きな指輪をじっと見つめた。みごとなサファイアが並び、その両側を目もくらむダイヤモンドがぐるりと取り巻いていた。「ジェイソン、すごくきれいだわ」彼女はため息をついた。「息が止まりそうよ。本当にすばらしい。ありがとう――」

「なら、キスしてくれないか」彼はやさしい口調でうながした。ヴィクトリアが顔を上げると、たちまち彼の唇がおおいかぶさってきた。永遠に思われるほど長く、むさぼるようなキスに、彼女の頭はなにも考えられなくなり、体は抵抗できなくなった。彼の情熱と、それに反応してしまう自分の体に揺さぶられて、ヴィクトリアは彼の怒りを秘めた翡翠色の目をじっと見つめた。なぜジェイソンのキスはわたしにいつもこんなに強烈な反応をもたらすのだろう？

ジェイソンの視線が彼女の唇に落ちた。「今度は、ぼくが頼まなくても、自分からキスをしようと思えるかな？」そう言った声にかすかな失望と願いが感じられたような気がして、ヴィクトリアの心に熱い思いが込みあげた。彼は自分を夫として差しだしている。その見返りに求めているのは、たったこれだけなのだ。ヴィクトリアが爪先立ちして、両手をジェイソンの胸から上へとすべらせて首にからませ、自分からキスをすると、彼の全身に一瞬、震えが走ったのが感じられた。無邪気に唇を動かし、彼の形のいい唇を味わうように探っていると、急に彼が情熱的なキスを返してきた。

激しくキスをされて、なにがなんだかわからなくなった。自分でもよくわからない衝動にかられるまま、ヴィクトリアの指先は彼の首筋の柔らかい髪へとすべり落ち、彼女の体は彼の腕のなかへすっぽりおさまった——と、突然、すべてが変化した。ジェイソンが驚くほど強い力で彼女を抱きしめ、まるで飢えているかのように激しく唇を押しつけてきた。彼の舌が唇をこじ開け、彼女の舌を誘いだそうと焦らすように動いた。ようやく彼女がおずおずと彼の唇を愛撫《あいぶ》すると、彼はあえいで、いっそう強く彼女を抱きしめた。彼の全身が彼女を求めていた。

ようやく顔を上げると、ジェイソンは彫りの深い荒々しい顔に困惑したような奇妙な表情を浮かべて、腕のなかの彼女をじっと見下ろした。「あの晩も、真珠ではなく、サファイアとダイヤモンドを贈るべきだった」と彼が言った。「だが、結婚するまでは、こんなキスは二度としないでくれ」

ヴィクトリアは母やミス・フロッシーから、若い女性が誤って紳士に冷静さを失わせてしまうと、彼らは情熱に流されて思いもよらない——しかも非常に不適切な——行為に走ることがあると注意されたことがあった。ジェイソンは冷静さを失うところだったと告白しているのだと、彼女は本能的に悟った。自分の未熟なキスが経験豊かな男性にそれほどの影響をもたらしたのだと思うと、ささやかな満足と罪の意識が感じられた——アンドルーは彼女のキスに取り乱したことなどなかったから、なおさらだった。だが、ジェイソンが求めたようなキスをアンドルーにしたことは一度もなかった。

「ぼくが言っている意味はわかっているね」ジェイソンは不快そうに言った。「個人的には、ぼくはヴァージンであることをとくに重要視はしない。男を喜ばせるすべをすでに知っている女性と結婚するほうがなにかと都合がいいし……」彼はそこまで言ってから、彼女がなんらかの反応を示すのを期待して——というよりも、願って——いるかのようにじっと見つめながら待ったが、彼女は肩を落として顔をそむけたままだった。ヴァージンであることは、夫になる男性への貴重な贈り物のはずだ、ヴィクトリアはそう教えられてきた。「男性を喜ばせるすべ」など、それがどんなものだとしても、ジェイソンに差しだせるわけがなかった。

「残念な思いをさせて、ごめんなさい」彼女はそんな話題を口にすることを恥ずかしく思いながら言った。「アメリカでは事情がひどくちがうの」

ジェイソンの声にはひどい落胆が感じられたが、言葉はやさしかった。「謝る必要はないし、みじめに感じる必要もないよ、ヴィクトリア。頼むからいつも真実を話してくれ。どんなに悪い真実でも、ぼくはそれを受け入れるし、正直に話してくれた勇気を賞賛する」彼は片手で彼女の頰にふれた。「なんでもないことだから」なだめるように言った。ふいに彼はきびきびした口調になった。「指輪が気に入ったなら、そう言ってくれ。それから、友人たちのところへ戻りなさい」

「とても気に入ったわ」彼女は言った。彼の気分がなぜ急に変化したのかはわからなかったが、とにかく歩調を合わせようとしたのだ。「とてもきれいだもの。なくしたらどうしようかと心配よ」

ジェイソンはまったく無頓着に肩をすくめた。「もしなくしたら、新しいのを買えばいい」

彼が行ってしまった後、ヴィクトリアは婚約指輪に視線を落として、新しいのを買えばいいと簡単に言ってほしくなかったと思った。この指輪が彼にとってもっと大切な、かけがえのないものだったらいいのにと願った。だが、それが彼の愛情のしるしなのだとすれば、自分は彼にとって簡単に取り替えがきくような存在だということで、まさに自分のみじめな状況にぴったりだと感じていた。

〝彼はきみを求めている〟チャールズの言葉がよみがえってきて、ヴィクトリアは微笑んだ。

少なくとも彼女を腕に抱いていたときは、彼は彼女を強く必要としているようだった。

結婚式までの数日間で、二百人近い人々がヴィクトリアを訪ねて幸福を祈った。優雅な馬車が通りを行き来して、屋敷の前で訪問客を降ろしては二十分後に迎えに来た。ヴィクトリアは客間に座って、美しい中年のご婦人がたから、大きな屋敷の切り盛りの仕方や、貴族社会には付き物のパーティの催しかたなどについての助言に耳を傾けていた。もっと若い奥方たちは、住みこみの女家庭教師を見つける難しさや、子どもたちに優秀な個人教師をつける最良の方法について話した。そうして忙しくにぎやかに過ごしていると、ヴィクトリアは自分の居場所を見つけたような気がしてきた。それまでは、ご婦人がたとは社交の場でのごく表面的な会話しかしたことがなかった。ドレスや宝石や気晴らしにしか興味がない、裕福で気ままな女性たちとしか見ていなかったのだ。だが、あらたな角度から彼女たちを眺められるようになった——妻や母親としての義務を果たしている女性として——それまでよりずっと好きになった。

ジェイソンだけが以前よりも距離を置いていたが、それは体面を守るためにはいたしかたのないことで、むしろ感謝すべきことだった。とはいえ、ヴィクトリアは時々、自分がまるで見知らぬ他人と結婚するような不安な気持ちにかられた。チャールズは時々階下へやってきて楽しい会話でご婦人がたを魅了し、ヴィクトリアには立派な後ろ盾がいることを証明してくれた。彼はそれ以外の時間は寝室にこもって、結婚式で花婿に花嫁を手渡す役目を果たすために「英気を養っている」のだと言っていた。その決心は、ヴィクトリアもワージング医師も翻せなかった。ジェイソンは最初から説得しようともしなかった。

日がたつにつれて、ヴィクトリアは訪問客たちと過ごすのを心から楽しむようになった――ジェイソンの名前が出て、彼らの心の底におなじみの恐怖心のようなものを感じるときを別にすれば。新しい友人や知人たちが、とびきり裕福な公爵夫人という、彼女が得ることになっている特別な地位を羨望のまなざしで見ているのはたしかだった。だが、一部の人々がもうすぐ彼女の夫になる人物について深刻な隠し事をしているのを感じて、ヴィクトリアはいたたまれない気持ちにかられた。ヴィクトリア自身は彼女たちのことをとても好きになろうとしていたので、彼女たちにもジェイソンを好きになってもらいたかったからだ。時おり、だれかと話をしているときに、部屋の隅のほうでジェイソンの名前が出たのに気づいて、ヴィクトリアが耳を傾けようとすると、そのとたんに会話はぷっつりとやむのだった。彼がどんなことで非難されているのか知らなくては、味方をしようにもできなかった。

結婚式の前日、パズルのピースが収まるように、隠し事の全体像がはっきり見えてきて、ヴィクトリアは激しく動揺した。午後の最後の訪問客だったレディ・クラペストンが帰り際に彼女の腕をそっと叩いて言ったのだ。「分別があるしっかりしたお嬢様だわね。あなたの身が心配だとか、あれこれ不吉なことを言うばかな人がいるけれど、あなたならウェイクフィールドとうまくやっていけるわ。最初の奥方とはまるでちがうもの。レディ・メリッサは夫にひどい目に遭わされたと言っていたけれど、たとえそうだったとしても当然の報いだわ。本当にふしだらな女だったから！」

そう言うなり、レディ・クラペストンは立ち去り、ヴィクトリアはとなりにいたキャロラインを見つめた。「ジェイソンは結婚していたことがあるの？　なぜ――なぜそれを、だれもわたしに教えてくれなかったの？」

「少なくともそれだけは、あなたも知っていると思っていたわ」キャロラインがあわてて言った。「アサートン公爵かフィールディング卿がきちんと話すのが当然だと思っていたし。少なくとも、ゴシップの一部は知っているのでしょ？」

「わたしがそばにいると気づくと、みんなが口をつぐんでしまうから、会話の端々しか聞いたことがないの」ヴィクトリアの顔は怒りとショックで血の気が引いていた。「レディ・メリッサという名前をジェイソンとのつながりで聞いたことがあるけれど、それが彼の妻だった人だなんて、だれも教えてくれなかった。その名前を口にする人たちはみんな非難がましい雰囲気だったから、その人はきっと……ジェイソンと……特別な関係の人だろうと思っていたわ。ミス・シビルとかいう人とも、彼はつきあいがあったのでしょ」彼女はひどく話しにくそうに言った。

「つきあいがあった？」キャロラインはヴィクトリアが過去形で言ったのに驚いてくりかえした。そして、たちまち黙りこんで下を向き、ブルーの絹張りのソファに掛かっている布の模様をじっと見つめた。

「だって、わたしたちは結婚しようとしているのだから、ジェイソンはもうそんなこと――それとも、まだ続けるの？」

「彼がどうするかはわからないわ」キャロラインが気の毒そうに言った。「ロバートみたいに、結婚後は愛人を持たない人もいるけれど、そうでない人もいるから」

ヴィクトリアは愛人の話ですっかり気が動転してしまい、指先でこめかみを揉んだ。「イングランドはまったく理解できないことばかり。わたしの故郷では、夫は妻以外の女性には時間も愛情も分け与えたりしない。少なくとも、そんな話は聞いたこともないわ。でも、こちらでは、裕福な既婚男性が自分の妻以外の女性と交際するのが、公然と認められているらしいわね」

キャロラインはもっと差し迫った話題に話を戻した。「フィールディング卿が過去に結婚していたのは、あなたにとってものすごい大問題なの？」

「もちろんんよ。少なくとも、わたしはそうだと思う。ああ、わからない。いまの時点でなにより問題なのは、家族全員がそれを話してくれなかったこと」ヴィクトリアは突然立ちあがって、キャロラインを驚かせた。「ごめんなさい、失礼して二階でチャールズおじ様と話をしたいの」

ヴィクトリアがチャールズの寝室のドアをノックすると、近侍が唇に指先をあてて、閣下はお休み中ですと伝えた。目覚めて質問に答えてくれるまで待ってなどいられないと、彼女はミス・フロッシーの部屋へ向かった。この数週間、ヴィクトリアのシャペロンの役目はすっかりキャロライン・コリングウッドにまかされていた。その結果、ミス・フロッシーとは、時々食事の席で会うだけになっていた。

ドアをノックすると、ミス・フロッシーは快く招き入れてくれ、ヴィクトリアは寝室と続き部屋になっている可愛らしい居間へ通された。

「まあ、ヴィクトリア。輝くばかりにすばらしい花嫁さんだこと！」実際には死人のように真っ青で、興奮しきった表情の彼女に、ミス・フロッシーはいつものように明るい笑顔で言った。

ヴィクトリアは単刀直入に話しだした。「チャールズおじ様の部屋へ行ったのですが、眠っていらしたのでこちらへ来ました。他にお話しできるかたがいないものですから。ジェイソンのことです。とんでもないことになってしまって」

「あら、あら！」ミス・フロッシーは手にしていた刺繍を横に置いた。「いったい、どんなこと？」

「彼が前に結婚していたと、いまさっき聞いたんです！」ヴィクトリアは訴えた。

ミス・フロッシーはまるで白いレースの帽子をかぶった老女の陶器人形のように、頭を少しかしげた。「チャールズが話したとばかり思っていました――あるいはジェイソン本人が。

たしかにジェイソンは結婚していました。あなたはそれをいま知ったのね」問題は解決したとばかりににっこりして、彼女はやりかけの刺繍をふたたび手にした。

「でも、それだけしかわからないんです。レディ・クラペストンがとても変なことを言って――ジェイソンの奥方はひどい目に遭わされても当然だったとか。彼はなにをしたんですか？」

「なにをした？」ミス・フロッシーは目をぱちくりさせてくりかえした。「わたくしはたしかなことはなにも知りません。レディ・クラペストンだってなにも知っているわけがないのに、どうしてそんな軽率な発言をなさるのかしら。あのかたがジェイソンと結婚したことがあるのなら、すべてご存じでしょうけれど、わたくしの知るかぎり、そんな事実はありません。どう、これで少しは気分がましになったかしら？」

「いいえ！」ヴィクトリアは感情的に叫んだ。「わたしが知りたいのは、なぜレディ・クラペストンはジェイソンが奥方をひどい目に遭わせたと信じているかです。それなりの理由があるでしょうし、もしわたしの勘が正しければ、たくさんの人たちが同じようなことを信じているようです」

「そうかもしれません」ミス・フロッシーは否定しなかった。「ジェイソンの亡くなった妻は、それはひどい女で――安らかに眠っていることを祈りますけれど――生きていた頃の無軌道な行ないを考えれば、どうやって他人にそんなことを信じさせたのか、わたくしにはわかりませんが、とにかくジェイソンがひどい扱いをしたとみんなに訴えたのです。一部の人々は彼女を信じたのですが、ジェイソンが彼女を殺さなかったという事実は、彼が驚くほど忍耐強い男性だということを証明していると言えるでしょう。もし、わたくしに夫がいてわたくしがメリッサと同じことをしたら――もちろんそんなことはありえませんけれど――夫は絶対にわたくしを殴るでしょう。ですから、ジェイソンがメリッサを殴ったかどうかは知りませんが、もし殴ったとしてもそれは当然のことです。それだけは絶対にたしかです」

ヴィクトリアはジェイソンが怒ったときのことを思い出して、彼の目の奥にかいま見えた、礼儀正しい外見に隠された畏怖《いふ》すべき激しい感情を考えた。彼が定めたルールをはんの少し破ったがためにぶたれている女性の姿が、急に頭に浮かんだ。「メリッサはどんなことをしたのですか？」彼女はかすれ声で小さく尋ねた。

「言葉では表現できないようなこと。じつを言えば、他の男性たちと堂々と交際していました」

ヴィクトリアは身震いした。社交界の上流婦人たちの多くは夫以外の男性と交際していた。愛人を持つことは、社交界の既婚夫人のひとつの生きかただった。「それでジェイソンは彼女を殴ったんですか？」彼女は不快感をこらえて尋ねた。

「それは知りません」ミス・フロッシーは注意深く言葉を選んで答えた。「きっと、そんなことはなかったと思います。あるとき、男性たちがジェイソンを批判しているのを耳にしました。もちろん本人には聞こえないところで。面と向かって彼を非難できる度胸のある者などいませんから。彼らは、ジェイソンがメリッサの行状を黙認していることを非難していました」

　ヴィクトリアの頭にある考えがひらめいた。「具体的には、彼らはなんと言ってました？」

彼女は注意深くつけ加えた。「正確に知りたいんです」

「正確に？　えーと、なんと言っていたかしら……そう、そう、こう言っていました。『ウェイクフィールドは社交界の全員が見ている前で寝取られ男になっていて、それを承知していながら、黙認して嫉妬《しっと》の角を生やしている。あれではわれわれの妻たちに示しがつかない。あんなふしだらな女はスコットランドの領地の屋敷に閉じこめて、鍵を捨ててしまえばいいのに』と」

　ヴィクトリアは頭を椅子の背にあずけ、安堵と悲しみを味わいつつ目を閉じた。「寝取られ男……そんなことを言われていたから、あのとき……」ジェイソンの誇り高さを思えば、妻のあからさまな不貞でその誇りがどれほどひどく踏みにじられたかは容易に想像ができた。

「それで、まだ知りたいことがあるかしら？」ミス・フロッシーが尋ねた。

「はい」ヴィクトリアは見るからに不安げに答えた。

　ひどく緊張した彼女の声を聞いて、ミス・フロッシーがそわそわしはじめた。「それが、『あのこと』じゃないといいけれど。一番身近な女性親族として、あなたにそれを説明するのはわたくしの役目なのだけれど、正直なところ、それについては救いようがないほど無知なのです。あなたのお母様がもうすべて話してくださっていると助かるのに」

ヴィクトリアはそこまでのやりとりで疲れきっていたが、なんの話かと好奇心に目を見開いた。「なんのことかぜんぜんわかりませんわ」

「『あのこと』ですよ——親友のプルーデンスがいつもそう呼んでいたわ。とにかく、プルーデンスが結婚式の前夜にお母様から教えられたことを、そのままあなたに伝えることにするわ」

「わざわざ申し訳ありません」ヴィクトリアはわけがわからず言った。

「ちっとも申し訳なくなんかないのですよ。なにも知らないわたくしのほうが申し訳ないわ。でも、未婚の女性は口にしないことだから。プルーデンスのお母様が話したことを聞きたいかしら？」

「はい」ヴィクトリアはなにを話しているのか見当もつかないまま答えた。

「わかりました。結婚式の晩、夫があなたのベッドに一緒に入ります——さもなければ、彼のベッドにあなたを運んでいくかもしれません。いずれにしろ、なにが起きても、嫌悪感を示したり、叫んだり、憂鬱になったりしてはいけません。目を閉じて、彼が『あのこと』をするのを許すのです。痛みがあるし、最初のときには出血もあるでしょうが、目を閉じて我慢しなければなりません。その最中は、なにか別のことを考えて我慢していなさいと、プルーデンスのお母様はおっしゃったそうよ。たとえば、夫が満足したら、新しい毛皮やドレスを買えるのだと。いやなお仕事ね？」

不安になって涙が浮かんでいたところへ、込みあげてきた笑いをヴィクトリアは肩を震わせながら抑えた。「ありがとう、ミス・フロッシー。とても元気づけてくださって」彼女はくすくす笑った。ヴィクトリアはそのときまで、夫婦の営みについては考えてもいなかった。だが、ジェイソンは夫になればその権利を持ち、息子が欲しいのだから、当然その権利を行使するだろう。医師の娘とはいえ、父は男性患者の下半身がけっして彼女の目にふれないよう細心の注意を払っていた。とはいえ、ヴィクトリアは夫婦の営みについてまったく知識がないというわけではなかった。家で鶏を飼っていたので、羽ばたきと鳴き声がその行為と関連しているのには気づいていた。もちろん、具体的にどんなことをしているのかはわからなかったし、そんな場面に遭遇すれば、鶏のプライバシーを尊重して目をそらすようにしていた。

彼女が十四歳のとき、父が農家の主婦のお産に往診を頼まれた。赤ん坊が生まれるのを待つあいだ、馬が飼われている牧草地をぶらぶらしていた。そこで彼女は、種牡馬が牝馬《ひんば》にのしかかっている衝撃的な光景を見た。牡馬は大きな歯で牝馬の首に噛みついて押さえつけ、哀れな牝馬は痛みにいなないていた。

羽ばたきながら鳴いている鶏とおびえていた牝馬の光景が、心のなかで交錯して、ヴィクトリアは思わず身を震わせた。

「まあまあ、顔が真っ青よ。でも大丈夫。跡継ぎを産むという使命さえ果たせば、思いやりのある夫ならあのことは愛人にまかせて、妻には残りの人生を平和に暮らさせてくれるのですよ」ミス・フロッシーが言った。

ヴィクトリアは窓に視線をすべらせた。「愛人……」ジェイソンには愛人がひとりいるし、過去にもたくさんの愛人がいた――しかも、これまで耳にしたゴシップによれば、美女ばかりだったという。ヴィクトリアはそこに座ったまま、社交界の紳士たちとその愛人についてあらためて考えてみた。既婚者が愛人を持つのは不誠実だと思っていたが、もしかしたらそうとばかりも言えないのかもしれない。ミス・フロッシーが言うように、社交界の紳士たちは、より文化的で洗練され、妻に対して思いやりがあるのかもしれない。妻を自分の欲望のはけ口に利用せず、愛人を見つけて立派な家に住まわせ、召使いや美しいドレスを与えることで、哀れな妻を平和に暮らさせるのだ。それこそが現実を処理する理想的な方法なのだと、彼女は自分の心に折り合いをつけようとした。たしかに、社交界の女性たちはそう考えているらしいし、彼女たちは自分よりもはるかに物知りなのだから。

「ありがとう、ミス・ノロッシー。とても参考になりました」彼女は心から感謝した。

ミス・フロッシーは微笑んだ。黄色い巻き毛が小さな白いレースの帽子の下で揺れる。

「こちらこそありがとう。あなたはジェイソンをこれまで見たこともないほど幸福にしたわ。

そして、もちろんジェイソンもあなたを幸福にしました」彼女は礼儀正しく答えた。

ヴィクトリアは微笑んだが、自分がジェイソンを本当に幸福にしたとはとうてい思えなかった。

部屋へ戻った彼女は火のない暖炉の前に座って、くよくよ考えたり現実から逃げたりするのをやめようとした。明日の朝にはジェイソンと結婚するのだ。彼女は彼を幸福にしたいと思った――あまりにも強くそう思ったので、自分の感情をどう処理するかは二の次になっていた。彼が不実な妻と結婚していたという事実は、思いやりと同情を抱かせた。そのうえ、彼の人生のすべての不幸を埋めあわせてあげたいとまで思った。

ヴィクトリアはそわそわと立ちあがって、部屋を歩きまわり、化粧台にあった磁器のオルゴールを手にしてみたが、すぐにそれを置いてベッドへ向かった。選択肢がないからジェイソンと結婚するのだと自分に言い聞かせようとしてみたが、ベッドに腰をおろしているうちに、それだけが理由ではないと自覚した。心のどこかで彼との結婚を求めていた。彼の容姿や笑顔や辛辣なユーモアを愛していた。威厳のある低い声できびきびと話すのも、長い脚でいかにも自信に満ちて歩くのも好きだった。笑いかけるときの目の輝きも、キスするときの情熱のたぎる視線も。ジャケットを着る優雅なしぐさも、彼の唇の感触も――。

ヴィクトリアはジェイソンの唇の感触を心から払いのけて、ベッドに掛かっている金色の絹の布をじっと見つめた。わたしはいろいろな点で彼に惹かれている――あまりにも多すぎる点で。でもわたしには男性を見る目がない。アンドルーの経験がそれを証明している。アンドルーが自分を愛してくれていると思いこんでいたが、ジェイソンが自分をどう思っているかについてはなんの幻想も抱いていない。彼はわたしに魅力を感じ、息子を産んでくれと求めている。わたしを好いてくれてはいるが、それ以上の感情は抱いていない。ところがわたしは、もういまにも恋に落ちてしまいそうだ。でも、彼はわたしの愛を求めてはいない。ジェイソンは単純明快な言葉でそう言ったのだから。

この数週間、ジェイソンに対する感情は感謝と友愛だと信じこもうと努力したが、じつはそれ以上のものなのだろう。そうでなければ、彼を幸福にしたい、彼に愛してもらいたいと願う、焼けつくような思いはいったいなんなのだろう？　ミス・フロッシーから彼の前妻が不貞を働いていたと聞いて、これほどの怒りを感じるのはいったいなぜなのだろう？

恐れが全身を駆けめぐり、ヴィクトリアは湿った手のひらをライム色のモスリンのドレスに押しつけた。明日になれば、彼女の愛を求めていない男、彼女のやさしさを利用して彼女を傷つけることができる男に、人生のすべてをゆだねなければならないのだ。ヴィクトリアの本能は、その男と結婚してはいけないと警告していた。父の言葉がここ数日何度も心によみがえってきて、明日祭壇へと続く道を歩いてはいけないと訴えていた。〝愛してくれない人を愛するのは地獄だ……おまえのことを愛してくれない人と連れ添って幸福でいられるなんて、絶対に信じてはいけないよ……自分を心から愛してくれる人でなければ愛してはいけないよ、トーリー……〟

うつむくと、髪がカーテンのようにたれて、緊張した顔が隠れた。ヴィクトリアはこぶしを握りしめていた。彼女の理性は彼と結婚してはいけない、結婚したらみじめになるだけだと警告していた――だが、彼女の感情はすべてを彼に賭けて、その先にある幸福を求めたいと願っていた。

理性は逃げろと言い、感情は勇気を出せと訴えていた。

ドアにノックの音がして、閉じたドアの向こうからノースラップの困惑した声が聞こえてきた。「失礼いたします、レディ・ヴィクトリア。若い女性のお客様がいらしておりますが、とても興奮してあわてているご様子で。シャペロンもなく、帽子もかぶっておられませんし、雇い馬車で乗りつけられたのですが、本人がおっしゃるには……あなたの……妹様だとか。ロンドンに妹様がいらっしゃるとは聞いておりませんでしたので、お断わりしようかとも思ったのですが――」

「ドロシーなの？」ヴィクトリアはドアをぱっと開けて、前髪をかきあげた。「どこにいるの？」彼女の表情は輝いていた。

「玄関近くの小さな客間へお通ししました」ノースラップは見るからにうろたえた。「ですが、本当に妹様でしたら、もっと居心地のいい黄色の客間へお連れして……」

ノースラップが言い終わる前に、ヴィクトリアはさっと階下へ走り去った。

「トーリー！」ドロシーは駆けてきたヴィクトリアを守るように抱きしめ、ふたりは涙を浮かべながら言葉にならない気持ちで再会を喜んだ。「雇い馬車を見たときのお宅の執事の苦い顔を見せたかったわ――わたしに対しても同じような顔をしたのよ」

「どうして、この前書いた手紙に返事をくれなかったの？」ヴィクトリアはドロシーをきつく抱きしめたままで尋ねた。

「今日、バースから帰ってきたばかりなの。そのうえ、明日から二カ月間もフランスへ送られるのよ。お祖母様によれば『磨きをかける』ために。もしここに来たとわかったら、ものすごくお怒りになるでしょうけれど、お姉様があの男と結婚させられるのを手をこまねいて眺めているわけにはいかないもの。いったい、どんな仕打ちをされて、結婚を承諾したの？ぶたれたの？　食事を抜かれたの？　それとも――」

「そんなんじゃないわ」ヴィクトリアは微笑んで妹の黄金色の髪をなでた。「彼と結婚したいの」

「そんなの嘘よ。嘘をついているんでしょ、心配させたくないから……」

ジェイソンは馬車の座席に寄りかかって、意味もなく手袋を膝にはたきつけながら、窓の外に視線をやってアッパーブルックストリートに立ち並ぶ豪華な家々を眺めていた。結婚式は明日だ……。

ヴィクトリアを求める気持ちはもはや否定できず、結婚する決意をした。一刻も早く彼女を自分のものにしたいという気持ちで、すっかり理性を失っていた。過去の経験からして、女性というものがどれほど不道徳で油断ならない存在になりうるかは知っているので、やっかいな感情のせいで自分がひどく無防備になったようでいらいらしていた。それでも、彼女を求めずにはいられなかったし、おたがいを幸福にするという無邪気な少年のような希望を抱かずにはいられなかった。

ヴィクトリアとの人生はきっと静かではないだろうと想像して、彼は苦笑いを浮かべた。彼女は自分を楽しませ、いらだたせ、そして反抗するだろう――それは、彼女が他に選択肢がないから結婚するのと同じくらいたしかだ。それに、彼女のヴァージンがすでにアンドルーに捧げられてしまったことも。

ふとジェイソンの唇から笑みが消えた。先日の午後、彼女がそれを否定してくれるのを期待していた。ところが、彼女は視線をそらして「ごめんなさい」と謝った。

そんな事実を聞くのはたまらなかったが、その正直さを彼は賞賛した。彼はアンドルーに身を捧げた彼女を責める気にはなれなかった。田舎で育った純真な娘が、周辺で一番の裕福な男性から求婚され、それを疑うこともなく信じてしまうのは、容易に想像できた。結婚すると信じさせれば、ヴァージンを奪うのは相手にとってさほど難しくはなかっただろう。ヴィクトリアは心のやさしい寛大な娘だから、使用人たちを気遣ったりウルフの世話をしたりするのと同じく、心から愛した男に自分を差しだすのは自然なことだったろう。

自分自身が自堕落な生活を送ってきたというのに、ヴィクトリアが愛する男に身を捧げたのを非難するのはひどく偽善的に感じられたし、ジェイソンは偽善を好まなかった。だが、ヴィクトリアが他の男の腕に裸で抱かれたと想像すると、憎悪がこみあげた。アンドルーは彼女にうまく教えこんだものだ。どんなふうにキスをして、どんな具合に体を寄せれば、男の情熱が燃えあがるのかを……。

アッパーブルックストリート六番地の屋敷に到着すると、ジェイソンは苦しい物思いを振り払って馬車から降り、階段をのぼった。ヴィクトリアはもうアンドルーを慕ってはいないと、彼は自分に言い聞かせた。この数週間、彼女はアンドルーのことを忘れていた。

明日はもう結婚式だというのに、今晩訪れるなんてばかな話だと思いながら、ジェイソンは玄関扉を叩いた。わざわざやってきたのは、彼女の顔が見たかったのと、今度入港する船でインディアンポニーを取り寄せるよう手配してあると知らせて、喜ばせたかったからだった。ポニーは結婚の贈り物のひとつだったが、本当は彼女がそれを乗りこなす姿が見たかった。上半身を低くして馬の首に近づけ、太陽に髪を輝かせながら野を駆ける彼女はきっとさぞ美しいだろう……。「やあ、ノースラップ。レディ・ヴィクトリアはどこだ？」

「黄色の客間で、妹様と話しておられます」

「妹？」ジェイソンは驚きと喜びで微笑んだ。「どうやら、老いた魔女はドロシーがここへ来る許可を出したようだ」そう言うなり、さっさと廊下へ向かった。ヴィクトリアの妹に会うよい機会だと思いつつ、ジェイソンは黄色の客間のドアを開けた。

「とても耐えられないわ」若い女性がハンカチを押しあてて泣いていた。「お祖母様が結婚式へ出席を許してくださらなくてよかった。とても耐えられないもの、お姉様が相手はアンドルーだと自分に思いこませて、教会の通路を歩いていくのを見ているなんて――」

「これは失礼、間の悪いときに来てしまった」ジェイソンは声をかけた。ヴィクトリアが望んで彼と結婚するという甘い期待はたちまち心から消えうせた。彼女は相手がアンドルーだと心に言い聞かせて結婚式をするつもりなのだ。

「ジェイソン！」ヴィクトリアは彼がドロシーのたわごとを聞いてしまったと気づいて狼狽のあまりめまいを感じた。なんとか平静さを取り戻すと、彼に手を差しだして、おだやかに微笑みながら話しかけた。「来てくださってうれしいわ。妹に紹介させて」嘘で取り繕うのは絶対に無理だとわかっていたので、事実を説明して理解してもらおうとした。「ドロシーは曾祖母のコンパニオンのレディ・フォークリンから恐ろしい話を聞いたようで、そのせいであなたが冷酷なモンスターかなにかのように思いこんでしまっているの」ジェイソンが黙ったまま片方の眉をドロシーに向かって皮肉っぽくつりあげたのを見て、ヴィクトリアは唇を噛んだ。そして、座ったままで彼を無視しているドロシーに声をかけた。「お願いだから、礼儀をわきまえて、フィールディング卿に紹介くらいさせてちょうだい。そうすれば、彼がとてもいい人だとわかるんじゃないかしら？」

ドロシーがいやいやながら視線を上げると、冷たい無表情な男が、まるで浅黒い怒った巨人のように、胸で両腕を組んで立っていた。ドロシーは目を大きく見開いて、黙ったまま、ゆっくり立ちあがったが、膝を曲げてお辞儀するのではなく、彼をじっと見据えた。「フィールディング卿、あなたが『とてもいい人』かどうかはわかりません。ですが、これだけは警告しておきます。もし、姉の髪の毛一本でも傷つけたりしたら、わたしはすぐにあなたを撃ちます！　おわかりになりましたでしょうか？」彼女はけんか腰だった。声は怒りと恐怖で震えていたが、視線は彼の冷たいグリーンの目を勇敢に見つめていた。

「もちろん」

「けっこうです。ここから逃げだすよう姉を説得できませんでしたので、これで曽祖母の屋敷へ戻ります。失礼いたします」

ドロシーが部屋を出ていき、ヴィクトリアも後を追った。「ドロシー、まったく、なんてことを。こんな礼儀知らずなことをするなんて」ヴィクトリアが悲しげに嘆いた。

「たとえ礼儀知らずだろうと、もしお姉様にひどいことをすればわたしが仕返しをすると釘を刺しておくべきだもの」

ヴィクトリアはあきれて目をまわしたが、妹を抱きしめて別れを告げ、急いで客間へ戻った。

「ごめんなさい」ヴィクトリアはジェイソンに心から謝った。彼は窓辺に立って、ドロシーが乗った馬車が去っていくのを眺めていた。

彼が肩越しに振り返って、片方の眉を上げた。「彼女は射撃はできるのか?」

ヴィクトリアは彼の気持ちを測りかねて、笑いをかみ殺しながら首を横に振った。彼が窓に顔を戻して黙ったままなので、彼女は説明を試みた。「ドロシーは想像力が旺盛《おうせい》だから、わたしがアンドルーのことで頭が混乱したせいであなたと結婚するんじゃないと、どうしても信じてくれないの」

「そうじゃないのか?」

「そうじゃないわ」

するとジェイソンはくるりと彼女のほうを向いた。その目は冷たいグリーンのガラスの破片のようだった。「明日、教会の通路を歩くとき、祭壇の前できみを待っているのはアンドルーじゃない、このぼくだ。よく覚えておけ。その現実に向き合いたくなければ、教会へ来るな」今晩彼が訪れたのはインディアンポニーの話をするためだった。彼女をからかって笑わせるつもりだった。だが、彼はそれ以上なにも言わずに屋敷を去った。

21

灰色の曇り空の下、みごとな銀の馬具をつけた四頭の元気な栗毛の馬に牽かれた、ジェイソンの漆塗りの四輪大型馬車が、ロンドンの混みあった道路を揺れながら進んでいた。グリーンのベルベットのお仕着せ姿の六人の乗馬従者が一行を先導し、馬車の後ろにも四人が付き従っていた。ふたりの御者は馬車の先頭で誇らしげに背筋をのばして座り、後ろ側にもふたりついていた。

馬車のなかで、ヴィクトリアは豪華なぶあついクッションに埋もれるように座っていた。このうえなく美しく贅沢なドレスに身を包んでいたが、心は外の天気と同じく灰色だった。

「寒いのかい？」向かい側の座席からチャールズが心配そうに声をかけた。

ヴィクトリアは頭を横に振って、いったいなぜ、ジェイソンは結婚式をこれほど派手な見世物にすることにこだわったのだろうかと考えていた。

しばらくして、彼女はチャールズに手を取られて馬車から降り、まるで親に手を引かれて恐ろしい場所へ向かう子供のように、巨大なゴシック建築の教会へと長い緩やかな階段をのぼっていた。

チャールズと一緒に教会の入口で待っているあいだ、ヴィクトリアはこれからしようとしていることの重大さを考えないようにつとめ、詰めかけた大勢の人々をぼんやり見つめていた。上等な服に身を包んで結婚式を見物に来たロンドンの貴族たちと、自分の結婚式には近くにいてもらいたいとかつて願っていた親しい村人たちとが、ひどくちがうのを感じていた。その場にいる大半はほとんど知らないも同然の人々で、なかにははじめて見る人さえいた。

もうすぐアンドルーではなくジェイソンが立つ祭壇を見ないようにして、彼女は信徒席に視線をやった。席は人々で埋まっていたが、右側の最前列の端のあいている場所はチャールズのための席だ。通路を挟んでとなりあっている左側の最前列はふつうなら花嫁側の親族の席だが、象牙のステッキを持って、鮮やかな紫色のターバンで髪を隠した老婦人が座っていた。

平静を失っているヴィクトリアは、ターバン姿になんとなく見覚えがあったものの、どこで会ったのか思い出せないでいた。そのうちに、チャールズが近づいてきたロバート・コリングウッドにうなずきかけたので、視線をそちらへ動かした。

「ジェイソンは到着しているのか?」チャールズがロバート・コリングウッドに尋ねた。

ジェイソンの付き添い役をつとめるロバートはヴィクトリアの手にキスして力づけるような笑みを浮かべ、「もう来ています。準備も整っています」と答えた。

ヴィクトリアの膝ががくがく震えだした。彼女は準備が整っていなかった。彼と結婚する準備などまるで整っていなかった！

キャロラインがブルーのサテンにダイヤモンドをちりばめたヴィクトリアのドレスの長いすそを整え、夫に微笑みかけた。「フィールディング卿は緊張している？」

「していないと本人は言っていた」ロバートが答えた。「だが、早くはじめたいそうだ」

なんて冷たい人なのだろうとヴィクトリアは思い、恐怖が込みあげ、パニックに陥った。ジェイソンには感情がないのだろうか。

「こちらも準備は整っている。さあ、はじめよう」チャールズは待ちきれないという口調だった。

まるで操り人形のように、ヴィクトリアはチャールズの腕に片手をあずけ、蠟燭が灯された長い通路を歩きだした。蠟燭の炎がサテンの生地を照らし、ダイヤモンドに反射した無数の小さな輝きが彼女の髪や喉もとやベールを照らした。頭上の広い聖歌隊席からは聖歌が響いていたが、ヴィクトリアの耳には届かなかった。一歩進むごとに、笑いにあふれた無邪気な少女時代が遠ざかった。前方で待ち受けているのは……ジェイソン。深いミッドナイトブルーのベルベットの式服に身を包んだジェイソンだった。顔がやや陰になっていて、その姿はとても背が高く暗く見えた。知らない人のように暗く……彼女の未来のように暗く。

なぜ、こんなことをしているの！　恐怖におののくヴィクトリアの心が、チャールズの手でジェイソンへと手渡されようとしている自分自身に向かって叫んだ。

わからないわ。彼女は心のなかで答えた。ジェイソンにはわたしが必要なの。

そんなの理由にならないわ！　いまならまだ逃げられる。後ろを振り向いて走りなさい。

無理よ！

できるわよ。振り向いて走ればいいだけ。さあ、いますぐに。

無理なの！　彼を置き去りにはできないわ。

なぜ？

そんなことをしたら、彼が恥をかく――最初の妻の不始末のときよりももっとひどく。お父様は言っていたじゃない――おまえのことを愛してくれない人と連れ添って幸福でいられるなんて、絶対に信じてはいけないと。お父様がどんなに不幸だったか思い出して。逃げるのよ！　早く！　手遅れになる前に、ここから出なくては！

チャールズがヴィクトリアの冷たい手をジェイソンの温かい手に渡したとき、彼女の心は恐怖との戦いに負けていた。体は恐れでこわばり、片方の手はスカートを握りしめている。息遣いは浅く速かった。ジェイソンの手を振り払おうとした瞬間、彼が手に鋼鉄のような力を込めた。こちらを向いた彼のグリーンの目が、逃げるなと警告していた。と、突然、彼の手の力がゆるんだ。目はぼうっと遠くを見つめている。彼が手を放したので、彼女の両手は広がったスカートの前に落ちた。ジェイソンが大主教のほうを見た。

彼は式をやめるつもりなのだ！　彼女がそう気づいたとき、大主教が一礼して「はじめますか、マイ・ロード?」と言った。

ジェイソンはそっけなく首を横に振って、口を開こうとした。

「だめ!」ヴィクトリアが小声で彼を止めた。

「なんですか?」大主教が顔をしかめて彼女に尋ねた。

ヴィクトリアが視線を上げると、ジェイソンが皮肉っぽい冷淡な仮面の下に屈辱を隠しているのが見てとれた。「怖かっただけです、マイ・ロード。どうか、わたしの手を取ってください」

ジェイソンはためらいながら彼女の目を探るように見た。鉄のように厳しい彼の表情に安堵が広がった。彼の手が彼女の手にふれ、確かめるように包んだ。

「では、はじめますか?」大主教が怒ったようにうながした。

ジェイソンの唇がひきつった。「お願いします」

大主教が長い祈りを捧げはじめた。花婿と花嫁を食い入るように見つめるチャールズの胸は感動ではちきれんばかりにふくらんでいたが、視界の隅に紫色のなにかが見え、急にだれかから見つめられているような不気味な感覚に襲われた。なにげなく横を向いた彼は、それがクレアモント公爵夫人だと気づいて、驚きのあまり息が詰まった。チャールズは冷たい勝利感を表情にみなぎらせて、彼女を見つめた。やがて、軽蔑を込めた一瞥を投げてから、視線を戻して、彼女の存在を心から閉め出した。祭壇では自分の息子がヴィクトリアと並んで立ち、一生添い遂げると誓いを立てている。涙で目がくもるなか、大主教が尋ねた。「ヴィクトリア・シートン、汝は……」

キャサリン、愛する人よ。チャールズは心のなかで語りかけた。わたしたちの子供たちが見えるかい？　ふたり並んだ姿は美しいじゃないか？　きみのお祖母様はわたしたちが子供を持つことを許さなかった――あれは彼女の勝利だった。だが、これでようやく、わたしたちが勝ったんだよ。ふたりの血が流れる孫を持つことができる。心から愛する、美しいキャサリン、わたしたちの孫だ……。チャールズは通路を隔てて座っている老婦人に涙を見られたくなくて、顔を横にそむけた。

だが、クレアモント公爵夫人は目から涙があふれ、しわが寄った頬を伝って流れるせいでなにも見えなかった。キャサリン、愛する孫娘。彼女は心のなかで語りかけた。祭壇のふたりを見ておくれ。わたくしは愚かで自分勝手だったせいで、あなたがチャールズと結婚し子供を持つのを阻んでしまった。だから、その代わりにこの縁組のお膳立《ぜんだ》てに一役買ったのです。これで、あなたは彼との孫を持つことができる。ああ、キャサリン、心から大切に思っていました。だから、ウィルソン家との縁組みで大きな成功を手に入れさせようとしたのです。あなたが欲しいのが本当に彼だけだなんて信じられなかった……。

大主教に誓いの言葉をくりかえすよう求められて、ヴィクトリアは夫を心から愛しているようにふるまうというジェイソンとの約束を思い出した。そこで、彼女はジェイソンのほうに顔を上げてはっきりと誓いの言葉を述べようとしたが、いざ愛を誓おうとすると、彼は急に視線を聖堂の天井に向けて、辛辣な笑みで唇をひきつらせた。雷が落ちるかどうか確認しているのだと気づいて、ヴィクトリアの極度の緊張は押し殺した笑いへと変化し、大主教は顔をしかめて非難を示した。

俗世の財産のすべてを彼女に与えるというジェイソンのよく通る低い声が響いた。そして、儀式が終わった。「新婦にキスをどうぞ」と大主教が言った。

自分を見るジェイソンの目が勝利に輝いている。それがあまりに予想外のことだったので、ヴィクトリアはすっかり怖気づいて、彼の腕が体にまわされると全身をこわばらせた。彼が頭を下げて、彼女の震える唇に長い大胆なキスをすると、大主教は顔をしかめ、招待客から忍び笑いがもれた。ようやく、彼は彼女を放し、その手を取った。

「マイ・ロード、お願いだから少しゆっくり歩いて」教会の入口へ向かって中央通路を歩きながら、彼女はささやき声で頼んだ。

「ジェイソンと呼べ」彼はぴしゃりと言ったが、足取りをゆるめた。「それから、今度キスするときは、うれしそうなふりをしてくれ」

あまりに冷たい口調なので、ヴィクトリアは頭から冷水を浴びせられたように感じたが、なんとか心を落ち着けて、教会の外でチャールズとジェイソンに挟まれて立ち、八百人の招待客の祝福に応えた。

チャールズがとなりにいた友人と話をしようと横を向いたとき、最後の招待客が柄を宝石で飾った象牙のステッキをついて教会から出てきた。

その老婦人はジェイソンを完全に無視してヴィクトリアに近づき、彼女のブルーの瞳をじっとのぞきこんだ。ヴィクトリアが礼儀正しく微笑むと、彼女は「わたくしがだれか、知っていますか?」といきなり切りだした。

「いいえ、奥様。申し訳ありませんが存じません。どこかでお目にかかったことはあると思いますけれど、まだ――」

「わたくしは、あなたの曾祖母です」

ヴィクトリアは反射的にジェイソンの腕を強くつかんだ。この人が、わたしを引き取るのを拒み、母の幸福をめちゃくちゃにした当人なのだ。ヴィクトリアはあごをつんと上げた。

「わたしには曾祖母はおりません」落ち着きはらって告げた。

にべもなく否定された公爵夫人は、思いがけない反応を示した。両目を賞賛で輝かせ、厳しい表情をかすかな笑みでゆるませたのだ。「あら、ちゃんといるのですよ」彼女は言った。「いるのです」愛情を込めてくりかえした。「あなたは外見は母親にそっくりですが、その誇り高い気性はわたくしから受け継いでいます」ヴィクトリアが反論しようとするのを、公爵夫人は笑いながら首を横に振って押しとどめた。「わたくしの存在を否定しようとしてもだめ。あなたの血管にはわたくしの血が脈々と流れているし、そのあごにはわたくしと同じ頑固さが見えます。目は母親から、強情さはわたくしから――」

「彼女に近づくな！　早く立ち去れ！」振り向いたチャールズがするどい口調で迫った。

公爵夫人は身をこわばらせた。両目は怒りで燃えていた。「そんな口をきくのはおやめなさい、アサートン。さもないと――」

「さもないと、なんですか？」チャールズも激怒していた。「脅そうとしても無駄だ。これでもう、わたしの夢はすべてかなった」

公爵夫人はいかにも貴族的な鼻の先でチャールズを見下すようにして、勝ち誇った口調で「夢がかなったのは、わたくしがそれをあなたに与えたからです、愚か者め」と言った。怒りを込めた目で呆然と凝視しているチャールズを無視して、彼女はふたたびヴィクトリアのほうを向いた。その視線には愛情が感じられた。華奢な手を差しだしてヴィクトリアの頬にふれたとき、彼女の両目に涙が浮かんだ。「ドロシーがフランスから戻ったら、クレアモントの屋敷へ会いにいらっしゃい。あの子をあなたから離しておくのは大変だったけれど、そうしなければきっと、なにもかも台無しにしてしまったでしょうから。古いスキャンダル――古い噂話をあれこれ吹きこんで」公爵夫人はすぐに言い直した。

彼女はジェイソンのほうを向いて、けわしい表情を浮かべた。「大切な曾孫娘をあなたにゆだねますが、必ずこの子を幸福にしてくれますね？」

「もちろんです」ジェイソンはおごそかに答えたが、その表情の奥には、目の前の小柄な老女が遠まわしに自分を脅しているのを楽しんでいるようすがかすかに感じられた。

公爵夫人は彼の落ち着いた表情をするどい視線で観察してから、おもむろにうなずいた。

「わかりあえたようですから、これで失礼します。わたくしの手にキスを許します」彼女は手の甲を差しだした。

ジェイソンは平然として彼女の手を取り、騎士のように甲に唇をつけた。

ヴィクトリアに向き直った公爵夫人は寂しげに「たぶん、あなたは受け入れてくれないでしょうけれど――」と声をかけた。彼女が近づいてきてからの短い時間では、なにがどうなっているのかヴィクトリアは事情をのみこめなかったが、老婦人の目にあるのはまちがいなく愛情だった――そして、痛ましい後悔の念も。

気がつくと、ヴィクトリアは曾祖母の腕にきつく包まれ、「お祖母様」とささやいていた。

公爵夫人はわずかに後ずさりして、満面の笑みを浮かべた。そして、ジェイソンに尊大な視線をそそいだ。「ウェイクフィールド、わたくしは曾孫娘の子供をこの腕に抱くまではけっして死にません。ですが永遠に生きるわけにはいかないので、あまり時間の猶予は与えられません」

「なるべく早くご期待に添えるよう心がけます」ジェイソンは真顔で答えたが、翡翠色の目には笑いが潜んでいた。

「あなたもぐずぐずしていてはいけませんよ」公爵夫人は頬を染めたヴィクトリアにも釘を

刺した。そして、ヴィクトリアの手をやさしく叩きながら、願い事をするようにつけ加えた。「わたくしは田舎で余生を送ることにしました。クレアモントはウェイクフィールドから馬車で一時間ほどですから、時々は顔を見せてくれますね」話を終えると、教会の戸口に控えていた事務弁護士を差し招いて、堂々とした口調で「腕を貸しなさい、ウェザーフォード。見たいものはすべて見て、言いたいことはすべて言いました」と言った。呆然としているチャールズに勝ち誇った最後の一瞥をくれてから、公爵夫人は去っていった。その背筋はぴんとして、ステッキはほとんど地面にふれてはいなかった。

教会の前は迎えの馬車を待つ人々でまだ混みあっていたが、ジェイソンは人だかりを避けてヴィクトリアを自分の馬車へ導いた。手を振って彼らを見送る人々に自然な笑顔を返しながらも、心は緊張のあまり疲れきっていたので、彼女は馬車がウェイクフィールドに近づいても周囲の景色に気づかなかった。もう少しで結婚式の祭壇の前から逃げだしそうになった最悪のスタートから二時間になるが、ジェイソンとはほとんど言葉を交わしていなかった。

長いまつげの下から、自分の夫になったハンサムな男性の顔を盗み見た。顔をそむけている彼の彫りの深い横顔には、思いやりや理解はかけらも感じられなかった。きっと祭壇から逃げようとしたことを怒っているのだ。どんな仕返しをされるのかと思うと不安でたまらず、これ以上耐えられそうになかった。もしかしたら、取り返しがつかないほど仲たがいしてしまったのだろうかと思うと、心配で押しつぶされそうだった。「ジェイソン」おずおずと名前で呼びかけてみた。「教会でのことはごめんなさい」

彼は無表情に肩をすくめた。

彼の沈黙にヴィクトリアの不安がさらに増したとき、馬車が角を曲がってウェイクフィールドの近くの美しい小さな村へ入った。彼女がもう一度謝ろうとしたとたん、教会の鐘が急に鳴りだし、前方に一張羅を着た村人や農民たちが並んでいるのが見えた。

みんなが通りすぎる馬車に向かって微笑みながら手を振っている。小さな子供たちが野の花を握りしめて、あいている馬車の窓からヴィクトリアに捧げようとてんでに進みでた。

四歳ほどの小さな男の子が道端の木の根につまずいて転び、握っていた花の上に倒れこんでしまった。「ジェイソン、馬車を停めるよう御者に言って——お願い！」ヴィクトリアは気まずい雰囲気も忘れて頼んだ。

ジェイソンが御者に指示して馬車を停めると、ヴィクトリアはドアを開けた。立ちあがって花を拾ったものの年長の子供たちにからかわれていた幼い男の子に、彼女は「なんて可愛らしいお花かしら！」と声をかけた。そして、「わたしにくれる？」と台無しになった花にうなずきかけながらうれしそうに訊いた。

幼い男の子は洟《はな》をすすり、汚れた小さなこぶしで涙を拭いた。「はい。あげようと思って。でも、だめになっちゃった」

「もらってもいいかしら？　わたしのブーケと一緒にすれば、きっととてもきれいよ」ヴィクトリアは笑顔で言った。

男の子はちぎれた花を恥ずかしそうに差しだした。「ぼくが、つんだの」誇らしげに言って、ヴィクトリアが豪華なブーケに二本の花を丁寧に挿すのをびっくりしたような目で見ていた。「ぼくはビリーっていうんだ。あっちの孤児院にいるんだよ」彼はヴィクトリアを左目で見ていた。右目は焦点が合っていなかった。

ヴィクトリアはやさしく微笑みかけた。「わたしはヴィクトリアよ。でも、親しい友だちはトーリーって呼ぶの。あなたもトーリーって呼んでくれる？」

彼は小さな胸を誇らしげにふくらませたが、心配そうにジェイソンを見て、彼がうなずいて同意するのを待ってから、元気いっぱいに大きくうなずいた。

「近いうちにウェイクフィールドへ来て、凧を揚げるのを手伝ってくれる？」ジェイソンが驚いて感心しながら見つめるなか、彼女は会話を続けた。

男の子の笑顔が翳った。「ぼく、うまくできないんだ。すぐに転んじゃうから」

ヴィクトリアは思いやりを込めてうなずいた。「もしかしたら、目のせいかもしれないわね。でも、まっすぐ見られるように治す方法があるのよ。昔、あなたと同じような目をした男の子がいたの。ある日、〈開拓者とインディアンごっこ〉をしていたら、その子が転んで、いいほうの目をけがしてしまって、わたしの父が治るまで眼帯をさせたのよ。そうしたら、そのうちに悪いほうの目がまっすぐになってきたの。いいほうの目が使えないから悪いほうの目を一生懸命に使おうとしたのがよかったのだろうって、父は言っていたわ。もしよかったら、わたしがあなたのところへ行って、眼帯をつけてみてあげましょうか？」

「でも、へんなかっこうに見えるでしょ」彼はためらった。

「ジミーは——その子はジミーという名前だったの——まるで海賊みたいに見えたわよ。そしたら、すぐに、みんながまねして眼帯をするようになったわ。わたしと一緒に、海賊になって遊びたくない？」

彼はうなずいて、年上の子供たちのほうを笑顔で振り向いた。「あのレディはなんて言ったの？」ジェイソンが馬車を出すように御者に合図すると、子供たちがビリーに尋ねた。

ビリーは両手をポケットにつっこんで、胸を張り、誇らしげに答えた。「トーリーって呼んでいいって、ぼくに言ってくれた」

子供たちは大人たちと合流し、みんなで列をつくって馬車の後から丘をのぼってきたので、ヴィクトリアは領主が妻を娶《めと》るときに村で祭りをする習慣でもあるのだろうと思った。馬車がウェイクフィールドの巨大な鉄の門をくぐる頃には、ちょっとした軍隊ほどの数の村人が付き従っていた。並木道に沿って、それ以上の数の人々が出迎えていた。どういうことかとジェイソンを見ると、彼の表情には笑みが浮かんでいた。

ジェイソンの笑みの理由は、馬車が広大な屋敷に近づくなりあきらかになった。小さな村で村人全員に祝福されて結婚するのが夢なのだと、彼女は話していたのだが、彼はその夢の少なくとも一部分を実現しようとしていたのだ。ウェイクフィールドの芝地はおとぎ話の花園に変えられていた。白いランやユリやバラが盛大に飾りつけられ、大きな食卓がいくつも置かれている。その上には銀の皿や陶器のうつわに食べ物が盛られていた。芝地の奥には東屋《あずまや》がつくられ、花や色とりどりのランプで飾られていた。あちこちに松明《たいまつ》が灯され、夕暮れを押し戻すように、周囲を楽しげに照らしていた。

ジェイソンが大枚をはたいて彼女のために天国のような美しい舞台を準備し、村人たち全員を結婚祝いに招待したのは一目瞭然だった。ジェイソンの仕掛けに自然までもが協力して、さっきまでおおっていた雲が消えて夕日に場所を譲り、空はあざやかなピンクと紫色で彩られた。

馬車が屋敷の前で停まり、ヴィクトリアはジェイソンの心尽しの結婚祝いを眺めた——その思いやり深さは、ふだん彼が見せるそっけなさや冷淡さとは正反対だった。ジェイソンの顔を見ると、目の端にわずかに笑みが浮かんでいた。彼女はそっと手を彼の腕に置いた。

「ジェイソン、ありがとう」彼女は心を込めてささやいた。感謝はキスで示してほしいという言葉を思い出して、片手を彼の硬い胸にあて、やさしくそっとキスをした。

「ジェイソン、馬車から出てきて花嫁を紹介してくれるかい、それともこちらから自己紹介が必要か？」アイルランド訛《なま》りの笑いを含んだ声が聞こえて、ヴィクトリアはわれに返った。

声がしたほうを振り向いたジェイソンが、日に焼けた顔に驚きと喜びを浮かべて馬車から降りた。筋骨たくましいアイルランド男に握手の手を差しのべたが、相手は彼を全身で抱きしめて挨拶した。「ところで」男はジェイソンの肩をつかみ、見るからにうれしそうな笑顔を向けた。「とうとう、この広くて冷たい屋敷を温めてくれる奥方を迎えたそうじゃないか。船が港に入るまで待っていてくれれば、結婚式に出席できたのに」男はジェイソンをからかった。

「来月まで会えないと思っていたんだ。いつ戻った?」

「荷の積み降ろしを見届けてから、今日わが家へ戻ったところだ。一時間ほど前に着いたが、おまえさんは忙しく仕事をしていると思っていたら、結婚式で忙しいと聞いてびっくりした。さて、奥方を紹介してくれるか?」

ジェイソンはヴィクトリアが馬車から降りるのを手伝い、マイケル・ファレル船長に紹介した。ファレル船長は五十歳ほどと思われ、髪の毛はとび色、瞳はいかにも楽しげなハシバミ色だった。風雨にさらされて日に焼け、目尻にたくさんのしわが刻まれた顔は、船の甲板で過ごした人生を物語っている。ヴィクトリアはひと目で彼を好きになったが、はじめてジェイソンの妻として紹介される緊張のせいでどぎまぎして、イングランドに来て以来教えこまれた、距離を置いた堅苦しいやりかたでファレル船長に挨拶した。

すると、ファレル船長の表情が変化した。目から温かい歓迎の色が消え、彼女にも増して堅苦しい挨拶を返したのだ。「お目にかかれて光栄です、レディ・フィールディング。このようなむさくるしい格好をお許しください。こちらでパーティが開かれるとは知らずに来てしまったのです。では、もしお許しいただければ、わが家へ戻って六カ月の長い船旅の疲れを炉辺で癒《いや》したいと存じます」

「まあ、どうか帰らないでください！」ヴィクトリアは自然な飾らない温かみがあふれる態度で答えた。ファレル船長がジェイソンの特別に親しい友人だと感じられたので、なんとかして居心地よくもてなしたいと思ったのだ。「夫もわたしも、大事な結婚式なので着飾りすぎているんです」彼女は冗談めかして言った。「それに、わたしの船旅はほんの六週間でしたけれど、傾いたり揺れたりしないテーブルで食事をしたいとずっと思っていました。この屋敷のテーブルはびくともしませんから安心なさってください」

ファレル船長は彼女をじっと見つめてから、「船旅を楽しめなかったようですね、レディ・フィールディング」とあたりさわりなく言った。

ヴィクトリアは笑顔でうなずいた。「腕を折ったときや、はしかにかかったときを思い出しました——そのうえ、一週間ずっと気分が悪くて吐いてばかり。残念ながら立派な船乗りにはなれないようです。船酔いが治る前に今度は大嵐に遭ってしまって」

「それは大変だ！」ファレル船長の笑顔は最初の温かみを取り戻していた。「本当にひどい目に遭ったんですね。年季の入った船乗りでも、大西洋の大嵐に遭えば、死んでしまうのではないかと心配になるほどだから」

「でも、わたしは、死なないでいることのほうが心配でした」ヴィクトリアは笑いながら逆のことを言った。

ファレル船長は頭を後ろにのけぞらせて大笑いした。そして、満面の笑みで、ヴィクトリアの両手をごつごつした大きな手のひらに包んだ。「喜んでご一緒させていただこう。さっきは……本当に……失礼した」

ヴィクトリアはうれしそうにうなずいた。そして、通りかかった従僕のトレイからワインのグラスを取って、はじめてウェイクフィールドに来たときに荷車に乗せてくれたふたりの農夫を見つけて話しかけに行った。

彼女がその場からいなくなると、ファレル船長はジェイソンにおだやかに話しかけた。「馬車のなかで彼女がおまえさんにキスしているのを見たとき、すぐにとても好ましい女性だと思ったよ。だけど、あの形式ばった挨拶を受けたら――彼女の目はうつろでまるでなんにも見ていなかった――またメリッサみたいな傲慢な女と結婚したのかと、思わずぞっとしたんだ」

ジェイソンは、まごついている農夫たちの気分をほぐそうとしているヴィクトリアを見つめていた。「彼女は傲慢じゃない。それに、オオカミの血が入った犬をペットにしているし、まるで魚みたいに泳ぎがうまい。うちの召使いたちは彼女にすっかり夢中だし、チャールズは溺愛してるし、ロンドンじゅうの気取った男たちが彼女の愛を得ようと必死だった」

「おまえさんも含めてかい？」マイク・ファレルがすかさず訊いた。

ジェイソンはヴィクトリアがワインをおかわりするのを見ていた。今朝、彼女は相手がアンドルーだと自分に思いこませなければ教会へ来られなかったのだろう。そのうえなお、八百人もの招待客の目の前でぼくを置き去りにしようとしたのだ。これまで彼女がワインをひと口以上飲んだのは見たことがなかった。それなのに、もう二杯目だということは、きっとぼくと新婚の夜を過ごす嫌悪感を酒で紛らわそうとしているのだろう。

「最高に幸せな新郎には見えないな」ファレル船長がジェイソンのしかめ面を見て言った。

「これ以上ないほど幸せだ」とジェイソンは答えた。そして、自分の結婚を早くも後悔しはじめながらも、客たちに新婦を紹介してまわりだした。祝いの宴の招待主役をつとめ、にこやかに挨拶しながらも、彼はヴィクトリアが教会で自分の前から逃げだそうとしたことを思い出していた。その記憶は心を苛《さいな》んだが、どうしても忘れることができなかった。

空に星がまたたくなか、ジェイソンは人ごみから少し離れて、ヴィクトリアが周辺の地主やファレル船長や村人たちと踊るのを眺めていた。わざと自分を避けているのはわかっていたし、時おり視線が合うと、彼女はすっとそらしていた。

彼女はもうずっと前にベールをはずして、楽団にもっとテンポの速い曲をとリクエストし、地元のダンスを教えてくれと頼んで村人たちをすっかり魅了していた。月はもう空高くのぼって、だれもがダンスしたり手拍子をとったりして心から楽しみ、ヴィクトリアは五杯目のワインを飲み干したところだった。きっと、酔っぱらってわれを忘れたいのだろうと、ジェイソンは彼女の紅潮した頰を見ながら思った。新婚の晩や、ふたりの将来について希望を抱いていたことを思い出すと、彼は不快感で胃がむかついてきた。ようやく幸福を手にできると信じていた自分が愚かだったのだ。

ジェイソンは木にもたれかかって彼女を眺め、女たちが彼に強い魅力を感じながら、いざ結婚すると嫌悪するのはいったいなぜだろうかと考えていた。またこんなことになってしまったと、彼は怒りを感じていた。同じばかげた間違いをくりかえしてしまった——彼を求めているからではなく、なにかを手に入れるために結婚に同意した女を妻にしたのだ。

メリッサは男を手あたりしだいに求めた、彼以外の男を。ヴィクトリアはアンドルーだけを求めた——善人でやさしく親切で、意気地のないアンドルーを。

メリッサとヴィクトリアの唯一の違いは、ヴィクトリアのほうがはるかにうまい女優だということだと、ジェイソンは思った。メリッサが自分勝手で計算高いことは最初からわかっていたが、ヴィクトリアは天使のようだと思っていた……それなのに、アンドルーが彼女を堕天使にしていた。そのことで彼女を責めたくはなかった。だが、考えるとやはり耐えられない。アンドルーには純潔を捧げたのに、夫に身を許すのを嫌って、酔っぱらうまでワインを飲んでいるとは。さっき一緒に踊ったとき、彼女が自分の腕のなかで身をこわばらせ、そろそろ部屋へ入ろうと誘ったら身震いしたのが、耐えがたく感じられた。

愛人たちには喜びの声をあげさせられるのに、結婚した女たちは誓いの言葉を口にした瞬間に自分を求めなくなるのはなぜなのか、ジェイソンにはわからなかった。金儲《かねもう》けをするのはいとも簡単なのに、幸福はいつも彼の手から逃げていった。養母の性悪女が言ったことは正しかった――自分は悪魔の落とし子で、幸福どころか生きるに値しないのだ。

これまでの人生で出会った女のうちの三人――ヴィクトリア、メリッサ、養母――だけが、彼のなかに忌まわしいなにかを見たが、そのうち妻ふたりは、結婚式が終わって彼の財産を手に入れるまでは嫌悪感を隠していた。

ジェイソンはついに心を決めて、ヴィクトリアに近づいて腕にさわった。彼女はまるでさわられた部分が焼け焦げたかのように、飛びあがって後ずさりした。「もう遅いから、なかへ入ろう」彼が言った。

「でも、まだぜんぜん眠くないの！」

「それでもかまわない」ジェイソンはわざとぞんざいに言った。全身を震わせはじめたことからして、彼女が彼の意図をわかっているのはあきらかだった。「ぼくたちは契約を交わした。ぼくとベッドに入ることがどれほどいやでも、約束はちゃんと実行してもらおう」

彼の冷たい高飛車な口調は、ヴィクトリアを骨まで凍りつかせた。うなずいた彼女はぎこちなく歩いて屋敷へ入り、ジェイソンの部屋のとなりにある新しい自分の寝室へ行った。

ヴィクトリアの暗い雰囲気を感じとった侍女のルースは、彼女がドレスを脱いでマダム・

デュモシーが初夜のために特別に縫いあげたクリーム色のサテンとレースのネグリジェに着替えるのを、黙ったまま手伝った。

ルースがベッドを整えだすと、ヴィクトリアは胃液がこみあげて恐怖が心臓を締めつけるのを感じた。恐怖を静めるために飲んだワインのせいで、めまいがしてむかついた。ワインは最初のうち心を落ち着かせてくれたが、いまではひどく気分が悪く、感情をコントロールすることなどとてもできなかった。飲まなければよかったと激しく後悔した。こんなにたくさん飲んだのははじめてだった。両親の葬式の後に勧められて飲んだときも吐きそうになったので、体質的に向いていないのかもしれないとモリソン医師は言っていた。

ミス・フロッシーの身の毛のよだつような説明を思い出しながら、ヴィクトリアはベッドへ向かった。もうすぐ、このシーツに自分の血が滴るのだと思った。どれくらい血が出るのかしら？　ルースが枕を叩いてふくらませているとき、ヴィクトリアは冷や汗をかいてめまいに襲われていた。操り人形のようにベッドに入り、恐怖と吐き気をなんとか抑えようとした。叫んでも嫌悪感を見せてもいけないと、ミス・フロッシーは言ったが、えび茶色のブロケードのローブを着たジェイソンが裸の胸や脚をあらわにして、続き部屋のドアを開けて入ってきたとき、ヴィクトリアは恐怖の叫びを抑えきれなかった。「ジェイソン！」彼女は叫んで、枕に身を押しつけた。

「だれが来ると思ったんだ――アンドルーか？」ジェイソンが乱暴な口調で訊いた。彼がサテンのサッシュをほどいてローブの前をはだけようとしたので、ヴィクトリアの恐れはパニックに変わった。「や、やめて」彼女はしどろもどろに懇願した。「紳士はレディの前では裸にならないわ、た、たとえ結婚していても」

「前にも言ったと思うが、念のためにもう一度言えば、ぼくは紳士じゃない。とはいえ、この紳士らしからぬ体がきみの細やかな感情を傷つけるというのなら、目を閉じていればいい。それ以外の唯一の解決法は、ベッドに入ってからローブを脱ぐことだが、それはぼくの細やかな感情にそぐわない」彼はローブをはだけて脱ぎ捨てた。ヴィクトリアは筋骨たくましい大柄な体を見せつけられて、恐怖のあまり無言で目を見開いた。

彼女が目を閉じて顔をそむけたとき、ジェイソンが心の奥でひそかに抱いていた、彼女が快く迎え入れてくれるかもしれないという期待は砕け散った。

ジェイソンは彼女を見つめ、彼女が握りしめていたシーツをわざと乱暴に引きはがした。となりに横たわって、無言のままネグリジェのリボンをほどいた。そのとたん、彼女の裸体のすばらしさに思わず息をのんだ。

ヴィクトリアの胸は豊かに盛りあがり、腰は細く、尻は美しい曲線を描いていた。長い脚、ほっそりした太腿に引き締まったふくらはぎ。すべてが信じられないほどみごとだった。彼の視線を受けて、象牙色のなめらかな肌がほのかに赤く染まる。彼が豊かな胸にためらいがちにふれると、彼女はこわばった体をよじらせて彼の手を拒絶した。

経験のある女性にしては、彼女はまるで石のように冷たく、身をこわばらせて横たわったまま、嫌悪感で顔をそむけていた。ジェイソンは彼女をその気にさせて協力的な態度をとらせようとしたが、すぐにその考えを投げ捨てた。今朝の結婚式では祭壇の前から逃げたそうとしたくらいなのだから、これ以上愛撫を続けてほしくはないはずだ。

「やめてください」胸を揉みしだこうとする彼の手から逃れようとヴィクトリアは懇願した。「気分が悪くって!」と叫んでベッドから出ようともがいた。「気分が悪いの。お願いだからやめて!」

その言葉はするどい釘のように彼の心に突き刺さり、体内でどす黒い怒りが燃えあがった。その豊かな髪を指でつかんで、ジェイソンは彼女の上にのしかかった。「それならば」彼は激情にかられて言った。「さっさとすませてしまおうか」

ヴィクトリアは恐怖におののき、ワインのせいで吐き気がひどいうえに、血が流れてするどい痛みに襲われるのを想像した。「やめてください!」彼女は哀れっぽく叫んだ。

「ぼくらは契約したし、結婚しているかぎり、きみはそれを守らないと」彼はそうささやいて、彼女のきつく閉じた太腿を無理やり開いた。彼の硬くなったもので荒っぽく探られながら、ヴィクトリアはすすり泣いた。だが、うちひしがれた心の片隅では、彼の言うとおり契約したのだとわかっていたので、抵抗するのをやめた。「力を抜いて」闇のなかから彼が苦々しげに言った。「ぼくはきみの大切なアンドルーほどやさしくないかもしれないが、きみを傷つけたくはない」

こんなときにアンドルーの名前を出すジェイソンの意地悪い仕打ちに、ヴィクトリアの心は切り裂かれた。そして、彼が乱暴に押し入って欲望を吐きだすと、激しい痛みが彼女に苦痛の叫びをあげさせた。彼女は彼に組み敷かれて身もだえし、涙をあふれさせた。やさしい愛情表現などひとつもない自分勝手な行為に激しい屈辱を感じていた。

彼の腕のなかから解放された瞬間、ヴィクトリアはくるりと横を向き、顔を枕にうずめ、恐怖とショックとで身をよじるようにして嗚咽した。「出ていって」膝を胸に引き寄せ、体を丸めて彼を拒んだ。「出ていって、出ていって！」

ジェイソンは少しためらったが、ベッドから出て、ローブをつかみ、自分の部屋へ向かった。ドアを閉めると、彼女のすすり泣きが追うように聞こえてきた。裸のままで、彼は化粧台に近づき、ブランデーが入っているクリスタルのデキャンタをつかんで、グラスに半分ほど満たした。焼けつくような強い酒を一気に流しこんで、彼女の激しい抵抗や嫌悪感にあふれた表情を忘れ、教会の祭壇の前で手を取ろうとしたときのうちひしがれた表情を記憶から消そうとした。

ヴィクトリアのキスに温かさがあると信じたとは、なんと愚かだったのだろう。最初に結婚を申し出たとき、彼女はいやだと言っていた。そもそもずっと前に、自分たちが婚約していると知ったとき、彼女は本心を言ったのだ。「あなたは冷酷で思いやりがなく、傲慢で無神経な怪物で、他人の心を大切にしない……正気の女はだれも、あなたと結婚したいとは思わないわ」そして、こうも言った。「あなたはアンドルーの十分の一の値打ちもない……」

一言一句すべて本気だったのだ。

その彼女が愛してくれると信じるなど、なんてばかげたことを……ジェイソンはグラスを置こうとして振り返り、鏡に映った自分を見た。太腿に血がついていた。

ヴィクトリアの血だ。

彼女の心はアンドルーのものだろうが、あの美しい体はそうではなかった――それはジェイソンだけに捧げられたのだ。血管のなかを自己嫌悪が激しく駆けめぐるのを感じながら、彼は自分を見つめていた。強い嫉妬と、教会での出来事で傷ついたせいで、彼女がヴァージンだと気づきもしなかったのだ。

ジェイソンは後悔の念に苛まれて目を閉じた。自分を見ているのが耐えられなかった。ヴィクトリアを、酔っぱらった水夫が売春婦を扱うよりひどく扱ってしまった。

彼は思い出した。彼女の秘密の場所は乾いていてとても狭かった。彼女の体は小さくて華奢で震えていた。そんな彼女をどれほど邪険に扱ったことか。うんざりするほどの後悔が襲ってきて、心を切り裂いた。

目を開けて、鏡に映る自分をもう一度見ながら、ジェイソンは自分が彼女の初夜を悪夢にしてしまったのを実感した。ヴィクトリアは最初に感じたとおり、やさしくて勇敢で活発な天使だった。そして、彼自身は、子供の頃に養母が呼んでいたとおり、悪魔の落とし子だった。

肩をすぼめるようにしてローブを着たジェイソンは、引き出しからベルベットの箱を取りだして、ヴィクトリアの部屋へ戻った。ベッドの横に立って、眠っている彼女を見つめて「ヴィクトリア」とささやきかけた。彼女がまどろみながらも、その声にびくっと身を縮めたので、いっそう自責の念にかられた。なんと無防備で痛ましい寝顔だろう。そして、枕に髪を広げて、蠟燭の炎に照らされている彼女は、なんと美しいのだろう。

ジェイソンは彼女を起こさないように黙って眺めていた。やがて、手をのばして、華奢な肩にそっとカバーをかけ、額にかかった髪をきれいになでつけた。「ぼくが悪かった」彼は眠っている妻にささやいた。

蠟燭を消し、彼女が目覚めたらすぐに目につくベッド脇の小さなテーブルの上に、ベルベットの箱を置いた。ダイヤモンドが彼女をなだめてくれるはずだ。女はダイヤモンドのためならなんでも許してくれるものなのだから。

22

目を覚ましたヴィクトリアは、窓の外の暗くどんよりした空をぼんやり眺めた。眠気が目の詰まった網のように体にからみついて、頭がはっきりせず、彼女はベッドの天蓋《てんがい》の四隅から掛かっているバラ色と金色の絹の布をなんとなく見つめていた。

全身が重く、だるく感じられて、まるで一睡もできなかったかのように思えたが、眠りに戻りたいとも完全に目覚めたいとも思わず、意識は中途半端に漂っていた。が、急にすべてがはっきりしてきた。

ああ、なんてことかしら、わたしは結婚した！　本当の結婚を。ジェイソンの妻になったのだ。

思わず叫びそうになるのを抑えて、さっと上半身を起こすと、昨晩の記憶が生々しくよみがえった。ミス・フロッシーが警告しようとしていたのは、このことだったのだ。女性たちが表立って話題にしようとしないのは無理もない！　ヴィクトリアは本能的に逃げだしたくなり、ベッドから出ようとした。だが思いとどまって、乱れた枕を直して寄りかかり、下唇を噛んだ。忌まわしい昨夜の記憶が鮮明に浮かび、ジェイソンが露骨に目の前でローブを脱いだのを思い出して、思わず身を縮めた。彼はアンドルーの名前を出して彼女をあざけり、それから襲いかかってきたのだ。やさしさや思いやりのかけらも見せずに、彼女をなんの感情もない動物のように扱ったのだ。

今晩、明日の晩、そしてジェイソンが息子を得るまで続くだろうすべての夜を想像すると、涙が頬を伝った。いったい何度あんな日に遭うのだろう？　十回？　二十回？　それとも、もっと？　とうてい耐えられそうになかった。

やがて、彼女は涙をぬぐい、恐れに負けたことと自分の弱さに腹を立てた。昨日の夜、彼はこの忌まわしい行為を続けるつもりだと言った――それが結婚の契約の一部なのだと。その契約がどんな義務を伴うのかはっきり知ったからには、いますぐにもそれを白紙にしなければ！

ヴィクトリアはベッドカバーをはねのけて、あの辛辣で無慈悲な男に押しつけられたみじめな人生の代償として与えられた、ぬくぬくとしたベッドから出た。わたしは自力で立って世の中に直面するのを恐れ、愛想笑いをするようなイングランド娘ではない。昨晩のような目に遭うくらいなら、いっそ軍隊と戦うほうを選ぶだろう！　自分の人生を生きるためなら、贅沢など必要ではない。

つぎの一歩を求めて部屋のなかを見まわしているうちに、ベッド脇のテーブルの上に黒いベルベットの箱があるのに気づいた。手にとって開けた彼女は、みごとなダイヤモンドのネックレスを見て、怒りで歯を嚙みしめた。繊細な花々をかたどったトップの部分は二インチほどもあって、さまざまにカットされたダイヤモンドがチューリップやバラやランの花びらや茎をつくっていた。

怒りが赤い霧のように全身でうねり、彼女はネックレスの留め金を、まるで毒蛇のように二本の指でつまみあげてから、ベルベットの箱へぐしゃぐしゃに落とした。

ジェイソンが贈り物をくれて、それに対してキスで感謝しろと言ったときに感じていた違和感の意味が、いまこそはっきりわかった。彼は彼女を買っていたのだ。彼女の心が買えると本当に信じているのだ——まるで波止場の安い売春婦のように。いいえ、安くはない——高価だけれど、売春婦に変わりはない。

昨晩の仕打ちで、ヴィクトリアは自分が餌食《えじき》にされ傷つけられたと感じていた。ネックレスはその傷口に塩をすりこんだ。宝石をくれたからといって、彼が自分を愛し、必要としているとはとうてい信じられなかった。彼はだれも愛していないし、必要としていない。だれからも愛されたいと思っていないし、だれかに与える愛など持っていないのだ。それを知っておくべきだった——彼がさんざん言っていたのは真実だと。

男なんて！　激怒のあまりヴィクトリアの青ざめた頰に赤みがさした。男はなんというモンスターなのだろう——アンドルーは愛していると嘘をつき、ジェイソンは彼女を餌食にして、くだらないネックレスでその代価を払おうとした。

両脚のあいだの痛みにたじろぎながら、ベッドから出て、ジェイソンの部屋とは反対側の続き部屋にある大理石のバスタブへ歩いていった。もう離婚しようと心に決めていた。離婚の話は聞いたことがあった。今日すぐに彼に申し出るつもりだった。

ちょうどヴィクトリアが寝室へ戻ったところへ、ルースがやってきた。

小柄な侍女は笑顔を隠して忍び足で部屋へ入ってくると、女主人をちらりと見た。目に入ったのは、まるで予想外の姿だった。すでに湯浴みしてタオルを体に巻きつけ、髪を強くとかしながらいきりたって部屋を歩きまわっている。そのうえ、魅力的な愛人だともっぱら噂されているフィールディング卿の、幸福な花嫁にはまったく似つかわしくない冷たい口調で、信じられない言葉を口にした。「忍び足でこの部屋に入ってくる必要はないのよ、ルース。モンスターはここではなく、となりの部屋にいるから」

「モ、モンスター?」哀れにも侍女はびっくりして口ごもった。女主人が言いまちがえたのだろうと、彼女は顔をひきつらせながらも笑った。「『マスター』とおっしゃったのですね。うっかり聞きまちがえて……」

「『モンスター』と言ったのよ」ヴィクトリアはすかさず言い返したものの、とげとげしい口調をすぐに悔いた。「ごめんなさいね、ルース。ただ、ちょっと……疲れているのね、きっと」

その言葉に、小柄な侍女がどういうわけか顔を赤らめて小さく笑ったので、すでにひどく動揺していたヴィクトリアは、冷静で論理的でいなければと努力しているにもかかわらず、心を大きく逆撫でされた気分だった。彼女は指先を打ちつけながら、ルースが部屋を片づけ終えるのを待った。マントルピースの上の時計が十一時を差したので、昨日の晩ジェイソンが通ってきたドアへ向かった。取っ手に手をかけて、心を落ち着けようとした。彼と対決して離婚を要求するのだと思うと全身がぶるぶる震えたが、決意は固く、思いとどまる理由はなにもなかった。この結婚を終わりにしてしまえば、ジェイソンはもうなにも要求できなくなる。どこへ行ってなにをするかは、それから考えればいい。とにかくいまは、離婚に同意させるのが先決だ。そもそも、彼の許可など必要なのだろうか？　それはよくわからなかったので、彼を怒らせて離婚を拒絶させたりするのは得策ではないと心を決めた。とはいえ、時間をかけて遠まわしにやりすぎるのもよくない。

ヴィクトリアは背筋をのばし、ベルベットのローブのサッシュをきつく締め、ドアの取っ手をまわしてジェイソンの部屋へ入った。

ベッドの横にある陶器の水差しで頭を殴りつけたい衝動を抑えながら、彼女は礼儀正しく「おはようございます」と声をかけた。

彼の目がぱっと開いた。はっと心配そうな、警戒するような表情になってから、彼は微笑んだ。その眠そうで魅力的な微笑みは、以前なら彼女の心をときめかせたかもしれないが、いまは怒りを煽るだけだった。だが、彼女は礼儀正しく感じのいい表情をなんとか保った。

「おはよう」ジェイソンはかすれ声で答え、きらめく黄金色のベルベットに包まれた彼女の官能的な肉体に視線を走らせた。彼は昨晩の仕打ちを思い出して、ローブのV字型の胸もとから視線をはずし、彼女がベッドに座れるように体をずらした。昨晩のことを思えば、どんなに嫌われても当然なのに、朝の挨拶に来てくれたことを心から喜びながら、自分の横のスペースをそっと叩いて、やさしく言った。「ここに座ったらどうだい？」

ヴィクトリアは話をどう切りだそうか考えるのに必死だったので、反射的に誘われるままに座って、「ありがとう」と丁寧に言った。

それこそヴィクトリアが求めていたおだやかな形だった。「なにもかもありがとう。あなたはとても親切にしてくださったわ。数カ月前にわたしがここへはじめて来たときは、さぞ迷惑だったでしょう。なのに心ならずもわたしをここに住まわせてくれた。そのうえ、きれいなドレスを買ってくれ、パーティにも連れていってくれた。決闘をしてくれたのは、少しよけいだったとはいえ、とても勇ましかったわ。自分の意に反して、教会で結婚式をして、わたしを喜ばせるためにここで素敵なパーティをして、ぜんぜん知らない村の人たちをたくさん招待してくれた。なにもかも、本当にありがとう」

ジェイソンは手を差しのべて、指関節で彼女の頬をそっとなでながら、「どういたしまして」とやさしく言った。

「離婚したいのです」

彼の手が止まった。「なんだって？」

ヴィクトリアは膝の上で両手を握ったり開いたりしながらも、決意を曲げなかった。「離婚したいのです」平静さを装ってくりかえした。

「いきなりか？」彼は凄みのあるなめらかな声で言った。昨晩、ひどいことをしたのはたしかに認めるが、そんな申し出は想像さえしていなかった。「昨日式を挙げたばかりで、もう離婚したいのか？」

ヴィクトリアは怒りのまなざしでジェイソンを一瞥して、さっと立ちあがろうとしたが、彼に手首をつかまれてぐいっと引き戻された。「乱暴はしないで、ジェイソン」すかさず彼女は釘を刺した。

ジェイソンは、昨日の夜は傷ついた子供のように眠っていた彼女が、今朝は怒りをたぎらせた勇ましい美女に姿を変えて目の前にいるのが信じられなかった。ほんの一瞬前まで謝ろうと思っていたのだが、それどころではなかった。「ばかばかしい。イングランドでは離婚はこの五十年間に数えるほどしかないし、ぼくらは離婚などしない」

ヴィクトリアは肩がはずれそうになるほど強く手をふりほどいて、彼の手の届かない位置まで後ずさりした。怒りと興奮とで胸を激しく上下させている。「あなたはけだものよ！」彼女は叫んだ。「ばかばかしくなんかないわ。それに、もう二度と動物みたいに扱われるのはごめんだわ！」

ヴィクトリアは自分の部屋へ駆けこんでドアを乱暴に閉め、大きな音をたてて鍵をかけた。

ほんの数歩動いたとき、大音響とともに背後でドアがばたんと開いた。ドアは無残に壊れて、蝶番《ちょうつがい》でかろうじて壁にぶらさがっている。戸口に立ったジェイソンは激しい怒りで真っ青な顔をこわばらせ、歯のあいだからきしむような声を出した。「生きているかぎり、ぼくにドアを閉ざすんじゃないぞ。それから、二度と離婚すると脅すな！　この家はぼくの所有物だし、法律の下ではきみもぼくの所有物だ。わかったか？」

ヴィクトリアは分別を失った荒々しい彼の視線にしりごみして、大きくうなずいた。彼は震える彼女を置いたまま、さびすを返して自分の寝室へ戻っていった。人があれほど猛烈に怒るのを見たのははじめてだった。ジェイソンはけだものどころではなかった。怒り狂ったモンスターだった。

彼女は聞き耳を立てて待った。衣装ダンスを乱暴に開け閉めして彼が着替えている気配がした。なんとかして、悪夢と化したこの生活から逃げだしたい。彼がドアを乱暴に閉めて階下へ行ったとわかったので、ベッドに身を投げだした。そのまま一時間近く考えていたが、なにも思いつかなかった。こうして一生囚《とら》われの身になるのだ。ジェイソンの言葉は真実だった——わたしはこの屋敷や馬と同じく、彼の所有物のひとつなのだ。

彼が離婚に同意しなければ、どうしたら自力で自由を手に入れられるのか、ヴィクトリアには想像もできなかった。裁判をしたとして、離婚が認められるに十分な理由があるのかどうか自信がなかったし、だいいち、男性裁判官の前で結婚式の晩にジェイソンがなにをしたのか説明することができないのは明白だった。

今朝、離婚しようと考えたときは、藁《わら》をもつかむ気持ちだった。あまりにも無謀な計画だったと実感して、彼女は深いため息をついた。ジェイソンが欲しがっている息子を産むまではこの生活から逃れられないのだ。そして、わが子を置き去りにするなどとうてい考えられないから、子供を産んでしまえば、一生ここに縛りつけられて過ごすのだろう。

ヴィクトリアは豪華な部屋をぼんやり見まわした。運命がなんらかの形で救いの手を差しのべてくれるまでは、状況を少しでもよくするために、この新しい生活に慣れるようにしなければならないだろう。それと同時に、正気を保つために行動を起こさなければならない。友人や知人と過ごしたり、外出したり、仕事をしたり、楽しいことをしたりしよう。くよくよ考えてばかりいないために、楽しい気分転換を見つけなければならない。いますぐにはじめよう。自分を哀れむのは嫌いだったので、そんな気持ちは拒絶した。

もうすでにイングランドの友人もできた。子供ができたら、その子を愛し、そうすればその子も愛してくれるだろう。とにかく正気を保つためにできることをいろいろやって、むなしい人生をそれなりによいものにしていこう。

ヴィクトリアは青ざめた顔から髪の毛をかきあげて、しっかりしようと自分に言い聞かせた。けれど、呼び鈴でルースを呼んだときには、もうすっかり肩を落としていた。なぜジェイソンはわたしをあんなに卑しんだのだろうかと、彼女はみじめな気持ちで考えた。話し相手が、心をうちあける相手が欲しくてたまらなかった。昔なら、母も父もアンドルーもいて、話を聞いたり相談にのったりしてくれた。話をすることでいつも助けられた。だが、イングランドに来て以来、本当の話し相手はいなかった。チャールズは病気がちなので、彼の前ではいつも元気にしていなくてはと思っていた。そのうえ、ジェイソンは彼の甥なのだから、たとえ近くにいても、ジェイソンが怖いと相談することなどできなかった。キャロライン・コリングウッドは誠実な友人だが、いまは遠くにいるし、たとえジェイソンのことを相談したとしても彼女が彼の心をわかるとは思えなかった。

すべてを自分の心のうちにしまって、幸福で自信に満ちたふりをして暮らすしかないと、ヴィクトリアは決心した。そうすれば、いつか、本当にそんな気持ちになれる日が来る。彼女は自分自身にそう約束した。となりの部屋からやってくるジェイソンを恐れずに迎えられる日が、きっと来る。彼を見ても、恐れも苦痛も屈辱も孤独も、なにも感じなくなる日が、きっと来る。子供が生まれれば、彼はわたしにかまわなくなるだろう。彼女はその日が早く訪れることを祈った。

侍女がやってきたので、ヴィクトリアは言った。「ルース、わたしでも簡単に乗れるような小さな馬車に、馬を一頭つなぐように頼んでくれるかしら？　一番おとなしい馬を選ぶように言ってね。馬車を操るのにはあまり慣れていないから。それがすんだら、ミセス・クラドックに、昨日のパーティの残り物を持って出かけたいから、いくつかのバスケットに詰めてくれるようにと言ってちょうだい」

「でも、奥様」ルースがおずおずと言った。「ちょっと窓の外をご覧ください。寒くなっていますし、たぶん嵐が来ます。ほら、空が暗くなっています」

ヴィクトリアは窓越しに鉛色の空を眺めた。「あと数時間はもちそうよ。三十分以内に出かけたいの。フィールディング卿はお出かけ？　それとも下にいるの？」

「ご主人様はお出かけになりました」

「遠くへ行ったの、それともその辺まで出ただけかしら？」ヴィクトリアは不安を隠しきれない声で尋ねた。ジェイソンとはなるべく距離を置いて他人行儀にふるまうつもりだが、まだ心が立ち直っていないので、いまは顔を合わせたくなかった。それに、嵐が来そうなときに出かけるなんてとんでもない、家にいなさいと命令されるのは目に見えていた。でも、正直なところ、どうしてもしばらくこの家から離れたかった。どうしても！

「二頭立ての四輪馬車に馬をつなぐよう命じて、お出かけになりました。どちらかを訪問なさるとかで。たしかにお見送りしました」ルースが答えた。

ヴィクトリアが階下へ行くと、食べ物入りのバスケットを積んだ馬車が準備されていた。

「ご主人様が戻られたら、なんと申しましょうか？」ノースラップは嵐が来るからと外出を思いとどまらせようとしたが、どうしても出かけると言う彼女に心配そうな口調で尋ねた。

ヴィクトリアは藤色《ふじいろ》の軽い外套を着せかけてもらいながら振り返った。「さようならと言っていたと伝えて」あいまいに答えた。

彼女は外へ出て屋敷の裏手へまわり、ウルフの鎖をはずしてから正面へ戻った。馬丁頭に助けられて馬車に乗りこむと、続いてウルフがとなりに飛び乗った。彼女は鎖をはずされて上機嫌のウルフに微笑みかけ、堂々とした頭を叩いてやった。「やっと自由になったわね。わたしもよ」大きな犬にそう話しかけた。

23

ヴィクトリアが自分で感じたよりも強く手綱を引くと、元気のいい馬は艶やかな馬体を薄明かりに光らせながら、弾むように前進しはじめた。「どう、どう、落ち着いて」彼女は怖くなってやさしくなだめた。どうやらジェイソンは厩舎におとなしい馬は置いていないらしい——馬車につながれた美しい牝馬は、操るのがとても難しかった。やたらに飛び跳ねるので、ゆっくりした速歩《はやあし》で進ませようとするうちに、彼女の手はこすれて赤くなり、水ぶくれになった。

村に近づいた頃には、風が強く吹きつけ、稲妻が青白く空を切り裂き、雷鳴が不気味な警告を響かせていた。やがて空が夜中のように真っ暗になった。まもなく、雨が降りだして、馬車を操っている彼女の顔にあたって視界をさえぎり、外套をぬらした。

ヴィクトリアは前方を見ようと必死で目を見開き、ぬれた髪をかきわけて、寒さに身を震わせた。目的地の孤児院を見たことはなかったが、ファレル船長がそちらへ行く道と自分の家へ行く道を教えてくれていた。目をこらして進むと、船長から聞いた道らしい場所へ出た。

二股に分かれた道を左側へたどったが、それが孤児院へ続くのか、それとも船長の家へ続くのかよくわからなかった。そのときはもう、屋根のある温かい場所へ到着できるのならどちらでもいいと思っていた。道は角を曲がって、坂をのぼり、しだいに森の奥へと進み、人気のないふたつの小屋を過ぎてから、豪雨でぬかるみになった泥道へと続いていた。

車輪に泥がからみ、馬は一歩進むごとにぬかるみに足をとられて往生していた。前方の木々のあいだからぽつんと光が見えた。安堵と寒さに震えながら、狭い小道に乗り入れると、そこはオークの古木が並んで陰をつくり、見上げると密生した枝が合わさって天然の傘になっていた。と、雷光が走って、小家族には十分だが二十人の孤児には狭すぎる小さな家を照らしだした。ヴィクトリアは馬車から飛び降りて、馬を落ち着かせた。彼女は馬を引いていって家の前の杭《くい》につないだ。

守るように付き従うウルフを連れて、彼女はぐっしょりぬれたスカートを持ち上げながら家の正面玄関をのぼり、ドアを叩いた。

ドアがぱっと開いて、ファレル船長のごつごつした顔の輪郭が、背後の心地よい炎の明かりに浮かびあがった。「レディ・フィールディング！」彼は驚いた声をあげて、彼女を室内へ招き入れた。低い獰猛そうなうなり声に、彼ははっとして彼女から手を離した。びしょぬれの灰色の獣が、白い牙を見せてうなりかかっているのを見て、目を見張った。

「ウルフ、やめなさい！」疲れきったヴィクトリアが制止すると、ウルフはすぐにおとなしくなった。

獰猛そうな獣から用心深く目を離さずに、ファレル船長はヴィクトリアを奥へ導いた。ウルフは彼女の足もとにぴったり寄り添い、黄褐色の目は警告するようにじっと彼を見つめていた。「こんな天気なのに、外でなにをしていたんですか?」彼は心配そうに尋ねた。

「お、泳いで、いました」ヴィクトリアは冗談を言おうとしたが、歯ががちがち鳴り、体がぶるぶる震えていたので、彼は外套を脱がせて、それを火のそばの椅子に掛けた。

「ぬれた服を着替えないと死んでしまうよ。この犬はそのあいだおとなしくしていられるかな?」

ヴィクトリアは両手で体を包みこんでうなずき、いかにも獰猛そうに見える忠犬に視線をやった。「ここで待っていなさい、ウルフ」

ウルフは暖炉の前で伏せて、大きな前足の上に頭をのせ、彼らが寝室へ入っていくのをじっと目で追っていた。

「わたしはあちらで火を熾《おこ》しているから。服といってもこんなものしかないが」ファレル船長は親切にそう言って、寝室で自分のズボンとシャツを差しだした。ヴィクトリアが口を開こうとしたが、船長はそれをさえぎった。「男の服を着るなんてはしたないとか、そんなばかげた議論はしていられない」有無を言わせぬ口調だった。「水差しの水を使って汚れをきれいにしたら、この服を着て、そこにある毛布をはおって。そうしたら、暖炉のそばで温まりなさい。もし、わたしの服を着たらジェイソンが立腹するかもしれないと心配しているなら、そんな心配は無用だ――彼のことは小さな少年だった頃から知っている」

ヴィクトリアはきっと身構えるように顔を上げた。「ジェイソンがどう思おうと関係ありません」彼女は反抗的な気持ちを消しされない口調で言った。「彼の意に沿うために凍死するつもりはありません。彼だけでなく、だれだろうと」いやなことを我慢してどれほど譲歩してきたかを思って、彼女はすばやく言い直した。

ファレル船長は奇妙な表情で彼女を見たが、うなずいただけだった。「それは分別があって結構だ」

「もし、わたしに分別があったら、きっと今日は家のなかにいたでしょう」ヴィクトリアは弱々しく微笑んで、気分転換に出かけたつもりが散々な目に遭ったみじめさを隠そうとした。

彼女が寝室から出てくると、ファレル船長はすでに馬を裏の納屋につないで、暖炉に薪《まき》をくべ、紅茶を淹れていた。そして、彼女に大きな布を手渡した。「これで髪の毛を乾かしなさい」親切にそう言うと、椅子を暖炉のそばにひっぱってきて、座るようにうながした。「これを吸ってもよろしいかな？」向かい側に座った彼はパイプを持ちあげてみせた。

「ええ、どうぞ」ヴィクトリアは感じよく答えた。

ファレル船長はパイプにタバコの葉を詰めて火をつけ、くゆらせながら、ヴィクトリアの顔をじっと見つめた。「なんでそうしなかったんです？」やがて彼が訊いた。

「なんのことですか？」

「なぜ今日、家のなかにいなかったのかと訊いているのだよ」

自分は後ろめたそうで不幸せそうに見えるかしらと思いながら、ヴィクトリアはあいまいに肩をすくめた。「孤児院へ食べ物を持っていきたかったんです。昨日の夜のご馳走がたくさん残っていたので」

「いまにも雨になりそうだったし、使用人に持っていかせることもできた。ちなみに、孤児院はここからまだ一マイル以上先だ。なのに、あなたは悪天候のなか、勇敢にも自力で孤児院を見つけようとした」

「必要だった……というか、そうしたかったんです……しばらくのあいだ、屋敷から離れたかったので」ヴィクトリアは紅茶をやたらとかきまわしていた。

「ジェイソンが止めなかったのが不思議だ」ファレル船長はなおも指摘した。

「彼の許しが必要だとは思いませんでした」じっと見つめながら探るように質問されて、ヴィクトリアは気まずかった。

「いま頃きっと、ひどく心配しているだろうに」

「わたしが出かけたことさえ気づくかどうかわかりませんわ」たとえ気づいても気にするかどうかわからないと、彼女はみじめな気持ちで思った。

「レディ・フィールディング？」

船長の礼儀正しい呼びかけの奥に、なんとなく踏みこんでくる雰囲気があるのを感じて、ヴィクトリアは話題を変えたかった。だが、選択肢はなかった。「なんでしょうか？」彼女は慎重に問いかけた。

「じつは今朝、ジェイソンに会った」

ヴィクトリアはまごついた。「あら、そうですか？」なんらかの理由でジェイソンは古い友人とわたしの話をするためにここへ来たのかもしれないと思うと、まるで世界じゅうが敵になったように感じた。

ファレル船長は彼女の不安を感じとったらしく、「ジェイソンは大きな船団を持っている。わたしはそのうちの一艘《そう》を指揮しているので、彼はこの前の航海の成功について話しに来た」と説明した。

ヴィクトリアはその話題に飛びついて、自分のことから話をそらそうとした。「ジェイソンが船のことをよく知っていて、そういう仕事をしているとは知りませんでした」彼女は明るい興味深げな口調で言った。

「それは妙だ」

「なにが？」

「たぶん、わたしが単純で昔かたぎな人間だからそう思うのだろうが、ご自分の夫が船に乗っていたことがあるのを知らないなんて、妙な話だ」

ヴィクトリアは呆然と船長を見つめた。彼女が知っているかぎり、ジェイソンはイングランド貴族だ――傲慢で、裕福で、厭世的《えんせいてき》で、甘やかされた貴族だ。彼がこれまでに会ったことのある他の貴族たちと唯一ちがう点は、彼らが楽しみや気晴らしだけに時間を使っているように見えるのに対して、ジェイソンは書斎で長時間働いていることだった。

「もしかしたら、あなたは彼がどれほど立派なことをしているかに、まったく関心がないのでは?」ファレル船長の口調は冷淡だった。船長はしばらくパイプをくゆらせてから、ずばりと訊いた。「なぜ、彼と結婚したのかな?」

ヴィクトリアは大きく目を見開いた。まるで罠にかかったウサギになった気持ちだった――最近はよくそんな気持ちになったし、そのたびにプライドがひどく傷ついた。彼女は顔を上げて、そんな問いかけをした相手を恨めしく思いながら見つめた。あらんかぎりの威厳を寄せ集めて、「ジェイソンと結婚したのはごく普通の理由からです」と答えた。

「財産、影響力、社会的地位」ファレル船長はうんざりだという表情でまとめた。「あなたはすべてを手にした。おめでとう」

いわれのない攻撃を受けて、とうとうヴィクトリアは我慢できなくなった。怒りのあまり涙がこみあげ、立ちあがって、毛布をしっかり体に巻きつけた。「ここに座って、欲得ずくだの利己的だの社会に寄生しているだのと、非難を受けつづけるのは耐えられません――」

「なぜです? あなたはあきらかにそういう人間でしょう」

「あなたにどう思われようとかまいません。わたし――」ヴィクトリアは服を着替えに寝室へ行こうとしたが、ファレル船長が道をふさいだ。彼はまるで彼女の魂をのぞきこもうとするかのように、怖い顔で彼女を見つめた。

「なぜ離婚したい？」彼はするどく訊いたが、彼女の美しく華奢な姿を見て、その表情はややおだやかに変化した。質素な毛布にくるまれていても、ヴィクトリア・シートンはこのうえなく美しかった。赤みがかった黄金色の髪に炎が反射してきらめき、みごとなブルーの目は孤立無援の憤りで輝いている。両目をうっすらぬらしている涙からして、彼女の心が折れそうになっているのはあきらかだ。それどころか、全身がばらばらに壊れてしまいそうだった。

ファレル船長は話しつづけた。「今朝、わたしは冗談のつもりで、あなたはまだ逃げだしていないかとジェイソンに尋ねた。すると、まだ逃げてはいないが、離婚したいと言ったと彼は答えた。そのときは冗談だろうと受け流したが、さっきここへやってきたあなたは、新婚の幸福な妻にはとても見えなかった」

いまにも完全にくじけてしまいそうになりながらも、ヴィクトリアは無慈悲な質問を投げかけてくる赤銅色の顔を見つめ、こみあげてくる涙を抑えて必死に威厳を保とうとした。

「そこをどいてください」彼女は声を嗄《か》らして言った。

ファレル船長はどくどころか、彼女の肩をつかんだ。「欲しかったものはすべて手に入れ

――財産も、影響力も、社会的地位も。それなのに、どうして離婚したい？」

「わたしはなにも手に入れてなどいません！」ヴィクトリアはいまにも泣き崩れそうになったて叫んだ。「さあ、行かせてください！」

「だめだ、わたしがあなたを見損なっていた理由がわかるまでは。昨日、あなたが話しかけてきたとき、わたしはすばらしい女性だと思った。あのときのあなたの目には笑いがあり、村人たちともごく自然に、親切に接していた。本物の女性だと心のなかで思った――思いやりと強い意志を持った、欲得ずくの甘やかされた意気地なしなんかではないと！」

ジェイソンの親しい友人とはいえ、自分にとってはまったくの他人から、これほどひどく侮辱されて、ヴィクトリアの目に熱い涙があふれた。「放っておいてください！　どいて！」彼女はとぎれがちに言って、彼を押しのけようとした。

驚いたことに、船長は両腕で彼女を広い胸に抱きとめた。「泣きなさい、ヴィクトリア！　泣きたいときには、泣くんだ！」彼は荒々しい声で言った。

ヴィクトリアは全身を震わせた。船長は大きな手で彼女の背中をさすった。「なにもかも心に納めておこうとすれば、自分がだめになってしまうよ」

ヴィクトリアは悲劇や逆境に耐えるすべは学んでいたが、やさしさや親切にどう対応すればいいのかわからなかった。涙がどっとこみあげ、奔流となって両目からあふれだし、嗚咽が全身を波打たせた。気がつくと、暖炉の前のソファにファレル船長と並んで座り、両親が突然事故死してからジェイソンの冷たい結婚の申し込みへといたる一部始終を話していた。船長の肩に顔をうずめて、いろいろな質問に答え、彼と結婚した理由を語った。話し終えると、この数週間の胸のつかえが少し取れたように思えた。

「つまり、ジェイソンが取引のように結婚をもちかけ、彼のことはほとんどなにも知らないにもかかわらず、あなたは彼が心の底では自分を必要としていると思っているのだね？」ファレル船長はかすかに感嘆するような笑みを浮かべた。

ヴィクトリアははっとして涙をぬぐい、恥ずかしそうにうなずいた。「そんなのは勝手な思いこみだというのはわかっていますけれど、あの人は時々すごく孤独に見えることがあります。たとえば、混雑した舞踏室で人々に――たいていは女性たちに囲まれているときとか――ふと、彼はわたしと同じように寂しいのだと感じるのです。それに、チャールズおじ様はジェイソンにはわたしが必要だと言いました。でも、そうではありませんでした。彼は息子が欲しいのです。わたしのことは必要でもないし、求めてもいません」

「それはちがう」ファレル船長はやさしいがきっぱりした口調で言った。「ジェイソンは生まれた瞬間からずっと、あなたのような女性を必要としていた。深い傷を癒し、どうしたら愛し愛されるのかを教えてもらうために、あなたが必要なのだ。彼をもっと知れば、なぜわたしがこんなことを言うのか、きっとわかる」ファレル船長は立ちあがって、小さなテーブルから酒瓶を手にした。二つのグラスに中身をついで、ひとつを彼女に渡した。

「彼のことを話してくれますか?」暖炉のそばに立って彼女を見つめている船長に、ヴィクトリアが訊いた。

「わかった」

ヴィクトリアは手渡されたウィスキーの強い香りがするグラスをちらりと見て、横のテーブルに置こうとした。

「ジェイソンの話が聞きたいのなら、まず、それを飲んだほうが身のためだ」ファレル船長はにこりともせずに勧めた。「でなければ、聞いていられないだろうから」

ヴィクトリアは喉が焼けつくような酒をひと口すすったが、無骨なアイルランド人の船長は、自分も飲まなければ話せないかのように、グラスをつかんで一気に半分ほど飲んだ。

「これから話すのはわたしだけが知っていることで、ジェイソンは絶対にあなたに知られたくないと思っているにちがいない。それをここで話せば、信頼を裏切ることになるし、わたしはこれまで一度も彼を裏切ったことはない。彼はわたしにとって息子も同然なのだ。だから、この話をするのは心が痛む。だが、あなたが彼を理解するには、どうしても避けて通れないことだろう」

ヴィクトリアはゆっくり首を横に振った。「それなら、お話しにならないほうがいいかもしれません。ジェイソンとわたしはあまりうまくいっていませんが、ここで話をしたためにおふたりが傷つくのはいやですもの」

ファレル船長の厳しい顔に、一瞬だけ笑みがよぎった。「もし、あなたがわたしの話を彼に対する武器に使おうとしていると思ったら、黙っていただろう。だが、そんなことはしないと信じている。昨日の晩、村人たちと一緒になっているところを見ていて、あなたの芯《しん》の強さや思いやりや思慮深さがよくわかった。あなたがみんなに笑いかけ、みんなの心をやさしくほぐしているのを見て、すばらしい女性だと思った——そして、ジェイソンにとって完璧な妻だと。その気持ちはいまも変わっていない」

船長は深く息を吸ってから話しだした。「はじめてジェイソンに会ったのは、インドのデリーにいた頃だった。もうずっと昔のことで、当時わたしはナパルという名前のデリーの裕福な商人のところで働いていた。ナパルは世界各地を相手に貿易をしていて、扱っている商品だけでなく、海を越えてそれを運ぶ船を四艘持っていた。わたしはそのうちの一艘の一等航海士だった。

あるとき、六カ月の航海で大成果をあげて港に戻ると、ナパルが内輪で祝いの宴をしようと、船長とわたしを家に招待してくれた。

インドは暑い土地だが、その日はナパルの家へ向かう途中で道に迷ってしまって、とりわけ暑く感じられた。うろうろしているうちに、細い路地が入り組んだ迷路のような場所に来てしまい、ふと気づくと、汚らしいぼろを着たインド人たちが集まっているごみごみした小さな広場にいた——あちらの貧しさは想像を超えている。とにかく、道を訊ける相手はいないかと、フランス語か英語で話しかけられる人間をさがして、周囲を見まわした。

するとと、広場の端で人々が集まって、なにかを見物しているようだった——なんなのかは、よく見えなかった——そこで、近づいてみた。群衆は建物の前に立って、そのなかでやっているなにかをじっと見ていた。振り返って戻ろうとしたとき、その建物の外側に木製のそまつな十字架が釘で打ちつけられているのが目に入った。教会なら英語を話せる人間がいるかもしれないと思ったので、群集をかきわけて前へ進んだ。百人ほどのインド人を押しのけて、やっとのことで前のほうへ出ていくと、ひとりの女が欲望と天罰について英語でわめきちらしているのが聞こえた。

ようやく見えるところまで来ると、女が木製の台の上に立っていて、となりに小さな少年がいた。女はその子を指差して悪魔だと叫んでいた。金切り声で、『欲望の種』であり『悪魔の落とし子』だと叫んで、その子の頭をつかんで顔をぐいっと上げさせた。

「驚いたことに、それはインド人ではなく白人の男の子だった。女は『悪魔を見ろ、神が与える天罰を見ろ』と叫んでから、男の子を後ろに向かせ、『天罰』を見せた。その子の背中を見たとたん、吐き気に襲われた」

ファレル船長は大きく息を吸った。「男の子の背中には、真新しいむごたらしい鞭の痕《あと》が刻まれ、それまでにもいったいどれほど打たれたのかわからないほど痣《あざ》だらけだった。状況からして、女は群衆の目前でちょうどその子の鞭打ちを終えたところだった」

船長は顔をしかめながら話しつづけた。「わたしがその場に立ちつくしていると、その女は少年に、ひざまずいて神に許しを請えと叫んだ。少年が黙ったまま女を見ていると、女は大の男でもがくりと膝を折るほどのものすごい力で彼の肩に鞭を振りおろした。少年は膝を折った。『祈れ、この悪魔め』と女はひざまずいた彼に叫んで、またしても鞭を振るった。少年はなにも言わず、黙ったままじっと前を見ていた。その顔を見たら……彼の目には涙がなかった。一粒の涙もなかった。ただ苦痛があるだけだ。まったく、すさまじい苦痛に満ちていた！」

ヴィクトリアは名前も知らないその少年の苦痛を思って身震いし、ファレル船長がジェイソンの話の前に、なぜこんなぞっとする話をするのかとまどった。

ファレル船長の顔がゆがんだ。「彼の目に宿った苦痛は忘れられない」船長はかすれ声で言った。「その目がどれほど印象的なグリーンだったかも」

ヴィクトリアの手にあったグラスが床に落ちて砕け散った。彼女は激しくかぶりを振って、船長が彼女に告げたことを否定しようとした。「やめて。お願いですから、そんな――」

見るからに恐怖におののいている彼女の前で、ファレル船長はまっすぐ前を見据えたまま、記憶をたどって話しつづけた。「やがて少年が祈りはじめた。両手を合わせて暗唱するように、『神の御前にひざまずき許しを請います』と。女はもっと大きな声を出せとくりかえし命令し、やっと満足すると、彼をひきずり倒した。そして、インド人たちを指差して、彼らのために許しを請うて浄財をもらいなさいと命じて、小さな鉢を渡した。少年は女の『信徒』であるインド人たちの足もとにひざまずき、汚らしい衣服のすそにキスをして、彼らに『許しのための浄財』を願った」

「なんてひどい」ヴィクトリアは両腕をわが身にきつく巻きつけて目を閉じ、黒い巻き毛にグリーンの目をした少年が恐ろしい女に虐待されている姿を想像して、思わずうめき声をもらした。

「胸が張り裂けそうな気持ちがした」ファレル船長は続けた。「インドではいろいろなものを見ていた。だが、自分と同じ人種の少年が虐待されているのは、黙って見ていられなかった。だが、それだけではなかった。その少年はなにかを秘めていた——見るからに汚くて栄養も足りていない感じだったが、彼の揺るぎないまなざしにはあっぱれな大胆さがあって、それがわたしの心に訴えかけた。わたしは彼がインド人たちの衣服のすそにキスして、彼らのために神の許しを請い、彼らが木製の鉢に小銭を落とすのを見ていた。少年が鉢を持って戻ると、女は笑った。鉢を受け取って彼に笑いかけた。これでおまえは『正しく』なったと言って、常軌を逸した笑いを爆発させた。

十字架を手にして間に合わせの祭壇に立っている、その忌まわしい女を殺してやりたいと思った。だが、周囲の人々が彼女にどれほど忠実なのかわからなかったし、そもそも素手で大勢に勝てるわけがない。だから、女にその子を売らないかと持ちかけた。ちゃんと罰してやるためには男のほうがいいと理屈をつけて」

ファレル船長は遠くを見ていた目をヴィクトリアに向けて、陰気な笑みを浮かべた。「女はわたしがポケットに持っていた六カ月分の給料で少年を売った。一年前に夫が死んで、少年を鞭打って金を集めて暮らしていたんだ。だが、わたしがその場を去るまでもなく、女は人々の頭の上に金をばらまいた。神からの贈り物を自分が分け与えるのだと叫びながら。頭がどうかしていたんだ。まったく正気じゃなかった」

ヴィクトリアはささやき声で祈るように尋ねた。「父親が死ぬ前、ジェイソンはもっとましな暮らしをしていたと思います？」

「父親は生きている」ファレル船長は硬い口調で答えた。「ジェイソンはチャールズの庶子だ」

部屋がぐるぐるまわりだしたように思えて、ヴィクトリアは襲ってきた吐き気とめまいを抑えようと口を手で押さえつけた。

「庶子《バスタード》と結婚したのが、そんなにショックかな？」船長は彼女の反応を待った。

「そんなわけないでしょう！」ヴィクトリアは憤慨した。

船長はその答えに微笑んだ。「よかった。あなたは気にしないだろうと思ったが、イングランドではそういうことにやかましい人がいるから」

ヴィクトリアは熱くなって言い返した。「それは、イングランド人のとりわけ偽善的なところです。だって、チャールズ二世の庶子の直系子孫だという公爵の名前を、いますぐに三人あげられるわ。それに、わたしはイングランド人ではなくアメリカ人です」

「すばらしい」船長がやさしく言った。

「ジェイソンのことで、なにかもっと知っていますか?」彼女の心は思いやりであふれていた。

「他のことはそれほど重要ではないが。その晩、わたしはジェイソンをナパルのところへ連れていった。ナパルの召使いが彼をきれいにしてくれた。最初のうち、彼はなにも話したがらなかったけれど、口を開いたら、賢い子なのはあきらかだった。事情を話すと、ナパルが同情して、使い走りのような仕事をさせることにした。給料はなかったが、事務所の奥に寝場所をもらって、食事と衣服も与えられた。読み書きは自分で覚えた、学ぶ意欲を持った子だったから。

十六歳になる頃には、商人として必要なことはすべてナパルに仕込まれていた。賢くて目端がきくうえに、成功したいという意欲があった——たぶん、子供時代に物乞いじみたことをさせられたせいだろう。

とにかく、ナパルはしだいにジェイソンをとても可愛がるようになって、子供がいないこともあり、安い給料でこき使う店員ではなく息子のように扱いはじめた。ナパルは彼を商船に乗せて働かせたほうが、手っ取り早くいろいろ身につけられると考えた。ちょうどその頃、わたしは船長になっていたので、ジェイソンと一緒に五年間船に乗った」

「彼は優秀な船乗りでした？」

「最高だった。下っ端の船乗りからはじめて、暇を見つけては航海術などさまざまなことをわたしから学んだ。ある航海から帰った二日後に、ナパルが死んだ。事務所で机に向かっていたときに心臓が止まったのだ。ジェイソンは息を吹き返させようとしてあらゆる手をつくし、口から息を吹きこみもした。事務所の人々は彼がどうかしたと思ったほどだが、彼は守銭奴の老人を本当に愛していたのだよ。何カ月も悲しみに暮れていた。だが、涙だけはけっして流さなかった」ファレル船長は静かに言った。「ジェイソンは泣けないんだ。養母だった女が『悪魔』は泣けないと教え、彼が泣くといっそうひどく折檻《せっかん》したそうだ。その話を、ジェイソンは九歳になったときにようやくわたしにうちあけた。

そんなわけで、死んだナパルはジェイソンにすべてを遺した。その後六年間で、彼はナパルの見込みどおりのことをした――大船団を買って、ナパルの財産を何倍にも増やしたのだ」

立ちあがって静かに炎を見つめているファレル船長に、ヴィクトリアが訊いた。「ジェイソンは結婚したのですよね？　わたしはそれを、ほんの数日前に知ったばかりなんです」

「ああ、彼は結婚した」船長は顔をしかめて、酒瓶を取り、自分のグラスにもう一杯ついだ。

「ナパルが死んで二年後、ジェイソンはデリーで最高の金持ちのひとりになった。そのおかげで、とびきり美しいが道徳観念のまるでない、メリッサという女を手に入れた。彼女の父親はデリー在住のイングランド人の官吏だった。メリッサは美貌も血統もスタイルも申し分なく、なにもかも持っていたが、金をひどく愛していた。そのためにジェイソンと結婚した」

「ジェイソンはなぜ彼女と結婚したのかしら?」ヴィクトリアは知りたかった。

ファレル船長は肩をすくめた。「彼はメリッサより若かったし、美しさに惑わされたのだろう。それに、そのレディは——この呼びかたはあてはまらないかもしれないが——なんと言ったらいいか……うーん、彼女の温かい腕に抱かれたいと期待させるような雰囲気があった。彼女はその温かみを彼に売って、見返りにあらゆるものを手に入れた。ジェイソンは、女王にふさわしいような宝石をたくさん贈った。贈り物に彼女は微笑んだ。すばらしく美しい女だったが、どういうわけか、彼女が彼に笑いかけているのを見るたびに、わたしは木鉢を彼に押しつけた鬼のような養母の顔を思い出した」

ジェイソンが彼女に真珠やサファイアを贈って、感謝するならキスしてくれと言っている姿がくっきり浮かんできて、ヴィクトリアは胸が痛くなった。女性に大切にしてもらうには贈り物をしなければならないと彼は思っているのだろうかと、悲しく感じた。

ファレル船長はグラスをあげて、ひと息にぐっと飲んだ。「メリッサはふしだらな女だった。結婚してからずっと、ベッドからベッドへと渡り歩いた。おかしかったのは、ジェイソンが庶子だと彼女が知ったときのことだ。アサートン公爵がデリーの彼らの屋敷へやってきて、自分の息子と話したいと申し出たとき、わたしもその場にいた。ジェイソンがチャールズの庶出の息子だと知ったとき、メリッサは憤慨した。自分の血統に庶子の血が入るのは彼女の道徳に反するということらしかった。ところが、同じ階級の紳士たちに自分の体を投げ与えることは、彼女の道徳には反しなかった。いったいどういう倫理観なのか？」

「信じられません！」ヴィクトリアは彼の非難に同意した。

ファレル船長は彼女の忠実な反応ににやりとして、話を続けた。「ジェイソンは結婚したときには彼女を愛していたのだろうが、一緒に暮らすうちに、その気持ちは消えうせた。だが、息子が産まれた。そのために、彼は妻の贅沢三昧を許し、男遊びにも目をつぶった。本当のところ、彼女がなにをしようとどうでもよかったのだろう」

ジェイソンに息子がいたことをはじめて知ったヴィクトリアは、ファレル船長が話しつづけるのを呆然と聞いていた。「ジェイソンは息子を溺愛した。どこへ行くにも連れていった。デリーからイングランドへ戻って、アサートン公爵の荒廃した屋敷を大枚はたいて修復したのも、息子のジェイミーにすべてを継がせるためだった。ところが、結局のところ、なにもかも無駄になった。メリッサが愛人と駆け落ちしたのだが、先々ジェイソンから金をむしりとるために、ジェイミーを連れて出た。そして、彼らが乗った船が嵐で沈んだ」

ファレル船長はグラスを強く握りしめた。喉の筋肉がひくひく痙攣《けいれん》していた。「メリッサがジェイミーを連れて出たのを最初に見つけたのは、わたしだった。息子が死んだとジェイソンに伝えたのも。わたしは泣いたよ。だが、ジェイソンは泣かなかった。そんなときでさえ、泣けなかったのだ」

「キャプテン・ファレル、わたしは屋敷へ戻ります。遅くなったらジェイソンが心配するかもしれませんから」ヴィクトリアが喉を詰まらせながら言った。

ファレル船長の表情から深い悲しみが消え、ごつごつした顔に笑みが浮かんだ。「それがいい。だが、その前に、言っておきたいことがある」

「なんです？」

「ジェイソンが求めているのは息子だけだと思わないように。彼にもそんなことを信じさせてはいけない。わたしはだれよりもよく彼を知っているが、昨日の夜、あなたを眺めている彼の顔は特別だった。彼は恋に落ちかかっているが、彼自身がそれを望むかどうかが問題だ」

「二度と女性を愛したくないと思っても、彼を責められません」ヴィクトリアは悲しげに言った。「あの人がどうやって生き延びて、これまで正気を保ってきたのか、わたしには想像もつきません」

「ジェイソンは強い。わたしが知るかぎり、もっとも強い人間だ。それに、とびきりすばらしい男だ。彼を愛しなさい、ヴィクトリア——そうしたいと思っているのは言わずともわかる。そして、あなたをどうやって愛すればいいか、彼に教えてやりなさい。彼の心のなかには愛情がたくさんあるはずだが、まずは、あなたを信頼することから学ばなければならない。いったんあなたを信頼すれば、彼はきっと、この世のすべてをあなたに差しだすよ」

ヴィクトリアは立ちあがったが、彼女の目は曇っておびえていた。「どうして、そんなに自信を持って言えるのですか？」

アイルランド人の船長の声はやさしく、その目は遠くを見つめていた。「なぜなら、ずっと昔、あなたによく似た若い女性を知っていたからだ。その女性はあなたと同じ温かさとやさしさを持っていた。そして、信頼することと、愛すること、そして愛されることを教えてくれた。わたしは死ぬのはちっとも怖くない。彼女があちらで待っているからね。たいていの男は簡単に、頻繁にだれかを愛するが、ジェイソンはわたしと似ていてそうじゃない。彼はただ一度だけ愛し、その愛は永遠に続く」

24

ヴィクトリアがまだ生乾きの服を着ているあいだに、ファレル船長は裏の納屋から馬と馬車を表へ出した。彼女を馬車に乗せると、自分も馬に乗った。土砂降りは収まったものの陰鬱な霧雨が降るなか、彼は彼女の馬車と並んで夕暮れの道をウェイクフィールドへ向かった。

「屋敷まで送ってくださる必要はありません。方向はわかります」

「いや、その必要があるのです。この辺は、日が暮れてしまうと女性ひとりでは無用心だからね。先週は、村の反対側で馬車が追いはぎに襲われて、ひとりが撃たれた。二日前にも、夜遠くまで出歩いていた孤児院の少女の遺体が、川で発見された。知的障害のある娘だったので犯罪がらみかどうかははっきりしなかったけれど、注意するに越したことはない」

ヴィクトリアは船長の話を聞いてはいたが、頭はジェイソンのことでいっぱいだった。彼はイングランドへやってきた彼女に住む家を提供し、美しい品々を与え、彼女が寂しがっていればからかい、ついには結婚して自分の妻にしたのだ。たしかに、彼は冷ややかで近寄りがたい部分が多いけれど、考えれば考えるほど、ファレル船長の言葉が正しいと感じられるようになった――ジェイソンは彼女を人切に思っているにちがいない。さもなければ、再婚など考えもしなかっただろう。

　結婚前の彼の、愛情に飢えたようなキスを思い出して、彼女は確信をいっそう深めた。それに、子供の頃に「宗教」という名目のもとで虐待を受けたにもかかわらず、彼女の願いを聞き入れて、彼はわざわざ教会で結婚式を挙げてくれた。

「ここから先はひとりのほうがいいでしょう」もうすぐウェイクフィールドの鉄製の門というところで、ヴィクトリアが言った。

「なぜ?」

「一緒だったことが知れたら、わたしの態度が変わったときに、あなたがなにか話したのだろうとジェイソンが疑うかもしれませんから」

「彼に接する態度を変えるつもりかい?」

　ヴィクトリアは暗闇のなかでうなずいた。「そのつもりです」彼女は静かな決意を込めて答えた。「ヒョウを飼いならそうと思っています」

「それなら、ここで失礼しよう。わたしのところへ来たことは、ジェイソンには言わないほうがいい。うちの手前に無人の小屋がふたつある。そこに避難していたと言い訳すればいい――ただ、言っておくが、ジェイソンは嘘を嫌う。だから、嘘をついたと知られてはいけない」

「わたしも嘘は嫌いです」ヴィクトリアはちょっと身震いした。「ジェイソンに嘘をつかれたとわかったら、彼よりも腹を立てるかもしれません」

「こんな天気の日に、あなたがひとりで外出したと知ったら、彼はきっと心配するし、ひどく怒るだろう。それが心配だ」

ファレル船長の心配どおり、ジェイソンはすでに帰宅して、彼女の身を心配し、激怒していた。ヴィクトリアが屋敷の裏にウルフをつないでなかへ入るやいなや、表側から彼の大きな声が聞こえてきた。不安と早く彼に会いたい気持ちとが胸でせめぎあうなか、急いで廊下を通って書斎へ入った。彼女に背を向けている彼は、おびえきった六人の使用人を並ばせて、その目の前を行ったり来たりしていた。白いシャツはぬれ、広い肩から引き締まった背中にかけてぴたりと張りつき、茶色の乗馬靴は泥だらけだ。「レディ・フィールディングが言ったことを、もう一度くりかえせ」彼はルースを叱りつけた。「いいか、めそめそ泣くな！彼女がなんと言ったか、最初から一言一句そのまま言うんだ」

侍女は両手を握りしめた。「奥様は——奥様は、一番小さな馬車に一番おとなしい馬をつけるようにとおっしゃいました。馬車を操るのにはあまり慣れていないからって。それから、ミセス・クラドック——コックですが——に昨晩の残り物をバスケットに詰めるよう頼めと。それから、バスケットを馬車に積んでおくようにと。嵐が来るかもしれないと申しあげたんですが、まだしばらくは大丈夫だろうとおっしゃいました。それから、ご主人様はたしかに外出かと尋ねられたので、はいと答えました。そうしたら、出ていかれました」

「で、そのまま彼女を行かせたのか？」ジェイソンは全員をばかにしたような目つきで眺めまわした。「あのように感情的すぎる、馬車を満足に操れない女性を、一カ月分はゆうにある食料を持たせて嵐のなか出発させて、ひとりも止めようとは思わなかったのか！」彼は切り刻まんばかりの視線を馬丁に浴びせた。「彼女が犬に『やっと自由になったわね』と言うのを聞いたのに、それが変だと思わなかったのか？」

馬丁の返事も待たず、ジェイソンはするどい視線をノースラップに向けた。執事は、理不尽な恐ろしい運命を甘受して銃殺隊の前に身をさらす誇り高い男のように立っていた。「もう一度、正確に説明しろ、彼女がおまえになんと言ったか」ジェイソンがどなった。

「『ご主人様が戻られたら、なんと申しましょうか？』と奥様にうかがいました。すると奥様は、『さようならと言っていたと伝えて』とおっしゃいました」ノースラップはこわばった口調で答えた。

「それを聞いて、変だと思わなかったのか？　結婚早々の妻が、夫にさよならを言って家を出ていったんだぞ！」

ノースラップは白髪の生え際まで真っ赤になった。「いろいろな状況から推察すれば、変ではございませんでした」

ジェイソンは歩きまわるのをやめ、呆然として彼に怒りの視線を向けた。「それは、どういう意味だ？」

「奥様が出ていかれる一時間前、ご主人様がお出かけになるときにおっしゃった言葉からして、おふたりは仲たがいなさって奥様はそのことで悩んでおいでだと思いました」

「ぼくが出かけるとき、なんと言った？」ジェイソンはすさまじい剣幕で訊いた。「いったい、なんと言ったんだ？」

ノースラップの薄い唇が震えた。「今朝、お出かけになるとき、どうぞよい一日をと申しあげました」

「それで？」

「そうはならないだろうとお答えでした。当然ながら、今日はよい一日にはならないという意味でございましょう。ですから、奥様が階下へ下りていらしたとき、おふたりが仲たがいなさったのだと推察しました」

「彼女が出ていこうとしているのに、止めるべきだとは『推察』しなかったわけだ」

ヴィクトリアの胸は後悔でいっぱいになった。ジェイソンは彼女が家を出たと思いこんでいる。あれほどプライドの高い人が、召使いたちの前でそれを認めるとは、よほどわれを忘れているにちがいなかった。彼がそんなふうに思いこむとは思いもよらなかったが、メリッサの話を知ったいまでは、それも無理からぬことと思えた。彼のプライドを守らなくてはと心に決めたヴィクトリアは、精一杯明るくおだやかな笑顔をつくって、オービュソン織りの絨毯を横切って彼の横に立った。「わたしがあなたから去ると考えるほど、ノースラップは愚かではないわ。マイ・ロード」ほがらかにそう言って、ジェイソンの腕に手をからませた。

ジェイソンが急にぐるっと向きを変えたので、ヴィクトリアはあやうく倒れそうになった。なんとか体勢を立て直した彼女はやさしく言った。「わたしは『感情的すぎる』かもしれないけれど、なにも考えられないわけではありません」

ジェイソンの両目が安堵で輝いた――だが、それは一瞬で怒りに変わった。「いったい、どこでなにをしてた?」彼は声を荒らげた。

ヴィクトリアは理不尽に叱責された召使いたちをかわいそうに思って、いかにもしおらしく懇願した。「お怒りはもっともだし、それは甘んじて受けますが、だれもいないところでお願いします」

怒りを抑えるために強くあごをこわばらせて頬をひきつらせながら、ジェイソンは召使いたちのほうを向いて、去れとそっけなく命じた。一瞬の緊張の後、彼らは急いで部屋から出て、最後のひとりが後ろ手にドアを閉めた。ドアが閉まった瞬間、ジェイソンの怒りが爆発した。「なにを考えているんだ!」彼は歯を食いしばって罵った。「そこらじゅう、手あたりしだいにさがしたんだぞ」

ヴィクトリアは彼の彫りの深い顔を見つめ、魅力的な厳しい口もととがっしりしたあごに目をやったが、そこに見えたのは、「悪魔」だという理由でなすすべもなく鞭打たれている、黒い巻き毛の哀れな少年だった。気の毒に思う気持ちがこみあげて、彼女は無意識に片手を彼の頬にあてた。「ごめんなさい」心は後悔でうずいていた。

ジェイソンは彼女の手から顔をそむけ、突き刺すようなグリーンの目で見つめて、眉間にしわを寄せた。「ごめんなさい、だと？　いまもまだ外できみをさがしている男たちのために謝っているのか？」彼女のそばにいるのが耐えられないかのように、彼は窓辺に近づいた。

「ぼくが乗りまわした馬のためにか？」

「わたしが去ったとあなたに思わせてしまって、ごめんなさい」ヴィクトリアは震える口調で彼をさえぎった。「二度としませんから」

ジェイソンは皮肉な視線を向けた。「昨日は教会の祭壇でぼくを置き去りにしようとし、今朝は離婚してくれと言ったのだから、出がけの言葉はかなり衝撃的だったよ。いまになって急にそんなしおらしい態度を見せるとは、いったいどうした？」

教会での出来事にふれた彼の声にわざとらしいそっけなさを感じて、彼女の心は沈んだ。あきらかに、あれは彼をひどく傷つけたのだ。

「マイ・ロード――」彼女はやさしく話しかけた。

「やめてくれ！　そんな呼びかたをしてへつらうな。おべっかは大嫌いだ」

「おべっかなど使っていないわ！」ヴィクトリアの心に、黒い鞭を振るわれている彼の姿が浮かんだ。こみあげる涙を咳払いして飲みこんで、やっとのことで話を続けた。「孤児院の子供たちに昨日の残り物を食べてもらいたくて、届けに出かけただけだと言いたかったの。心配させてごめんなさい。もう二度としないから」

彼女を見つめる彼の目から、怒りが消えていった。「なにをしようときみの自由だ」彼は疲れはてたように言った。「この結婚は人生最大の失敗だった」

彼がこんな気分になったときにはなにを言ってもだめだと思い、彼女は服を着替えたいからと断って寝室へひきあげた。その晩、彼は夕食を一緒に食べなかったし、彼女のベッドへも現われなかった。

その晩だけでなく、さらに三日続けて彼は寝室を訪れなかった。それどころか、彼女を避けようとしてあらゆる努力をしていた。彼は一日じゅう書斎で働いていた。秘書のベンジャミンに手紙を口述筆記させ、ロンドンから来る客たちに会って、投資や貿易などありとあらゆる商取引の話をした。彼女と食事の席で出くわしたり廊下ですれちがったりすると、他人行儀に礼儀正しく挨拶した。

仕事が終わると上の階で着替えて、ロンドンへ出かけていった。

キャロラインは出産を控えた兄の妻を訪ねてイングランド南部へ行っていたので、ヴィクトリアは大半の時間を孤児院で子供たちにゲームを教えたり、村人を訪ねて親交を深めたりして過ごした。だが、いくら忙しくしていても、ジェイソンがいないのはとても寂しかった。ロンドンにいたときは、一緒にいることが多かった。舞踏会もパーティも観劇も、外出先にはほとんどいつもエスコートしてくれたし、たとえとなりにはいなくても、近くから見守ってくれているのを感じていた。アンドルーの母親の手紙を受け取ってからずっと、ジェイソンは彼女にとって特別な友人だった。

いまの彼は、礼儀正しい見知らぬ人のようで、意図的に彼女との距離を保っていた。彼がもう怒っていないのはわかった。だが、彼女を心から締めだして、彼女など存在していないかのようにふるまっていた。

四日目の夜、ジェイソンはまたしてもロンドンへ出かけ、ヴィクトリアはベッドに横たわってバラ色の絹の天蓋を見つめながら、以前のように彼とダンスをしたいとぼんやり思っていた。ジェイソンと踊るのはとても楽しかった。彼の動きは自然で優雅で……。

ロンドンの長い夜を彼はどうやって過ごしているのだろうかと、彼女は想像した。きっと、紳士たちだけが集まるクラブで賭け事でもしているのだろう。

五日目の晩、ジェイソンはとうとうひと晩じゅう戻ってこなかった。翌日の朝食の席で、ヴィクトリアは社交界の動向をあれこれ伝えている『ガゼット』紙のゴシップ欄にふと目をやって、彼がロンドンでなにをしていたかを知った。彼は賭け事に興じていたのでも、仕事の話をしていたのでもなかった。ミュアフィールド卿の舞踏会に出席して、年配のミュアフィールド卿の美しく魅力的な奥方とダンスをしていた。その前日には劇場に出かけて、歌劇の黒髪の踊り子と一緒のところを目撃されていた。ヴィクトリアはジェイソンの愛人についこと。


て三つだけ知っていた——シビルという名前と、歌劇の踊り子であることと、黒髪だということ。

ヴィクトリアの胸に嫉妬が広がった——激しく心を波立たせる、吐き気を催すような嫉妬。それまで一度もそんな感情を抱いたことなどなかったので、それはまったくの不意打ちだった。

ちょうどそのとき、ジェイソンが昨日の晩にロンドンへ出かけたときと同じ服のまま、ダイニングルームへ入ってきた。仕立てのよい黒のイブニングジャケットを無造作に左肩にひっかけている。白のネッククロスはゆるんで首にぶらさがり、白いローン地のシャツの胸ははだけていた。どう見ても、着替えに不自由しないロンドンの屋敷に泊まったのでないのは一目瞭然だった。

ジェイソンは彼女によそよそしくうなずいてから、サイドボードに近づいて、湯気のたつコーヒーを自分でカップに入れた。

ヴィクトリアはショックと怒りで震えながら、ゆっくり椅子から立った。「ジェイソン」彼女の声は冷たく硬かった。

彼は顔だけ向けて彼女を見たが、ただならぬようすに体ごと振り返った。「なんだい？」口もとまで上げたカップの縁越しに言った。

「最初の奥様がロンドンで遊びまわっていたとき、あなたはどんな気持ちだったか覚えている？」

カップが一インチほど下がったが、彼は無表情なまま「よく覚えている」と答えた。

自分の大胆さに驚くとともに少し感心しながら、ヴィクトリアは意味ありげに新聞に視線をやってから、あごを上げた。「なら、もう二度と、わたしをそんな気持ちにさせないでほしいわ」

彼の視線が開かれた新聞に落ちて、ヴィクトリアへ戻った。「ぼくの記憶では、彼女の行動にはとくになにも感じなかった」

「でも、わたしは感じるの！」ヴィクトリアは抑えきれずに大声になった。「思いやりのある夫が……愛人を持つというのは、理解できるけれど、それは秘密にするものではないのかしら。あなたたちイングランド人はなんにでもルールを決めていて、秘密はそのひとつでしょ。あなたがご自分の……ご自分の女友だちを見せびらかすのは、わたしには耐えられないわ」ヴィクトリアはまるで脱ぎ捨てられた靴のような気分でその場を去った。

彼女は美貌の若き女王のようだった。長い髪は波を打って輝き、みごとな肢体の物腰は気品を漂わせていた。ジェイソンは手にしたコーヒーカップを忘れて、その後ろ姿に見とれていた。彼女を求める熱い衝動が湧きあがる。もう何カ月もずっと、ヴィクトリアをこの腕に抱きしめ、彼女のなかでわれを忘れたいと願っていた。だが、彼女を追いかけようとはしなかった。彼女が彼にどんな感情を持っているにせよ、それは愛情でも欲望でもなかった。ひそかに愛人を囲って、おのれの醜い欲望を満足させるのが〝思いやりのある〟夫のすることだと彼女は言ったのだと、ジェイソンは苦々しく噛みしめた。だが、夫が人前で愛人を同伴するのを見られるのは、ヴィクトリアのプライドが許さないのだろう。

彼女のプライドが傷ついている、それだけのことだ。だが、愛するアンドルーから受けた仕打ちで彼女のプライドがすでにずたずたになっていることを考えれば、これ以上彼女を傷つける気にはなれなかった。傷つけられるつらさは彼にも理解できた。メリッサの不貞をはじめて知ったとき、どれほど打ちのめされたかを思い出した。

ジェイソンは書斎で書類を取ってから、ジャケットを片手に書類を読みながら階段を上がっていった。

「おはようございます、マイ・ロード」ジェイソンが親指にひっかけているしわの寄ったジャケットに、近侍が非難するような視線を向けて挨拶した。

「おはよう、フランクリン」ジェイソンは書類から目を離さずにジャケットを渡した。

フランクリンはひげ剃り道具を支度してから、ジャケットをさっと払ってブランをかけはじめた。「今晩のお召し物は外出用ですか、それともご自宅用でしょうか？」近侍が丁寧に尋ねた。

ジェイソンは書類をめくって二ページ目を読みながら「自宅用だ」と答えた。「ヴィクトリアが夜の外出が多すぎると言うから」

続き部屋の大理石の風呂へ向かった彼は、近侍の顔にうれしそうな表情が浮かんだのに気づかなかった。フランクリンは彼がバスルームへ入るのを見送ってからジャケットを片づけて、うれしいニュースをノースラップに知らせようと階下へ急いだ。

数カ月前にレディ・ヴィクトリアがこの屋敷に突然乱入して、すべてが規律正しい退屈な毎日を崩壊させるまで、フランクリンとノースラップはもっとも信頼できる使用人としての地位を争っていがみあっていた。それどころか、丸四年間もほとんど口をきかなかった。それがいまでは、レディ・ヴィクトリアの幸福という共通の関心事のために同盟を結んでいた。

ノースラップは客間の近くの表廊下でテーブルを磨いていた。フランクリンは目下の使用人がだれも近くにいないのを確かめてから、ご主人様のロマンスの動向について最新のニュースを伝えて、見返りになにか情報を仕入れようとノースラップに近づいた。壁の向こうでオマリーが聞き耳をたてているのには、まるで気づいていなかった。「ミスター・ノースラップ、ご主人様は今晩は屋敷で夕食を召しあがるぞ」フランクリンはスパイ気取りでささやいた。「これはきっと、いい兆しだ。とてもいい兆しだ」

かがんでいたノースラップは体を起こしたが、表情はぱっとしなかった。「五日間続けて留守になさったことから考えればそうかもしれないが、とりわけいい兆しとは思えんな」

「わかっていないな——ご主人様は、奥様がそうしてほしいと望まれたから今晩は家にいると決めたんだぞ！」

「そうか、それなら有望だ！」ノースラップは背筋をそらして、周囲にだれも聞いている者がいないのを確かめてから言った。「奥様がそんなお願いをしたのは、きっと今朝見た『ガゼット』の記事のせいだ。ご主人様が歌劇の踊り子とお楽しみだったとわかったからだ」

オマリーは壁から耳を離して、客間の脇のドアから、ふだんは軽食を運ぶために使っている裏廊下を通ってキッチンへ急いだ。「やったぞ！」彼はキッチンへ走りこむなり使用人たちの前で歓声をあげた。

ペストリーをつくろうと粉をこねていたミセス・クラドックは、話を一刻も早く聞こうとして、オマリーが調理台からリンゴを一個くすねたのを見逃した。「なにがあったの？」

オマリーは壁に寄りかかって、新鮮なリンゴを大きくかじり、そのリンゴを振りまわしながら大げさにしゃべった。「奥様がご主人様にお目玉をくらわせたんだよ！　フランクリンとノースラップが話しているのを聞いたんだ。ロンドンでミス・シビルと一緒だったのを新聞で読んで、ちゃんと家にいるように言ったんだとさ。で、ご主人様はそうするそうだ。言っただろ、彼女ならきっとご主人様を操縦できる。アイルランド人の血統だって聞いたときからわかってた！」オマリーは女主人を心から慕ってつけ加えた。「そのうえ、本物のレディだ！　優雅な物腰に、あの笑顔」

「奥様はこのところずっと寂しそうだったわ」ミセス・クラドックはまだ少し心配げだった。「ひとりだと満足に食事もなさらないから、お好きなものばかりつくっていたんだけど。いつも丁寧に『ありがとう』とおっしゃるから、なんだか悲しくなっちゃって。いったいなんで、ご主人様は奥様のベッドに行かないのか……」

オマリーも陰気な顔で首を横に振った。「婚礼の晩以来ずっとだ。ルースがまちがいないと言ってる。奥様がご主人様のベッドで眠った形跡もない、二階のメイドたちが寝室を注意して見てるが、枕はひとつしか使われてないそうだ」重苦しい沈黙のなか、彼はリンゴをたいらげて、もう一個に手を出そうとしたが、ミセス・クラドックが今度はその手をタオルで払いのけた。「盗み食いはやめてよ、デザートのパイをつくるんだから」そう言った彼女がなにかを思いついて笑顔になった。「今晩は別のものをつくるわ。パイなんかよりも楽しいものを」

素朴で快活な、一番若い十六歳の皿洗い女が、ふいに声をはりあげた「洗濯女から聞いたんだけど、ワインに入れて飲ませれば男をその気にさせられる粉薬があるそうよ。もし、ご主人様に問題があるなら、それを試してみたらどうかって」

キッチンの召使いたちはてんでに小声で賛成したが、オマリーがとんでもないとはねつけた。「まったく、なんにも知らない小娘が！　どこでそんなことを聞いてきた？　ご主人様にはそんな粉薬は必要ないから、洗濯室のやつらにはそう言っておけ！　御者のジョンがいつも洟《はな》をたらしているのは、冬のあいだずっと、毎晩のように馬車の上で雨風にさらされながら、ご主人様がミス・ホーソーンのベッドから出てくるのを待ってたせいなんだぞ。ミス・ホーソーンというのはミス・シビルの前の恋人だ」

「じゃあ、昨日の晩もミス・シビルと一緒だったの？」ミセス・クラドックがデザートに使う小麦粉を量りながら訊いた。

オマリーの表情が急にしぼんだ。「そのようだ。馬丁のひとりがそんな話をしてた。だけど、あちらにいるあいだに、なにをしているかまではわからない。手切れ金を渡しに行ったのかもしれないし」

ミセス・クラドックは疑わしげな弱々しい笑みを向けた。「とにかく、今晩はここで奥様と食事をなさる。まだまだこれからだね」

オマリーはうなずいて、昨日の晩のご主人様の行き先を教えてくれた馬丁のところへ、新情報を伝えようと出ていった。

そんなわけで、ウェイクフィールドにいる百四十人ほどのなかでヴィクトリアひとりだけが、その晩ダイニングルームへ入ってきたジェイソンを見て驚いた。

「今晩は屋敷にいるの？」テーブルの上座に座った彼を見て、彼女は驚きと安堵の声をあげた。

彼は慎重に答えた。「きみがそうしてほしいのだと思ったから」

「ええ、そうしてほしかったわ」ヴィクトリアは、このエメラルド色のドレスは彼の気に入るかしらと心配し、あんなに離れた場所に座らなければいいのにと気を揉んだ。「でも、あなたがそうするとは思わなかったから。だって――」オマリーがワインをついだ二個のクリスタルのグラスをトレイにのせて、サイドボードのところからやってきたので、彼女は口をつぐんだ。こんなに離れていては、感情的にも物理的にも会話が難しかった。

彼女がため息をついたところへ、なにかを企んでいるような目つきをしたオマリーが近づいた。「ワインでございます、マイ・レディ」うやうやしくトレイからグラスを取ってテーブルへ置こうとした瞬間、グラスが倒れ、彼女の目の前のリネンにワインの染みが広がった。

「オマリー！」ノースラップがいつも給仕を指図する定位置から声をあげた。

オマリーはなに食わぬ顔で謝罪し、かいがいしくヴィクトリアの椅子を引いて、ジェイソンの近くへと誘導した。「こちらへどうぞ、マイ・レディ」見るからに申し訳ないという表情で、ジェイソンのすぐとなりの椅子を引いた。「新しいワインをすぐにお持ちします。それから、あちらをきれいにいたします。こぼれたワインが匂いますので、こちらに離れていたほうがよろしいかと。とんでもない粗相をいたしまして」彼はヴィクトリアを座らせて、膝の上にさっとナプキンをかけた。「このところ腕が痛むので、そのせいでしょう。たいしたことはないので、どうかご心配なさらず――ずっと前に骨を折った古傷ですから」

ヴィクトリアは思いやりのこもった微笑を彼に向けた。「腕が痛いなんて気の毒に、ミスター・オマリー」

オマリーはジェイソンのほうを向いてなにか言い訳をしようとしたが、彼がまるで切れ味を試すかのように指先でナイフの刃をさわりながら、するどい視線でじっと自分を見つめているのに気づいて、口のなかがカラカラになってしまった。

オマリーは人差し指でシャツの襟もとをゆるめて咳払いしてから、ヴィクトリアに「いますぐ新しいワインをお持ちします」と口早に言った。

「ヴィクトリアは食事の席でワインは飲まない」ジェイソンはそう言ったが、ふと思いついて彼女を見た。「それとも習慣を変えたのかな、ヴィクトリア？」

ヴィクトリアは首を横に振ったものの、ジェイソンとオマリーの無言のやりとりはなんだろうと思った。「でも、今晩は少しだけいただくわ」その場をとりなすために、彼女はつけ加えた。

召使いたちが全員下がって、壮麗な長い大テーブルにふたりだけが残された。食事しながらも会話はなく、リモージュの皿に金のナイフやフォークがふれる音だけが時おり響いていた。自分と食事するのではなくロンドンへ行っていたら、いま頃きっとジェイソンは陽気に楽しんでいたはずだと想像すると、ヴィクトリアにはその沈黙がよけいに耐えがたく感じられた。

料理の皿がすべて片づけられてデザートが出される頃には、彼女は絶望的な気持ちになっていた。なんとかして沈黙の壁を破ろうと、二度ばかり天気や料理の味について無難な話題を口にしてみた。ジェイソンの反応は礼儀正しかったが、がっかりするほど短かった。

ヴィクトリアはすぐにもなんとかしなければと気を揉んだが、ふたりのあいだの溝は広がるばかりで、不安がいっそうつのって絶望的に感じられた。

オマリーが笑みを隠しきれない表情でデザートを運んできたので、彼女は不安を一瞬だけ忘れた。目の前に置かれた可愛らしい小さなケーキには、色鮮やかな二つの国旗が交差した飾りが描かれていた——英国国旗とアメリカの星条旗だった。

ジェイソンはケーキをちらっと見て、おせっかいな従僕にせせら笑うような視線を向けた。

「今日のミセス・クラドックは愛国的な気分なんだろうか？　それともこれは、結婚したことをぼくに思い出させようというつもりかな？」探りを入れるようなジェイソンの冷たい視線を浴びて、オマリーは思わず顔を伏せた。

オマリーは蒼白《そうはく》になった。「とんでもない、マイ・ロード」突き刺すような視線に耐えながら、ジェイソンが下がってよろしいとうなずくのを待っていた。

「もし、このケーキがわたしたちの結婚を表現しているのなら」ヴィクトリアがなにげなく冗談を言った。「ミセス・クラドックは二本の旗ではなくて二本の剣を交差させた飾りにするべきだったかも」

「そのとおりだな」ジェイソンは無頓着に同意して、可愛らしいケーキを無視してワイングラスに手をのばした。

自分たちの結婚生活が危機的状態にあるというのに、彼があまりにも無関心なので、ヴィクトリアは耐えきれなくなり、食事中ずっと持ちだそうかどうしようか迷っていた話題を口に出した。「こんなことじゃだめだと思うわ！」彼女は感情の読みとれない彼の顔をじっと見た。「ジェイソン、お願いだから――わたしたちのこんな状態を変えたいの」

ジェイソンはやや驚いたようで、椅子に深く座り直して、静かに彼女を見つめた。「具体的には、どんな具合に変えたいんだ？」

彼のようすがあまりによそよそしく、他人事のようだったので、ヴィクトリアはいっそういらいらした。「そうね、ひとつは、おたがいに友だちになりたいわ。以前は、いろいろ話をしたり一緒に笑ったりしたじゃない」

「では、話をしよう」

「とくになにか話したいことがある？」彼女がジェイソンを見つめて訊いた。

ジェイソンは彼女の魅力的な顔から目をそらした。彼は心のなかで思った。はじめての晩のきみが、なぜわれを失うほど飲まなければぼくとベッドを共にできなかったのかについて話したいよ。ぼくがふれるとなぜ気分が悪くなるのかについても。だが、彼は「とくになにもない」と答えた。

「それなら、わたしから話すわね」彼女は少したためらってから言った。「このドレス、どう思う？　マダム・デュモシーの店であなたがつくってくれたもののひとつよ」

ジェイソンの視線は、グリーンのドレスの開いた胸もとに見える白くてなめらかな肌へ引き寄せられた。グリーンがよく似合う。だが、華奢な首にエメラルドを飾ればドレスがいっそう映えるだろう。できることならば、いますぐ人払いして彼女を膝の上にのせ、ドレスの後ろのファスナーを下げて、唇と指先で愛撫したい。胸にキスしてから、彼女を抱きあげて二階の寝室へ運び、ふたりで息も絶え絶えになるほど愛しあいたい。「ドレスはよく似合っている。エメラルドが必要だな」彼は言った。

ヴィクトリアはなにもつけていない首を無意識に手で押さえた。エメラルドは持っていなかった。「あなたもとてもすてきよ」彼女は仕立てのいいダークブルーのジャケットを着こなしているジェイソンを褒めた。日焼けした肌と漆黒の髪は、白いシャツとネッククロスとは対照的だった。「本当にハンサムだわ」うっとりするような口調で言った。

驚きの笑いが彼の唇にかすかに浮かんだ。「ありがとう」彼はあきらかに面食らって言った。

「どういたしまして」ヴィクトリアは彼が褒め言葉を喜んだのだと解釈して、会話の糸口を見つけたと思った。「最初に会ったとき、あなたがとても恐ろしく見えたのよ、知っていた？　あのときはもう暗くなりかけていたし、わたしは不安でたまらなかったから。あなたはとても大柄だから、それで怖く見えたの」

ジェイソンはワインにむせた。「なにが言いたいんだ？」

「最初に出会ったときの話よ」ヴィクトリアは無邪気に話しつづけた。「覚えている？　わたしは外で夕日を浴びて、子豚を抱いて立っていて、それからあなたが部屋のなかへ入れてくれて、なかは外よりずっと暗くて――」

ふいにジェイソンが席を立った。「あのときは無礼な扱いをして悪かった。では、よければ、少し仕事がしたいので」

「だめ」ヴィクトリアはあわてて立ちあがって言った。「仕事はしないで。なにかちがうことをしましょう――なにか一緒にできることを。なにかあなたがしたいことを」

ジェイソンの心臓が強く打った。彼は彼女の上気した頬を見つめ、誘いかけているブルーの瞳を見た。期待と不信が胸でせめぎあう。彼は指先を彼女の紅潮した頬から重い絹のような髪へとすべらせた。

ようやく温かく扱ってもらえたので、ヴィクトリアは喜びに震えた。冷たくされて苦しんでいないで、もっと早くこうするべきだったのだと思った。「チェスはどう？」彼女は幸福そうに提案した。「わたし、とても強いのよ、でもカードがあるのなら――」

彼はさっと手を離し、表情を冷たくこわばらせた。「失礼するよ、ヴィクトリア。仕事があるから」彼は彼女を置き去りにして書斎へ消え、ずっとそこにこもっていた。

ヴィクトリアはがっかりして沈みこみ、読書をして時間をつぶした。眠る時間になって、なんとしても彼の礼儀正しい他人のような態度をどうにかしなくてはと決心した。彼女はチェスをしようと誘う前の彼のようすを思い出した――それは、キスをしようとしたときと同じだった。彼女の体はすぐにそれに反応して、無意識のうちに熱くほてっていた。彼はチェスよりもキスがしたかったのかもしれない。もしかしたら、あの恐ろしいことを、またしたくなったのかもしれない——。

そう考えるとぞっとしたが、もし、もとどおりに仲良くなれるのなら、進んで彼の思いどおりになるつもりだった。初夜のように、ジェイソンに裸の体をさわられて、冷たく恐ろしいやりかたで抱かれるのは、想像しただけで胃が締めつけられる思いだった。もしかしたら、もっとやさしいやりかたで接してくれたら、それほどひどくはないのかもしれない——キスしたときのようなやさしいやりかたで。

ヴィクトリアはジェイソンがとなりの寝室へ入った気配がするまで自分の寝室で待ってから、すそにベージュのレース飾りがついたターコイズブルーのサテンの長袖のローブを身につけた。ジェイソンの寝室へ続くドア——修理されて、鍵は取りはずされていた——を開けて、なかへ入った。「マイ・ロー……ジェイソン」ふいに声をかけた。

シャツを脱ぎかけていたところで、胸をあらわにした彼は、はっと顔を上げた。

「話がしたいの」ヴィクトリアは硬い口調だった。

「出ていってくれ」彼は冷淡にはねつけた。

「でも——」

「話したくないんだ。チェスもしたくない。カードもいやだ」

「じゃあ、なにがしたいの？」

「きみに出ていってほしい。わかったか？」

「よくわかったわ。もう邪魔はしません」ヴィクトリアは気品を保って答え、自分の寝室へ戻ってドアを閉めたが、この結婚を幸福で揺るぎないものにしようと、固く心に決めていた。彼女は彼が自分になにを求めているのかわからなかった。なによりも、彼を理解できなかった。でも、彼を理解している人間なら知っている。ジェイソンは三十歳で彼女よりはるかに年上で世慣れていたが、ファレル船長は彼よりも年上だし、どうすればいいかきっと教えてくれるだろう。

25

翌朝、ヴィクトリアは決然として厩舎へ向かい、馬に鞍がつけられるのを待った。新品の黒の乗馬服は美しく仕立てられ、ぴったりしたジャケットは豊かな胸と細いウエストを強調していた。真っ白なシャツの襟飾りは血色のいい肌と高い頬骨を際立たせている。金褐色の髪はうなじで優雅なシニヨンに結っていた。その髪型のせいで、彼女は自分が年齢よりも大人びて洗練されたように感じた。それは、弱くなりがちな心を支えるのに役立った。

彼女は乗馬用の鞭で自分の脚を軽く叩きながら待った。やがて、馬丁が連れてきたサテンのように輝く漆黒の毛並みの元気な去勢馬を見て、彼女は微笑んだ。

すばらしい馬を彼女は賞賛の目で眺めた。「きれいな馬ね、ジョン。名前はなんていうの？」

「マタドールといいます。スペイン産です。数週間後に新しい馬が届くまでは、奥様にはこれに乗っていただくようにとご主人様に言われました」

ジェイソンは新しい馬を買ってくれたのだと、ヴィクトリアは馬丁の膝を踏み台にして馬の鞍に上がりながら思った。この厩舎にはイングランド有数の名馬がたくさんいるというのに、なぜ彼女のために新しい馬を買ったのかは想像もつかなかった。

ファレル船長の家へと続く曲がりくねった急な道に入ると、ヴィクトリアはマタドールの速度を落としてゆっくり歩かせた。出迎えた船長が横鞍から降りるのに手を貸そうとやってくるのを見て、ほっとため息をついた。「ありがとう」無事に地面に両足をつけて、彼女は言った。「いてくださると思っていたわ」

ファレル船長はにやりとした。「あなたとジェイソンのようすをこの目で見たくて、ウェイクフィールドへ出かけるところだった」

「では、ご足労かけなくてよかったですわ」ヴィクトリアは悲しそうに微笑んだ。

「進展はないのかね？」船長は驚いて、彼女を家のなかへと招き入れてから、紅茶を淹れるためにやかんに水を満たして火にかけた。

ヴィクトリアは座って、陰気に首を横に振った。「どちらかといえば、事態は悪化しています。まあ、ひどく悪化した、というわけではありませんが。昨日の晩ジェイソンは、少なくとも屋敷にいました。ロンドンへは行かずに、つまりその……おわかりでしょ」彼女はそれほど内輪の話をしようとは考えていなかった。ジェイソンの不機嫌さについて相談したかっただけで、夫婦の関係についてつっこんだ話をする気はなかった。

ファレル船長は棚からカップを二個取って肩越しに振り返ったが、その表情にはとまどいが浮かんでいた。「いや、わからん。なんのことだね?」

ヴィクトリアは居心地の悪そうな表情になった。

「話してごらん。わたしはあなたを信頼している。あなたもわたしを信頼してくれ。だれか他の人になら話せるかな?」

「いいえ、だれにも」

「もし、うちあけるのがそんなに難しければ、わたしを父親だと思ってごらん——ジェイソンの父親でもいい」

「あなたは、そのどちらでもないわ。それに、父にだって話せるかどうか」

ファレル船長はティーカップを置いてゆっくり振り返り、「海に出るとひとつだけいやなことがあるんだが、なんだかわかるかな?」と訊いた。彼女が首を横に振ると、彼は言った。

「船長室での孤独だ。それを楽しめるときもある。だが、なにか心配事があるとき——たとえば、大嵐がやってきそうなとき——自分の恐怖心をうちあける相手はだれもいない。船員たちがパニックになっては大変だから、彼らに知らせるわけにはいかない。だから、それを自分のなかだけに閉じこめておかねばならず、恐怖心はいっそう大きくふくれあがる。航海の途中で、妻が病気になって危険な状態に陥っているのではないかと心配になっても、気のせいだから大丈夫だと慰めてくれる者はだれもいなかったから、その不安はとりついて離れなかった。もし、あなたがジェイソンにもわたしにも話ができなければ、さがしている答えはけっして手に入らないよ」

　ヴィクトリアは愛情を込めて船長を見つめた。「あなたは、とても思いやりがあって親切な人だわ、キャプテン」

「それなら、わたしをじつの父親だと思って話してごらん」

　女性も含めてたくさんの人々が、医師の父にありとあらゆることを恥ずかしがらずに相談していたのを、ヴィクトリアは思い出した。だいいち、ジェイソンのことを埋解したかったら、どうしてもファレル船長に事情を話さなければならなかった。

「わかりました」と彼女は言い、話しやすいようにと気を遣った船長が後ろを向いて紅茶の支度をしはじめたのに感謝した。背中に話しかけるほうが素直になれた。「じつは、この前ジェイソンのことを全部話してくださったのかどうか知りたくて、こちらへ来たんです。でも、まず質問に答えますが、この前ここでお目にかかってから、ジェイソンがわが家で夜を過ごしたのは昨晩がはじめてでした。彼はずっとロンドンへ行っていたんです……」彼女は長く息を吸ってから、やっと言った。「……愛人に会うために」

　ファレル船長は背中をこわばらせたが、振り返らなかった。「いったいなんで、そんなことを考えついたのかね？」砂糖入れをゆっくり手に取りながら船長が訊いた。

「邪推なんかじゃありません。昨日の朝、新聞にのっていました。ジェイソンはひと晩ずっと出かけていて、朝食の最中に戻ったのですが、わたしはちょうどその記事を読んだばかりでした。だから、すっかり動揺していて――」

「無理もない」

「興奮してしまいそうでしたが、落ち着こうとつとめて、彼に言いました。思いやりのある夫は愛人を持つのだろうが、できれば秘密にやってほしいと――」

ファレル船長はくるりと振り返って、片手に砂糖入れを、もう片方の手にはミルク入れを持ったまま、大きくぽかんと口を開けて彼女を見つめた。「愛人を囲うのは思いやりがあることだが、秘密にするべきだと、彼に言ったのかい？」

「ええ、いけませんでした？」

「そもそも、なぜそんなことを言ったんだ？　どうやって思いついたんだい？」

ヴィクトリアは船長の口調に非難を感じとって、少し身を縮めた。「ミス・ウィルソンが――フロッシー・ウィルソンが教えてくれたんです、イングランドの習慣では思いやりのある夫は――」

「フロッシー・ウィルソン？」船長は呆気にとられた。「フロッシー・ウィルソン？」耳を疑うかのように、もう一度くりかえした。「あれはオールドミスで、頭はからっぽだ！　なんの役にも立たない！　以前ジェイソンは、ウェイクフィールドで彼女にジェイミーの世話をさせていた。自分が留守にするときに面倒を見てくれる女性が必要だからと。フロッシーはたしかに愛情深いが、とんでもなくまぬけで、赤ん坊のジェイミーをうっかり置き忘れた

 こともあったんだぞ。そんな女に、夫をつなぎとめる方法を相談したのか？」

「こちらから相談したわけじゃなくて、向こうから教えてくれたんです」ヴィクトリアは顔を赤くして防戦した。

「つい大きな声を出してしまって、悪かった」船長は首の後ろをかきながら謝った。「アイルランドじゃあ、亭主が浮気したら女房はシチュー鍋《なべ》で殴りつける！　そのほうがずっと簡単で、単刀直入で、効果的だ。保証するよ。さあ、話を続けてごらん。とにかく、あなたはジェイソンと対決して――」

「もうこれ以上はお話しできません」ヴィクトリアは弱々しげに言った。「こちらへ来るべきではなかったようです。わたしはただ、教えていただけるかと期待して……結婚式以来ジェイソンがなぜわたしと距離を置いて……」

「距離を置くというのは、どういうことだね？」ファレル船長の表情に緊張が走った。

「どう説明すればいいのか、わかりません」

船長は二個のカップに紅茶をついで手に持った。「ヴィクトリア、それは彼が――」顔をしかめて振り返った。「あなたのベッドにあまり近づかないという意味かい？」

ヴィクトリアは真っ赤になって両手を見つめた。「じつは、結婚式の夜に一度来たきりで……。翌朝わたしが寝室のドアに鍵をかけたせいで、彼がドアを壊してから……」

ファレル船長は黙ったまま食器棚のところへ戻ってティーカップを置き、グラスをふたつ取りだしてウィスキーを入れた。

船長はグラスのひとつを彼女に差しだした。「飲みなさい」きっぱり命令した。「そうすれば話しやすくなる。話の続きを聞かせてくれ」

「イングランドに来るまで、両親が死んだ後にワインを飲んだ以外、お酒を口にしたことはなかったんです」彼女はグラスの中身をぞっとするように眺めてから、椅子に腰かけた船長を見た。「でも、こちらへ来てからというもの、だれもがワインだのブランデーだのシャンパンだのを勧めてくるんです。気分がよくなるから飲みなさいって。でも飲んでも、気分なんかちっともよくなりません」

「試してみなさい」

「試してみました。結婚式の日、不安でたまらなくって、祭壇の前でジェイソンから逃げそうになったほどでした。だから、ウェイクフィールドに着いてからも、その晩のことがすごく心配で、ワインを飲めばなんとかやりすごせるかと思って五杯も飲んだんです。そうしたら、気分が悪くなってしまって——その晩、ベッドに入ってから」

「招待客でいっぱいの教会で、祭壇の前でジェイソンを置き去りにしようとした、ということか?」

「ええ。でもだれも気づきませんでした。ジェイソン以外は」

「まさか、そんな」船長は小さくうめいた。

「それに、結婚式の夜は、吐きそうになって」

「まさか、そんな」船長はもう一度うめいた。「そのうえ、翌朝になって、ジェイソンを寝室から閉めだしたのかい？」

ヴィクトリアはみじめな気持ちでうなずいた。

「さらに昨日は、愛人のところへ行くのは思いやりがあると、彼に言ったのか？」ヴィクトリアがまたしてもうなずくと、ファレル船長は黙ったまま呆然と彼女を見つめた。

「昨日の夜は、なんとか仲直りしようとしてみました」

「それを聞いて安心したよ」

「なにか彼のしたいことをしましょうと言ってみました」

「なら、彼は機嫌を直しただろう」ファレル船長はかすかな笑みを浮かべた。

「ええ、最初のうちは。でも、チェスかカードでもしましょうかと誘ったら、彼は――」

「チェスをしようと誘ったのかい？　いったいなんだって、チェスを？」

ヴィクトリアは傷ついた表情で船長を見た。「父と母がよく一緒にしていたのを思い出したんです。散歩に誘いたかったんですけれど、少し寒かったから」

ファレル船長は笑うべきか嘆くべきかわからず、首を横に振った。「哀れなジェイソン」笑いをかみ殺しながらつぶやいた。だが、真剣な表情になって彼女に視線を戻した。「ご両親はきっと……他のこともしていたと思うが」

「たとえば、どんな？」ヴィクトリアは両親が暖炉の前に向かいあって座って、本を読んでいた姿を思い出した。母は父の好きな料理をつくり、家をきれいに整え、父の衣服を繕ったが、屋敷にはジェイソンのためにそうした妻がするような仕事をこなす使用人がたくさんいて、それぞれ完璧にやっていた。彼女は気まずそうに沈黙しているファレル船長に目をやった。「どんなことをしていたと？」

「つまり、その、きみが自分のベッドに入った後で、ご両親が仲良くやっていたことだよ」

船長はぶっきらぼうに言った。「彼らのベッドのなかで」

古い記憶が彼女のなかでよみがえった——母の寝室の前で揉みあっていた両親、父が哀願しながら母を腕に抱こうとしていた——ぼくを拒まないでくれ、キャサリン、頼むから！

母は父とベッドを共にするのを拒んでいたのだと、ヴィクトリアは思った。そして、その晩の父がどれほど傷ついて絶望的になっているように見えたか、父を傷つけた母に自分がどれほど腹を立てたかを思い出した。両親はとても仲がよかったけれど、母は父を愛していなかった。母はチャールズおじ様を愛していて、それゆえに、ドロシーが生まれてからは父をベッドに迎えるのを拒んだのだ。

ヴィクトリアは唇を噛んで、父がよく寂しそうにしていたのを思い返した。妻がベッドを共にするのを拒んだら、男はみんな寂しがるのだろうか、拒絶されたと思うのだろうか。

母は父を愛していなかった。ふたりは友人どうしだった。友人……。自分はジェイソンを友人扱いしたのだと、母が父にしたのと同じことをしたのだと、彼女は突然気づいた。

「あなたは温かい血が通った女性だよ、ヴィクトリア、生命力と勇気に満ちている。社交界で見聞きしてきた、ろくでもない結婚なんか忘れなさい――あれはみんな、空虚で満たされない表面的な結婚ばかりだ。代わりに、ご両親の結婚について考えてごらん。ご両親は幸福だったのだろう？」

彼女が答えないのでファレル船長は眉をひそめ、訊きかたを変えた。「では、ご両親の結婚は考えなくていい。とにかく、わたしは男がどんなものか知っているし、ジェイソンのこともよく知っている。だから、ひとつだけ覚えておいてくれ。妻が夫を寝室から閉めだしたら、夫は妻を心から閉めだす。多少なりとプライドがある男なら、きっとそうする。しかも、ジェイソンはとても誇り高い男だ。足もとにひれ伏して愛情を請うことはしない。あなたは自分で自分をジェイソンから遠ざけたんだよ。そんなことを望んではいないと彼にわからせるのは、すべてあなたしだいだ」

「どうすればいいのですか？」

「チェスをしようと誘うのはだめだ。愛人のところに行くのが大の思いやりだなんて、考えるのもだめだよ」ファレル船長は首の後ろを揉んだ。「男親が娘を育てるのがどれほど難しいか、想像したこともなかったな。性別が違うと話すのが難しいことがいろいろある」

ヴィクトリアはじっとしていられずに立ちあがった。「いまの話をよく考えてみます」彼女は羞恥心を隠そうとして約束した。

「ちょっと訊いてもいいかね?」船長がためらいつつ切りだした。

「ええ、もちろんです。わたしばかり質問してしまったから」ヴィクトリアは不安を隠して愛くるしい笑顔を浮かべた。

「だれかから夫婦の愛について聞いたことはないのかい?」

「そんな話ができるのは、きっと母親とだけでしょう」ヴィクトリアはまた顔を赤くして言った。「もちろん、結婚に伴う義務について聞いたことはありますが――」

「義務だと!」船長はうんざりして言った。「アイルランドでは、若い娘は新婚初夜を待ち望んでいる。家へ戻って、夫を誘惑しなさい。そうすれば後は全部ジェイソンがうまくやってくれるし、義務だなんて考えなくなる。わたしはジェイソンをよく知ってるが、その点は保証できるぞ!」

「もし、そうしたら、彼は幸福になれますか?」

「ああ」ファレル船長はやさしく答えて微笑んだ。「そして、お返しにあなたを幸福にする」

ヴィクトリアは口をつけていないウィスキーのグラスを置いた。「結婚のことはほとんど知らないし、どうしたらよい妻になれるのかもわかりません。誘惑なんて、どうすればいいのか」

ファレル船長は目の前に立っている異国から来た美女を見て、肩を揺らして笑った。「あなたなら、ジェイソンを誘惑するのに努力なんかいらないさ。あなたがベッドを共にしたいのだとわかりさえすれば、きっと喜んで受け入れるだろう」

ヴィクトリアは頰をバラ色に染めて弱々しく微笑み、玄関扉へ向かった。

マタドールに乗って屋敷へ向かいながら、ヴィクトリアはずっと考え事をしていた。ウェイクフィールドの前で停まったときには、彼女はひとつだけ固い決心をしていた。ジェイソンには父のような寂しい結婚生活はけっしてさせないと。

もし、いつかのようにキスをしてくれるのなら、ベッドのなかでジェイソンに身をまかせるのはそれほど恐ろしくはないだろう――彼が唇を激しく押しつけ、舌をたくみに動かしたとき、まるで水のなかで浮いているかのように体の力が抜けて、全身が熱くなった。彼がベッドへ入ってきたら、ミス・フロッシーが言っていたように新しいドレスのことを考えるのではなく、彼のキスを思い浮かべればいいのだ。いつかの燃えるようなキスを。男の人はベッドのなかではああいうことをしないのだろうか。キスがあれば、なにもかもがもっとすばらしいのに。どうやら、ああいうキスはベッドのなかではなく、外でするものらしい。

「かまわないわ！」ヴィクトリアが大きな決断を口にしたところへ、馬丁が駆けつけてきて馬から降りるのを手助けした。ジェイソンを幸福にして、以前のような親密さを取り戻そうと、彼女は決心した。やるべきことはひとつだけ。ベッドを共にしたいとジェイソンにほのめかせばいいのだ。

彼女は屋敷へ入った。「ジェイソンはうちにいるの？」ノースラップに尋ねた。

「はい、マイ・レディ。書斎にいらっしゃいます」執事は答えてお辞儀をした。

「ひとりで？」

「はい、マイ・レディ」彼はもう一度お辞儀をした。

ヴィクトリアはありがとうと言って、廊下を進んだ。書斎のドアを開けて、そっとなかへ入った。ジェイソンは広い部屋の奥で机に向かっていた。書類の束を整理している横顔が見える。彼は悲惨な子供時代を耐え抜き、辛苦の末に成功を手にした、ハンサムで裕福で力強い男性だ。彼は財を成し、地所を買い、自分を捨てた父親を許し、アメリカから来たわたしを受け入れてくれた。それなのに、彼はいまだに孤独だった。ひとりで働きつづけ、努力しつづけている。

愛しているわ。心のなかで言ってから、思わず湧きあがったその言葉に驚いた。アンドルーを永遠に愛していたはずだ。でも、もし本当にそうなら、アンドルーを幸福にしたいとこれほど切実に感じなかったのはなぜだろう？　彼女はあらためて気づいた。ジェイソンを愛しているると。父の警告にもかかわらず。ジェイソンが欲しくないものを手に入れて、欲しいものは手にしていないのはおかしい。ジェイソンに両方を求めさせようと彼女は決心した。

ヴィクトリアはぶあつい絨毯で足音を殺して、そっと近づき、彼の椅子の後ろに立った。

「どうして、そんなに一生懸命に働くの?」彼女はやさしく尋ねた。

ジェイソンは彼女の声にびくっとしたが、振り返らなかった。「働くのが楽しいからさ」

彼は短く答えた。「なんの用だ? ぼくは忙しい」

あまりよい出だしとは思えなかったが、ヴィクトリアはほんの一瞬だけ、一緒にベッドへ行きたいと言ってしまおうかと思った。だが、それほど大胆にはなれなかったし、寝室へ行くことにそれほど熱心にもなれなかった――彼の態度が結婚式の晩よりもずっと冷たいとあってはなおさらだった。なんとか機嫌を直してくれないものかと、そっと話しかけてみた。

「一日じゅうこうして机に向かってばかりじゃ、肩が凝るでしょう」勇気を振りしぼって、彼の肩に両手を置いて指先で揉んでみた。

彼女の手がふれたとたん、彼の全身がこわばった。「なにをしてる?」

「肩を揉んであげようと思って」

「そんな必要はないよ、ヴィクトリア」

「どうして怒るの?」彼女は尋ねて、机の正面へまわり、彼が書類に鵞ペンを走らせているのを眺めた。無視されると、今度は机の横に腰かけた。

ジェイソンはうんざりした表情で鵞ペンを置いて、椅子に深くかけ、彼女をじっと見た。ヴィクトリアの片脚が彼の手のすぐ横にあって、かすかに揺れていた。彼の視線は意思に反して、上へ向かい、彼女の胸から、誘うような輪郭を描いている唇をたどった。美しい唇はキスを求め、まつげは頬に影を落とすほど長かった。「さあ、机からどいて、出ていってくれ」彼は思いを払いのけるように言った。

「仰せのとおりにするわ」ヴィクトリアは明るく返事をして立ちあがった。「ちょっと顔が見たくて来ただけだから。夕食にはなにをお望みかしら?」

きみだ、とジェイソンは心で思った。だが、「なんでもいい」と口では答えた。

「デザートになにか特別に欲しいものはある?」

デザートもきみだ、と彼はまた思った。「別に」と答えながら、たちまち湧きあがってきた衝動を抑えるのに必死だった。

「あなたを喜ばすのは簡単なのね」彼女はからかうように言って、彼の眉を指先でなぞろうとした。

ジェイソンはその手をつかんでやめさせた。「いったい、なんのつもりだ?」声を荒らげた。

ヴィクトリアは内心ひるんだものの、軽く肩をすぼめてやりすごした。「わたしたちのあいだには、いつだっていくつものドアがあるわ。書斎のドアを開けて、あなたがなにをしているか見たかったのよ」

「ぼくらを隔てているのはドアだけじゃない」彼は言い返して彼女の手を放した。

「そうね」ヴィクトリアは悲しげに同意し、吸いこまれそうなブルーの目で彼を見つめた。

ジェイソンは目をそらして、「ぼくはとても忙しい」とそっけなく言い、書類を手にした。

「わかったわ。いまはわたしの相手をする時間などないのね」彼女は妙に物柔らかな口調で言って、静かに部屋を去った。

夕食の時間になると、ヴィクトリアは豊かな体の曲線をくっきり見せる、透明に近いピンクのシフォンのドレスを着て現われた。ジェイソンは目を細めて眺めた。「それはぼくが買ったのか?」

彼の視線がV字型に大きく開いた胸もとに釘付けになっているのを感じながら、ヴィクトリアは微笑んだ。「もちろんよ。わたしはお金を持っていないもの」

「外出するときはそれを着るな。刺激的すぎる」

「気に入ってくれると思ったわ!」気に入ったのでなければ彼の目がこんなに輝くわけがないと本能的に感じつつ、彼女は小さく笑った。

ジェイソンは自分の耳が信じられないかのような表情をして、テーブルの上のクリスタルのデキャンタに視線を移した。「シェリーを飲むかい?」

「とんでもない!」彼女は笑った。「もうわかったでしょうけれど、わたしはお酒が体に合わないみたい。気分が悪くなってしまうのよ。これまでいつもそうだったわ。結婚式の夜、ワインを飲んだらどうなったか覚えているでしょ」自分が口にしたことの重要性を理解しないまま、彼女は大理石をちりばめた金のテーブルの上に飾られている明朝の高価な花瓶を眺めていた。と、ある考えが頭に浮かんだので、それを実行することにした。「明日、ロンドンへ行きたいの」ヴィクトリアはそう言いながら、彼に近づいた。

「なぜ？」

彼が椅子に座ると、彼女は肘掛けの部分にさっと腰をおろした。「もちろん、あなたのお金を使うために」

「きみに金をやった覚えはないが」すぐそばにある彼女の太腿に気をとられながら、彼はつぶやいた。ロマンティックな蠟燭の炎に照らされて、シフォンは透きとおって肌そのものの赤みを伝えていた。

「この三週間、生活費としてもらったお金はまだほとんど使っていないの。ロンドンへ一緒に行く？　わたしの買い物が終わったら、一緒にオペラを観て、あちらの屋敷に泊まればいいわ」

「明後日の朝、ここで人と会う約束がある」

「それなら、明日の夜、一緒に戻ってくればいいわ」馬車のなかでゆっくり話ができていいと彼女は思った。

「そんな時間はない」彼がそっけなく言った。

「ジェイソン――」彼女はやさしく呼びかけて、彼の髪に手をのばそうとした。

彼は急に立ちあがって、軽蔑のこもった声で言った。「ロンドンで使う金が必要ならば、素直にそう言えばいい！　だが、安物の売春婦のようなまねはやめろ。さもないと、そのソファの上でスカートをたくしあげることになるぞ」

ヴィクトリアは侮辱された怒りで彼をじっと見た。「あなたみたいに人の心が読めなくて、誤解ばかりする人間になるくらいなら、安物の売春婦でけっこうよ！」

ジェイソンは彼女をにらみつけた。「いったいどういう意味だ？」

ヴィクトリアは苛立ちのあまり足を踏みならさんばかりだった。「自分で考えて！　あなたはわたしを理解したつもりになっているようだけど、いつもまちがってばかり！　でも、ひとつだけ教えてあげる——もしわたしが売春婦で、あなたの思いのままになるくらいなら餓死するほうがましよ！　じゃあ、今晩はひとりで食事をしてください。わたしではなく、使用人たちをみじめな気分にさせればいいわ。明日はわたしひとりでロンドンへ行きます」言い終わるとヴィクトリアは、混乱して眉間にしわを寄せているジェイソンを残して、さっさと立ち去った。

ヴィクトリアは寝室へ駆けこみ、シフォンのドレスを脱ぎ捨て、サテンのローブに着替えた。化粧台の前に座ったが、怒りが静まってくると、形のいい唇の端にかすかに笑みが浮かんだ。〝もしわたしが売春婦で、あなたの思いのままになるくらいなら餓死するほうがましよ〟と言ったときの、ジェイソンの表情を思い出して、思わず笑ってしまいそうになったのだ。

26

翌日、ヴィクトリアは午前中の早い時間にロンドンへ発ち、夕暮れにウェイクフィールドに戻った。両手には、数週間前にはじめてロンドンへ来たときに見つけた品物を大切に抱えていた。最初に見つけたとき、その品物はジェイソンを連想させたのだが、見るからにとても高価そうだったし、その頃はまだ彼への贈り物を買う気にはなれなかった。けれど、その記憶はずっと頭にあって、これ以上待って、だれかに先に買われてしまうのではないかと心配だった。

それをいつプレゼントするのかは決めていなかった。おたがいに腹を立てているいまは無理だろう——でも、あまり待ってはいられない。値段をふと思い出して、彼女は身震いした。ジェイソンは生活費としてかなりの金額をくれていた。お金にはほとんど手をつけていなかったが、その贈り物はそれを全部はたいても足りなかった。だが、上流階級相手の小さな店の経営者は、残りの金額をウェイクフィールド侯爵夫人の名前で喜んでつけにしてくれた。

「ご主人様は書斎でございます」玄関で出迎えたノースラップが言った。

「わたしに会いたがっているの？」ノースラップがいきなり夫の居場所を伝えたのを不思議に思いながら、ヴィクトリアは尋ねた。

「存じませんが、奥様が戻られたかと、何度かお尋ねになったので……」

ノースラップの困ったような表情を見て、ヴィクトリアはファレル船長のところにいた雨の日に、ジェイソンがひどく心配していたのを思い出した。店の場所の記憶があいまいだったせいで、ロンドンへの外出は思っていたよりも時間がかかってしまったから、ノースラップはまた彼から詰問されたのかもしれなかった。

「何度尋ねたの？」

「三回です、この一時間のあいだに」

「わかったわ」ヴィクトリアは笑顔で言い、ジェイソンが自分のことを考えてくれたのをうれしく思った。

ノースラップに外套を脱がせてもらい、書斎へと向かった。両手で贈り物を抱えていたのでノックができず、ドアの取っ手を押しさげて肩でそっとドアを押し開けた。ジェイソンは机に向かって仕事をしているのではなく、窓枠にもたれて立ち、テラスがめぐらされた芝地を眺めていた。彼女が入ってきた物音に気づくと、すぐに振り返って、背筋をのばした。

「お帰り」彼は両手をポケットにつっこんで言った。

「帰ってこないとでも思ったの？」ヴィクトリアは表情をうかがった。

ジェイソンは力なく肩をすくめた。「正直なところ、きみがつぎになにをするのか、まるでわからないよ」

自分の行動を考えてみれば、ひどく衝動的で予測のつかないことばかりする女だと思われても、仕方がない状況だった。昨日一日だけでも、誘いかけるようにやさしく接したかと思えば、つぎの瞬間には怒りにまかせて彼を置き去りにしたのだ。そしていまは、彼に腕を巻きつけて、ごめんなさいと言いたくてたまらなかった。そんな行動に出て、またしても冷たく突き放されるのはいやなので、彼女は衝動を抑えた。だが、先ほどの決心は翻して、すぐに贈り物を渡すことにした。「ロンドンで買いたかったのは、これだったのよ」ヴィクトリアは明るく言って、両手に抱えた包みを見せた。「何週間か前に見つけたのだけれど、お金が足りないと思ったから」

「ぼくに言えばよかったのに」彼はそう言って、さっさと机に向かって仕事に戻ろうとした。

ヴィクトリアは首を横に振った。「あなたへの贈り物にしたかったから、言いにくかったの。さあ、これを」彼女は両手で差しだした。「あなたに」

ジェイソンは足を止め、銀色の紙に包まれた長方形の贈り物を見た。「なんだい？」まるで彼女の話している言葉が理解できないかのように、彼はぼんやりと訊いた。

「ロンドンへ行ったのは、あなたにこれを買うためだったの」ヴィクトリアは説明しながら、笑顔で包みを彼に近づけた。

ジェイソンはポケットに手をつっこんだまま、混乱したように贈り物を見つめていた。この人はこれまで贈り物をもらったことがないのだろうかと思うと、ヴィクトリアは胸が締めつけられた気分になった。最初の妻も、愛人たちも、そういうことはしなかったのだろう。ましてや、冷酷な養母が贈り物などしたはずがない。

彼を両腕で抱きしめたい思いが抑えきれなくなったとき、ジェイソンがやっとポケットから両手を出した。受けとったものの、つぎはどうすればいいのかわからないかのように、手のなかの包みをじっと眺めていた。泣きだしそうな気持ちを輝く笑顔に隠して、ヴィクトリアは机の端に浅く腰をかけて、「開けてみないの?」とうながした。

「なんだって?」彼はぽかんとして言った。ようやく、平静さを取り戻して、「いまここで開けてほしいのかい?」と言った。

「ええ、もちろん」ヴィクトリアは陽気に答えて、腰かけている机のとなりをそっと叩いた。「ここに置いて開ければいいわ。でも、気をつけてね。壊れやすいものだから」

「重いな」ジェイソンは言われたとおりにして、ためらいがちな笑みを浮かべながら、丁寧に細い紐を解き、銀色の包装紙をはがした。大きな革張りの箱のふたを開けると、ベルベットの内張りになっていた。

「それを見たら、あなたを思い出したの」エメラルドの両目を輝かせているオニキスでつくられたヒョウの置物を彼がそっと箱から出すのを眺めながら、ヴィクトリアは笑顔で言った。

なめらかな体の輪郭も、力強く優美な脇腹も、底知れぬグリーンの目にひそむ危険な雰囲気や知性も、まるで生きているヒョウが走っている最中に魔法にかけられて、オニキスに変身させられたかのようだった。

ヨーロッパ有数の絵画や工芸品を蒐集《しゅうしゅう》しているジェイソンが、敬意を抱いてヒョウの置物を吟味しているのを見て、ヴィクトリアは目に涙が浮かびそうにうれしかった。それはたしかに美しい品物だったが、彼はまるで非常に貴重な宝物のように扱っていた。

「これはすばらしい」ジェイソンはヒョウの背中を親指でなでながら感嘆した。細心の注意を払ってそれを机の上に置くと、彼はヴィクトリアのほうを向いた。「なんと言えばいいのかわからないよ」ぎごちない笑みを見せた。

ヴィクトリアは少年のような笑みを浮かべた彼の彫りの深い顔を見上げて、これほど親愛の情のこもった表情は見たことがないと思った。すっかり屈託のない気持ちになって、彼女は言った。「なにも言う必要はないわ――『ありがとう』だけで、もしよければ」

「ありがとう」彼は不自然なしわがれ声で言った。

キスで感謝して。どこからともなくその言葉が心に浮かんで、抑えるまもなく彼女の口から出た。「キスで感謝して」明るく微笑みながら彼女は言った。

ジェイソンはなにか難しいことをしようとするかのように、長く息を吸った。そして、彼女を包むように机に両手をついて、おおいかぶさってきた。彼の唇がふれ、その感触は甘美そのものだった。彼の唇に押されて、顔がやや上を向いた瞬間、ヴィクトリアはバランスを崩し、ちょうど離れようとしたジェイソンの腕につかまった。腕を押さえられたジェイソンはかがんだ姿勢のままになったが、それは飢えた男を饗宴《きようえん》に招いたようなものだった。たちまち、彼女の唇をとらえてやさしく口づける。やがて彼女もそれに応えはじめると、彼のキスはいっそう激しさを増した。舌が巧みに彼女の唇を割って押し入り、焦らすように彼女の反応を誘った。

彼女の舌がおずおずと彼の舌にふれると、ジェイソンはわれを失った。うめき声をもらし、両腕で彼女を抱きしめて机から立たせ、その体をわが身に強く押しつけた。彼女の両手が胸からゆっくり這いあがって、求めるように首に巻きついてくるのを感じると、彼のなかで情熱の炎が燃えあがり、理性を失わせた。意思に反して、片手が彼女の背中からみぞおちへ、そしてさらに上へと動いて、豊かな乳房を手のひらで包んだ。ヴィクトリアは恥ずかしさで身を震わせたが体を離そうとはせず、硬くなった彼の高まりに体を密着させたまま、情熱的なキスに夢中になっていった。

ファレル船長の元気な声が、書斎のすぐ横の廊下から響いてきた。「案内はいらんよ、ノースラップ。勝手知ったる屋敷だから」と。書斎のドアが開いた瞬間、ヴィクトリアはジェイソンの抱擁から身を引きはがした。「ジェイソン――」ファレル船長が書斎へ入ってきた。が、急に立ちどまって、ヴィクトリアのピンクに染まった頰とジェイソンの苦々しいしかめ面を見て、申し訳なさそうな表情を浮かべた。「ノックするべきだったな」

「もう終わったから」ジェイソンがそっけなく言った。

ヴィクトリアは気恥ずかしさで船長の顔が見られず、ジェイソンに向かって二階で着替えをしなければと言って、そそくさと部屋から出ていった。

ファレル船長はジェイソンに握手の手を差しのべた。「やあ、元気かい?」

「よくわからない」ジェイソンはうわの空で答えて、ヴィクトリアの後ろ姿を見送った。

ファレル船長の唇が笑いでゆがんだが、ジェイソンが顔をそむけてゆっくり窓へ近づくのを見るうちに、笑みは消えた。ジェイソンはまるですっかり疲れきったように、窓の外の芝地を眺めながら、片手で首の後ろの筋肉を揉みほぐしていた。

「なにかあったのか?」

ジェイソンの答えは暗い笑いだった。「なにもないよ、マイク。ぼくは立派な人間だし、なにもかも思いのままさ」

一時間ほどして船長が帰った後、ジェイソンは椅子に深く腰かけて目を閉じた。ヴィクトリアが火をつけた欲望は、まだ彼の下腹を熱くうずかせていた。痛いほど彼女が欲しかった。いますぐにでも二階へ駆けあがって彼女を奪いたい気持ちを抑えるために、歯を食いしばった。「思いやりのある」夫になって愛人のところへ行けという彼女の言葉に、彼はすっかり縛られていた。

子供のような花嫁は、ジェイソンをのっぴきならない状態に追いこんでいた。彼女はチェスやカードをしようと誘った。ところが、今度はさらに刺激的なゲームをしようとしている――彼をからかっているのだ。しかも、それを本能的にみごとにやってのけていた。机に座り、椅子の肘掛けに腰をおろし、プレゼントを贈り、キスを求めた。さっきキスをしていたとき、彼女は結婚式のときと同じように、相手はアンドルーだと心に言い聞かせていたのだろうか。

彼女を求めて体がうずくのに耐えられず、ジェイソンは勢いよく立ちあがって、大股で階段を上がった。他の男を愛する女と結婚しているのは最初からわかっていた――だが、それがこれほど苦しいとは知らなかった。プライドだけが、彼女にベッドを共にするよう強制するのを思いとどまらせていた。それに、もし無理やりに求めて、結婚式の夜の二の舞になるのは耐えがたかった。

夫の寝室で物音がするのに気づいて、ヴィクトリアは部屋を隔てているドアをノックした。どうぞという返事が聞こえたので部屋へ入ったとたん、彼女の顔から微笑が消えた。近侍のフランクリンがトランクに荷物を詰め、ジェイソンは机の上の書類を革の鞄にしまっていた。

「どこへ行くの?」ヴィクトリアはあえぐように訊いた。

「ロンドンだ」

「どうして?」彼女はひどくがっかりして、なにも考えられなかった。

ジェイソンは近侍に「あとは自分でやるから、フランクリン」と言った。近侍がドアを閉めるのを待ってから、彼は短く答えた。「向こうのほうが仕事がはかどる」

「でも、昨日の夜は、明日の朝こちらで人に会う約束があるから、今晩はロンドンには泊まれないと言ってたじゃない」

ジェイソンは書類をしまうのをやめて、まっすぐ立ち、わざと冷たい口調で言った。「ヴィクトリア、男がその気になったまま何日も我慢させられたらどうなるか知っているか？」

「いいえ」彼女は弱々しく答えて、首を横に大きく振った。

「それなら、教えてやろう」

ヴィクトリアはひどく不安げに首を振った。「いいえ、いまはやめたほうが――あなたはとても機嫌が悪そうだから」

「きみに会うまで、ぼくには『機嫌』の良し悪《あ》しなんかなかった」ジェイソンは彼女に背を向けてマントルピースに両手をつき、床をじっと見つめた。「いいか、よく聞け。さっさと部屋へ戻るんだ。さもないとぼくは『思いやりのある』夫であることなど忘れてしまうし、そうすればわざわざロンドンへ行くまでもない」

ヴィクトリアはさっと青ざめた。「愛人のところへ行くのね、そうでしょ？」プレゼントを受けとったときの彼がどれほどいとおしく感じられたかを思い出すと信じられなくなって、彼女は声を詰まらせた。

「まるで嫉妬している妻だな」彼は憎々しげに言った。

「仕方がないわ、妻だもの」

「きみは妻であることにひどく変わった考えを持っている」彼は癇癪を起こしてあざけるように言った。「さあ、出ていってくれ」

「なんですって！」ヴィクトリアはかっとなった。「どうしたらよい妻になれるのかわからないのよ、なんでわかってくれないの？　料理や裁縫や夫の身のまわりの世話ならよく知っているけど、あなたの世話をする人はたくさんいるから、わたしは必要じゃないでしょ。言いたいことはそれだけじゃないわ」美しい顔を怒りで紅潮させて彼女は続けた。「わたしはよい妻じゃないかもしれないけれど、あなたはどうしようもない夫よ！　チェスをしようと言えば怒り、誘惑しようとしたら意地悪になって――」

ヴィクトリアはジェイソンがはっと顔を上げたのを見たが、あまりにも腹が立っていたので、彼の表情に大きな驚きが表われたのにまるで気づかなかった。「それに、贈り物をあげたら、愛人に会いにロンドンへ行くなんて！」

「トーリー、こっちへおいで」彼が苦しげに言った。

「いやよ、まだ全部話してないもの！」彼女は屈辱と怒りで声をはりあげた。「それがお望みなら、愛人のところへ行けばいいわ。でも、息子が持てなくてもわたしを責めないでね。わたしは世間知らずかもしれないけれど、子供がひとりでにできるなんて信じるほどばかじゃないわ——あなたの協力もなしで！」

「トーリー、こっちへおいで」彼がしゃがれ声でくりかえした。

ヴィクトリアは彼の声に込められた感情にようやく気づいて、怒りをなだめたものの、もし近づいたらまた拒絶されるのではないかとまだ不安だった。「ジェイソン、あなたは自分が欲しいものがわかっていないのよ。息子が欲しいと言ったのに——」

「欲しいものはちゃんとわかっている」ジェイソンは彼女に向けて両腕を広げた。「こっちへ来たら、それを証明してやろう……」

グリーンの魅惑的な目とざらついた低い声の誘いに引き寄せられて、ゆっくり近づいたヴィクトリアは、またたくまに彼のたくましい両腕に強く抱きしめられた。貪るような激しいキスに、全身が燃えるようにほてりだした。彼の手が背中や胸にやさしくふれ、力強い腕のなかにすっぽりと包みこまれると、恐れがすっと消え、彼を求める炎に火がついた。「トーリー」と荒々しく呼ばれ、彼の唇が首筋をたどると、そこに喜びの震えが走った。「トーリー」と苦しげにくりかえした彼はもう一度唇にキスをした。

ジェイソンはゆっくりと深いキスをしながら、駆りたてられるように両腕を彼女の脇から下へ走らせた。細い腰をつかんで硬く張りつめた自分のものに押しつけると、思わず欲望のため息がもれた。

彼女の口を唇でふさいだまま、膝の下に片腕を入れてさっと抱きかかえた。そっとベッドに横たえられたヴィクトリアは、彼の唇と腕によって魔法にかけられたかのようで、体が熱く震えて、世界が傾いて見えた。夫以外はなにも存在しない、特別なすばらしい世界に浸りながら、きつく目を閉じているうちに、彼は服を脱いだ。ベッドが彼の重みで振動したのを感じておののきを抑えながら、ヴィクトリアはローブを脱がされるのを待っていた。

ところが、彼は彼女の閉じたまぶたにキスをして、そっと腕を体にまわして自分に引き寄せた。「王女様、どうか目を開けて。急に襲いかかったりはしない、約束する」そうささやいたハスキーな声は、愛撫のように心地よかった。

ぐっと息をのんで目を開けると、マントルピースの上の蠟燭以外、部屋の明かりがすべて消されていたので、ヴィクトリアはほっと安心した。

大きなブルーの瞳に恐れがあるのを見たジェイソンは、となりに肘をついて横たわり、枕をおおうように広がっているみごとな髪を指先でやさしくといた。この世で彼女にふれた男はぼくだけだと、彼は敬意に満ちた気持ちで考えた。この美しく、勇敢で、愛情深い女性は、ぼくだけに自分を捧げたのだ。なんとかして結婚式の晩の埋め合わせをしたい、彼女を恍惚《こうこつ》にうめかせ、しがみつかせたい。

張りつめたものがうずくのを無視して、彼は唇で彼女の耳にふれた。「きみの心のなかはわからないけれど、死にそうなほどおびえているのは見える。でも、さっきキスしていたときと、なにも変わりはしないのだよ」彼はやさしく言った。

「だけど、あなたは裸になったわ」ヴィクトリアは震えながら言った。

彼は笑顔を見せた。「そうだね。でも、きみは服を着ている」

もうしばらくのあいだだけは、と彼女は思った。それを見透かしたように、彼が小さく笑い声をたてた。

ジェイソンは彼女の目の端にキスをした。「ずっとそれを着たままでいたいのかい？」

彼が心ない乱暴なやりかたでヴァージンを奪ってしまった妻は、彼の頬に片手を置いて、やさしくささやいた。「あなたを喜ばせたいの。これを着たままでは喜んでくださらないでしょ」

ジェイソンは低くうめき、このうえなくやさしくキスをしたが、彼女が無垢な愛情でキスを返すと、欲望が彼の体内で咆哮し、抑えがたいうずきが全身に走った。「トーリー、これ以上キスされたら、喜びのあまり死んでしまうよ」彼は苦しげに言った。

もどかしげに彼女のローブのベルベットのサッシュをほどいたが、ローブを左右に開こうとすると、その手を彼女の手が押しとどめた。彼は強引にふりほどこうとはせずに、「きみがいやなら、このままにしておくよ」と約束した。「もうなにひとつ、きみとぼくを隔てるものは欲しくないだけなんだ——誤解も、ドアも、服も。きみを怖がらせるためじゃなくて、ぼく自身を見てもらうために、服を脱いだんだよ」

彼女はその言葉を受け入れて、手をはずした。そして、なんとうれしいことに、彼の首に片手を巻きつけて、上半身をあずけてきた。

ローブがするりとすべり落ちた。彼は上からおおいかぶさるようにキスをしながら、指先で彼女の乳首をなでた。舌先を彼女の唇にさっとすべらせて、そのすきまから忍びこもうと探った。ヴィクトリアは彼の親密なキスを受けるだけではなく、首に両腕を巻きつけて、彼の舌を誘い、それが深くまで入りこむのを迎えた。彼の手のなかで乳首が誇らしげに硬くなると、ジェイソンは唇を胸へ移動させた。

ヴィクトリアが驚いて体をびくっとさせたので、これまでだれにもこんなふうにされたことがないのだと気づいた彼は、驚きの目で彼女を見上げた。「傷つけはしないから大丈夫だよ、ダーリン」安心させるようにつぶやいて、硬くなったつぼみの先端にキスをし、鼻先をすりつけてから、ゆっくり唇を開いて乳首を口に含んだ。

彼女は目がくらむような驚きに打たれたが、彼の口に包まれた乳首は硬くなり、きつく吸われるにつれ、全身に思わぬ快感が走るのを感じた。彼女は指先を彼の黒髪のなかへ差し入れ、彼の頭をけっして放すまいとするかのように胸に押しつけた——そのとき、太腿のあいだに彼の手が忍び入ろうとするのに気づいた。

「やめて！」彼女は恐怖の叫びをあげて、両脚を固く閉じた。一瞬、怒りを買うのではないかとおびえたが、その抵抗に彼はくぐもった笑い声をもらした。

ジェイソンはなめらかに上へ動いて、彼女に熱く燃えるようなキスをした。「大丈夫だ」

ささやきながら何度もキスをくりかえした。唇をキスでふさいだまま、彼の手はふたたび下へ向かい、彼女の両脚のあいだをやさしくなで、緊張をとくように、ねばり強く愛撫を続けた。指先を秘密の場所に押しあてて、温かく湿っているのを確かめると、彼は思わず暴発してしまいそうになった。彼女の愛情深さは信じられないほどで、彼はすっかり魅了された――彼がヴィクトリアの体をひとつひとつ征服するごとに、彼女はそれをあますところなく彼にゆだねた。指を彼女のなかへ沈めると、彼の肩にしがみついて背中に爪を立て、背中をそらして腰を押しつけてきた。両手で体重を支えながら、彼は彼女の上に体を移動させた。

両脚のあいだに彼の硬いものが押しつけられたのを感じたとき、ヴィクトリアの心臓は喜びと強い恐怖から激しく鼓動したが、ジェイソンは乱暴に押し入ってくるのではなく、腰全体を密着させて彼女の欲望を誘いだすようにやさしく動かした。彼女の体内に湧きあがってきたするどい快感は、やがて耐えがたいほどに強くなり、恐怖が消えていった――彼の硬いもので自分を満たしてほしい、それだけを痛いほど願っていた。

彼の膝が両脚のあいだに割りこんだ。「怖がらないで」彼の声はかすれていた。「ぼくを怖がらないで」

ヴィクトリアはゆっくり目を開けて、上になっている彼の顔をじっと見つめた。彼の顔は情熱に暗く翳り、肩や腕の筋肉はぴんと張りつめ、息は荒く速かった。なにかにつかれたように、彼女は指先をのばして彼の官能的な唇にふれ、彼がどれほど必死に自制しているかを本能的に感じとった。「あなたは、とても、やさしいのね」彼女はとぎれとぎれに言った。「とても、やさしい……」

ジェイソンが胸の奥から長いうめき声をもらし、自制心を吹き飛ばした。彼女の入口に浅く入れて戻り、つぎにはもっと深く入れ、彼女が腰を弓なりにそらせるのを待って、信じられないほど温かい彼女のなかへ根もとまで深く沈めた。激しく突きあげたくなる欲望を抑えて、その苦しみのあまり額に汗を流し、彼女の顔を見つめながらゆっくり彼女のなかで動きだした。彼女は彼にすがりついて枕の上で顔を揺らし、彼の腰に自分の腰を押しつけ、快感の頂点に達しようとしていた。彼女の低く激しいあえぎに耳を澄ませながら、彼は愛のリズムをしだいに速めていった。「さあ、もうすぐだよ、トーリー」彼はきしるような声でささやいた。「きみにあげる。約束する」

しびれるほどの快感が全身をつらぬき、彼の動きが速くなるほどに喜びが波立ち、ついに爆発して彼女の喉の奥から叫びがもれた。ジェイソンは最後の瞬間に激しいキスをして、彼女のなかに強く突き入り、ふたりで甘い忘我の世界へ渡った。

彼は彼女とひとつになったまま、体重でつぶしてしまわないように抱いてそっと横になった。荒い息づかいがようやく落ち着いてから、額にキスをして、くしゃくしゃになったサテンのような髪をなでつけた。「どんな気分だい？」彼はやさしく訊いた。

ヴィクトリアは長いまつげをはためかせ、ブルーの湖のような瞳で物憂げに彼を見つめた。

「妻らしい気分よ」彼女はささやいた。

ジェイソンがかすれた笑い声をもらして、指先で彼女の頰をなぞると、彼女は鼻先を彼にこすりつけた。「ジェイソン」彼女は感情を込めて呼びかけ、彼の目を見つめた。「言いたいことがあるの」

「なんだい？」彼は柔らかく笑いながら尋ねた。

ごくさりげなく、なんのてらいもなく、彼女は言った。「愛しているわ」

彼の顔から笑みが消えた。

「本当よ、心から――」

彼は彼女の唇に指を押しあて、首を横に振った。「いや、きみはぼくを愛してはいない」

その口調は静かだったが、有無を言わせぬ確信に満ちていた。

ヴィクトリアは視線をそらして黙ったが、愛の言葉を拒絶されて心はひどく傷ついていた。彼の腕に抱かれて横たわりながら、いつか言われた言葉がよみがえってきた……〝ぼくはきみの愛を必要としていない。そんなものは欲しくない〟

寝室の外で、荷造りの手伝いが必要だろうかと、フランクリンがドアをノックしていた。返事がないので、ご主人様は続き部屋のほうにいるのかと思った彼は、いつものようにドアを開けた。

薄暗い部屋へ足を踏み入れた彼は、まずは、大きな四柱式ベッドにふたりが横たわっている姿に目が釘付けになったが、やがてジェイソンが衣装ダンスから出した服がベッドの横の床に無造作に積まれているのを見つけて、ぞっとして跳びはねそうになった。仕事熱心な近侍は忍び足でベッドに近づいて、ご主人様のみごとな仕立てのイブニングジャケットを、からまっているバックスキンのズボンからはずして持ってきたいのをなんとか思いとどまり、賢明にもそのまま後戻りして、そっとドアを閉めた。

廊下に出ると、フランクリンの心からフィールディング卿のめちゃくちゃになった衣装を心配する気持ちはきれいさっぱり消え、ついさっき目にしたことへの喜びがあふれてきた。彼は廊下を急いで、下の玄関ホールが見渡せる踊り場へ出た。「ミスター・ノースラップ！」彼は声をひそめながらも、手すりから大きく身をのりだして、玄関扉の近くに立っているノースラップに必死で呼びかけた。「ミスター・ノースラップ！　重大ニュースだ！　聞かれるといけないから、もっとこっちへ来てくれ……」

フランクリンの左側、廊下のずっと奥のほうで、ふたりのメイドがそれぞれ掃除していた部屋から飛びだしてきて衝突し、話を聞かなくてはと肘で押しあっていた。右側では、従僕が急に廊下へ出てきて、蜜蠟《みつろう》とレモンワックスで鏡を熱心に磨きはじめた。

「とうとうあれが起きたぞ」フランクリンが声をひそめてノースラップに伝えた。たとえ聞かれても内容がわかりにくいように、あいまいな言葉を使っていた。

「たしかか？」

「もちろんだ」フランクリンは自信満々だった。

ノースラップは一瞬だけ笑みを浮かべたが、すぐにまた、いつもの超然とした堅苦しい顔に戻った。「ありがとう、フランクリン。それならば、準備した馬車は厩舎へ戻そう」

ノースラップはさっさと玄関へ向かった。扉を開けて外へ出ると、ウェイクフィールド家の黄金の紋章を記した栗色の豪華な馬車が、夜の暗闇をランプの光で照らしていた。つながれた四頭の栗毛のみごとな馬が、出発はまだかと勇んで馬具を揺らしている。お仕着せ姿の御者たちが背筋をのばしてまっすぐ前を向いて座っていたので、ノースラップは車寄せへとテラスの階段を下りた。

「ご主人様は今晩はもう馬車をお使いにならないだろう。馬を厩舎へ戻しなさい」ノースナップがいかめしい冷たい口調で言った。

「馬車をお使いにならない？」御者のジョンは驚いた。「でも、一時間前には、すぐに馬をつけて支度をしろとおっしゃったのに！」

「予定が変わったのだ」ノースラップは冷ややかに言った。

ジョンは苛立ちのため息をついてノースラップをにらみつけた。「それは、なにかの間違いだ。ロンドンへ行くとおっしゃって――」

「うるさい！　予定が変わって、今晩はこちらで休まれることになったのだ！」

くるりときびすを返して玄関へ向かうノースラップの背中を見送っていたジョンの顔に、

わかったぞという笑みが広がった。ジョンはとなりに座っている仲間の脇腹を肘でつついて、にんまり笑った。「レディ・フィールディングが黒髪の女に勝ったぞ」そう言って、彼は馬を戻して仲間たちに大ニュースを知らせようと厩舎へ急いだ。

ノースラップはそのままダイニングルームへ向かった。そこでは、ご主人様がロンドン行きをとりやめたと聞いたオマリーが陽気に口笛を吹きながら、ひとりで食事をするはずだったヴィクトリアのために並べた食器を片づけていた。「変化があったぞ、オマリー」ノースラップが言った。

「たしかにそのようですね、ミスター・ノースラップ」無礼な従僕はうれしそうにうなずいた。

「テーブルからリネン類をはずしていいぞ」

「もうやりました」

「だが、ご主人様と奥様は後でお食事をなさるかもしれない」

「二階でね」オマリーは大きくにやりとした。

ノースラップは顔をこわばらせてダイニングルームから出ていった。「まったく下品なアイルランド人め！」と彼は腹立たしげにつぶやいた。

「頭の固い気取り屋め」オマリーは彼の後ろ姿に言い返した。

27

「おはようございます、マイ・レディ」ルースが明るい笑顔で言った。

「おはよう。いま、何時かしら?」ジェイソンの大きなベッドで寝返りをしたヴィクトリアの目には、夢見るような笑みが浮かんでいた。

「十時です。化粧用ローブをお持ちしましょうか?」ルースは脱ぎ捨てられたドレスやベッドカバーをちらりと見ながら訊いた。

ヴィクトリアは頬を染めたが、全身にまだ物憂い疲れが残っていて、服を脱ぎ散らしたままジェイソンのベッドにいるところを見られても、それほど恥ずかしく感じなかった。彼は眠りに落ちる前にさらに二度彼女を求め、そのうえ早朝にもう一度求めてきた。「いらないわ、ルース。もうしばらく寝ていたいから」

ルースが去ると、ヴィクトリアはベッドで腹ばいになり、枕に顔をうずめて唇に柔らかい笑みを浮かべた。社交界の人々はジェイソン・フィールディングが冷淡で辛辣で近寄りがたい人間だと思っている。その彼がベッドのなかでは、やさしく情熱的で嵐のような恋人に変わると知ったら、きっとさぞびっくりすることだろう。でも、もしかしたら、それは秘密でもなんでもないのかもしれない、そう気づいて彼女の笑みが少しゆがんだ。ジェイソンを物欲しげに見つめている既婚女性を何人も見たことがあった。彼女たちは彼との結婚は望めないのだから、彼を恋人として求めていたのかもしれない。

考えてみれば、彼の名前が年寄りで醜い夫を持つ美貌の貴婦人たちと関連づけて噂されているのを、何度も耳にしたことがあった。ヴィクトリアと出会う前の彼の人生に数多くの女性がいたのはまちがいなかった。なぜなら、彼のキスは魅力的だし、彼女の体のどこにふれればたまらない気持ちになるかを、彼はよく知っていたからだ。

そんな気分が落ちこむような考えを、ヴィクトリアは払いのけた。何人の女性が彼の魅力的な愛撫を知っていようとどうでもよかった。なぜなら、これから先、彼は彼女のもの、彼女だけのものだから。目を閉じようとしたとき、ベッドの横のテーブルの上に黒い宝石箱があるのが視界の隅に入った。なにげなく絹のシーツの下から手をのばして箱を取り、ふたを開けた。なかには、みごとなエメラルドのネックレスが入っていて、ジェイソンからのメモが添えてあった。「忘れられない夜をありがとう」と書いてあった。

ヴィクトリアはなめらかな額にしわを寄せた。愛していると伝えようとしたとき、彼にあんなふうに否定してほしくはなかった。ぼくも愛していると言ってほしかった。そして、なによりも、彼を喜ばせたときに宝石をくれるのはやめてほしかった。とりわけこのネックレスは、まるで奉仕に対する報酬のようで不愉快に感じられた。

はっとして眠気が吹き飛んだ。もう正午近くだから、ジェイソンが言っていた来客との話も終わった頃だろう。彼に会って笑顔で温めてもらいたいと思い、彼女は柔らかいたっぷりした袖を幅広のカフスで留めたラベンダー色のドレスを身につけた。ルースが髪の毛を艶が出るまでといてきれいにカールさせ、ラベンダー色のサテンのリボンで結ぶあいだ、彼女はそわそわしながら待っていた。

支度が終わると、ヴィクトリアは急いで廊下へ出たが、大階段を下りるときはあわてすぎないように心がけた。ジェイソンはどこかと尋ねるとノースラップが笑顔になり、書斎へ向かう途中で出会ったオマリーは、なんとウインクを送ってよこした。その意味を考えながら、彼女はジェイソンの書斎をノックした。「おはようございます」彼女は晴れ晴れとした口調で言った。「昼食を一緒にどうかと思って」

ジェイソンは彼女に目もくれなかった。「悪いね、ヴィクトリア。ぼくは忙しいんだ」

まるで退屈した子供が、丁寧だがきっぱりと邪険にされたときのように、ヴィクトリアはためらいながら尋ねた。「ジェイソン――どうしてそんなに仕事ばかりするの?」

「仕事が楽しいからだ」彼は冷淡に答えた。

お金を稼ぐ差し迫った必要はないのだから、彼はあきらかに、自分と一緒にいるよりも仕事のほうが楽しいのだとヴィクトリアは気づいた。「お邪魔してごめんなさい。もう二度としないわ」彼女は静かに言った。

ジェイソンは書斎から出ていく彼女を呼びとめて、気が変わったと言いたい気持ちにかられたが、その衝動を抑えて、椅子に深く腰かけた。本当は彼女と一緒に昼食をしたかったが、あまり一緒にいすぎるのはよくないと思っていた。ヴィクトリアはたしかに大切だが、彼女を人生の中心に据えるつもりはなかった。どんな女性にも、自分に対してそれほどの影響力を持たせるつもりはなかったのだ。


小さなビリーがおもちゃのサーベルを手にして、孤児院の裏の野原で友だちと海賊ごっこをしているのを、ヴィクトリアは微笑みながら眺めていた。よいほうの目に黒い眼帯をつけたビリーは、可愛らしい海賊に見えた。

「あの眼帯が効果を発揮するでしょうか？」横に立っている教区牧師が彼女に尋ねた。

「たしかなことはわかりません。故郷であれのおかげで子供の目が治ったときは、父も周りの人々もとても驚いていたほどですから。その子の目がまっすぐになったとき、父はたぶん問題は目そのものではなく、それを支える筋肉にあったのだろうと話していました。もし、そうだとすれば、無理やりにでも使うようにすれば、悪いほうの目が鍛えられて強くなるかもしれないのです」

「もしよろしければ、子供たちが指人形の芝居をお見せした後で、うちで夕食をご一緒にいかがでしょうか？　あなたのような支援者に恵まれて、ここの子供たちはとても幸福です。イングランドじゅうの孤児院のなかで、ここの子供たちが一番よい服や食べ物に恵まれています。なにもかも奥様の寛大さの賜物です」

ヴィクトリアは微笑んで親切な申し出を断ろうとしたが、ふと気が変わって受けることにした。年長の子供をウェイクフィールドへ使いに出して、教区牧師の自宅で夕食に呼ばれたとジェイソンに伝えてから、彼女は木に寄りかかって子供たちの海賊ごっこを眺めながら、自分の突然の留守にジェイソンはどう反応するだろうかと思いをめぐらせた。

正直なところ、自分がいなくても彼がそれを気にするかどうかわからなかった。毎日の暮らしがとても奇妙に感じられ、頭が混乱していた。ジェイソンは以前にくれた宝石に加えて、エメラルドのネックレスとおそろいのイヤリングとブレスレット、ダイヤモンドのイヤリング、ルビーのブローチ、そしてダイヤモンドの髪留めを贈っていた――彼女が彼を誘惑したのだと認めた日から五日続けてベッドを共にして、そのたびに宝石をくれたのだ。

毎晩、ベッドのなかで彼は彼女を情熱的に抱いた。そして朝になると、高価な宝石をプレゼントして、ふたたび夕食とベッドを共にするまでは、自分の心と生活から彼女を完全に閉めだしてしまうのだ。こんな奇妙な扱いを受けて、ヴィクトリアは彼に憤りを感じるようになり、宝石が大嫌いになった。

ジェイソンがずっと仕事で忙しいのであれば、そんな仕打ちにも耐えられたかもしれない。

だが、彼はロバート・コリングウッドと一緒に遠乗りに出かけたり、地元の名士の屋敷を訪問したりしていた。ヴィクトリアが一緒にいられるのは夕食とベッドにいるあいだにかぎられていた。それが自分に与えられた生活なのだと気づいて、彼女は悲しみ、そして怒った。今日はその気持ちに耐えられず、故意に夕食の時間に留守をしたのだ。

あきらかにジェイソンは、典型的な社交界流の結婚生活を求めていた。夫は夫の、妻は妻の生活を送るのだ。上流社会の夫婦がつねに一緒の生活を送らないのは知っていた。それは低俗で下品な暮らしかたと考えられているのだ。夫婦はおたがいに愛していると口にしないものだが、その点ではジェイソンの振る舞いは理屈に合わなかった。彼は彼女に自分を愛するなと言いながら、それでも夜毎《よごと》、何時間もかけて彼女を抱き、深い喜びに溺れさせ、愛しているとうわごとのように叫ばせた。「愛している」という言葉を必死で抑えていると、彼の愛撫はいっそう激しくなり、手も口もはりつめた体もすべてを使って、彼女を責めるのだった。そして、彼女がついに折れてその言葉を口にすると、ようやくエクスタシーの頂点へと導いてくれるのだった。

まるで、彼はその言葉をどうしても聞きたいかのようだった。それでいて、彼自身は絶頂に達しても、けっして愛しているとは言わなかった。ヴィクトリアは身も心も彼の虜になっていた。彼は彼女を自分に縛りつけていた――激しく熱い喜びでがんじがらめにして思いのままにしていた――それなのに、自分の心は彼女の手の届かないところに置こうとしていたのだ。

そんな一週間を過ごした後、ヴィクトリアはなんとかして彼にも自分と同じく愛を感じさせ、それを認めさせようと決心した。彼が自分を愛していないとは思わなかったし、思えなかった——肌にふれる彼の手のやさしさや、キスを求める唇の激しさから、そう感じることができた。だいいち、愛してほしくないのだったら、なぜあれほどまでして愛していると言わせたがるのだろう？

ファレル船長の話からして、ジェイソンが彼女を心の底から信じたがらないのはそれなりに理解できた。理解はできたが、それを変えようと彼女は心に決めた。ファレル船長は、ジェイソンは一度だけ愛すると言った……ただ一度愛し、その愛は永遠に続くと。どうしても、そんなふうに彼に愛されたかった。おそらく、彼女がいつも言うなりになるとはかぎらないとわかれば、彼女がいないと寂しいのだとわかるだろうし、それ以上の感情があることを認めるだろう。屋敷で夕食を食べませんと丁寧な手紙を書いたとき、彼女はそう期待していた。

ヴィクトリアは子供たちの指人形芝居を見ているときも、教区牧師の家で食事をしている最中も気を揉みつづけ、早く屋敷へ戻りたいと願い、ジェイソンがどんな反応を示すか心配していた。食事が終わってひとりで帰ろうとすると、牧師が女性ひとりでは夜道は危険だからどうしても送っていくと言い張った。

屋敷に戻ったヴィクトリアは、そんなことはありえないだろうと思いつつも、もしかしたらジェイソンが、きみがいない食事は寂しかった、愛しているると告白してくれるのではないかと勝手な想像をふくらませながら、なかへ駆けこんだ。

するとノースラップが、フィールディング卿は奥様からの伝言を読んで外出なさったまま、まだ戻っておられませんと言った。

がっかりしたヴィクトリアは寝室へ行って、ゆっくり入浴し、髪を洗った。それが終わってもまだ彼は帰ってこなかったので、ベッドに入って読みたくもない雑誌をぱらぱらとめくっていた。もし彼が形勢を逆転させようともくろんだのだとしたら、これほど効果的なやりかたはないだろうと、彼女は苦々しく感じた――彼女を懲らしめようとしてこれほどの仕打ちをするとはとても信じられなかった。

十一時を過ぎてようやく寝室に彼が戻った物音が聞こえると、彼女はあわてて雑誌をつかんで、これ以上おもしろいものはないとばかりに読みはじめた。しばらくして、彼が寝室へ入ってきた。ネッククロスをはずし、白いシャツのウエストのあたりまでボタンをはずしているので、よく日に焼けた胸がむきだしになっている。はっと息をのむほど男らしくてハンサムだったが、彫りの深い顔は完璧に平静だった。「夕食までに帰らなかったな」彼はベッドの横に立って話しかけた。

「ええ」ヴィクトリアは彼のなにげない調子に合わせて答えた。

「なぜだ?」

彼女はそしらぬ表情で、彼が彼女を無視したときと同じように答えた。「あなたが仕事を楽しむように、わたしは人づきあいを楽しんでいるの」残念なことに、じつはあまり平静ではいられなかったので、やや神経質につけ加えた。「留守にしても、あなたが気にするとは思わなかったわ」

「別に気にはしていないよ」ジェイソンはそう言って彼女を悔しがらせ、額にそっとキスをしただけで寝室へ戻っていった。

ヴィクトリアは彼がいないとなりの枕を寂しい気持ちで眺めた。自分が留守にしても、夕食を共にしなくても、なんとも思わないなんて信じられなかった。今晩彼がひとりで眠るのも信じられず、眠らずにじっと待っていたが、彼はとうとう現われなかった。

翌朝、彼女は最悪の気分で目覚めた。すると、すでにひげを剃って元気潑剌としたジェイソンが寝室へやってきて、さりげなく提案した。「ヴィクトリア、もし友人に会えなくて寂しいのなら、一日か二日ほどロンドンへ行ってきたらどうだ」

全身に絶望感が走って、髪をといていたヴィクトリアはあやうくブラシを落としそうになったが、プライドに支えられて、なんとか明るい微笑を顔に張りつけた。彼が虚勢をはっているにしろ、彼女を厄介払いしたいと本気で思っているにしろ、とにかく理由がなんだろうと、その提案を受け入れようと思った。「なんていい考えかしら、ジェイソン。そうするわ。勧めてくれてありがとう」

28

　ロンドンに着いてから四日間、ヴィクトリアはジェイソンが迎えに来てくれるのを心待ちにしながら、しだいに寂しさと苛立ちをつのらせていった。ミュージカルを三つ観て、オペラへ行き、友人たちを訪ねた。夜には、ベッドに横たわって、男はなぜ夜は情熱的なのに日中は冷たいのかを理解しようとつとめた。自分が欲望のはけ口に利用されているとは、とうてい思えなかった。それはありえなかった——夕食の席で、ジェイソンはいつもとても楽しそうにしていた。いろいろなことを話しながら、ゆっくり時間をかけて食事をした。頭がよくて呑みこみがいいと褒めてくれたこともあった。客間の模様替えについてもさまざまな意見を求められたし、そろそろ荘園管理人に年金を与えてもっと若い人間を雇おうかと相談されたこともあった。

　ロンドンでの四日目の夜、チャールズにエスコートされてオペラを観た後、アッパーブルックストリートのジェイソンのタウンハウスに戻って、その晩招かれていた舞踏会に出るために着替えた。明日の朝にはウェイクフィールドへ戻るつもりになっていた。ここでジェイソンと意地の張り合いをしていてもらちがあかないので、いったん負けを認めて、わが家を彼の愛を勝ちとるための戦場にしようと決めたのだ。

ヴィクトリアは銀色のスパンコールを縫いつけた輝く紗《しゃ》の織物のドレスに身を包んで、ド・サール侯爵とアーノフ男爵にエスコートされて舞踏会場へ行った。

人々がいっせいに自分のほうを振り向いたとき、ヴィクトリアは彼らの視線がなんとなくおかしいのを感じた。前日の晩も、同じような居心地の悪い視線を感じていた。夫を同伴せずにロンドンにいるからというだけで、社交界の人々から陰口をきかれるとは思えなかった。それに、優雅な紳士やレディが彼女に送る視線に込められているのは非難ではなかった。むしろ、わかっているとでも言いたげな、哀れむような目つきだった。

その夜も終わりに近づいた頃、キャロライン・コリングウッドが姿を見せたので、ヴィクトリアは人々が奇妙な視線を送ってくる理由を尋ねようと、近づいていった。すると、尋ねるまでもなく、キャロラインが答えを教えてくれた。いかにも心配そうに、こう訊いてきたのだ。「ヴィクトリア、大丈夫なの？　あなたとフィールディング卿のことよ。もう仲たがいしたなんてことはないのよね？」

「仲たがい？」ヴィクトリアは呆気にとられた。「そんな話になっているの？　だからみんながわたしを変な目で見ているの？」

「あなたはなにもまちがったことはしていないわよ」キャロラインはあわてて彼女をなだめ、

周囲を見まわして熱心なエスコート役たちが話を聞いていないのを確かめた。「ただ、こんな状況だと、他人は簡単に結論に飛びつくのよ――あなたとフィールディング卿がうまくいっていなくて、あなたが彼のもとから去ったのだと」

「わたしが、なんですって！」ヴィクトリアはあきれ返った。「いったい、なんでそんなことを考えつくの？ レディ・キャリパーも、それにグラヴァートン公爵夫人もご主人と一緒ではないわ。それに――」

「わたしも主人と一緒ではない」キャロラインが止《とど》めを刺すようにさえぎった。「でも、わたしたちの夫はみんな初婚なの。あなたの夫はちがうわ」

「だからって、どうちがうの？」いったいなんと理不尽な理屈なのか、ヴィクトリアにはまるでわからなかった。社交界ではなにもかもにルールがあって、しかも理解しがたい例外がたくさんあった。それでも、初婚の妻はひとりで社交界へ現われても平気なのに、再婚の妻はそれが許されないのは、どうしても理解しかねた。

キャロラインがため息をついて説明した。「違いがあるのよ。なぜなら、フィールディング卿の最初の奥方は彼について恐ろしい悪口をあれこれ言っていて、それを信じた人たちがいるからよ。それに、結婚してまだ二週間もたたないのに、あなたはひとりでここにいて、しかも幸せそうには見えない。だから、最初の奥方の話を思い出した人たちが、あなたを指差して、ほらやっぱりと噂しているのよ」

ヴィクトリアは深く傷ついた。「そんなふうに思われるなんて、考えてもみなかった。想像さえできなかったわ。明日はあちらへ戻るつもりだったの。こんなに遅い時間でなかったら、今晩戻りたいくらいよ」

キャロラインは彼女の腕にそっと手を添えた。「もし、なにか心配事があって、それをうちあけたくないのなら、こうしてずっとそばにいるわ。大丈夫よ、なにも話さなくていいから」

ヴィクトリアは首を横に振って、力強く言った。「とにかく明日、あちらへ戻るわ。今晩はもうどうしようもないし」

「幸せそうにしている以外はね」キャロラインが皮肉っぽく言った。

それは名案だとヴィクトリアは思って、すぐに実行することにした。それからの二時間、彼女はできるかぎりたくさんの人と話をして、会話のなかに巧妙にジェイソンの名前を出して彼を褒めそやした。アームストロング卿が小作人を満足させるのが難しいという話をはじめると、ヴィクトリアはそれこそ夫の得意とするところだと自慢した。「主人は荘園の管理がとても上手なんです。そのせいで、小作人たちは彼を心から慕っていますし、使用人たちも彼をとても敬っておりますの！」彼女はいかにも夫に夢中な新妻らしく力説した。

「そうですか？」アームストロング卿は驚いた。「ぜひ助言をもらいたいものだ。フィールディング卿が荘園経営にもくわしいとは知らなかったが、とんだ誤解だった」

レディ・ブリムワージーにサファイアのネックレスを褒められると、ヴィクトリアは「主人はたくさん贈り物をくれます。彼はものすごく気前がいいうえに、親切で思慮深いのですよ。それに趣味も洗練されていますでしょ、ほら？」と自慢した。

「まあ、本当に」レディ・ブリムワージーはヴィクトリアのほっそりした首に輝くダイヤモンドとサファイアを感嘆の目で眺めた。「うちの夫はわたくしが宝石を買うとなると、とたんに知らん顔するんですのよ。もし今度、贅沢すぎると言われたら、フィールディング卿の寛大さを話して聞かせましょう！」

年長のドライモア公爵夫人に、明日のヴェネチア風朝食会に来ないかと誘われたヴィクトリアは、「とても残念ですが、うかがえません。もう四日も主人と離れておりますので、正直なところ、寂しくてたまらないのです。彼はとてもやさしくて親切な人なんです！」と答えた。

ドライモア公爵夫人は呆気にとられた。ヴィクトリアがその場からいなくなると、公爵夫人は旧友たちのほうを向いて目をぱちぱちさせ、「やさしくて親切な人？」と首をかしげた。「彼女の夫はたしかフィールディング卿だったはずよね？」

その頃、アッパーブルックストリートの屋敷では、ジェイソンがまるで閉じこめられた野獣のように部屋のなかを行ったり来たりしていた。彼はこのタウンハウスの老執事がヴィクトリアの今晩の外出先をまちがって教えたことを小声で毒づき、まるで恋わずらいの嫉妬に狂った少年のようにロンドンまで追いかけてきてしまった自分を呪《のろ》っていた。老執事の話を信じてバーフォード家の舞踏会へ行ったが、彼女は姿を見せなかった。出向く可能性があるという他の三カ所もまわったが、どこにも彼女はいなかった。

その晩が終わる頃には、夫に夢中だと他人に思わせようとしたヴィクトリアの試みは大成功を収めたらしく、客たちは彼女を好奇心ではなくうらやましげな目で見るようになっていた。夜明け近くに屋敷へ入るとき、彼女の表情には勝利の笑みが浮かんでいた。

使用人が玄関ホールのテーブルの上に残しておいてくれた蠟燭を灯して、ヴィクトリアは絨毯敷きの階段をのぼった。部屋へ入って寝室の蠟燭に火をつけようとしたとき、隣室で物音がするのに気づいた。そこにいるのが盗人などではなく使用人でありますようにと祈りながら、ヴィクトリアはそろそろとドアに近づいた。震える手で蠟燭を高くかかげて、続き部屋のドアの取っ手に手をかけた瞬間、ドアが開いたので、彼女は悲鳴をあげた。「ジェイソン！」彼女は喉に手をあてて震えながら言った。「まあ、あなただったのね。盗人かと思って、確かめようとしていたの」

「勇敢なことだ」彼は彼女の手の蠟燭に視線をやった。「もし本当に盗人なら、どうするつもりだった――その蠟燭でまつげを焼くぞと脅すのか？」

ヴィクトリアは笑いそうになったが、彼のグリーンの目が険悪に光って、あごの筋肉がひくついているのを見て、笑い声は喉の奥にひっかかった。皮肉っぽい表現の奥に焼けつくような怒りの炎が潜んでいるのに気づいたのだ。彼女は無意識に後ずさりしはじめたが、ジェイソンが近づいてきて日の前にそびえるように立った。仕立てのよい洗練された夜会服に包まれている姿にもかかわらず、彼はいつになく危険で抗しがたい雰囲気を漂わせていた。

ヴィクトリアはベッドの近くまで後退した。追いつめられたように感じながらも、そこで立ちどまって、襲いかかるわけのわからない恐れを振り払おうとした。悪いことなどなにもしていないのに、これではまるで臆病な子供ではないか！　おだやかに合理的に話をしようと彼女は決めた。「ジェイソン、なにか怒っているの？」彼女はわずかに震える声で訊いた。

彼はすぐに手が届くほど近くまで来た。黒いベルベットのジャケットを両脇に払いのけて両手を腰にあて、両足を開いて、彼は立腹したようすで立っていた。「いったい、どこへ行っていた？」

「レディ・ダンワーシーの舞踏会へ」

「夜明けまで？」彼はせせら笑った。

「ええ。不思議でもなんでもないわ。何時頃までやっているかは、あなただってよく知っているはず——」

「いや、知らない」彼はきつく言った。「きみはぼくの目の届かないところへ行ったとたんに、数えかたを忘れるらしいな！」

「数えかた？　なにを数えるの？」恐怖がふくらむのを感じながら、彼女は訊き返した。

「日数だよ」彼は意地悪く答えた。「ぼくは二日と言った。四日じゃなく！」

「いちいちあなたの許可はいらないわ」彼女は無謀にも口答えした。「わたしがどこにいようと関心がないくせに、気にしているふりはやめて！」

「気にしている！」彼は早口で言って、ジャケットをわざとゆっくり脱ぎ、白いローン地のシャツのボタンをはずしはじめた。「それに、きみにはぼくの許可が必要だ。忘れてしまったのか、マイ・スウィート――ぼくはきみの夫だろ？　さあ、服を脱げ」

ヴィクトリアは首を激しく横に振った。

「ぼくを怒らせて、無理やり脱がされたいのか？」彼は柔らかく警告した。「そうなったら、きっといやな思いをすることになるぞ」

それはまちがいないとヴィクトリアは納得した。彼女は震える手を背中へのばして、ファスナーの金具をさがした。「ジェイソン、いったい、なにがいけなかったの？　お願いだから教えて」彼女は哀願した。

「なにがいけないか？」彼はシャツを床に投げ捨てながら冷たく言った。「ぼくは嫉妬しているんだよ」彼はズボンのベルトに手をかけた。「嫉妬だよ。こんな感情ははじめて味わうが、ひどく不愉快だ」

こんな状況でなければ、彼が嫉妬していると聞けば、ヴィクトリアはこのうえなくうれしかったろう。だがいまは、恐怖と緊張がつのるばかりで、指先がいっそうこわばった。

　そのようすを見て、ジェイソンは手をのばして彼女をくるりと振り向かせ、長年女性のドレスを脱がせてきた熟練の手つきでファスナーの金具を探りあて、さっとひきおろした。

「ベッドへ入りなさい」彼女の背中を押した。

　後からベッドに入ってきたジェイソンに両腕で乱暴に抱きしめられたとき、ヴィクトリアは恐怖に身を震わせながらも、心では激しく抵抗していた。彼の唇がおおいかぶさってきて、荒々しく罰するようなキスをすると、彼女は必死に歯を食いしばった。

「口を開けるんだ！」

　ヴィクトリアは両手で彼の胸を押して、顔をそむけた。「やめて！　こんなのはいや！　こんなふうにはさせない！」

　その抵抗を彼はあざ笑った――血を凍らせるような冷たい笑みだった。「させるさ、マイ・スウィート」彼はなめらかにささやいた。「強いるまでもなく、きみのほうから、してくれと頼むだろうよ」

　かっとしたヴィクトリアは必死に彼の胸を押しのけ、彼の体の下から逃れた。もう少しで床に足がつきそうになった瞬間、腕をつかまれて、ぐいっとベッドへ引き戻された。彼は片手で彼女の両手を頭の上に押さえつけ、片脚を彼女の下半身にのせて自由を奪った。「ばかなまねはやめろ」ささやいて、ゆっくりおおいかぶさってきた。

まるで縛りつけられた野ウサギのように横たわったヴィクトリアは、恐怖のあまり涙をあふれさせ、ジェイソンの唇がゆっくり下がってくるのを見つめていた。だが、先ほどのように荒々しく襲いかかるのではなく、彼の唇は彼女の唇を長く入念に愛撫し、片手は体をやさしく探り、指先でバラ色の乳輪をそっとなぞった。やがてその手が下へおりて、平らな下腹部から三角形に盛りあがった黄金色の茂みへとたどり、そこをやさしくなでさすると、さっきまで抵抗していた彼女の体は、熟練した指先の動きに反応しはじめた。ヴィクトリアはさらに下へと進む彼の手から逃れようと身もだえしたが、無駄な抵抗だった――両脚のあいだに彼の脚が割りこみ、彼の指がさがし求めていた場所へ押し入った。

彼女の全身に熱い液体が一気に流れだし、力を奪い、抵抗をとかし、唇を開かせた。入ってきた彼の舌が彼女の口を満たしてはひきさがり、その舌の動きに合わせて、彼の指も動いていた。激しい快感を呼び起こそうとするその動きに、ヴィクトリアの感覚は耐えようがなかった。密《ひそ》やかな服従のうめきをもらして、すっかり体をゆだね、彼の下で身をしならせながら熱いキスを返した。その瞬間、ジェイソンは彼女の手を自由にした。

彼の頭が下へ動き、彼女の肩に鼻先をこすりつけた。唇はバラ色の乳首をさがし、舌先でほてった肌に小さな円をいくつも描いている。やがて、彼の口がまるで快楽を絞りだすように乳首を吸うと、彼女は彼の黒髪に指をからませて頭を自分の胸に押しつけた。ジェイソンは小さな笑い声を発してさらに下へ動いた。熱い舌が張りつめた下腹へと肌をなぞる。どこ

へ向かおうとしているのか気づいたヴィクトリアは必死に身もだえして逃れようとする。だが、彼は両手で彼女の腰を強くつかんで、思いのままに舌をその場所へ押しつけた。彼が顔を離す頃には、ヴィクトリアは全身を強烈な快感に震わせ、やめないでと願っていた。

彼がおおいかぶさってきて、先ほどまで手と口で愛撫していた場所を、張りつめて硬くなったものでそっと探るように、焦らすようにふれた。ヴィクトリアは柔らかにうめき、腰を弓なりにそらし、彼の腰に両手をあてて熱い高まりを引き寄せた。温かく湿った場所に、彼はわざとゆっくり押し入り、そっと前後に動かす。まるで責めさいなむように、ほんの少しずつ押し入ってはすぐに引き戻し、ヴィクトリアが深くつらぬいてほしくてたまらなくなるまで焦らしつづけた。すでに彼女は両脚をきつく彼にからめ、彼が突き入るたびに肌をいっそう赤く染め、激しい息遣いで豊かな胸を揺らしていた。突然、彼は思いきり深く彼女のなかに沈めて、彼女に喜びの声をほとばしらせた――そして、つぎの瞬間、さっと抜き去ったのだ。

「いや！」ヴィクトリアは彼に腕を巻きつけて叫んだ。

「ぼくが欲しいか、ヴィクトリア？」彼がささやいた。

彼女はぼうっと目を開いて、押しつぶしてしまわないようにと体重を支えながら、こわい顔で見つめている彼を見た。

「欲しいのか？」彼がくりかえした。

「あなたを絶対に許さない」ヴィクトリアは声を詰まらせた。

「ぼくが欲しいんだろ？」ジェイソンは敏感な場所に腰を押しつけて挑発しながら、もう一度くりかえした。「答えるんだ」

体のなかで彼を求める情熱が燃え盛り、もうとうてい逆らいようがなかった。彼は嫉妬したのだ。彼はわたしを愛している。長く留守にしていたから傷ついたのだ。そう思うしかなかった。彼女の唇がゆっくり「イエス」の形に動いたが、それでも声に出して言うことはできなかった。

満足したジェイソンは、その求めに応えた。まるで彼女を卑《いや》しめた罪をあがなうかのように、自分勝手な欲望は二の次にして彼女に絶頂をもたらそうとしていた。暴発しそうになる感覚を抑え、くりかえし突きあげて彼女の体を揺らした。そして、脈打つもので激しくつらぬかれ、のぼりつめて歓喜で震えている彼女をきつく抱きしめた。それから、体重をあずけ、ようやく自分も頂点に達した。

すべてが終わると、ふたりはひと言もしゃべらなかった。ジェイソンは長いあいだ天井を見つめていた。やがてベッドを出て、自分の寝室へ戻った。新婚初夜を別にすれば、彼女を抱いた夜にジェイソンが別の寝室で眠るのははじめてのことだった。

29

目を覚ましたヴィクトリアは、まるで一睡もできなかったかのように全身が重く、心が痛むのを感じた。昨晩ジェイソンから受けたいわれのない復讐を思い出すと、喉の奥に苦い絶望の塊が詰まっているようだった。もつれ髪を顔から払いのけ、片手で頬杖《ほおづえ》をついて部屋をぼんやり眺めた。そして、ベッド脇のテーブルの上に革張りの宝石箱を見つけた。

これまで経験したこともないほど激しい怒りにかられて、ヴィクトリアはジェイソンの寝室へ走りこんだ。「もう二度と宝石をくれないで！」と声を荒らげた。

ジェイソンはキツネ色のズボンをはいて、上半身は裸のまま、ベッドの横に立っていた。顔を上げた瞬間に、ヴィクトリアがずっしりした革の宝石箱を投げつけるのが見えたが、それが耳をかすめて飛んでいくのを、まったくひるみもせずに見送った。

宝石箱は大きな音をたてて床に落ち、ベッドの下にすべりこんだ。「昨日の夜のことは絶対に許さない」ヴィクトリアは顔を怒りで真っ赤にし、爪が食いこむほど強く手を握りしめ、胸が上下するほど激しく息をしていた。「絶対に！」

「わかっている」彼は感情のない声で平然と言って、シャツを取った。

「あなたがくれる宝石は大嫌い、あなたの扱いも大嫌い、なによりあなたが大嫌い！　あなたは人を愛するってことを知らないわ――人を信じられない薄情なろくでなし《バスタード》よ！」

ヴィクトリアはなんの考えもなしにその言葉を口にしたのだが、彼の反応はまったく予想外のものだった。「きみの言うとおりだ」彼はおとなしく同意した。「ぼくはまさにそれだよ。きみがまだ抱いているかもしれない幻想を壊して申し訳ないが、真実を話せば、ぼくはチャールズ・フィールディングと、彼が若き日にしばらく囲って、あっさり捨てた踊り子とのあいだに生まれた私生児《バスタード》だ」

ジェイソンは筋骨たくましい肩にシャツをかけて腕を通した。彼はいま、彼女が聞けば忌まわしさにぞっとするだろうと信じて、秘密を告白しようとしていた。

「ぼくはチャールズの弟の妻に育てられ、みじめな生活をしていた。倉庫で寝泊まりしていたことだってある。読み書きは独学で覚えた。オクスフォード大学へは行ってないし、きみに求婚した洗練された貴族たちとは大違いだ。要するに、ぼくはきみが考えているような人間じゃない――そんなお上品な人間じゃないんだ」

彼はボタンを留めはじめ、なかば閉じた目をじっと自分の両手に落とした。「ぼくはきみにはふさわしくない夫だ。きみにさわることさえ、ぼくにはふさわしくない。きみの気分を悪くさせることをいろいろやってしまった」

ファレル船長の言葉がヴィクトリアの心に突き刺さった。あの魔女は彼をひざまずかせて、インド人たちの前で許しを請わせた。ヴィクトリアはジェイソンの誇り高い引き締まった顔を見て、心が壊れそうになるのを感じた。なぜ彼が彼女の愛を受け入れようとしないのか、なぜそれができないのか、ようやくわかったのだ。

「ぼくはろくでなしの庶子《バスタード》だ。まさにその言葉が意味するとおり」彼は暗い表情で言い切った。

「なら、あなたにはすばらしいお仲間がいるわ。チャールズ二世の三人の息子も庶子で、王様は三人全員を公爵にしたのよ」

彼は少し困惑した表情をしてから、肩をすくめた。

「ぼくが言いたかったのは、きみは愛していると言ったけれど、そんなふうに思ってほしくないということだ。きみが愛しているのはこの結婚生活で、ぼくじゃない。そもそも、ぼくのことなどなにも知らないくせに」

「あら、知っているわよ」ヴィクトリアはこれから話すことが自分たちの未来を決定すると知りながらも、あえて口にした。「あなたのことはなにもかも——一週間以上も前にファレル船長が話してくれたもの。子供の頃、あなたがどんな目に遭っていたかも……」

たちまちジェイソンの目に怒りが燃えたが、まもなくあきらめたように肩をすくめた。

「勝手にしゃべる権利は彼にはなかったのに」

「あなたの口から聞きたかったわ」ヴィクトリアは頬を伝う涙を抑えきれずに叫んだ。「だけど、あなたはそうしなかった。本当なら心から誇るべきことなのに、逆に恥じていたから！」流れる涙を乱暴にぬぐって、彼女はとぎれとぎれに言った。「そんな話、聞かなければよかった。彼から聞かされるまでは、わたしはほんの少し、あなたを愛しているだけだったわ。でも、聞いてしまったら、あなたがどんなに勇敢で――本当はどんなに強いか知ったら――もっとずっと好きになって、わたし――わたし、あのときほど、あなたを誇りに思ったときはなかったわ。だから、いまは、あなたのしていることが許せなくて――」

涙でぼやける目に、彼が動くのが見えたつぎの瞬間、ヴィクトリアはたくましい胸に抱かれていた。張りつめていた感情がみるみるゆるんだ。「あなたの両親がだれだろうと、どうでもいいの」彼女は彼の腕で泣いた。

「泣かないで、ダーリン、お願いだ」彼がささやいた。

「頭がからっぽの人形みたいに扱われるのはもういや。あなたは、わたしにきれいなドレスを着せて――」

「もう二度とドレスは買わない」ジェイソンは冗談を言ったつもりだったが、その声はかすれていた。

「それに、宝石で飾りたてて――」

「宝石も買わないよ」ジェイソンは彼女をいっそう強く抱きしめた。

「そのうえ、わたしをもてあそんで、勝手に放りだすし」

「ぼくは本当にろくでなしだ」彼女の髪をなで、自分のあごをこすりつけながら、ジェイソンは言った。

「思っていることや感じていることを口に出さないから、心が読めないし」

「心なんかない。もうずっと前に失ってしまったんだ」彼はざらついた声で言った。

ヴィクトリアは自分が勝ったのを知ったが、強い安堵感に襲われて、ほっそりした肩を揺らして嗚咽した。

「お願いだから、そんなに泣かないでくれ」ジェイソンはうめくように言って、両手で肩から背中にかけてさすり、なんとか彼女をなだめようとした。「きみに泣かれるとたまらないよ」両手で彼女の髪をといて、涙が伝う顔を上げさせ、親指でそっと頰の涙をぬぐった。「もう二度と泣かせないから。誓うよ」心の痛みに耐えかねてささやいた。彼は身をかがめて、やさしくも激しいキスをした。「さあ、一緒にベッドへおいで」つぶやくように語りかけるざらついた声は強く求めていた。「一緒にベッドに入ってくれれば、すべて忘れさせてあげる、昨日の晩の……」

ヴィクトリアがそれに応えて夫の首に両腕を強くからみつけると、ジェイソンは彼女をさっと抱きあげて、自分が知っている唯一の方法で彼女を癒そうとベッドへ急いだ。そして、マットレスに片膝をついて彼女をそっと横たえ、焼けつくような長いキスで唇をおおった。

ようやく顔を離した彼が、シャツを引きはがし、ズボンのボタンをはずすのを、ヴィクトリアは眺めていた。長い筋肉質の脚、引き締まった腰、たくましい腕に幅広い肩——みごとな肉体だ。後ろを向いて背中があらわになったとたん——悲鳴が彼女の胸を切り裂き、抑えきれずに口からもれた。

それを聞いたジェイソンは、彼女がなにを見たのかを悟《さと》って全身をこわばらせた。傷痕だ！　おぞましい傷痕のことを忘れていた。たちまち彼は、以前、それを隠すのを忘れたときのことを思い出した——犬のように鞭打たれた傷痕を目にした女性の顔には恐怖と軽蔑と嫌悪が浮かんでいた。だから、ヴィクトリアを抱くときにはいつも背中を見せないようにしていたし、眠る前には必ず蠟燭を吹き消すよう注意していた。

「なんて、ひどい」ヴィクトリアは背後で声を詰まらせ、彼の美しい背中に幾重にも交差している白っぽい傷痕を見つめた。それは何十本もあった。彼女は震える指先をのばして、そっとふれた。その瞬間、彼の肌がびくっとした。「まだ痛むの？」彼女は苦悩と驚きを感じながらささやいた。

「いいや」ジェイソンは緊張した声で答えた。恥辱が波のように襲ってくるなか、辱めのおぞましい証拠を目の前にした女性が当然示すだろう反応を、なすすべもなく待った。

ところが、信じられないことに、ヴィクトリアは背後から両腕で彼を抱きしめ、背中に唇をつけた。「こんな仕打ちを耐え抜いたなんて、とても勇敢だったのね。あなたはほんとに強い人だわ、逆境を生き抜いて、生きつづけて……」と痛ましくてたまらないようすでささやいた。ヴィクトリアが傷痕ひとつひとつにキスをしだすと、ジェイソンは振り向いて彼女を強く腕に抱いた。「愛している」苦しげにそう言うと、乱れた豊かな髪に両手を差しこんで、顔を上向かせた。「心からきみを愛している……」

彼のキスは唇から首へ、そして胸へと動いて、真っ赤に燃える焼きごてのように彼女の体をこがし、彼の手は背中から脇腹へとすべって、やさしい愛撫で彼女をうめかせ、身もだえさせた。上になった彼は、両手で上半身を支えて、彼女を見つめながらしわがれた熱っぽい声で言った。「お願いだ、ばくにふれてくれ——きみの手の感触を味わいたい」

そんなことを求められたのははじめてだったので、ヴィクトリアはどきどきした。彼の日焼けした胸に両手をあて、ゆっくり指を広げると、とたんに彼が息を荒くするのに驚いた。手を下へすべらせると、下腹部の硬い筋肉が激しく反応した。唇を彼の胸板に押しつけ、舌でその先端を転がし、彼がうめき声をあげるまで強く吸った。

自分が彼の体に快感をもたらせるという発見にすっかり夢中になったヴィクトリアは、彼の上になって、軽く開いた口を彼の唇に重ねた。彼は喉の奥から笑いが混じったうめきをもらして、彼女の舌を誘いこみ、唇を強く押しつけながら、片手で彼女の頭を支え、もう片方の手を腰にまわして、彼女の全身を自分の上に重ねた。

本能に導かれるまま、彼の硬くなったものに腰を重ね、揺らしながら押しつけているうちに、ヴィクトリアは快感に気が遠くなった。彼を喜ばせようと夢中になって胸にキスを浴びせ、さらに下へ向かって、下腹に鼻先をこすりつけていると、突然、彼が両手を髪にからみつけて、彼女の顔を上へ引き寄せた。ふたりは見つめあった。体の下で硬いものが脈打っている。彼の肌は炎のように熱く、激しい鼓動が乳房に伝わった。だが、彼はやみくもに彼女に押し入ろうとはせず、欲望に燃える目で彼女を見つめながらも、昨日の晩彼女に無理強いした言葉を弱々しげに口にした。「きみが欲しい」彼はささやいた。それでもまだ罰を受けたりないとでも言うかのようにつけ加えた。「お願いだ、ダーリン」

あふれすぎた愛で心が壊れそうになるのを感じながら、ヴィクトリアはとろけるようなキスをした。それは十分すぎる答えだった。ジェイソンは彼女を強く抱きしめて自分の下に組み敷き、一気に確実に彼女をつらぬいた。肩と腰に手をまわしてきつく引き寄せながら、何度も何度も激しく突きあげた。

熱に浮かされたように体を弓なりにそらし、燃えあがる彼の情熱に溺れて腰を押しつけ、彼の唇をむさぼるうちに、ヴィクトリアの全身に走る快感が狂おしいほどふくれあがり、爆発して純粋な光の筋になり、めくるめく絶頂へと導いた。

彼女の内側から絶頂に達した震えが伝わってきたのを確かめて、ジェイソンは最後にもう一度深くつらぬいた。彼女の全身が強く痙攣する。まるで彼女の体がすべての苦しみと絶望を吸い取ってくれるかのように感じて、彼も大きく身を震わせた。彼女は彼からすべてを流れだささせ、なにもかもを喜びに変えた。その喜びは心臓で爆発して血管へそそぎこまれ、彼の全身を苦しいほどの無上の幸福でうずかせた。

経済的に成功を収め、あてのない女遍歴を重ねたすえに、彼はようやく、無意識にさがし求めていたものを見つけたのだ。自分がいるべき場所を。イングランドの荘園六カ所、インドの宮殿二カ所、そして、各艇に私用のキャビンを備えた大船団を持ちながら、ジェイソンは自分の家があると感じたことはなかった。その家を手に入れたのだ。自分の腕のなかで満足しきったようすで横たわっている、この若い美女こそが、彼の家なのだ。

ジェイソンは彼女を腕に抱いたまま、横向きになって、彼女の乱れた艶やかな髪を指でといて、こめかみにそっとキスをした。

ヴィクトリアが長いまつげを揺らしてまぶたを開くと、彼は深いブルーの瞳に溺れそうな気がした。「どんな気分？」彼女は微笑みながら、いつか彼がしたのと同じ質問をした。

彼はまじめな顔でやさしく答えた。「夫らしい気分だ」そして甘い唇に長いキスをしてから、輝くブルーの目をじっと見つめた。「天使なんてものはいないと、ずっと信じていた」ため息をついて、枕に頭を沈め、腕に彼女を抱いている喜びをつくづく味わった。「ぼくはなんて愚かだったんだろう――」

「あなたはすばらしい人よ」愛に満ちた妻が断言した。

「いや、愚か者さ」彼は苦々しげに笑った。「もし少しでも分別があったら、最初にきみが欲しいと思ったときに一緒にベッドへ入って、それから結婚してくれとせがみつづけただろうよ」

「最初って、いつ？」彼女がからかった。

「きみがウェイクフィールドにやってきたときだ」彼は思い出に微笑みながら認めた。「はじめてきみを見た瞬間に、ぼくは恋に落ちた。きみは子豚を抱えて玄関に立っていて、風になびく髪が燃える黄金みたいに輝いていた」

ヴィクトリアはまじめな顔になって首を横に振った。「お願いだから――おたがいに嘘はやめましょ。あのときあなたはわたしを愛してなんかいなかったわ。結婚したときもまだ愛していなかった。でも、それでもいいの、かまわない。いまこうして愛してくれているだけで十分よ」

ジェイソンは指先で彼女のあごを上げさせて見つめあった。「ちがうよ、スウィートハート――これは本心だ。愛していたからきみと結婚したんだ」

ヴィクトリアはそれを聞いてうれしかったが、この先ずっとおたがい正直に包み隠さず話しあいたいと決心していた。「あなたが結婚したのは、瀕死の病人の願いをかなえるためだったわ」

「瀕死の病人――」ジェイソンは急に大きく笑って、ヴィクトリアを驚かせた。それから彼女に腕をまわして自分の胸に引き寄せると、くすくす笑って指関節で頬をやさしくなでながら言った。「あのとき、ぼくらを枕もとへ呼んで、きみの手にすがった『瀕死の病人』は、もう片方の手にカードを握ってた」

ヴィクトリアは肘をついて上半身を起こした。「なんですって！」怒りと笑いの混じった口調で訊いた。「それはたしかなの？」

「たしかだ。毛布が動いたときに見えた。クイーンを四枚持ってたよ」

「でも、おじ様はなんでそんなことをしたの？」

ジェイソンは広い肩をすくめた。「きっと、ぼくらがもたもたして結婚話が進まないのでしびれを切らしたんだろう」

「すごく心配して、必死でお祈りしたのに。殺してやりたいくらいだわ！」

「とんでもない。彼の計略のおかげで、結局はこうなったんだから」

「まあ、そうね。でも、どうしてわたしに言わなかったの？　本当のことを知っていると、おじ様にも言わなかったのはなぜ？」

ジェイソンは彼女の耳をつねった。「彼の楽しみを台無しにするのか？　そんなことはできない！」

ヴィクトリアは怒った顔をした。「わたしには話すべきだったわ。隠しておく権利はなかったわ」

「そのとおり」

「じゃあ、なんで話してくれなかったの？」

「もし、あんなにせっぱつまった状況じゃなかったら、ぼくと結婚したかい？」

「いいえ」

「だから、秘密にしていたんだよ」

欲しいものを手に入れるためには手段を選ばないジェイソンの節操のなさと、それに対する反省のなさに、ヴィクトリアはあきれはて、彼の胸に顔をうずめて笑うしかなかった。

「あなたには節操というものがないの？」彼女は笑いながらも真剣に訊いた。

ジェイソンはにやりとした。「あきらかに、ないね」

30

その日の午後遅く、所用で外出したジェイソンの帰りを客間で待っていたヴィクトリアのところへ、ロンドンのタウンハウスを取り仕切っている老執事がやってきた。「奥様、クレアモント公爵夫人がお目にかかりたいといらっしゃっています。お断わりしようとしたのですが――」

「客には会わないと、彼は言ったのよ」堂々と入ってきた公爵夫人はあわてている執事に向かって言った。「わたくしは客ではなく家族だと言っているのに、この愚か者にはわからないらしくて」

「まあ、お祖母様！」ヴィクトリアはいかめしい老婦人の突然の来訪に驚き、はじかれたように立ちあがった。「ほら、見なさい！」老婦人は象牙のステッキを執事に向けて揺らした。「聞いたかしら？　お祖母様と呼んだでしょ」彼女は満足げに念を押した。執事が小さな声で謝罪しながらその場を離れると、ヴィクトリアは老婦人とふたりだけになった。公爵夫人は静脈が浮きでた両手を宝石が埋めこまれたステッキの取っ手に重ねて、目の前の椅子に座り、ヴィクトリアをしげしげと眺めてから、「十分に幸福そうね」と、驚きながらも満足げに言った。

「わたしが幸福かどうか確かめるために、わざわざいらしたの?」ヴィクトリアは公爵夫人の前に座って尋ねた。

「ウェイクフィールドのようすを見に来たのです」彼女は厳しい声で答えた。

「夫は出かけています」そう答えると公爵夫人が怖い顔になったので、ヴィクトリアはびっくりした。

曾祖母は厳しい表情で言った。「なるほど、わかりました。ロンドンの人たちはみな、彼があなたのそばに寄りつかないのだと思っています! わたくしがあの男を徹底的に追及して、たとえヨーロッパ大陸じゅうを追いかけてでも、きっととがめてやりましょう!」

「それは大変そうだ」そこへ現われたジェイソンがおもしろがるように言った。「みなさんだれもが、ぼくを怖がることが断然多い——だが、小柄なわが妻とその妹、そして、年齢はぼくの三倍だが体重は三分の一しかない奥様《マダム》、あなたがただけは例外らしい。その勇気——というか向こう見ずなところ——は、外見の美しさと同じく、きっと血のなかに受け継がれてきたものなのでしょう」彼はにやりと笑って最後につけ加えた。「さて、ぼくをおとがめになるのなら、この客間でごゆっくりなさってください」

公爵夫人は立ちあがって彼をにらみつけた。「まあ! ようやく自分には家があり妻がいることを思い出したのですね！　必ずヴィクトリアを幸福にするようにと言ったのに、あなたはその責任を果たしていません。まったく、だめね」

ジェイソンはどうしたことかと尋ねる視線をヴィクトリアへ送ったが、彼女は当惑するばかりで肩をすくめてみせた。彼は妻が公爵夫人の怒りに同調していないのを確かめて満足し、彼女の肩に腕をまわして、おだやかに尋ねた。「さあて、どんな点で、ぼくは夫の義務を怠っているのでしょう？」

公爵夫人は唖然とした。「どんな点で？」信じられないと言わんばかりにくりかえした。「そこにそうして仲睦まじそうに立っていても、わたくしは信頼できる筋から聞いたのですよ、ウェイクフィールドであなたは新妻のベッドに六回しか足を運ばなかったと！」

「お祖母様！」ヴィクトリアはぞっとして叫んだ。

「静かになさい、ヴィクトリア」ぴしゃりと言った公爵夫人はふたたび矛先をジェイソンに向けて続けた。「うちにはそちらの使用人と懇意にしている使用人がふたりいるのですけれど、あなたが初夜の後一週間も新妻を放りだしたので大騒ぎだったと耳にしました」

ヴィクトリアは恥ずかしさのあまりうめいたが、ジェイソンは肩にまわした手に力を込めて彼女を支えた。

「さあ、なにか言い分があるかしら？」公爵夫人がたたみかけた。

ジェイソンは考えこむように眉をひそめて、「どうやら使用人たちに注意をうながす必要があるようです」と言った。

「もっとちゃんと考えなさい！　そもそも、男というものは妻をベッドにとどめ、つねにそばに置くすべを知るべきです。この四年間、ロンドンじゅうの既婚夫人の半数があなたを追いまわしていたのは、神がご存じのはず。もし、あなたが御婦人がたの相手を楽しんでいるのならば、わたくしに跡継ぎを見せるための努力を怠るのももっともですが——」

「跡継ぎをお見せすることは、なによりも重要だと考えております」ジェイソンは笑みをこらえてまじめな顔で答えた。

「それならば、むやみに急きたてはしませんが」公爵夫人はいくぶん表情をやわらげた。

「寛大なお言葉に感謝します」

彼のからかいを無視して、公爵夫人はうなずいた。「おたがいに理解できたようですので、わたくしを食事に招くことを許します。長居はできませんけれど」

ジェイソンはみごとな笑顔をつくって、彼女に腕を差しだした。「そのうちきっと、長時間の訪問をしてくださいますね——そう、九カ月ほど先に？」

「もちろんです」公爵夫人は力強く断言したが、ヴィクトリアをちらりと見た目には笑みが浮かんでいた。三人でダイニングルームへ向かいながら、彼女は曾孫娘に顔を寄せてささやいた。「ハンサムな悪魔、なのかしら？」

「ええ、まさに」ヴィクトリアは曾祖母の手をそっと叩いた。

「そして、悪い噂とはうらはらに、あなたは幸福なのね？」

「はい、言葉では表現できないほどに」

「うちへもぜひ遊びにいらっしゃい。クレアモントはウェイクフィールドから十五マイルほどの近さで、川沿いの道にあるから」

「近いうちにきっと参ります」ヴィクトリアは約束した。

「夫も同伴してよろしいわよ」

「ありがとうございます」


その後、ウェイクフィールド侯爵夫妻は社交界のさまざまな催しに一緒に姿を見せ、人々の注目を集めた。フィールディング卿が献身的で寛大な夫であることは、目瞭然だったので、前妻にひどい仕打ちをしたなどという悪い噂はすっかり消えてなくなった。

レディ・ヴィクトリアは幸福に輝き、背が高くハンサムな夫は彼女に夢中だった。それどころか、あれほど超然として他人を寄せつけない雰囲気だったフィールディング卿が、ワルツを踊りながら妻に見とれてにんまりしたり、観劇の合間に妻になにか耳打ちされて声をあげて笑ったりしているのは、とても微笑ましい光景だと受けとられるようになった。

まもなく、彼の評判は激変した。これまでのことはすべて誤解や中傷だったとみなされるようになったのだ。彼を警戒していた人々は、いまやこぞって彼と親しくなろうとしていた。

ヴィクトリアが不仲の噂を打ち消そうとして夫を褒めまくった日から五日後、アームストロング卿がジェイソンを訪ねて、使用人や小作人から敬愛されるにはどうしたらいいのか助言を求めた。ジェイソンは驚いた顔をしたが、すぐににやりとして、それについては妻にお尋ねくださいと答えた。

その日の晩、『ホワイツ』でカード遊びをしながら、ブリムワージー卿が「きみのせいで妻に高価なサファイアを買わされたよ」と笑いながらジェイソンに文句をつけた。ジェイソンはおもしろがる視線で彼をちらっと見て、つぎの手に五百ポンド賭け、ブリムワージー卿からみごとにその額をせしめた。

翌日の午後ハイドパークで、ジェイソンがヴィクトリアのために買った二頭立て四輪馬車の乗りかたを彼女に教えていた。すると通りかかった一頭の馬車が急に停まって、乗っていた三人の老婦人がその光景をじっと見た。片めがねをかけてジェイソンをとくと眺めたドライモア公爵夫人が「まあ驚いたわ！　レディ・ヴィクトリアは本当にウェイクフィールド侯爵と結婚したのね！」とふたりの旧友に言った。「彼女が主人は『とてもやさしくて親切な人』と言ったのを聞いて、てっきりだれか他の人のことだと思ったわ！」

「やさしいだけではなく、勇気もあるようよ」危なっかしく馬車を操っているふたりを見て、老婦人のひとりがかん高い声を発した。「彼女はもう二回も馬車を倒しそうになったもの！」

ヴィクトリアにとって、人生は喜びに満ちたものになった。ジェイソンは夜毎彼女を抱きしめ、彼をどうやって愛すればいいかを教えてくれた。ヴィクトリアの五感を喜びで満たし、嵐のような情熱を引きだし、それを分かちあった。ヴィクトリアは彼に信頼を教え、いまでは彼は自分のすべてを完全に妻にゆだねていた――体も心も魂までも。彼はなにもかも惜しみなく与えた――愛情も思いやりも、そしてささいなものからひどく贅沢なものまで、ありとあらゆる贈り物も。

ジェイソンはヴィクトリア号と名づけた大型ヨットに彼女を乗せ、テムズ川で舟遊びをした。舟遊びはアメリカからの船旅よりもずっと楽しかったと彼女が感想を言うと、友人たちと楽しむためにと、内装を淡いブルーとゴールドでまとめた彼女専用のヨットを特注した。その豪華さに感嘆した若い女性たちは舞踏会で噂しあった。「ウェイクフィールド侯爵はヨットのつぎはいったいなにを奥方にプレゼントするのかしら!」

ロバート・コリングウッドは眉を上げてにやりとして、うらやましげな若い女性に言った。「たぶん、テムズ川じゃないか?」

肩書きや財産や外見ではなく、純粋に自分を愛し、尊敬してくれる伴侶を得たことは、ジェイソンにとって無上の幸福だった。夜になると、いくら彼女を抱きしめても十分とは思えないほどだった。日中はピクニックへ連れだしたり、ウェイクフィールドの小川で一緒に泳いだりもした。彼女にこの世のすべてを贈りたかったのだが、ヴィクトリアが求めているのは他ならぬ彼だけだった。それを知った彼の心はこのうえないやさしさで満たされた。ジェイソンはウェイクフィールドの近くに病院を——パトリック・シートン病院を——つくるために巨費を投じ、さらに、ニューヨークのポーテッジにもヴィクトリアの父親の名前を冠した病院をつくる手配をはじめた。

31

結婚して一カ月日の記念日に、ジェイソンに手紙が届き、持ち船が入港したポーツマスまで行かなくてはならなくなった。出発の日、玄関前の階段で、彼はヴィクトリアに行ってくるよと告げて、彼女が頬を染め、御者が笑いをかみ殺すほど情熱的な長いキスをした。

「行かないですめばいいのに」ヴィクトリアは顔を彼のたくましい胸に寄せ、両腕を腰に巻きつけて言った。「六日間なんて長すぎるし、あなたがいないと寂しくてたまらない」

「チャールズがここに来て、相手をしてくれるよ」彼は出かけたくない気持ちを隠して笑顔で言った。「ファレル船長の家は近くだから、彼を訪ねるのもいい。クレアモントへ遊びに行ってもいい。ぼくは火曜日の夕食までには必ず戻ってくるからね」

ヴィクトリアはうなずき、つま先立ちをして、ひげを剃ったばかりの彼のなめらかな頬にキスをした。

夫の留守中はできるだけ忙しくしていようと心に決めて、孤児院で働いたり熱心に家事をしたりしていたが、それでも時間のたつのがひどく遅く感じられた。夜はもっと長く感じられた。日中は屋敷へ訪ねてきたチャールズと一緒に過ごしていたが、彼が寝室へ引きとってしまうと、まるで時計の針が止まったかのように思えた。

ジェイソンが戻る予定日の前夜、ヴィクトリアはひとりきりで寂しくベッドに入るのがいやで、寝室で所在なく過ごしていた。ジェイソンの部屋へ行ってみると、彫刻が施された重厚な家具が置かれた暗い色調の男らしい彼の部屋が、バラ色と金色の繊細な絹のカーテンや飾り布でフランス風に統一された自分の部屋とあまりに対照的なので、ふっと微笑んだ。そして、背面に金の装飾が埋めこまれている彼のブラシを、いとおしげにそっとさわった。それから、いやいやながら自分の寝室へ戻って、ようやく眠りについた。

翌朝、彼女は夜明けとともに目覚め、期待で胸をふくらませて、ジェイソンのためにご馳走の支度をはじめた。

夕日が薄れ、漆黒の空に星がまたたくまで、彼女は客間で馬車が私道へ入ってくる音に耳を澄ませていた。「彼が戻ってきたわ、チャールズおじ様！」闇を照らす馬車のランプが近づいてくるのを見ながら、彼女はうれしそうに声をあげた。

「きっとファレル船長だろう。ジェイソンは、もう一、二時間かかるはずだ。ポーツマスからどれくらい時間がかかるかはわかっている。明日ではなく今日じゅうに帰ってくるために旅程を一日短縮しているからね」あわててスカートのしわを直している彼女を愛情深く眺めながらチャールズが言った。

「ええ。でも、ファレル船長には八時にと約束したのに、まだ七時半ですわ」屋敷の前に停まったのがジェイソンの豪華な旅行用馬車でないのを見て、ヴィクトリアの顔から笑みが消えた。「夕食の時間を遅らせるように、ミセス・クラドックに伝えたほうがいいかしら」と彼女が言ったところへ、ノースラップがいかめしい顔に奇妙な表情を浮かべて客間の戸口に現われた。

「紳士がお目にかかりたいとおっしゃっています、マイ・レディ」

「紳士？」ヴィクトリアはぼんやり訊き返した。

「アメリカからいらしたミスター・アンドルー・ベインブリッジです」

よろめきそうになったヴィクトリアは、そばにあった椅子の背に手をついて体を支えた。血の気が引いてこぶしが白くなるほど、強く握りしめた。

「お通しいたしますか？」

彼女はぎこちなくうなずいた。冷たく拒絶されたつらい記憶に激しい怒りが湧きあがったが、その気持ちを見せないように抑えこんだ。自分の感情をなだめるのに必死なあまり、チャールズが急に蒼白になってゆっくり立ちあがり、まるでこれから銃殺隊と対面するかのようにドアのほうを向いたのに気づかなかった。

しばらくして、アンドルーが部屋へ入ってきた。長い脚できびきびと歩く姿も、ハンサムな笑顔も、たまらなくなつかしく、ヴィクトリアは彼の裏切りを大声でなじりたい衝動にかられた。

彼女の目の前まで来たアンドルーは、成熟した体の輪郭をくっきり示す魅惑的な絹のドレスを身につけ、輝く髪を豊かに肩にたらした優雅な美女をじっと見つめた。「トーリー」彼は吸いこまれそうなブルーの瞳をのぞきこんだ。そして、いきなり両腕で彼女を抱きしめ、かぐわしい髪に顔をうずめた。「きみがこんなに美しいなんて、忘れていたよ」ささやいて、両腕にいっそう力を込めた。

「そうでしょうとも！」全身が麻痺したようになっていたヴィクトリアは冷たく言い返して、その抱擁を振りほどいた。あつかましくもここへやってきたうえに、これまで見せたこともない情熱を込めて抱擁した彼を、彼女はにらみつけた。「あなたはいとも簡単に相手を忘れてしまう人だから」

すると信じられないことに、アンドルーはくすくす笑いだした。「迎えに来るのが手紙で約束したよりも二週間も遅くなったから、怒っているんだね、そうだろ？」答えを待たずに彼は続けた。「あいにく船が風で針路からはずれてしまって、途中の島で修理しなければならなかったんだよ」ヴィクトリアのこわばった肩に愛情込めて腕をまわすと、彼はチャールズのほうを向いて、笑顔で握手の手を差しだした。「あなたがチャールズ・フィールディングですね」彼は心から親しげに呼びかけた。「これまで、ヴィクトリアの世話をしてくださいまして、本当にありがとうございました。言うまでもありませんが、そのためにかかった費用はすべてお支払いいたします——彼女が着ているすばらしいドレスの代金も」

アンドルーはヴィクトリアのほうを向いた。「トーリー、急がせたくはないんだが、二日後に出発する船を予約してあるんだ。船長はもう結婚式を——」

「手紙って？」ヴィクトリアが激しいめまいを感じながらさえぎった。「どの手紙？　わたしがアメリカを去ってから、あなたは一通も手紙をくれなかったわ」

「手紙なら何通も書いたよ」彼は眉をひそめた。「最後の手紙で説明したけれど、アメリカ宛に送っていたんだ。母がきみの手紙をぼくに送ってくれなかったから、きみがイングランドにいるとは知らなかった。トーリー、事情はすべて最後の手紙に書いたじゃないか——イングランド宛に特別配達で送った手紙で」

「手紙なんか一通も受けとっていないわ！」彼女の声はしだいにうわずっていった。

アンドルーは怒りで唇をとがらせた。「アメリカへ出発する前に、ロンドンの配達会社へ行かなければ。きみときみの親戚の公爵に宛てた二通の手紙を直接手渡してもらうために、かなりの金額を払ったんだ。彼らに事情を説明してもらおう！」

「彼らはきっと、わたしに渡したと説明するだろう」チャールズが力なく言った。

さっと顔を上げたヴィクトリアは、すでに耐えがたい現実に気づいていた。「いいえ、チャールズおじ様、手紙など受けとっていないでしょ。誤解です。アンドルーのお母様からの手紙とまちがっているんだわ——彼が結婚したと伝えてきた手紙と」

チャールズの顔に罪の意識が浮かんだのを見て、アンドルーの目が怒りに燃えた。彼はヴィクトリアの両肩を強くつかんだ。「トーリー、聞いてくれ！　ヨーロッパからたくさん手紙を書いたけれど、アメリカに送っていたんだ。二カ月前に家へ戻るまで、きみのご両親が亡くなったとは知らなかった。母がきみの手紙を送ってくれなかったからだ。アメリカへ戻ったら、きみはご両親を失った後、裕福な親戚から結婚を申しこまれてイングランドへ引きとられたと母から聞かされた。行き先も連絡先もなにも知らないと言われた。でも、きみがぼくを捨てて親戚の裕福な貴族と結婚するわけがないと思った。時間がかかったけれど、ようやくモリソン医師にたどりついて、本当の事情を洗いざらい聞いたんだ。

きみを追いかけると話したら、母がすべて白状した。スイスのマデリンと結婚したという手紙をきみに書いたことも。そして、急にいつもの『発作』を起こしたんだ。ただし、今回は本物だった。病気の母を置いて出るわけにはいかなかったから、手紙を送った。きみときみの親戚の、こちらの——」彼はものすごい形相でチャールズを見た。「——どういうわけか、二通ともきみには届いてないようだが。その手紙で、状況を説明して、できるかぎり早く迎えに行くと書いたんだ」

アンドルーは声をやわらげ、ヴィクトリアのうちひしがれた顔を両手で包みこんだ。「トーリー」彼はやさしい笑顔で語りかけた。「きみはぼくの一生の恋人だよ、きみが野原でラッシング・リバーのポニーに乗っているのを見たときからずっとだ。ぼくは結婚なんかしていないよ、スウィートハート」

ヴィクトリアは喉の奥の塊をのみくだして、なんとか声を出そうとした。「わたしは、したのよ」

アンドルーは火傷したかのように彼女からぱっと手を離した。「いま、なんて――？」信じられないというような声で訊いた。

ヴィクトリアは彼の顔をじっと見つめながら、苦しげにささやいた。「わたしは…結婚したの」

彼は殴られたかのように体をこわばらせ、軽蔑の視線をチャールズに向けた。「この男と？　この老人と？　宝石とドレスのためにその身を売ったのか？」激しい怒りに声を荒らげた。

「いいえ！」ヴィクトリアは怒りと痛みと悲しみに震えながら叫んだ。

チャールズがうつろな顔で力なく口を開いた。「ヴィクトリアはわたしの甥と結婚した」

「あなたの息子と、です！」彼女は投げつけるように言った。チャールズの嘘が憎く、共謀したジェイソンが憎くて、ひどいめまいがした。

アンドルーにつかまれた両腕から、彼の苦しみがまるで自分のもののように伝わってきた。

「なぜ？」彼が彼女を揺さぶった。「なぜなんだ！」

「悪いのはわたしだ」チャールズが短く言った。彼は背筋をのばして立ち、黙ったままヴィクトリアを見つめた。その視線は、頼むからわかってくれと懇願していた。「ミスター・ベインブリッジの手紙が届いてからずっと、この瞬間が訪れるのをひどく恐れていた。いざ現実になってしまうと、想像していたよりもずっとひどい」

「いつ、手紙を受けとったのですか？」答えはもうわかっていたが彼女は訊いた。心は粉々になっていた。

「発作を起こした晩だ」

「発作は仮病だったのでしょ！」ヴィクトリアは苦痛と怒りに震える声で言った。

「そのとおりだ」チャールズはあっさり認めて、アンドルーに向き直った。「手紙を読んで、きみがわたしたちからヴィクトリアを奪いに来ると知ったとき、思いついた唯一の手段に訴えた——心臓発作を起こしたふりをして、息子と結婚してくれるよう彼女を説得したんだ。結婚を見届けなければ死んでも死にきれないと」

「なんと卑劣な！」アンドルーは歯を嚙みしめた。

「信じてもらえないだろうが、わたしは息子と彼女が結婚すればきっとこのうえなく幸福になると心から感じたんだ」

アンドルーは憎むべき相手から視線をそらして、ヴィクトリアを見た。「さあ、一緒に行こう」彼は必死に哀願した。「愛してもいない男と一緒にいる必要はない。法律にもそむいたやりかただ——彼らはきみをだましたんだから。トーリー、お願いだ！　一緒にアメリカへ帰ろう。そうすれば、解決法はぼくがさがしてやる。船は二日後に出発する。とにかく結婚するんだ。だれも知らないことなんだから――」

「できないわ！」悲しみに身を裂かれながら、ヴィクトリアは小さな声で答えた。

「頼むから――」

ヴィクトリアの目に涙がふくれあがり、彼女は首を横に振った。「できないの」声をふりしぼるように答えた。

アンドルーは長く息を吸って、ゆっくり後ろを向いた。

去っていく彼の背中に訴えかけるようにヴィクトリアは手を差しのべたが、やがてその手を下へだらりとたらした。彼は去っていった。屋敷から、そして彼女の人生からも。

重苦しい沈黙が続くなか、時間が刻一刻と過ぎていった。アンドルーの苦悩に満ちた表情がよみがえり、ヴィクトリアはドレスをつかんだ手を血の気がなくなるほど握りしめた。彼が結婚したと手紙で知らされたときの、地獄に突き落とされたような気持ちを思い出した。

突然、苦悩と怒りがこみあげてきて、ヴィクトリアは激しい勢いでチャールズを振り返った。「どうして、こんなひどいことを！」彼女は叫んだ。「なんの罪もない人間に、こんなひどいことをするなんて！　彼の表情を見ました？　どれほど彼を傷つけたかわかっているんですか？」

「ああ」チャールズはしわがれ声で答えた。

「彼に裏切られて、頼れる人はだれもいないと思ったとき、わたしがどんな気持ちだったかわかりますか？　まるで厄介者の物乞いになった気分だった！　他にどうしようもないという理由で、自分を求めてもいない男と結婚するのが、どんな気持ちかわかりますか？」そこまで言ったところで声が出なくなった彼女は、チャールズの顔に浮かぶ苦悶の表情をしっかり見なければと、涙をこらえた。

「ヴィクトリア、このことでジェイソンを責めないでくれ。やつは知らないんだ、わたしが仮病を使ったことも、手紙の――」

「嘘つき！」ヴィクトリアは震える声で叫んだ。

「誓って嘘ではない！」

ヴィクトリアははじかれたように顔を上げて、またしても自分をだまそうとするのかと怒ってにらみつけた。「あなたがたふたりの言うことなど、金輪際《こんりんざい》信じません――」チャールズの顔が死人のように蒼白なのに気づいて、彼女はそこで言葉を切り、部屋から飛びだした。涙で視界がくもっているせいでつまずきながら階段を駆けのぼり、廊下から自分の部屋へ走った。なかに入ると、閉じたドアにもたれて頭を後ろへのけぞらせ、痛いほど歯を食いしばって荒れ狂う感情の嵐に耐えようとした。

目を閉じると、苦悶にゆがんだアンドルーの顔がふたたび浮かんできた。吐き気を催すほどの自責の念に、彼女はうめいた。〝きみはぼくの一生の恋人だよ、きみが野原でラッシング・リバーのポニーに乗っているのを見たときからずっと……トーリー、お願いだ！　一緒に来て……〟彼の声がよみがえってきた。

　自分は身勝手で良心のないふたりの男たちのゲームの駒に使われたのだと、ヴィクトリアは絶望的な怒りに襲われた。ジェイソンはチャールズの「発作」が嘘だと知っていたのと同じように、アンドルーが迎えに来ることも知っていたにちがいない。

　ヴィクトリアはドアから離れ、ドレスを脱いで乗馬服に着替えた。もう一時間ここに留まっていたら、気が変になってしまいそうだった。けれどあまり激しく怒って、もしチャールズが発作でも起こしたら大変だ。それに、ジェイソンがもうすぐ帰ってくる。もしこの瞬間に彼に会ったら、彼の心臓にナイフを突きたててしまうかもしれない。彼女は衣装ダンスから白いウールの外套をつかんで、階段を走りおりた。

「ヴィクトリア、待て！」チャールズが叫ぶのも聞かず、廊下を走って屋敷の裏へ向かった。

　彼女は全身を震わせながら後ろを振り返った。「近くへ来ないで！　わたしはクレアモントへ行きます。とても我慢できません！」

「オマリー！」彼女が裏口から出ていくのを見ながら、チャールズが必死で叫んだ。

「はい、閣下、どうなさいました？」

「客間でなにが起きたか、おまえは聞いていただろう――」

　盗み聞きの達人オマリーは、否定する手間をかけずに深刻な顔でうなずいた。

「馬に乗れるか？」

「はい。ですが――」

「ヴィクトリアを追え」チャールズはあわてふためいて命令した。「馬車で出たのか馬に乗ったかわからんが、とにかく後を追うんだ。ヴィクトリアはおまえが好きだから、おまえの言葉なら聞くかもしれん」

「奥様はきっとだれの言葉も聞く気分じゃないでしょうし、それはもっともだと思います」

「うるさい、つべこべ言うな！ どうしても止められなければ、クレアモントまで無事に着いたのを確認してくれ。十五マイルほど南で、川沿いの道の近くだ」

「奥様はあのアメリカ人の紳士を追ってロンドンへ向かったんじゃないでしょうか？」

チャールズは灰色の髪を指ですいてから、大きく首を横に振った。「それはない。もしあの男と一緒に行くつもりなら、あの場ですぐそうしたはずだ」

「ですが、馬は得意じゃないんで、奥様に追いつけるかどうか」

「真っ暗な夜道だから、ヴィクトリアもそう速くは進めん。さあ、早く厩舎へ行って、追いかけろ！」

オマリーが厩舎へ駆けつけると、ヴィクトリアはすでにマタドールに乗り、ウルフを従えて走り去るところだった。「待ってください！」オマリーが叫んだが聞こえないらしく、彼女は馬の首におおいかぶさるように身を低くして、まるで悪魔にでも追いかけられているかのようにマタドールを強くかりたてた。

「いちばん脚の速い馬に鞍をつけてくれ。急いで！」と馬丁に命じながらも、オマリーの視線はウェイクフィールドの曲がりくねった長い私道から幹線道路へと消えるヴィクトリアの白い外套をじっと見ていた。

三マイルほど全力で疾走したヴィクトリアは、ウルフのために速度を落とした。忠誠心にあふれた犬は頭を低くして彼女のすぐ横を走っていたが、すっかり疲れきっていた。しばらくゆっくり進んでウルフに息を整えさせてから、もう一度速度を上げようとしたとき、背後から馬の蹄の音とわけのわからない男の叫び声が聞こえてきた。

追ってくるのが夜道のひとり歩きを狙うという追いはぎなのか、それとも屋敷に戻ってきたジェイソンなのかわからなかったので、ヴィクトリアは道の脇の森のなかへ馬を乗り入れ、わざとジグザグな道を通って追っ手を撒《ま》こうとした。だが、追っ手は下生えの灌木《かんぼく》をものともせずに、しつこく追いかけてきた。

身を隠してくれる森から出て、馬を走らせる彼女の胸には、恐怖と怒りが渦巻いていた。追ってくるのがもしジェイソンならば、たちまちウサギのように捕まえられてしまうだろう。これまでにも何度もそんなことがあった。いや、ジェイソンであるはずがない！　ウェイクフィールドから川沿いの道へ曲がるまで、彼の馬車の姿は一度も見かけなかった。

ヴィクトリアの怒りは恐怖に変わった。近づいている川は、いつか少女の遺体が浮いていたという場所だった。夜になると馬車を襲う血に飢えた追いはぎが出没するというファレル船長の話を、彼女は思い出した。不安げに後ろを振り返りつつ進むうちに、曲がりくねる川にいくつもかかっている橋のひとつにたどりついた。追っ手がまるでなにかを目印にしているように着々と近づいてくる音が聞こえた――外套だ！　純白の外套が翻って、追っ手を道案内していたのだ。

「まあ、なんてこと！」マタドールの蹄の音を聞きながら橋を渡っていた彼女は叫んだ。渡りきると、道はまっすぐ続いていたが、右側には川岸に沿って小道がのびていた。馬を急停止させて急いで鞍から降り、外套を脱いだ。この細工が通用しますようにと強く祈りながら、外套を鞍にかぶせ、馬を川岸沿いの道へ向かせて横腹に強く鞭をくれて送りだした。それから、ウルフを連れて道の脇の森へ入り、茂みの陰に身を隠した。心臓が激しく鼓動していた。まもなく、追っ手が橋を渡る蹄の音が聞こえてきた。茂みの奥からじっと見ていると、追っ手はマタドールの後から川岸沿いの小道を走っていったが、男の顔は見えなかった。

彼女は知らないことだったが、走り去ったマタドールはしばらくして速度を落とし、川へぶらぶら下りていって水を飲みはじめた。そのうちに、川の水が外套をからめとって数ヤード下流へ流し、水に浸かった倒木にひっかけたのも、彼女は知らなかった。

そのころヴィクトリアは、道に沿って森のなかを走りながら、ラッシング・リバーが教えてくれた最高の仕掛けに追いはぎがまんまとだまされたことに笑みを浮かべていた。追っ手を撒くには、馬をちがう方向へ走らせて自分は歩いて進むのが一番なのだ。外套を鞍にかぶせたのは、彼女自身の工夫だった。

川岸にマタドールがぽつんと立っているのを見つけて、オマリーは急停止した。きっと馬が奥様をどこかこの辺で振り落としたのにちがいないと思い、彼は必死で周囲を見まわした。「レディ・ヴィクトリア？」大声で叫びながら川岸を見渡した。左側には森があり、右側には川が流れている……そして、なかば水没した倒木に白い外套がひっかかっていた。「レディ・ヴィクトリア！」オマリーは悲鳴をあげて、馬から飛び降りた。「クソ馬め！」と毒づきながら大急ぎでジャケットとブーツを脱いだ。「クソ馬のやつが奥様を川へ落としたんだ……」彼は暗い奔流を白い外套めがけて泳いだ。「レディ・ヴィクトリア！」叫んで倒木の下へ潜った。浮かびあがってくると、彼女の名前を叫んで、もう一度水に潜った。

32

ジェイソンの馬車が到着したとき、屋敷には煌々《こうこう》と明かりがついていた。一刻も早くヴィクトリアに会いたいと思いながら、彼は弾む足取りで玄関前の階段を上がった。「やあ、ノースラップ！」にやりと笑って頑丈な執事の背中を叩き、外套を手渡した。「妻はどこだ？　みんな食事はすませたのか？　車輪が壊れてすっかり遅くなってしまった」

ノースラップは凍りついたような表情のまま、低い声で言った。「ファレル船長が客間でお待ちです、マイ・ロード」

「声が変だぞ、どうかしたのか？」ジェイソンは愛想よく尋ねた。「もし喉を痛めたのなら、レディ・ヴィクトリアに言いなさい。上手に手当てしてくれるはずだ」

ノースラップは喉を震わせて声を出そうとしたが、なにも言わなかった。

彼にけげんそうな視線を送って、ジェイソンは元気な足取りで客間へ向かった。「やあ、マイク。妻はどこだ？」暖炉で小さな炎が燃えている居心地のいい部屋を眺めて、ヴィクトリアが姿を見せるのを待ったが、目に入ったのは椅子に置かれて水を滴らせている彼女の白い外套だけだった。彼はファレル船長に言った。「悪いがちょっと失礼するよ。妻に会うのはしばらくぶりなんだ。まず彼女の顔を見てから、きみとゆっくり話をしよう。きっと上の部屋に――」

「ジェイソン、じつは事故があって――」ファレル船長が短く言った。

恐ろしい記憶がよみがえって、ジェイソンの心をたちまち切り裂いた――あの晩も、帰宅して息子の姿をさがそうとすると、ノースラップのようすがおかしかった。そして、マイク・ファレルがまさにこの部屋で待ち受けていたのだ。すでに体内で悲鳴をあげだした恐怖と苦悩を追い払うかのように、彼は首を大きく横に振って、後ずさった。「やめろ！」ささやくような小声が、苦しげな叫びに変わった。「だまれ！　なにも言うな。それ以上――」

「ジェイソン――」

「なにも言わないでくれ！」彼は苦悶に叫んだ。

ファレル船長は苦痛にゆがんだジェイソンの顔から目をそむけて事情を話した。「ここから四マイルほどの場所で、乗っていた馬が川岸の土手で彼女を振り落としてしまったらしい。オマリーが川に入ってさがしたが見つけられなかった。彼は――」

「出ていってくれ」ジェイソンがつぶやいた。

「残念だよ、ジェイソン。なんと言ったらいいかわからないほどだ」

「出ていけ！」

ファレル船長が部屋から去ると、ジェイソンはヴィクトリアの外套に手をのばした。指先がぬれたウール生地に届くと、自分のほうへ引き寄せた。ぐっしょりぬれた外套を胸に抱いて、手でそっとなでるうちに、喉もとがひくひくと痙攣し、彼は外套に顔をうずめ、頬をすりつけた。全身に激しい悲しみの波が押し寄せ、けっして流せないと思っていた涙が両目からあふれだした。「ヴィクトリア」彼は激しい苦悩にむせび泣いた。そして、泣き声は叫びに変わった。

33

「そんなに悲しまないで。見ているだけで、こちらまで胸が張り裂けそうだわ」クレアモント公爵夫人は曾孫娘の肩をやさしく叩いた。

ヴィクトリアは唇を噛んで、窓の外のみごとな芝生を眺めているだけで、なにも答えなかった。

「あなたの夫がここへ謝罪に駆けつけてこないのが信じられないわ。アサートンと一緒になって、これほどひどいことをしたのに。もしかしたら、おとといの晩のうちには屋敷へ戻らなかったのかもしれない」公爵夫人がいらだたしげに言い、ステッキをついて室内をそわそわと歩いた。彼女の視線もまた、いまにもジェイソンがやってくるのではないかと窓の外をさがしていた。「あの男がやってきて、あなたの前にひざまずいて許しを請うたら、さぞかし胸がすっとするでしょうに!」

ヴィクトリアの柔らかい唇の端が笑いかけてひきつった。「じゃあ、きっと、がっかりなさるわね、お祖母様。だって、彼はそんなことはしないに決まっているから。さっと堂々と部屋へ入ってきて、わたしにキスをして――」

「――甘い言葉で家へ帰ろうと誘う？」公爵夫人が先回りして言った。

「ええ」

「そして、あなたはそれを受け入れるのかしら？」白髪の頭を傾けて問いかける。公爵夫人は顔をしかめていたが、その目は一瞬楽しそうに輝いた。

ヴィクトリアはため息をついて横を向き、額を窓枠に押しつけて、両腕で自分の胸を抱きしめた。「たぶん」

「それにしても、時間がかかりすぎているわ。本当に彼はミスター・ベインブリッジの手紙のことを知っていたのかしら？　もし、知っていたとしたら、それをあなたに教えなかったのはあまりに節操がなさすぎる」

「ジェイソンには節操なんてないんです。そんなもの信じていないのです」ヴィクトリアは弱々しい怒りを込めて言った。

公爵夫人はまた室内を歩きながら考えはじめたが、暖炉の前に横たわっているウルフのところで足を止め、ぶるっと身震いして、方向を変えた。「こんな恐ろしげな獣を屋敷の客にするなんて、いったいわたくしはどんな罪を犯したのでしょう」

ヴィクトリアは悲しみに苛まれながらも笑った。「外につなぎましょうか？」

「とんでもありません！　今朝、餌をやろうとしたミケルソンのズボンを引き裂いたのよ」

「この子は男性を信用しないから」

「なんて賢いこと。見た目は醜いけれど」

「わたしはとても美しいと思います。見るからに野生的で――」ジェイソンみたいにと思ったが、彼女はあわててその考えを振り払った。

「フランスへやったドロシーは、あちらへ行く前に猫を二匹と翼を傷めたツバメを一羽拾ってきたわ。猫もツバメも気に入らなかったけれど、少なくとも、こんな目つきでわたくしを見たりはしなかった。きっとこの獣は、わたくしを食べるのを楽しみにしているのね。いまこの瞬間にも、どんな味だろうかと想像しているにちがいないわ」

「じっと見つめるのは、守ろうとしているからですわ」ヴィクトリアは微笑んで説明した。

「自分の餌を守ろうとしているのね！　あら、いいのよ」公爵夫人はヴィクトリアがウルフを外に出そうと立ちあがると、手で制した。「いいのよ、そのままで。これ以上召使いを危険にさらしたくはないから。それに、夫を亡くして以来、この屋敷がこんなに安全に思えたことはないわ」

「泥棒が忍びこんでくる心配はありません」ヴィクトリアはうなずいて、また窓の外をじっと眺めはじめた。

「忍びこんでくる？　ウルフがいれば、たとえお金を出したって、だれも入ってはこないわよ」

ヴィクトリアはしばらく窓際に立ってから、うろうろ歩いて、マホガニーのテーブルの上に置いてあった読みかけの本を手に取ろうとした。

「座りなさい、ヴィクトリア。今度は、わたくしが少しうろうろしたいから。ふたりで部屋のなかを歩きまわって、ぶつかっていても仕方がないわ。いったいなにが、あなたのハンサムな悪魔をこの屋敷から遠ざけているのかしら?」

「ジェイソンがすぐに来なかったのは、むしろよかったわ」ヴィクトリアは椅子に深く腰かけて、両手をじっと見つめた。「心を落ち着けるのに、とても時間がかかったもの」

公爵夫人は足を踏みならしながら窓辺へ近づいて、私道を眺めた。「彼はあなたを愛していると思う?」

「そう思っていました」

「愛しているに決まっています!」公爵夫人は断言した。「ロンドンではみんながその話でもちきりよ。あの男はあなたに夢中です。だからこそ、アサートンの計略に乗って、アンドルーの手紙を秘密にしていたのでしょう。あの卑劣なやりかたについては、アサートンを厳しく叱りつけるつもりだけれど」彼女は窓の外を眺めつづけながら、大胆にもつけ加えた。

「あの状況ならば、たぶん、わたくしも同じことをしたと思うわ」

「そんなこと、信じられません」

「あら、もちろんやりましたとも。見も知らぬ植民地の人間に嫁がせるか、イングランド人で財産も爵位もあり外見もすばらしい、申し分ない似合いの相手と結婚させるかということになったら、きっとアサートンと同じことをしたでしょう」

そういう考えかたが母とチャールズ・フィールディングに大きな悲劇をもたらしたのだと、ヴィクトリアはあえて指摘はしなかった。

公爵夫人は表情をわずかに硬くした。「ウェイクフィールドに戻りたいという意思は固いのね？」

「永遠に去るつもりはなかったのです。あんな形でわたしの結婚を知らせて、アンドルーをひどく悲しませてしまったので、ジェイソンを罰したかったのです――お祖母様がもし、あのときのアンドルーの顔を見たら、きっとわかってくださるわ。わたしたちは幼いころからとても仲良しでした。水泳も射撃もチェスも彼が教えてくれたんです。それに、ジェイソンとチャールズおじ様がわたしをおもちゃみたいに、チェスの駒みたいに扱ったのに我慢ならなかった。アンドルーに冷たく捨てられたと思って、わたしがどんなに孤独でみじめだったことか」

「おや、あなたの孤独はもう長くは続かないようよ。ウェイクフィールドが来たようです――いいえ、ちがう、彼は使者を送ってきたようだわ！　あれはだれかしら？」

ヴィクトリアは窓際へ飛んできた。「なぜ、ファレル船長がここへ――彼はジェイソンの旧友です」

「まあ！」公爵夫人は上機嫌でステッキを床に打ちつけた。「彼は決闘の介添え人を送ってきたのね。ウェイクフィールドがそう出てくるとは思わなかったけれど、それならそれでかまわない！」

彼女はヴィクトリアを大急ぎで追い払った。「早く奥の客間へ行きなさい。わたくしが呼ぶまで、その可愛い顔を絶対に見せてはいけません」

「どうして？　そんなのいやです」

「言われたとおりにしなさい！　さあ、早く！　ウェイクフィールドがこの問題を決闘で解決することにして、条件を決めるために介添え人を送ってきたのなら、受けて立つまでです！　わたくしがあなたの介添え人になりましょう。容赦はしませんからね」公爵夫人は上機嫌でウインクした。

ヴィクトリアは仕方なく客間へ移動したが、直接話をせずにファレル船長を帰すつもりはなかった。もし曾祖母が五分以内に呼んでくれないようだったら、出ていってファレル船長と話そうと心に決めていた。

だが待つほどもなく、客間のドアが開いて、戸口に曾祖母が立った。その表情は、驚きと恐怖とおもしろがっている気持ちとが入り混じっていた。「結局のところ、あなたははからずもウェイクフィールドをひざまずかせたようよ」

「ファレル船長はどこ？　まだ帰っていませんよね？」

「彼はここにいるから大丈夫。あの哀れな人は、いまはソファで休んで、わたくしが持ってくるように言った飲み物を待っているはずです。彼から知らせを聞いたとき、すっかり混乱してしまって、お悔やみも言わずに飲み物を持ってくるよう使用人に言ったから、あの人はきっと、わたくしのことをこの世で一番冷酷な人間だと思っているでしょう」

「お悔やみって、なんのことですか？　ぜんぜんわかりません。ジェイソンはわたしを連れて帰るためにファレル船長をよこしたんですか？　それで彼が来たのですか？」

「いいえ、まったくちがいます」公爵夫人は眉をつりあげて否定した。「チャールズ・フィールディングに頼まれて、あなたの突然の逝去を知らせるために来たのだそうです」

「わたしの、なんですって？」

「あなたは川で溺れ死んだそうです。というか、着ていた白い外套が川に浮かんでいたのだとか」公爵夫人はウルフに視線をやった。「この汚らしい獣は、あなたに飼いならされる前に暮らしていた森へ逃げ去ったことになっています。ウェイクフィールドでは使用人たちが嘆き悲しみ、チャールズは寝こんでしまい――まさに自業自得だけれど――あなたの夫は書斎に閉じこもったきりだれも寄せつけないそうよ」

　驚きと恐怖でめまいに襲われて、ヴィクトリアはくずおれそうになった。

「しっかりなさい！」公爵夫人がうながすと、ヴィクトリアはウルフを従えてさっと廊下へ出て、客間へ飛びこんだ。

「ファレル船長！」

その声にぱっと顔を上げた船長は、幽霊を見るような表情で彼女を見つめた。彼の視線が四つ足の「幽霊」に向くと、ウルフは彼に向かってうなりはじめた。

「わたしは溺れてなどいません」ヴィクトリアは目を見開いた彼のすさまじい形相に圧倒されながら言った。「ウルフ、やめなさい！」

ファレル船長はゆっくり立ちあがった。信じられない気持ちが喜びに変わり、そして強い怒りへと変化した。「これはなにかのジョークか？　ジェイソンは悲しみのあまり頭が変になって――」

「ファレル船長！」公爵夫人が小柄な体を目いっぱいそびやかして、凛とした声で割って入った。「この子は、たったいままで、自分がここにいないとウェイクフィールドが思っているとは知らなかったのです。ここへ来ると告げて出たのですから」

「でも、外套が――」

「だれかに追いかけられたので、あなたが話していた追いはぎだと思い、その追いはぎを欺こうとして、外套を鞍にかけて馬を川沿いの小道へ放したのです」

船長の顔から怒りが消え、彼は首を横に振った。「その『だれか』はオマリーで、彼はあなたを助けようと外套が浮かんでいた川に潜って、危うく溺れかけたんだぞ」

ヴィクトリアは頭を後ろにのけぞらせ、後悔の念に目を閉じた。やがて、目を開けると、急いで行動しはじめた。曾祖母を抱きしめ、震える声で言った。「お祖母様、いろいろありがとうございました。一刻も早く、うちへ戻らなくては――」

「お待ちなさい。わたくしも一緒でなければだめです！」公爵夫人は力強く言って笑みを浮かべた。「再会を見逃すわけにはいかないわ。最後にこんなに興奮したのは、いったいいつだったかしら――まあ、どうでもいいけれど」

「では、馬車で追ってきてください。わたしは馬で行きます――そのほうが速いから」

「馬車で一緒に行くのです」公爵夫人は有無を言わせぬ口調だった。「考えてもみなさい、ウェイクフィールドはきっと最初は大喜びするでしょうけれど、安心したら今度は、この無作法な使者と同じく乱暴な態度に出るかもしれない」彼女は哀れなファレル船長に威圧するような視線を向けた。「いいえ、もっと手荒なまねをするかも。つまり、まずあなたにキスをして――これは絶対でしょうね――それから、あなたがひどい仕打ちで自分をだましたと思いこんで殺したくなる、ということよ。だから、そんな場合に備えて、わたくしがすぐに助けに出られる状態にしておかねばなりません。さあ、話はここまでにして。ノートン、さっさと馬車に馬をつなぎなさい！」

公爵夫人はファレル船長に向かって、無礼な態度を非難したことを忘れたかのように「あなたも一緒に馬車にお乗りなさい――」と告げた。さきほどの無礼が許されたのかと船長がほっとしたのもつかのまで、彼女はすぐにつけ加えた。「――見張っていなくてはね。わたくしたちが行くのを先に知らされて、激怒したウェイクフィールドが玄関で待っているのでは困りますから」

胸を高鳴らせたヴィクトリアを乗せた馬車が屋敷に到着したのは、日が暮れたすぐ後だった。馬車のステップを下ろして訪問客を出迎えようと従僕が駆け寄ってくるようすもなく、広大な前庭に面した屋敷の無数の窓には、明かりはほとんど灯っていなかった。屋敷全体が不気味に静まり返っているなか——下の階の窓のすべてに黒い花輪が飾られているのが見えた。「ジェイソンは喪に服するのが大嫌いなのに——」思わず叫んだヴィクトリアは、必死に馬車のドアを開けようともがいた。「あれを窓からはずすようノースラップに言って！」

それまでずっと押し黙っていたファレル船長が彼女の腕を押さえて、そっと教えた。「ジェイソンが命じてやったことだ。彼は悲しみのあまり、どうかしてしまいそうな状態だ。公爵夫人の言うとおりなんだ——あなたを見たら彼がなにをするか、見当もつかない」

自分が生きていると知らせることさえできれば、ジェイソンになにをされようが、どうでもよかった。ヴィクトリアは公爵夫人をファレル船長にまかせて、ひとりで馬車から飛びおり、玄関扉へ走った。扉が閉まっているとわかって、激しくノッカーを叩いた。永遠にも思えるほど長く待って、ゆっくり扉が開いた。

「ノースラップ！　ジェイソンはどこ？」

暗がりに立つ彼女を見て、執事はまばたきし、さらにまばたきをくりかえした。

「幽霊を見たみたいに見つめないで！　なにもかも誤解なのよ！」彼女は必死になって、温かい手を執事の冷たい頬にあてた。「わたしは死んでなんかいない！」

「ご、ご主人様は――」ノースラップの厳しい表情にぱっと笑みが広がった。「ご主人様は書斎です、マイ・レディ、こんなにうれしく感じたことはこれまで――」

ヴィクトリアは最後まで聞こうとせず、指先で髪をとかしながらジェイソンの書斎へ向かおうとした。

「ヴィクトリアなのか？」二階の踊り場からチャールズが叫んだ。「ヴィクトリア！」

「お祖母様が全部話してくださいます、チャールズおじ様」彼女は叫んで走り去った。

書斎の前で、ヴィクトリアは震える手をドアの取っ手にかけ、自分が引き起こしてしまった事態の重大さに一瞬たじろいだ。それから、大きく息を吸って、部屋のなかへ足を踏み入れ、後ろ手にドアを閉めた。

ジェイソンは窓の近くの椅子に座っていた。開いた膝の上に肘をついて、顔を抱えこんでいる。横のテーブルには、からのウィスキー瓶が二本と、彼女がプレゼントしたオニキスのヒョウの置物があった。

ヴィクトリアは後悔の念をのみこんで、彼に近づいた。「ジェイソン――」そっと呼びかけた。

彼はゆっくり頭を上げ、彼女を見つめたが、その表情は壊れた仮面のようだった。うつろな目は彼女のまぼろしを通してその後ろを見つめているかのようだ。「トーリー」彼は苦しげにうめいた。

ヴィクトリアは足を止め、彼が頭を椅子の背に投げだして目を閉じるのを、恐ろしげに見守った。

「ジェイソン、わたしを見て」

「見ているさ、ダーリン」目を閉じたまま答えた。片手を傍《かたわ》らのヒョウの置物の背中にのばして、いとおしげにさすっている。「もっと話しかけてくれ」彼は苦痛に満ちた声で懇願した。「話しかけるのをやめないで。きみの声が聞けるのなら、いっそ正気を失ったままのほうが――」

「ジェイソン！」叫んだヴィクトリアは走り寄って、彼の広い肩にしがみついた。「目を開けて。わたしは死んでいない。溺れたりしてないわよ！　ねえ、聞こえる？　わたしは溺れなかったのよ！」

彼は生気のない目を開けたが、それでもまだ恋しい女のまぼろしを見ているかのように、必死に説明しはじめた。「アンドルーの手紙のことは知らなかった。いまはもう、そのことをわかってくれたよね、そうだろ？　きみは知ってるよね――」ひどいとぎれとぎれに話した。突然、苦しげな視線を天井へ向け、祈りはじめたかと思うと、彼は痛みにうめくように体を弓なりにそらした。「お願いだ！　ぼくが手紙のことを知らなかったと彼女に伝えてくれ。くそっ！　ぼくは知らなかったと伝えるんだ！」ジェイソンは神に怒っていた。

ヴィクトリアはどうしたらいいのかわからず後ずさりした。「ジェイソン」彼女は必死に呼びかけた。「考えてみて！　わたしは魚みたいに泳げるのよ、覚えている？　あの外套はおとりだったの。だれかに追いかけられていたのはわかったけれど、それがオマリーだとは思いもしなかった。きっと追いはぎだと思ったから、脱いだ外套を鞍にかけて馬を放し、自分は歩いてお祖母様の屋敷へ行ったのよ――ああ、お願いだから、わかってちょうだい！」彼女は髪を指でかきあげ、いったいどうしたら彼に声が届くのかと必死に考えながら、暗い部屋を見まわし、彼の机に走った。机の上のランプを灯してから、暖炉へ走って、マントルピースの上にある一対のランプの片方に火をつけた。もう片方に手をかけた瞬間、鋼《はがね》のように強い手が彼女の肩をつかんで振り返らせた。体が彼の胸に強く引き寄せられた。ジェイソンの目がまっすぐに彼女を見つめた。そのとたん、彼の唇が飢えたような激しさでヴィクトリアの唇を奪い、背中と腰にまわされた彼の手が、全身の力を込めて強く抱きしめた。彼女が両腕を彼の首にきつく巻きつけると、背の高い彼の体に震えが走った。

長いキスの後、ジェイソンはふいに唇を離し、首から彼女の両腕を振りほどいて、彼女をじっと見下ろした。彼の美しいグリーンの目に怒りがぎらつきだしたのを見て、ヴィクトリアはさっと一歩後ろへさがった。「そうとわかったからには」彼はすごみのある声で言った。「立てなくなるまで、ぶってやるぞ」

　ジェイソンが捕まえようとすると、彼女は喉の奥から笑いのような悲鳴のような声を出して、彼の手が届かないところへ飛びのいた。「嘘よ。あなたはそんなことしないわ」自分が生きているとわかってくれたうれしさで、ヴィクトリアは泣き笑いを抑えられなかった。

「ぼくがしないという自信があるのかい？」後ずさりする彼女を一歩ずつ追いつめながら、彼が訊いた。

「やりかねないかも」ヴィクトリアは震える声で言って、机の後ろへまわりこんだ。

「それが終わったら、きみをぼくのそばに鎖で縛りつける」

「それはできるわね」彼女はしわがれた声で言って、机の周りをゆっくり動いた。

「そして、二度と目の届かない場所へはやらない」

「そ、それは仕方のないことね」ヴィクトリアはドアにさっと目をやって距離を測った。

「逃げるな」彼は警告した。

　ヴィクトリアは彼の両目がぎらぎら輝くのを見て、警告を無視した。目がくらむほどの幸福感と身を守ろうとする本能とが一緒くたになって、彼女はさっとドアを開き、スカートを持ちあげて、階段へ向かって廊下を走りだした。ジェイソンは走るまでもなく大股でさっそうと追いかけた。

　ヴィクトリアはこみあげる笑いを抑えきれないまま廊下を走り、興味津々といったようすで客間から出てきたチャールズやファレル船長や公爵夫人の前を通りすぎた。

階段の途中まで駆けのぼったヴィクトリアは、振り返って後ろ向きにのぼりながら、決然として追ってくるジェイソンをじっと見た。「ねえ、ジェイソン」哀願するように手を差しのべて、反省の表情をつくろうとした。「お願いだから、どうか落ち着いて――」

「そのまま右へ行くんだ――きみは正しい方向へ向かっている」彼は一歩ずつ着実に近づきながら言った。「選ばせてやろう、きみの寝室か、それともぼくの寝室か――」

ヴィクトリアはさっと前へ向き直って階段を上まで駆けのぼり、自分の寝室へ向かった。部屋へ入るとまもなく、ジェイソンが大きくドアを開け、背後で閉めて、鍵をかけた。

振り向いた彼女の心は、愛情と期待とで激しく高鳴っていた。

「もう逃げ場はない、マイ・スウィート――」彼は低い声で意味ありげに言うと、彼女がどちらへ逃げるのかじっと見た。

ヴィクトリアは彼の青白く見えるハンサムな顔に見とれてから、駆けだした――彼に向かってまっしぐらに。自分の体を彼に投げつけ、両腕で彼を抱きしめた。「やめて！」彼女は息も絶え絶えに叫んだ。

一瞬、ジェイソンは逆巻く感情をなだめて完全に静かになった。緊張が全身から抜けていく。彼は両手をヴィクトリアの腰のくびれに置き、ゆっくりと腕をまわしてから、強い力でたぐり寄せ、自分の全身にぴたりと添うように抱いた。「愛している」彼女の髪に顔をうずめて、かすれた声でささやいた。「ああ！　きみを心から愛している！」

階段の下では、ファレル船長と公爵夫人とチャールズが、上の階が静かになったことに安堵の笑みを交わしていた。

公爵夫人が口を開いた。「さて、アサートン」彼女の口調は厳しかった。「若い者たちの人生に干渉して、それが悲劇をもたらすと、どんな気持ちがするか思い知ったことでしょう。わたくしは長年それに耐えてきたのですよ」

「上へ行ってヴィクトリアと話をしなければ」チャールズは視線を踊り場へ向けた。「説明しなければ。ジェイソンと一緒になるほうがより幸福になれるだろうと信じたから、あんなことをしたのだと」彼は一歩踏みだそうとしたが、公爵夫人が足もとにステッキをついて制止した。

「ふたりの邪魔をしようなどと、考えるのもいけません」公爵夫人は居丈高に命令した。「わたくしは玄孫《やしゃご》をこの腕に抱きたいのです。勘がはずれていなければ、ふたりはいま、その望みをかなえようとしてくれているはずですから。さあ、わたくしにシェリー酒を一杯ふるまってください」

チャールズは階段の踊り場から視線をそらして、二十年以上も憎みつづけてきた老婦人の顔をじっと見つめた。彼自身は若者たちに干渉したばかりに二日間死ぬほど苦しんだが、彼女は二十二年間もその苦しみに耐えてきたのだ。チャールズはおずおずと彼女に腕を差しだした。公爵夫人はじっとその腕を見つめていたが、それが和解の申し出だと理解して、やせた手を彼の袖にのせた。「アサートン、ドロシーは結婚せずに音楽家になりたいという気まぐれな夢を持っているらしいけれど、わたくしはウィルソンに嫁がせるつもりです。そのためにはまず……」公爵夫人は客間へとエスコートするチャールズに熱心に語っていた。

訳者あとがき

ジュディス・マクノートの『哀しみの果てにあなたと』をお届けできるのを、とてもうれしく思っています。このヒストリカル作品（原題は *ONCE AND ALWAYS*）は、一九八七年に書かれたもので、すでに二十年以上の年月を経ているのですが、いまも物語のすばらしさはまったく色褪せてはいません。それどころか、ずっと読者の熱い支持を受けつづけてきた珠玉の名作です。マクノートならではの細やかな描写と個性的な人物造詣《ぞうけい》の魅力的な物語を、ぜひお楽しみください。

舞台は十九世紀の英国。主人公は新天地アメリカで生まれ育ったヴィクトリア・シートン。両親が突然に事故死するという悲劇に見舞われたヴィクトリアは、妹ドロシーとふたりで母方の親族を頼って英国へ渡ります。母の祖母であるクレアモント公爵夫人はドロシーだけを引き取り、たったひとりの肉親の妹とも離れ離れにされたヴィクトリアは、母の従兄のアサートン公爵の屋敷へ身を寄せることになります。

じつはアサートン公爵は若い頃にヴィクトリアの母親キャサリンと恋仲だったのですが、

クレアモント公爵夫人の激しい反対にあって結婚できず、悲嘆にくれたキャサリンがアメリカへ去ってしまったという過去がありました。そこでアサートン公爵は、世間には甥だと偽《いつわ》っている自分の息子、ウェイクフィールド侯爵ジェイソン・フィールディングと、キャサリンに瓜ふたつのヴィクトリアを結婚させて、かつての悲恋を息子の代で成就させようと考えるのです。

ふたりがあっさり結ばれてしまえばなによりなのですが、なにしろマクノートが書く物語ですから一筋縄ではいきません。ヒロインのヴィクトリアはアメリカ人の婚約者アンドルーが迎えに来ると信じていますし、ヒーローのジェイソンは不幸な結婚をしたあげくに最愛の息子を失った過去があって、二度と結婚はしないと心に誓っているため、ふたりは惹かれあいながらも、心はなかなかうまく結びつきません。

マクノートが描く登場人物はいつも個性的で生き生きしていると定評がありますが、それは本作も例外ではありません。ヴィクトリアは世間知らずの純情な娘でありながら、自立心にあふれ、けなげに逆境を切り開く力を備えた美女。ジェイソンは黒ヒョウを思わせる危険な香りを漂わせ、女性を魅了せずにはいられない男性。しかも、ジェイソンの幼少時の悲惨な生活や、そのせいで形づくられた皮肉っぽく辛辣な仮面をかぶったような性格はとても印象的で、説得力に満ちています。

最初は反目《はんもく》しあっていたふたりが結婚し、やがて真実の愛を見つけるまでには、波乱万丈な筋立てがあり、とくに心のすれ違いは読者をいらいらハラハラさせること請け合いです。言ってみればロマンス小説の王道的な展開でしょうが、そうとわかっていても著者の筆力に吸いこまれるように読み進め、物語に引きこまれてしまいます。脇を固める登場人物たちの性格や行動も、それぞれしっかりと描かれて、まさに魂が吹きこまれています。

マクノートのヒストリカル作品は、『黒騎士に囚われた花嫁』(*A KINGDOM OF DREAMS*)、『とまどう緑のまなざし』(*WHITNEY, MY LOVE*)、『あなたの心につづく道』(*ALMOST HEAVEN*) などが、いずれも二見文庫からすでに出版されています。さらに二〇一一年には、『あなたの心につづく道』でヒロインの友人として登場したホーソーン公爵夫人アレグザンドラ・タウンゼントをヒロインにすえた *SOMETHING WONDERFUL* が、やはり二見書房から刊行される予定です。こちらも著者の数ある作品のなかでもっとも人気の高い名作のひとつですので、どうぞ楽しみになさっていてください。

二〇一〇年十二月

ザ・ミステリ・コレクション

哀《かな》しみの果《は》てにあなたと

著者　ジュディス・マクノート
訳者　古草秀子《ふるくさひでこ》

発行所　株式会社 二見書房
東京都千代田区三崎町2-18-11
電話 03(3515)2311 [営業]
03(3515)2313 [編集]
振替 00170-4-2639

印刷　株式会社 堀内印刷所
製本　株式会社 関川製本所

ISBN978-4-576-11005-9
http://www.futami.co.jp/

とまどう緑のまなざし（上・下）
ジュディス・マクノート
後藤由季子［訳］

パリの社交界で、その美貌ゆえにたちまち人気者になったホイットニー。ある夜、仮面舞踏会でサタンに扮した謎の男にダンスに誘われるが……ロマンスの不朽の名作

黒騎士に囚われた花嫁
ジュディス・マクノート
後藤由季子［訳］

スコットランドの令嬢ジェニファーがイングランドの〈黒い狼〉と恐れられる伝説の騎士にさらわれた！　仇同士のふたりはいつしか…動乱の中世を駆けめぐる壮大なロマンス！

あなたの心につづく道（上・下）
ジュディス・マクノート
宮内もと子［訳］

十九世紀、英国。若くして爵位を継いだ美しき女伯爵エリザベスを待ち受ける波瀾万丈の運命と、謎めいた貿易商イアンとの愛の旅路を描くヒストリカルロマンス！

ほほえみを待ちわびて
スーザン・イーノック
阿尾正子［訳］

家庭教師のアレクサンドラはある事情から悪名高き伯爵ルシアンの屋敷に雇われる。つれないアレクサンドラに伯爵は本気で恋に落ちてゆくが…。リング・トリロジー第一弾

信じることができたなら
スーザン・イーノック
井野上悦子［訳］

類い稀な美貌をもちながら、生涯独身を宣言しているヴィクトリア。だが、稀代の放蕩者とキスしているところを父親に見られて…!?　リング・トリロジー第二弾！

高慢と偏見とゾンビ
ジェイン・オースティン／セス・グレアム＝スミス
安原和見［訳］

あの名作が新しく生まれ変わった——血しぶきたっぷりに。全米で予想だにしない百万部を売り上げた超話題作、「本の雑誌社が選ぶ文庫ベストテン2010-2011」第8位！